KB118497

호프만의
허기

HOFFMAN'S HONGER
by Leon de Winter

Copyright ⓒ Diogenes Verlag AG, Zürich, 1994 (First published by De Bezige Bij,
Amsterdam, 1990)
Korean Translation Copyright ⓒ MUNHAKDONGNE Publishing Corp., 2012
All rights reserved.

This Korean edition is published by arrangement with
Diogenes Verlag AG through Shinwon Agency.

이 책의 한국어판 저작권은 신원 에이전시를 통해
Diogenes Verlag AG 사와 독점 계약한 (주)문학동네에 있습니다.
저작권법에 의해 한국 내에서 보호를 받는 저작물이므로
무단 전재 및 무단 복제를 금합니다.

이 도서의 국립중앙도서관 출판시도서목록(CIP)은
e-CIP 홈페이지(http://www.nl.go.kr/ecip)와
국가자료공동목록시스템(http://www.nl.go.kr/kolisnet)에서 이용하실 수 있습니다.
(CIP제어번호: CIP2011005688)

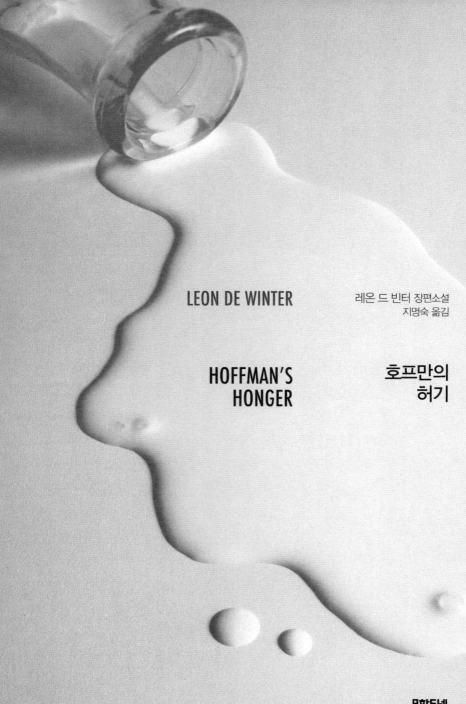

LEON DE WINTER

레온 드 빈터 장편소설
지명숙 옮김

HOFFMAN'S
HONGER

호프만의
허기

문학동네

차례

1장
1989년 6월 21일 밤

  프레디 맨시니는 헝가리 레스토랑에서 스테이크를 사 인분이나 게걸스레 해치웠다. 그런데도 발을 질질 끌며 객실로 가는 호텔 복도에서 벌써 허기를 느꼈다. 유럽 전역에 무더위가 기승을 부렸다. 그의 팽팽한 동이배는 땀이 줄줄 흐르는 젖가슴 아래에 납덩이처럼 축 처져 매달려 있고, 맞춰 입은 청바지는 비대한 엉덩이를 바싹 죄고 있었다. 그의 곁에서 아내 바비가 사뿐사뿐 걸었다. 그녀는 오늘 저녁 식사로 다이어트를 망쳐버렸다며 그를 타박했다.

  "공든 탑이 하루아침에 무너졌다고요! 당신은 대체 언제쯤 정신을 차릴 셈이에요? 요 며칠은 그래도 식이요법을 제법 잘 지킨다 싶더니…… 그래, 이제 어떡할 거예요? 당신 정말 구제불능이에요!"

  프레디는 수치감이 배 속에서 지글지글 타오르는 것을 느꼈다. 하지만 허기는 극성스럽게 달라붙었다. 포만과 영원한 충족을 갈

구하는 공복감이었다. 어떤 특수한 위(胃) 신경이 뇌 속의 기아 영역을 자극해 일어나는 경련이라고 어디선가 읽은 적이 있었다. 합리주의자와 낙천주의자 들의 해석이었다.

몇 달 전 샌디에이고 집으로 출장 지도 나온 여자 영양사는 그것과는 다른 해석을 들려주었다.

"프레디, 저한테 지도받은 지 얼마나 됐죠? 삼 년인가요?"

"삼 년 반. 거의 사 년 되어갑니다."

"아니, 벌써 그렇게 됐어요?"

"근데 샌디, 새삼스레 그건 왜 묻는 겁니까?"

"체중이 얼마나 불었든 그것은 뭘 먹었기 때문이에요. 누구나 알고 있는 사실이겠지만요. 그런데 인간의 뇌 속에 살찌게 만드는 뭔가가 있어서 체중이 늘기도 한대요. 하지만 당신은 예외적으로 살찌는 원인이 전부 다 뇌 속에 있어요. 공복감이 순전히 정신적 문제라는 얘기죠."

그때 그는 그 말이 왠지 신빙성 있게 들려 그저 고개만 끄덕거렸다. 크라이슬러 뉴요커의 운전석에 몸을 간신히 밀어 넣고 열두 군데의 세탁소를 관리하는 본사 사무실을 향해 가며 그는 자기 뇌 속에서 공복감을 일으키는 그 뭔가가 과연 무엇일까 자문했다. 차의 에어컨이 땀으로 축축해진 뺨에 찬바람을 뿜어댔다. 그는 성공한 사업가로 사랑하는 아내와 자녀 셋을 낳아 남부럽지 않게 잘 키웠고, 그 아이들은 모두 자기 짝을 만나 가정을 꾸리고 기반을 잡은 터였다. 게다가 그들 부부는 수영장이 딸린 근사한 저택에 크라이슬러 말고도 닷지와 지프 체로키 같은 고급 차들을 부릴 정도의 재력가였고, 나라를 사랑하는 애국자였고, 세금도 꼬박꼬박 잘 내는 납세자였고, 정치적으로는 공화당 지지자였다. 그런데 한 가지 결함이라면 그건 바로 그의 체중이 미국식 단위로 삼백오십 파운드나 나간다는 것이었다. 입으로 들어가는 족족 살이 되어 올라붙었다. 여전히 귓가를 맴도는 영양사의 말을 되씹으며 그리고 캘리포니아의 작열하는 태양 아래 이글대는 도로 위를 응시하며 크라이슬러를 몰던 그는 불현듯 자기가 행복하지 않다는 생각을 했다. 그러자 혼란스러워졌다. 그는 차를 케이마켓의 주차장 쪽으로 몰았고, 그곳에서 몇 분 동안 멍하니 앞만 바라보았다. "그래, 나는 행복하지 않아." 그는 당혹한 표정으로 웅얼댔다. 그는 없는 것 없이 다 갖추었으나 행복하지 않았다. 그러고 나자 바로 행복하지 않다는 데에 죄책감이 들었다. 아내! 그렇다, 그가 조금 뒤에 집에 가서 뭔가 불완전하다고 고백하면 그녀가 얼마나 기겁할 것인가! 그는 아내를 더 이상 사랑하지 않았다. 아니, 여전히 사랑하고 있었다. 그들의 자녀들을, 그의 세탁소들을 그리고 그의 차들과 주택과 두 마리의 고양이를 사랑하는 만큼이나 분명히 그녀를 사랑하고 있었다. 그런데도 뭔가 충분하지 않았다. 도대체 부족한 그것이 뭐란 말인가?

지금까지 그는 인생사가 이토록 복잡하고 기묘하다는 것을 뼈저리게 느껴본 적이 한 번도 없었다. 자기에게 결핍된 것이 무엇이라고 딱히 꼬집어낼 수 없었다. 따라서 그는 바로 그 점이 자기가 허기를 느끼는 이유라고 확신에 찬 결론을 냈다.

무심결에 시동을 걸었지만 그는 출발하지 않았다. 슈퍼마켓의 유리창 뒤로 생필품이 그득한 진열대가 자꾸 어룽거렸다. 살을 에는 듯한 통증을 동반한 허기가 엄습했다. 그는 한참 갈등하다 차에서 빠져나와 슈퍼마켓으로 발을 옮겼다. 그리고 봉투나 상자에 포장된 과자류를 한 아름 사 들고 그곳을 나섰다. 차 안으로 돌아온 그는 그것들을 죄다 허겁지겁 입안으로 들이부었다. 운전석 옆자리에 포장지들이 수북이 쌓여갔다.

프레디 맨시니는 그날을 계기로 모든 것이 달라지리라는 것을 직감했다. 외형상으로는 달라진 흔적이 전혀 나타나지 않았으나 머릿속에서는 이미 일대 개혁이, 쿠바에서와 같은 혁명이 발발했다. 그는 벙어리 냉가슴 앓듯 자신이 비극적이고 불행한 인간이라는 애한을 품고서 여생을 외롭게 살아가게 될 것이었다. 모든 것을 다 갖춘 패배자. 그는 서늘한 차 안에서 전율을 느꼈고, 봉지 안으로 얼굴을 들이밀었다. 그러고는 짭짤한 포테이토칩 위로 굵은 눈물을 뚝뚝 떨어뜨렸다.

바비가 프라하 인터내셔널 호텔의 객실 문을 열었다. 프레디가 그녀 뒤를 따랐다. 사방 벽에서 아직도 대낮의 열기가 발산되고 있었다. 바비는 자그마치 네 차례나 임신을 치르고도 여전히 갓 열여덟 살 난 아가씨의 날씬한 맵시 그대로였다. 물론 피부는 예전만 못했으나 해변을 거닐라치면 사춘기 사내놈들이 그녀의 앞가슴과 엉덩이에 들뜬 눈길을 던지곤 했다. 그녀가 그에게 스테이크를 사인분이나 우악스레 해치운 것에 대한 대가를 내일 톡톡히 치르게 될 것이라고 단단히 으름장을 놓았다.

"그걸 맛이라고 냈는지, 난 입에 대기도 역겹던데!" 그녀가 단단히 화가 나 목청을 높였다. "개도 안 먹을 가죽 같은 고깃덩이 하고는. 당신은 푸줏간 구경만 실컷 하고 고기는 한 번도 먹어보지 못한 가난뱅이처럼 잘도 먹더군요. 정말이지, 살을 빼야 한단 말에

10

요. 영양사와 닥터 프리드먼도 다음 주까지는 이 킬로를 빼야 한다고 했잖아요. 이 킬로요, 이 킬로! 근데 봐요, 오히려 이 킬로가 늘었잖아요! 당신, 내일 주책없이 뭐든 입에 집어넣기만 해요. 내 손으로 모조리 빼내고 말 테니. 다 당신을 위해서 이러는 거잖아요."

"허기가 져서 그랬어." 그가 말했다. "점심을 걸렀잖아."

"아휴, 그만둬요. 영양사한테 다닌 지 그렇게 오래되었어도 규정 식단 하나 제대로 못 지키고 있잖아요! 같은 말을 얼마나 더 반복해야 해요? 백만 번? 십억 번? 점심은 먹는 게 좋다고 했잖아요. 다만 가볍게 하라고. 그런 다음 저녁은 평소대로 정량을. 그런데도 그렇게 한꺼번에 먹어대다니. 혹시 마흔아홉에 죽을 생각인 거예요?"

그래 그렇소. 그는 속으로 대꾸했다.

그녀가 욕실로 들어갔고, 프레디는 의자 위에 털썩 앉았다. 엉덩이를 팔걸이 사이에 비집어 넣는데 나무 의자가 삐거덕삐거덕 앙탈을 부렸다. 욕실에서는 타일 벽에 부딪친 그녀의 음성이 금속성 메아리를 일으켰다. 그는 그녀의 말을 한 귀로 흘려들었다.

이 여행을, 거액이 드는 사 주간의 이 여행을 가자고 부득부득 졸라 그를 끌고 온 사람은 아내였다. 영양사와 닥터 프리드먼은 여행이 고정된 행동 양식을 깨뜨려 체중을 조절하는 데 도움이 될 것이라고 덧붙였다. 그 말이 있기가 무섭게 아내는 단체 여행 티켓을 예약해버렸다.

여기가 몇 번째 호텔이더라, 하도 많은 호텔로 옮겨 다니다보니 그는 어디까지 세었는지 그만 아리송했다. 오늘 새벽 일찍 그들은 에어컨, 미니바 그리고 화장실 등을 갖춘 관광버스를 타고 빈에서 출발해 다섯 시간을 달렸다. 국경에서는 기관총을 든 남자들이 버스를 샅샅이 살펴보는 동안 한 시간 남짓 기다려야 했다. 프라하에 도착해서는 인터내셔널 호텔에 일단 체크인을 한 다음 시가지 관광을 한차례 했다. 성당과 정부 청사로 쓰이는 궁전들이 자리한 성곽과 어느새 이름을 잊어버리고 만 강과 건물들을 둘러보았다.

그들이 묵는 호텔은 웅장하고 화려한 건물로, 오스트리아 출신 여행 가이드의 말로는 서유럽에서는 '스탈린 제국 양식'이라 부른다고 했다. 드넓은 현관홀에는 육중한 기둥들, 어마어마한 프런트, 대리석 바닥 위에 깔린 낡고 삭은 양탄자들, 푹신한 소파들을 갖춘 휴식 공간이 있었고, 이 모든 것에 푹푹 삶아댄 양배추 냄새가 배어 있었다. 건물의 규모와 널찍한 복도에 비해 객실은 비좁았다. 힐튼 호텔과의 비교는 어림없고 라마다 인이나 하워드 존슨 호텔 축에도 못 들었다. 버스가 차라리 더 편안했다.

옆쪽 침대에서는 바비가 고르고 규칙적인 호흡을 계속하고 있었다. 허기가 비수처럼 그의 배 속을 난도질하다가 심장을 꿰지르면서 목 쪽으로 치솟았다. 아무리 잠을 청해도 헛수고였다. 콧구멍을 뚫고 나가는 콧김 소리가 뚜렷하게 들렸다. 살찐 앞가슴이 심하게 들썩거렸다. 그는 자세를 고쳐 누웠다가 가까스로 윗몸을 가누면서 그 모든 지방층과 비곗덩어리를 동시에 들어 올렸다. 그러고는 기진맥진해서 가쁜 숨을 몰아쉬다가 다시 드러누웠다. 매트리스가 덩달아 한숨을 내쉬었고, 시트가 살갗에 찰싹 들러붙었다.

밤마다 고통에 부대끼며 내는 그 소리도 더 이상 바비를 그녀의 단잠에서 끌어내지 못했다. 그녀는 그런 잡음에 몇 년이나 걸려 어렵사리 적응했다. 그 후로는 일단 침대 스탠드만 끄고 나면 벨 앤 하우얼 사의 요란한 자명종이 아니고는 어느 것도 저 머나먼 꿈나라에서 그녀를 불러낼 수 없었다. 그녀는 그것을 샌디에이고에서부터 짊어지고 왔다, 오만한 유럽인들이 지난 몇 년 동안 유럽 통합을 추진해오면서도 아직까지 볼트나 플러그의 표준화 같은 평범한 문제조차 합의하지 못하고 있다는 점은 전혀 고려하지 못한 채.

프레디는 그들이 마지막으로 부부관계를 한 것이 몇 년 전인지 되짚어보았다. 한 번의 유산이 있은 뒤 관계가 소원해졌고, 막내를 임신한 후 바비는 남편을 거부하기 시작했다. 그 후 프레디는 몸이 나기 시작했다. 그는 섹스 부족과 그의 몸집이 모종의 함수관계에 있다고 믿었다. 하지만 그들이 다시 예전처럼 매주 사랑을 나눈다면 그가 정상 체중을 되찾으리라고 딱 잘라 말할 수도 없었다. 이젠 더 이상 육체적으로 섹스를 감당해낼 자신이 없다는 것을 그 스스로도 잘 알고 있었다.

프레디는 신물이 목구멍을 타고 올라오자 꿀꺽 삼켰다. 어젯밤 그들은 신시가지 한복판의 바츨라프 광장 바로 옆에 있는 헝가리 레스토랑에 갔었다. 대부분은 메뉴판에 '집시 소스를 곁들인 일등품 설로인 스테이크'라고 적혀 있던 거무튀튀한 고깃덩이를 고스란히 남겼지만, 프레디는 옆에 앉았던 다른 관광객 세 명의 몫까지 먹어 치웠다. 공산국가의 음식 수준에 대비해 온 몇몇은 허리춤에 찬 나일론 가방에서 허쉬와 마스의 초콜릿 바를 마술 부리듯 꺼냈고, 위스콘신 주에서 중고차를 팔고 있다는 브라우닝이라는 사람은 호텔에 가면 분명 토마토케첩과 햄버거를 구할 수 있을 거라고 장담했다.

프레디는 힘겹게 침대를 빠져나왔다. 바비는 아랑곳하지 않고 숨을 내쉬고 있었다. 그는 발 디딜 엄두조차 내지 못한 나라들을 그녀는 거리낌 없이 다니고 있었다. 이 여행만 끝나면 그는 앞으로 영영 미국 땅을 떠나지 않을 작정이었다. 그 모든 고색창연한 도시들, 역사와 전통 등이 흥미롭지 않은 것은 아니지만 여기에서는 왠지 길을 잃고 헤매고 있는 듯한 기분이었다. 체코슬로바키아는 개발도상국이었다.

그는 가능한 한 소리 죽여 옷을 챙겨 입었다. 호텔 객실의 적막 속에서 자신이 내뿜는 숨소리가 귀청을 울렸다. 기관차가 허파에 들어앉아 있는 것처럼 움직일 때마다 둔중한 마찰음이 뒤따랐다. 그는 객실을 나섰다.

복도 끝 희미하게 꺼져가는 전등 빛 아래에서 한 노인이 책을 읽고 있었다. 발소리를 듣고 노인이 고개를 들었다. 프레디는 노인이 자기를 의심스럽게 쳐다보는 걸 보고도 묵묵히 엘리베이터 쪽으로 걸음을 옮겼다. 층마다 경비원이 하루 이십사 시간 지키고 있는데, 그것은 호텔 고객을 예기치 않은 불청객들로부터 보호하기 위해서라기보다는 접촉 자체를 막기 위해서라고 관광객 가운데 누군가가 설명해주었다. 체코인은 특별 허가증이 없으면 이런 호텔에 출입할 수 없었다. 호텔의 현관홀은 덩그렇게 비어 있었다. 프레디는 발길에 닳고 닳아 민숭민숭해진 양탄자 위로 몸을 끌며 프런트를 향해 갔다. 입구의 회전문 옆 안락의자에 아무렇게나 늘어져 앉아 있는 두 사내가 보였다. 정보부 요원들이라고 가이드가 귀띔해준 자들이었다. 그들의 시선이 그의 살을 찔러대는 것 같았다. 어떤 옷도 그에게는 방패막이가 되어주지 못했다. 그는 언제나 벌거숭이였다.

프런트에는 아무도 보이지 않았다. 또 그의 출현을 알릴 만한 벨

같은 것도 없었다. 그는 프런트의 대리석 상단을 움켜잡고 기다렸다. 미국에서는 호텔마다 음악 소리가 흘러나오곤 해서 그 이유가 항상 궁금했다. 그는 지금에야 쥐 죽은 듯 괴괴한 건물 안에서 적막감이라는 것이 얼마나 불안한 정서를 불러일으키는지를 뼈저리게 느꼈다. 호텔 안 어디인지 멀리서 어렴풋하게 소리가 들렸다. 그밖에 그가 절망적으로 씨근거리는 숨소리를 덮어버릴 만한 거리의 소음이라든지 삐걱대는 문소리 따위는 들리지 않았다.

샌디에이고의 집에서 그는 꼭 움직여야 할 때를 제외하고는 거의 꼼짝하지 않았다. 그는 체중을 줄여야 한다는 것, 그러지 않으면 앞으로 오 년을 넘기기 어렵다는 것도 알고 있었다. 그러나 그는 항상 허기를 느꼈고 그것 때문에 괴로웠다. 아귀처럼 닥치는 대로 집어삼키는 들개 한 마리가 밥통 안에 죽치고 있었다. 그는 불행했다. 그리고 불행의 특징이 희망의 부재라는 사실을 새삼 깨달았다. 완전한 포만감에 대한 욕구를 참을 수 없다는 사실이 한편으로 감당할 수 없을 만큼 슬펐다.

그는 조급해졌다. 그냥 뭐라고 한번 외쳐봤다. 자신의 입에서 나온 외마디가 허공을 울리고 현관홀로 쏟아지는 바람에 제풀에 흠칫했다. 등 뒤에서 두 사내가 몸을 일으키는 기척이 들렸다. 그때 마침 프런트 너머에서 문이 열리더니 쉰 남짓한 남자가 나타났다. 구깃구깃한 양복에 감기는 눈을 애써 치뜨느라 잔뜩 찡그린 얼굴로 보아 어디서 도둑잠을 자다가 나오는 것이 분명했다.

"뭐 땜에 그러십니까?" 직원이 상냥한 구석이라곤 전혀 찾아볼 수 없는 투로 묻고는 프레디의 몸을 위아래로 찬찬히 훑어보았다.

"아내가 시장하다는데 요기할 만한 게 좀 없을까 해서요."

"다 문 닫았습니다." 직원은 그렇게 내뱉자마자 단호하게 돌아섰다.

"혹시 샌드위치라든지 뭐 그런 게 없을까요? 닭고기나…… 아 정말, 햄버거는요? 아내가 임신 중이라서 배고픈 걸 참지 못해서요. 여기서 햄버거를 구할 수 있다고 들었는데."

직원이 고개만 돌려 그를 빤히 바라다봤다.

"식당 문은 아홉시에 닫습니다."

"그럼 그 이후는요?"

"그 이후에는 아무것도 제공하지 않습니다."

"그렇다면 관광단이 한밤중에 도착하는 경우는요? 그 사람들도 식사는 해야 할 게 아닙니까?"

"밤중에 도착하는 관광객은 없습니다."

"그렇지만 있을 수 있는 것 아닌가요?"

"그런 일은 없습니다."

"없다고요?"

"네, 없습니다." 직원이 짜증 섞인 목소리로 대답했다.

"아내가 뭘 좀 꼭 먹어야 할 텐데. 안 그러면 탈이 날 것 같은데."

직원이 한숨을 내쉬더니 입구에 있는 두 사내를 힐끗 쳐다보며 눈치를 살폈다.

"어쩜 방법이 있을 것 같기도 하군요. 하지만 그게 그리 단순하진 않아서요."

프레디가 고개를 끄덕했다. 그리고 바지주머니 속에서 손을 옴지락거리더니 오 달러짜리 지폐 한 장을 끄집어내어 그것을 프런트 위에 얹었다. 직원이 노련한 접수계원답게 손바닥으로 재빨리 지폐를 가렸다.

"슬라비아 레스토랑." 그가 지폐를 자기 쪽으로 끌어당긴 다음 손가락을 오므려 움켜쥐었다. "프란코우즈스카 대로 샛골목에 있습니다. 라도바 스테크 63번지. 초인종을 세 번 누르세요. 개인 식당인데 밤새 영업합니다."

"그런데 어떻게 찾아가지요?" 프레디가 사정 조로 물었다.

"그거야 제 문제가 아니죠." 직원이 딱 잘라 말했다.

직원은 문 뒤로 서둘러 사라져버렸다.

프레디는 균형을 잃을까봐 조심스럽게 몸을 돌렸다. 만약 중심을 잃었다가는 다시 일어서기가 불가능하기 때문에 조심해야 했다. 그런 다음 다리를 끌면서 회전문을 향해 걸어갔다.

두 사내 가운데 하나가 자리에서 일어났다. 그들은 둘 다 이십 대 후반에 운동복 차림이었다. 사내가 손을 들어 프레디를 제지했다.

"신분증." 사내가 입술을 조금 달싹였다.

프레디가 가쁘게 숨을 몰아쉬었다. "왜요?"

"경찰이오."

"차림을 보니 경찰 같지 않은데요."

"여권." 사내가 내갈기듯이 말했다.

프레디가 와이셔츠 가슴주머니를 더듬어 여권을 끄집어냈다. 사내는 그것을 그의 손에서 휙 빼앗아 들었고, 여권의 사진과 그의 얼굴을 비교했다. 비자 도장도 유심히 들여다봤다.

"밤 두신데." 사내가 말했다. "이 시간에 뭘 하러 나가쇼?"

"그거야 내가 알아서 할 일 아닙니까?"

"이런 한밤중에 나가 뭘 하겠다는 겁니까?"

"이것 보세요, 내가 나가서 뭘 하건 상관할 바가 아니잖소……"

"검문에 응하지 않으면 공무 집행 방해로 검거하겠소."

프레디는 침을 꿀꺽 삼켰고, 다른 사내에게로 눈길을 돌렸다. 그 자는 지금 벌어지고 있는 일에는 그다지 관심이 없다는 듯 느긋하게 말보로 담배에 불을 붙이고 있었다.

"실은 아내가 시장하다고 해서요." 프레디가 말했다.

사내가 그를 노려보았다. 그리고 어깨 너머로 자기 동료에게 시선을 던지며 체코어로 뭐라고 했는데, 억양으로 미루어보아 '이 뚱뚱이가 뭘 하러 나간다는지 들었어?'라고 묻는 것 같았다. 안락의자에 앉아 있던 사내가 고개를 가로젓더니 라이터를 똑딱하며 불꽃을 껐다. 사내가 뭐라고 한마디 더 하자 안락의자의 사내가 너털웃음을 터뜨렸고, 담배 연기가 입에서 짤막짤막하게 타래져 나와 흩어졌다.

"어딜 가나 다 문 닫았습니다." 안락의자 사내가 앉은 채 목소리를 높였다. 입에서 연기가 인디언 봉화처럼 뭉게뭉게 피어올랐다. "아침까지 기다리셔야 할 겁니다."

"아내가 그렇게 오랫동안 견디지 못할 텐데요."

"여긴 뉴욕이 아닙니다. 여기 사람들은 일찌감치들 잠자리에 든답니다. 이른 아침 일터로 나가야 하니까요."

"내 여권을 돌려준다면 내가 직접 가서 한번 알아보도록 하지요, 정말 다들 누워서 자고 있는지."

프레디 앞에 선 사내가 여권을 살랑살랑 흔들어댔다. 다른 사내는 더 이상 참견하지 않고 구경만 했다.

"남의 말을 도통 귀담아듣질 않는군요."

18

"뭐든 얼른 먹지 않으면 아내가 탈이 나고 말 겁니다."

"더구나 그런 처지라면 더 신중하게 처신해야죠."

"이 밤중에 내가 무슨 짓을 할 수 있겠소? 이 도시에서 뭘 할 게 있다는 겁니까? 대체 날 못 나가게 하는 그 근거가 뭡니까?"

"관광객들의 안전 유지가 우리 임무지요. 따라서 이런 심야에 시가지로 무단 외출 하는 걸 단속하지 않으면 안 될 입장이란 말입니다."

"택시를 타도록 하겠습니다."

"그럼 어디로 가야 할지 알고 있는 거요?"

"그거야 뭐 좀 돌아다녀보면 나오지 않겠습니까."

"종종 반사회주의적인 행위를 일삼는 패거리가 거리를 배회하기도 합니다."

"반사회주의적인 행위요?"

"돈을 빼앗는 거죠."

프레디가 눈을 휘둥그렇게 뜨고 사내를 바라보았다. "택시 안은 그래도 안전하지 않겠어요?"

"우리가 알기로도 그렇다고 볼 수 있죠."

"무슨 이 따위 나라가 다 있습니까? 사방에 경찰이 깔려 있는데도 길거리가 위험하다니!"

"한 번만 더 그런 모욕적인 말을 하면 정말 체포하겠소."

"제발, 나가게 해주실 수 없습니까? 나 같은 사람이 여기서 무슨 사고를 저지르겠습니까?"

"어쩜 반사회주의적인 불온 분자들과 내통할지도 모르지요."

"내가요?"

"네, 당신이오. 그렇지 않고서야 지금 이 시각에 굳이 외출하겠다는 이유가 뭐겠소? 당신 아내가 시장하다는 말을 우리가 곧이곧대로 믿을 거라고 생각했소? 왜 우리한테 사실대로 다 털어놓지 않는 거요? 왜 밤 두시에 거리로 나가려는지 우리에게 밝힐 때까지 당신을 구금하고 억류시킬 수도 있다 이겁니다."

"내가 허기가 져서 그렇소! 좋아요, 고백하지요! 내가 배가 고파서 그렇소. 내가 얼마나 과체중인지는 당신도 보면 알 거요. 배가 고프면 당장 배 속에 음식을 집어넣어야 한단 말이오. 허기가 져서 도저히 잠을 잘 수 없었소. 그래서 이렇게 생각했소. 우선 아래로 내려가자, 그런 다음 아직 뭔가 주문할 수 있는지 한번 물어보자, 하고요. 그런데……"

프레디의 눈에 눈물이 글썽거렸다. 그의 밥통 안에 들어앉아 있는 들개가, 그놈의 짐승이 그의 기름진 염통에다 아가리를 박기 위해 그의 가슴뼈를 집요하게 물고 늘어졌다. 통증이 저릿저릿한 전율과 함께 식도를 타고 목까지 치솟아 올랐다. 그는 숨이 차서 계속 씩씩거렸다. 무지막지하게 큰 체구에 산소를 공급해주기에는 허파가 너무 왜소했다.

안락의자에 앉아 있던 사내가 쳐다보지 않은 채 뭐라고 체코어로 내뱉더니 다시 자신의 입에서 뿜어져 나온 연기를 찬찬히 바라보았다. 무덤덤하게 명령하는 투였다. 심문하던 사내가 순종적인 자세를 취하며 다른 사내를 뒤돌아봤다.

프레디는 눈을 내리깔고 이미 엎지른 물이지만 그래도 이 고비를 넘길 최후의 수단을 강구했다.

"허기를 느낀다는 게 뭘 의미하는지 제대로 설명할 길이 없어요.

다른 사람들은 절대 이해할 수 없을 거예요."

프레디의 배 앞에 여권이 불쑥 나타났다.

"가도 좋습니다."

"네?"

사내가 여권을 흔들어대며 성가시다는 내색을 했다. 프레디는 그것을 받아 들고 인사를 했다.

"감사합니다. 저 정말 아무런 말썽도……"

사내는 벌써 뒤로 돌아서서 자기 안락의자 쪽으로 가고 있었다. 프레디는 살진 손가락 사이에 쥐여진 여권을 내려다봤다. 주체할 수 없는 식욕 때문에 하마터면 체포되어 공산국가의 교도소에 갇힐 뻔했다. 그러나 선택의 여지가 없었다. 그는 허기를 채우기 위한 여정에서 부딪히는 모든 난관을 무조건 감수하지 않으면 안 될 처지였다. 그는 약자였다. 위장의 노예였다.

프레디는 호텔 출입구의 회전문을 아예 건드리지도 않았는데, 처음 호텔에 도착했을 때 회전문의 칸막이가 그와 같은 덩치들을 전혀 고려하지 않고 제작되었다는 것을 경험해서였다. 그는 유리창에 비친 자기 모습을 가만히 바라봤다. 갓 걸음마를 익혀 뒤뚱거리는 덩치 큰 어린아이. 그는 옆문을 통해 건물을 빠져나와 캄캄한 밤 속으로 발을 내디뎠다.

공기는 훈훈했고, 기름과 먼지 그리고 가스 냄새가 배어 있었다. 입구 바로 앞에 서 있는 사각형의 택시 한 대 외에는 호텔 앞 광장은 별들 아래 을씨년스럽도록 텅 비어 있었다. 뒷좌석 공간이 넉넉하기를 바라면서 프레디는 택시 운전석 쪽으로 다가갔다. 열린 차창 너머로 머리가 희끗희끗한 남자가 자고 있는 것이 보였다. 프레디가 차 문을 똑똑 두드렸다.

남자가 상체를 바로 세우더니 갑자기 나타난 프레디를 보고 꿈을 꾸고 있다고 생각했는지 눈을 자꾸 껌뻑거렸다. 프레디는 남자에게 영어를 할 줄 아느냐고 물었고, 슬라비아 레스토랑의 주소를 알려주었다. 운전사가 비실비실 차에서 내렸다. 그러고는 뒷문을 열어주었고, 프레디가 차 속에 자리를 잡을 때까지 그대로 서서 기다렸다. 프레디는 먼저 엉덩이를 안으로 들이밀었다. 그리고 양어깨 사이로 목을 잔뜩 움츠린 채 상반신을 천천히 돌렸고, 육중한 양다리를 안으로 끌어당기며 뒷좌석과 앞좌석 사이로 몸을 비집어넣었다. 편하다고는 할 수 없지만 아무튼 이동할 채비를 갖춘 셈이었다.

운전사는 말이 없고 조심스럽게 차를 모는 중년의 남자였다. 도시는 전체적으로 도로조명이 되어 있지 않았다. 시내 관광할 때 사진을 찍었던 몇몇 건물은 알아보았으나, 나머지는 하나같이 희미하고 신비롭게만 보였다. 매끌매끌하고 둥근 돌들로 포장된 차도 때문에 차가 심하게 덜컹거렸다. 노면의 기복에 따라 프레디의 살덩어리가 매번 덜렁덜렁 요동을 쳤다. 그는 허기진 눈으로 어둠에 휩싸인 도시를 응시했다.

예전에는, 그러니까 바비가 그에게 식이요법을 강요하기 전에는 프레디는 밤이면 이따금 요깃거리를 찾아 외출하곤 했다. 뉴요커를 몰고 샌디에이고의 한적하고 가로수가 즐비한 대로들을 드라이브하기도 했고, 헤로인 중독자들과 매춘부들을 훔쳐보기도 했다. 그럴 때면 머리 주위에는 에어컨에서 나오는 차가운 바람이 맴돌았다. 그렇게 드라이브할 때마다 그는 무장한 십자군 원정대가 느겪음 직한 감상에 젖곤 했다. 임무를 수행하리라는 사명감에 들떠 새삼 목숨이라도 바칠 것처럼 각오를 다졌고, 자신을 반겨줄 '대형 햄버거점 야간 개장'이라는 간판을 찾아 지옥의 취사장이라 불리는 샌디에이고 중심가에 위치한 달동네를 가로질렀다.

그러나 여기에서는 은백색 크롬을 입힌 카운터와 휘황찬란한 조명으로 장식된 햄버거점 같은 것은 눈을 씻고 보려야 볼 수 없었다. 어딜 가도 (선곡 버튼을 비롯해 내부도 같은 구조로 된 1950년 대식) 유선형 주크박스에서 흘러나오는 시끄러운 음악 소리도 들리지 않았고, 더블 와퍼 햄버거를 한입 가득 넣고 우물거리는 소년 소녀들도 전혀 보이지 않았다. 또 '24시간 내내' 북적대는 상점도 눈에 띄지 않았다. 이처럼 적막한 시간 속에서 프라하는 그 본연의 면모로 되돌아와 있었다. 도도한 파사드들, 불빛 하나 없는 창문들, 접근을 불허하는 건축물들. 이 도시는 마지못해 방문객들을 맞이하는 심야 박물관이었다.

택시가 캄캄한 어느 골목 어귀에 멈춰 섰다. 운전사는 프레디에게로 몸을 돌리며 한 팔을 힘없이 의자 등받이 위로 걸쳤다.

"다 왔습니까?" 프레디가 물었다.

운전사가 고개를 끄덕였다.

하지만 깜깜한 앞 유리창 너머를 아무리 살펴보아도 간판이라든지 불빛이 환한 창문 같은 것은 발견할 수 없었다.

"얼마죠?"

운전사가 어깨를 한번 으쓱했다. "그냥 알아서 주십시오."

프레디는 가슴주머니에 넣어둔 체코 지폐 사이에서 달러 한 장을 꺼내 건넸다. 나머지 돈은 바지 뒷주머니에 들어 있었다. 그러나 앉은 자세로는, 적어도 그가 경험하기로는, 동이배와 엉덩이의 비곗살이 바지를 팽팽하게 조여 구김 하나 없을 정도이니 바지 뒷주머니에는 손톱 끄트머리도 끼어 넣을 수 없었다. 운전사가 고개를 끄덕여 만족스럽다는 표시를 했다.

프레디가 차 문을 활짝 밀어젖히고 그것을 버팀대 삼아 거머쥐었다. 온몸을 차에서 끌어내어 체중을 다리에 싣는데 무릎이 후들거렸다. 문득 택시에 무전기가 설치되지 않았다는 사실이 떠올라 운전사에게 한 시간 뒤에 여기로 다시 와줄 수 있느냐고 물었다.

"그러려면 선불하셔야 하는데요……"

프레디는 바지 뒷주머니에서 달러 뭉치를 끄집어내어 운전사에게 다시 한 장을 빼 주었다. 운전사가 무표정하게 돈을 받아 넣었다. 이제 보니 운전사는 애초 짐작했던 것보다 훨씬 젊은 것 같았다. 머리카락과 시선에는 세파에 시달린 흔적이 역력했지만 뺨에는 윤기와 탄력이 있었다.

택시가 코를 찌르는 고약한 매연을 남긴 채 떠났다. 이곳 배기가스는 고국에서와 달리 악취를 풍겼다. 그는 가급적 빨리 걸어 서둘러 그 연기 속을 빠져나왔고, 폭 좁은 샛길 쪽으로 몸을 틀었다.

어둠 속에서 그는 건물 정면의 윤곽을 살펴보았다. 번지수를 확인해보려 했으나 당연히 출입구 옆에 있어야 할 문패가 어느 한 집에도 붙어 있지 않았다. 그런데도 목적지가 바로 근처에 있다는 것을 넌지시 알려주는 뭔가가 콧구멍을 헤집고 들어왔다. 그는 기름내를 들이마셨다. 걸쭉하고 후끈후끈한 냄새가 입안에 감자튀김과 고리 모양의 오징어튀김 맛을 돌게 했다. 그는 입맛을 다셨다. 삼킨 음식물을 목구멍에서 위장까지 부드럽게 이동시키는 끈적거리는 침이 자꾸 고였다. 그는 혼잣속으로 침에 '허기의 점액'이라는 이름까지 붙여두었다. 그러고는 그 냄새가 어느 집에서 풍겨 나오는지를 찾아 나섰다. 코를 자꾸 킁킁거려도 보고 뒤를 돌아보기도 했으나, 골목 전체가 기름내로 가득 차 있는 듯했기 때문에 그 환각제 같은 냄새의 출처를 쉽게 찾을 수 없었다. 배 속에 들어앉은 들개에게 몇 초만 더 기다려달라고 양해를 구하며 그는 또다시 침을 삼켰다. 그리고 오관을 초비상 상태로 동원시켜 담을 따라가며 냄새를 맡기 위해 코를 벌름거렸다.

어둠이 여기에는 먹을 것이 하나도 없다고 이야기하는 듯했지만, 코는 그가 지금 와 있는 골목이 틀림없다는 위안의 신호를 보냈다. 그러므로 이제 귀가 동원될 차례였다. 식당이 아직도 영업 중이라면 잔이 부딪히는 소리와 웃음소리 그리고 노랫소리 같은 것이 가냘프게나마 새어 나와야 했다.

그는 후각과 청각을 곤두세우고 담에 몸을 기댄 채 발을 끌며 걸었다. 와이셔츠가 흠뻑 젖었다. 혹시 저기 어디서 인기척이 들리지는 않을까? 혹시 도마 위를 써는 칼질 소리가 들리지는 않을까? 혹시 병에서 코르크 마개가 튕기는 펑 소리는? 불빛이 샐 틈 없이 굳게 닫혀 있는 여기 이 집 대문과 창문들 뒤에서는 염치없을 만큼 신나게 먹자판이 벌어지고 있을 것이고, 프레디는 만약 몇 분 이내로 그곳으로 가 먹고 마시지 못한다면 단박에 숨이 끊어지고 말아 더 이상은 아침 인사를 나눌 수 없는 신세가 될 터였다.

심한 통증과 피로가 목에서 사지로 퍼져나갔다. 어쩌면 호텔 프런트 직원이 그에게 옛날 주소를 주었을 수도, 아니면 택시 운전사가 그를 속였을 수도 있었다. 이런저런 생각들이 어지럽게 날뛰었다. 이 자리에서 급성 위산 과다로 발작을 일으켜 죽을 것만 같았고, 그래서 이 시꺼먼 돌들이 그의 무덤이 될지도 몰랐다.

갑자기 뒤통수에서 느낀 통증은 뜻밖의 증후가 아니었다. 위출혈이 아니라 뇌출혈임을 그는 감지했다. 뇌의 세소동맥이 허기를 이겨내지 못하고 만 것이었다. 발목이 삐끗하더니 몸이 균형을 잃고 허물어져 내렸다. 그가 황급히 담을 붙들어 잡긴 했지만 그것은 그저 임시방편에 지나지 않았다. 돌바닥으로 털썩 무너지는 둔탁한 소리가 나긴 했으나 그는 사실 아무런 통증도 느끼지 못했다.

결국 이렇게 끝장나고 말았다. 낯선 땅에 와서 햄버거 내지는 비프스테이크 사냥에 나선 그에게 다들 문을 굳게 닫아걸고 있었다. 그리고 이제 그는 죽음이라는 것이 무엇이며, 그 느낌이 어떤지를 체험해보고 싶었다. 비록 아내에게 이 모든 이야기를 들려줄 기회가 다시는 오지 않는다 할지라도. 바비, 잘 살아. 그는 속으로 작별인사를 보냈다. 과부가 되더라도 그녀가 다른 상대를 구하는 것은 시간문제일 것이다. 괜찮은 외모에 조만간 그의 전 재산을 상속받아 재력까지 갖추게 될 테니까. 그는 어떤 비범한 지각 현상이 일어나기를 기다리고 있었다. 그리고 기다리고 있는 그것이 뭔지를 불현듯 떠올렸다. 그것은 언젠가 〈리더스 다이제스트〉에서 읽었던 눈부시게 찬란한 광휘에 휩싸인 지하 통로였다. 천국의 노래가 맑게 울려 퍼지는 통로, 그곳에서는 지상에서의 사슬—자신의 경우에는 정말 문자 그대로 받아들여도 큰 무리가 없다고 냉소적으로 생각했다—에 얽매인 삶에서는 결코 맛볼 수 없는 평화와 안식을 누렸다. 그는 죽은 가족들과 만나게 되리라. 그가 사랑했으나 땅속에 묻어야 했던 가족들이 마중 나와 그를 반갑게 얼싸안으리라. 그는 미소 지었고 재회의 기쁨으로 감개무량했다.

머리의 통증이 줄어드는 듯했다. 고통은 육체라는 외양에 속하며 오로지 영혼과 정신만이 그 기다란 통로를 통과할 수 있다고 믿고 있던 그는 그것을 하늘나라로 입성하기 위해 자아가 육신을 떠나 허공에 둥둥 떠 있다는 첫 번째 증거로 받아들였다. 그러나 거의 사망에 이르렀다가 소생한 사람들의 글에서 지옥으로 떨어졌다는 경험담을 한 번도 읽어본 적이 없다는 걸 깨닫고 곧 놀랐다. 아니, 어쩌면 그들이 경험한 그것이 바로 지옥이 아니었을까 하고 그는 나름대로 논리를 폈다. 지옥이란 다름 아니라 전무(全無)의 상태를 의미하므로 (또 임상학적으로 사망했다고 판정받은 사람들 가운데 빛의 통로를 경험하지 않은 사람들도 물론 있기 때문에) 임상사로 판단된 사람들이 말하는 완전무결한 무란 정녕 지옥의 관문이 아니고 무엇이겠는가! 프레디는 자기 앞에 놓인 문제들을 이처럼 논리 정연하게 밝혀보려고 노력하고 있다는 점으로 미루어보아 자기에게 아직도 사고력은 남아 있다고 판단했다. 따라서 그는 지금 온전한 정신과 영혼으로 광명을 향해 가고 있다고 결론을 내릴 수밖에 없었다.

그리고 아닌 게 아니라 빛이 나타났다. 더 이상 눈으로 볼 수 없는데도 불구하고 그는 빛을 목격했다. 사방으로 흩어진 빛이 그가 즐겨 듣는 음악의 리듬에 맞춰 이리저리 흔들렸다. 그다음에는 뜻을 알아듣지 못하는 언어로 이야기를 나누는 두 목소리가 들렸다. 그는 그 비밀스러운 대화의 내용을 곧 알게 되리라 믿으며 별로 마음 쓰지 않았다. 그때 몸을 두루 만지고 뒤지는 손길을 느꼈다. 그 느낌은 곧 그가 여전히 자기 육신 속에 살고 있다는, 다시 말해 그가 정말로 죽은 것이 아니라는 사실을 충격적으로 일깨워주었다.

프레디는 눈을 떴고, 자기 위로 몸을 구부리고 있는 두 남자를 보았다. 한 남자가 손전등으로 잽싸게 놀리는 다른 남자의 양손을 비추고 있었다. 그의 바지주머니가 몽땅 털렸다. 그리고 손전등을 든 남자가 그를 향해 머리를 잠깐 돌렸을 때 프레디는 택시 운전사의 찌푸린 얼굴을 금방 알아보았다. 그자는 프레디와 눈이 마주치자 난생처음 듣는 말들을 내뱉었다. 곧 다른 자가 반사적으로 흠칫 놀라며 손을 멈추었고, 몽둥이 같은 것을 집어 내휘둘렀다.

매서운 일격으로 프레디의 머리가 불같이 달아올랐다. 심한 통증에도 불구하고 그는 오직 한 가지 정서에 사로잡혔다. 허망하게 잃어버리고 만 그 황홀경이 그저 한없이 안타깝기만 했다. 그는 죽음에 임할, 속세와 이별할 그리고 영혼과 정신처럼 무게도 없이 통로 안을 떠다닐 만반의 준비를 끝낸 상태였다. 그런데 그 택시 운전사와 공범자가 그의 머리에 강타를 날려 모든 것을 수포로 돌아가게 만들었으니 참으로 애통하기 짝이 없었다. 전적인 책임은 그자들에게 있었다.

택시 운전사가 손전등을 끄며 또 몇 마디 내뱉었다. 놈들이 줄행랑을 쳤다.

프레디가 다시 천천히 기운을 차려 상반신을 일으키기까지 상당한 시간이 걸렸다. 그는 벽에 등을 기대고 창문을 보호하는 격자 칸살을 꽉 쥐었다. 그리고 몸통을 위로 끌어 올리자 팔의 근육이 불끈 솟아오르는 것을 느꼈다. 두꺼운 지방층에 묻혀 잘 알아볼 수 없지만 근육은 그간 과체중인 그의 몸을 지탱해오느라 단련되어 있었다. 허기로 위장이 갈기갈기 찢기는 듯했다. 마치 그의 위장을 통째로 삼키고, 그렇게 해서 뚫린 구멍 속으로 그가 사라질 것처럼.

몸을 일으켰을 때 그는 방향감각을 완전히 상실한 상태였다. 돈도, 방향감각도, 말도 다 잃었다. 골목 끝에 작고 희미한 불빛이 보였다. 거기가 범행을 저지른 택시 운전사가 그를 내려놓고 간 곳이기를 바라며 불빛을 향해 조심스럽게 발을 뗐다. 숨 막히는 통증으로 머리끝이 쭈뼛쭈뼛 서는 것 같았다. 그는 볏짚 밑동이라도 되는 듯 다리를 질질 끌며 앞으로 나아갔다. 돈을 정확히 얼마나 갖고 나왔더라? 아마 이백 달러쯤 되었던 것 같았다. 그 정도쯤은 그냥 접어두기로 했다.

골목 끄트머리에 다다랐으나 그곳은 프레디가 택시에서 내린 곳이 아니었다. 활기를 잃은 고층 주택들과 어슴푸레한 불빛을 퍼뜨리는 가로등들이 늘어선 좁다란 차도가 나타났다. 길을 물어보고 싶어도 사람 그림자 하나 얼씬하지 않았다. 그는 운이 따르기를 바라며 왼쪽으로 길을 꺾었다.

이백 달러라면 이런 나라들에서는 한밑천 될 만한 목돈이었다. 가이드는 암시장에 가면 공식 환율보다 여덟 배 내지 아홉 배를 더 받을 수 있다고 했다. 프레디는 헝가리 레스토랑에서 다른 관광객의 스테이크를 여덟 번인지 아홉 번인지 사양했다. 그는 사 인분만 먹었을 뿐이었다. 고깃덩이는 걸쭉한 '집시 소스'—붉은 파프리카 가루였다—에 잠겨 있었고, 얼마나 매웠던지 단체 관광객들 가운데 고기의 질을 따지지 않고 한번 먹어보려고 했던 사람들조차 어쩔 줄 몰라할 정도였다. 전형적인 공산국가의 요리. 그들은 음료수를 거푸 들이켜느라 아무 정신이 없었다.

결국엔 운이 따르지 않았다. 또다시 샛길. 그리고 또다시 인적이 끊긴 길. 그는 자기가 아무래도 죽은 것은 아닐까, 그래서 여기 이렇게 지옥—덩그렇게 비어 있고 으슥한 프라하는 그야말로 지옥과 들어맞으니까—에 와 있는 것은 아닐까 하고 생각해보았다. 돌연 눈이 침침해지고 앞이 잘 보이지 않았다. 그는 하마터면 고꾸라질 뻔했다.

프레디는 현기증이 가실 때까지 가만히 서 있었다. 몽둥이에 맞은 일로 뇌출혈을 일으키지는 않을까 싶어 은근히 겁이 났고, 자본주의국가의 병원에서 검진받을 수 있도록 내일 당장 빈으로 가는 비행기를 탈 수 있을지 걱정스러웠다. 한갓진 골목 한쪽의 널찍한 철제 계단 아래에 쓰레기통이 있었다. 그는 그것을 짚고 서서 처한 상황에 대해 곰곰이 생각해보았다. 강탈당했다는 이야기는 차마 아내에게 꺼낼 수 없으며, 뇌 검사를 받아보아야겠다는 말 역시 그랬다. 더더욱 이런 공산국가에서 무턱대고 여행사를 들락거리는 것이 가능한지도, 또 항공권을 살 수 있는지도 도무지 알 수 없었다. 좌우간 여기에 여행사 같은 것이 있기나 할까?

프레디가 고개를 들었다. 방금 무슨 소리가 들렸던 것이다. 모든 일이 눈 깜짝할 사이에 벌어졌다. 그러고 나서 몇 분 후 그는 그 일을 뇌 장애에서 오는 일종의 정신착란으로 여기고 묻어버렸다. 그가 목격한 일은 동행한 관광객 가운데 한 명이 납치되는 어이없는 촌극이었기 때문이다. 그 사람은 위스콘신 주에서 온 혈기왕성한 중고차 판매업자로, (프레디에게 준 명함에 따르면) 독일 자동차회사라는 판매소를 운영하며 '최고급 중고 승용차'만을 전문적으로 취급한다는 서른 살 안팎의 남자였다. 중고차 판매업자가 골목 어귀에서 불쑥 나타나기가 무섭게 정체 모를 두 사내가 그 뒤를 바짝 따라붙었다. 곧 어느 쪽 거리에서인가 차가 한 대 불쑥 튀어나오더니 인도 위를 내리닫는 중고차 판매업자의 길을 다짜고짜 가로막았다. 그러자 중고차 판매업자는 차를 피해 돌아가느라 몇 초 동안 요긴한 시간을 빼앗겼고, 뒤쫓던 두 사내는 그를 따라잡을 절호의 기회를 얻었다. 두 사내가 중고차 판매업자를 덮쳤고, 그를 끌어다가 차 속으로 밀어 넣었다. 곧 자동차는 요란한 타이어 소리를 남긴 채 프레디의 시야에서 순식간에 사라져버렸다. 그 모든 일이 불과 십오 초 사이에 일어났다.

계단 밑에서 프레디는 숨죽이고 옴짝달싹도 하지 않았다. 그가 목격한 장면은 실제로 일어날 수 없는 일이었다. 실제로 일어난 일이라 하더라도 그 사람이 위스콘신 주에서 온 남자일 리가 만무했다. 게다가 정말 납치였는지도 의문이었다. 그럼, 아니고말고. 그러나 그것은 체포 현장과 딱 맞아떨어졌다. 그는 눈을 비벼댔고, 허기가 다시 죄어오는 것을 뼈저리게 느끼며 그 기괴한 사건을 서둘러 머릿속에서 내쫓아버렸다.

기운 없이 길을 헤매고 다니다가 삼십 분쯤 지나 그는 택시 한 대를 잡아탈 수 있었다. 체코 지폐로 택시비를 지불했고, 천만다행으로 호텔로 되돌아왔다. 그는 새벽녘까지 계속 두통에 시달렸고, 아침 식사 때가 되자 허기에 병든 몸을 이끌고 식당으로 들어섰다. 식탁에는 눅눅한 빵, 다디단 잼과 기름에 찌든 버터가 차려져 있었다. 이류 호텔 음식이긴 하지만 어쨌든 푸짐했다. 날씨는 여전히 무더웠다. 그는 먹고 또 먹었고, 아내 바비의 경고와 점점 심해지는 타박에도 눈 하나 깜짝하지 않았다. 아홉시에 그들은 다음 관광지를 향해 버스에 올랐다. 프레디가 패서디나에서 온 여자에게 엠&엠스 초콜릿 한 봉지를 사느라 흥정을 벌이는 동안, 통로를 사이에 두고 앉은 아내는 치미는 화를 참느라 이를 악물었다.

그때 가이드가 색유리로 차광된 버스의 앞 유리창을 등지고 서며 물었다. 혹시 오늘 아침 식사 때에 위스콘신에서 온 마이클 브라우닝 씨를 본 사람이 있느냐고. 그가 버스에도 타지 않았으며 호텔 방에도 없다는 것이었다.

2장
1989년 6월 22일 밤

　경험이 나에게 가르쳐준 바에 따르면, 일상생활에서 반복적으로 일어나는 모든 일은 헛되고도 무의미하다. 내가 두려워하거나 경외하는 모든 것은 마음의 동요로 인해 일어나는 것일 뿐 그 자체에는 전혀 선과 악이 내재해 있지 않다는 것을 깨달았을 때, 나는 마침내 진정한 의미의 선이, 즉 전달될 수 있으며 다른 모든 것들이 없어도 독자적으로 능히 정신을 충족시킬 수 있는 그런 것이 정녕 존재하는지를 조사해보자는 결론에 이르렀다. 그 말은 내가 일단 찾아내 얻게 된 다음에는 지속적인 지복을 영원토록 향유할 수 있는 그 무언가가 실존하는지를 탐색해보기로 했다는 뜻이다.

　어제저녁 대사관 직원들과 외교 사절단을 초대해 리셉션을 베푼 오십구 세의 펠릭스 호프만 대사는 간간하게 간이 배어 맛깔스러운 캐비아를 입천장에 굴리며 이 긴 문장의 뜻을 음미해보고 있었다.

이 문장은 그가 일주일 전 새로 입주한 관저의 다락방에 놓인 먼지가 자욱한 책장에서 발견한 책의 머리말이었다. 그도 과거 한때 비전공자로서 철학을 공부하며 삶에 대해 진지하게 고민해본 적이 있지만, 이 책의 저자인 바뤼흐 스피노자는 감히 가까이해볼 생각조차 하지 못했다.

호프만은 리셉션 뒤에 수북이 남은 음식을 먹으며 계속 읽어보려는 생각으로 책을 접시에 기대 세웠다. 그렇지만 책은 잘 버티지 못하고 자꾸 쓰러졌다. 샴페인 병을 끌어당겨 거기에 기대어 비스듬하게 세워보았지만 그 방법 역시 그리 여의치 않았다. 병 속의 내용물이 이미 그의 배 속으로 흘러 들어간 뒤였기 때문에 가벼운 빈 병은 하얀 대리석 식탁 위에서 보기 좋게 미끄러졌고 책도 뒤로 나자빠졌다. 그래서 결국 얼음이 녹고 있는 묵직한 얼음 통을 가져다 받쳤다. 그러자 책이 섰다.

그는 눅눅해진 멜바 토스트 위에 러시아산 캐비아를 큰 숟가락으로 듬뿍 얹었고, 그것을 잘 씹어 음미하며 책을 펴 바뤼흐 스피노자의 철학서 첫 단락을 읽기 시작했다.

그가 음미했던 마지막 철학서는 작가 헤르만스가 번역한 비트겐슈타인의 『논리철학논고』였다. 그렇지만 솔직히 말해 그 책은 너무 딱딱했고 그의 취향이 아니었다. '말할 수 없는 것에 대해서는 침묵해야 한다'는 마지막 구절은 마음에 들었지만. 그는 대학 시절에 칸트, 니체, 사르트르 그리고 하이데거 등으로 철학의 기본이라 할 것들을 익혔고, 버트런드 러셀의 『서양 철학사』를 탐독하며 대철학자들의 사상을 폭넓게 이해해보려고 했다. 릴케와 모르겐슈테른의 신비주의적 시구들을 외우기도 했고, 한나 아렌트의 책도 읽어봤으며, 프랑크프루트학파나 현상학과 관련된 이런저런 글들에도 관심을 가졌다. 그러나 그것들은 그를 바꾸어놓지 못했다. 그는 자신이 지성인이라고 하기에는 여전히 논리적으로 설명하거나 수사학적으로 말할 줄 모르는 엉성하고 덜떨어진 사람이라는 것을 부인하려 들지 않았다. 라이프니츠와 베르그송을 소화하기에는 능력이 달렸지만 프랑스 '신철학파'에 대한 글을 읽을 때면 부족한 지성을 조금이나마 채워야겠다고 각오를 다지기도 했다. 시오랑과 레비나스의 책을 읽어볼까 싶었지만 실천에 옮기지 못하고 말았다.

그는 자신의 모자란 기량을 구태여 다시 실험대에 올려놓고 싶지 않았다. 대신 그럭저럭 시간을 보낼 만한 것으로 특히 탐정소설이나 스파이소설을 선호했다. 그것은 그야말로 무료한 시간을 보내기 위한, 문자 그대로, 심심풀이였다.

그는 스피노자의 책 제목을 보고 슬며시 미소 지었다. 『지성의 개선 및 지성을 사물의 참된 인식으로 인도하는 방법에 대한 논고』. 그는 책 표지에 내려앉은 먼지를 달구어진 다락방 천장을 향해 획획 불어버린 다음 가지고 내려왔다.

도톰한 재질의 종이에 두꺼운 판지로 장정된 묵직하고 제법 커다란 책이었다. 책장은 찢어지고 퇴색했으며 예전에 누가 와인 잔을 얹었는지 여기저기 얼룩이 져 있었다. 글씨체는 크고 선명했다. 또 장인의 손에 튼튼하게 제본된 책등 덕분에 책장을 넘길 때마다 활짝 펼쳐졌다.

그는 다시 한 번 맛좋은 검푸른 캐비아를 한 숟가락 떠서 이번에는 눅눅한 토스트에 얹지 않고 그대로 두 입술 사이에 쏙 밀어 넣었다.

그는 스피노자의 『논고』 머리말 첫 문장에 호기심을 느꼈는데 지금까지 글을 읽으며 그런 적이 없었다. 잘은 몰라도, 글의 어조는 17세기의 저자치고는 이례적으로 직설적이고 독창적이었다. 그는 폰델을 전공한 아내 마리안과 달리 17세기 네덜란드 문학에 대해 아는 것이 별로 없었다. 그나마 희미하게 기억하는 것이라곤 고작 고등학교 시절의 필독서 목록 정도였다. 물론 살아오는 동안 마리안의 연구 서적과 노트 들을 직접 손에 쥐어도 보고 어딘가 굴러다니면 한쪽으로 치우기도 하면서 가까이에서 접해오긴 했지만, 굳이 17세기로까지 거슬러 올라가고 싶은 충동을 느낀 적은 한 번도 없었다. 오히려 그런 고루한 시대에 열정을 쏟는 그녀가 이상하게 보였다. 또 대학 시절 그녀가 폰델의 소네트에 대해 분석한 글을 주의 깊게 읽어보긴 했으나 규칙도 제대로 모르는 놀이를 어깨 너머로 구경하는 걸 자청한 방관자 선에서 벗어나지 않았다.

마리안과 그는 깊은 정신적 공감 같은 것을 느낀 적이 없었다. 처음 시작할 때부터 그녀는 그의 아내였고, 그는 그녀의 남편이었다. 영화와 책에 대해 서로 의견을 나누긴 했어도 그건 피상적이고 감성적인 수준에 불과했다. 그리고 훗날 쌍둥이가 태어나자 그들은 아이들의 치아와 소아병에 대해 이야기했다. 하루도 불가사의하지 않은 날이 없었지만, 신의 존재에 대한 증명과 같은 현학적인 화제는 어울리지 않았다.

호프만은 첫 문장의 '나'라는 단어에서 스피노자의 하관이 갸름하게 빠진 특이한 달걀형 얼굴을 떠올렸다. 왕방울처럼 큼직하고 서글서글한 눈매, 면도하지 않은 구레나룻이 늘어진 뺨, 꼿꼿하게 뻗은 코, 그리고 기다랗고 숱이 더부룩한 머리. 그의 초상화가 본문 앞장에 실려 있었다. 간단한 스케치에 불과했지만 많은 것을 암시하고 있었다.

네덜란드가 스페인에 의해 통치되던 17세기에 철학을 연구한 스피노자라는 인물은 무척 무사태평한 인상을 풍겼다. 이미 자기가 무엇을 해야 하는지 알고 있는 이 남자는 호기심이 가득한 눈으로 자기를 그리는 화가의 오른쪽 한 지점을 응시하고 있었다. 도대체 무엇을 보고 있는지 호프만으로서는 가늠할 길이 없지만 철학자의 예민하면서도 깨어 있는 눈빛을 느낄 수는 있었다.

호프만의 얼굴은 온통 가느다랗고 깊게 팬 주름들로 덮여 있었다. 연일 기승을 부리던 지난 무더위 때는 한없이 흘러내린 땀방울들이 갈지자를 그리며 주름 사이로 모여 고랑을 이루었다. 눈은 눈썹 아래 축 처져 매달린 눈두덩 속에 은밀하게 감춰져, 일부러 들춰보아야 눈망울을 찾을 수 있었다. 초롱초롱 빛나는 그러나 막 벌을 받고 난 열 살배기 소년의 눈처럼 잔뜩 겁을 먹은 애처로운 눈망울을. 호프만의 머리도 원래는 스피노자처럼 윤기가 흐르고 숱이 많았다. 그러나 시간이 지나면서 자꾸 이마가 훤해지며 머리털과 눈썹의 간격이 넓어지고 미국식으로 자른 흰 머리칼은 민숭민숭해져 날마다 한 걸음씩 다가오는 인생의 종말을 알려주었다. 살이 두툼하게 붙은 턱에 떡 벌어진 어깨, 이십 킬로 정도는 과체중인 듯한 몸매에 손발은 두툼하니 커다란 호프만은 높은 연회장을 쩌렁쩌렁하게 울리고도 남을 만큼 목청이 좋았다. 그는 과거에 폴란드와 러시아의 유대인 지역을 떠돌며 머슴살이를 했던 우크라이나 농부처럼 억세고 불그레한 머리털과 피부색을 한 유대인 혈통의 한 지파인 호프만 가문의 마지막 생존자였다.

그는 식탁 위로 몸을 숙여 샴페인 병을 집어 들었다. 그러고는 병째 들이켰고, 그 미지근한 모에 샹동 한 모금으로 캐비아의 진한 뒷맛을 헹궈냈다.

식탁 위로 쏟아진 전등 불빛이 주방 안에 고루 퍼져나갔다. 적막한 집 안에서 호프만은 빛으로 된 막 속에 앉아 있었다. 낮이면 정원 구석까지 한눈에 볼 수 있는 싱크대 위로 난 높고 널찍한 유리창이, 캄캄해진 지금은 거울처럼 식당의 모습을 비추고 있었다. 밖은 여전히 후덥지근했고 극성스러운 모기떼가 날아다녀 창문은 닫아두는 편이 나았다.

식탁은 잔뜩 늘어놓은 물건들로 틈이 없었다. 샐러드, 각종 육류와 파테, 바닷게, 가재, 프랑스산과 네덜란드산 치즈, 수입 열대과일들, 견과류, 와인과 리큐어 병들. 공산주의 정권이 들어선 이후 체코인은 그 누구도 고급 식품들이 즐비한 이런 식탁을 접하지 못했다.

프라하 외곽 상류층 거주 지역에 자리한 이 저택은 1973년부터 네덜란드 여왕이 파견한 특명전권대사의 관저로 사용되어왔다. 4층짜리 직사각형 건물인 이 관저는 소위 견실, 엄숙, 겸손이라는 네덜란드 왕국의 이미지를 주도면밀하게 형성하기 위해 특별히 설치된 외무부의 담당 부서에서 직접 내부 설계를 맡았다. 누구든 이 건물에 들어서면 장식 없이 검소한 칼뱅주의적 부농의 시골 저택의 진면목을 볼 것이었다.

1층의 거의 반은 응접실이었다. 거리 쪽으로 손님을 맞는 응접 세트가 세 군데나 배치되어 있었고, 거기서 날개문을 열면 별도의

식당이 나오는데 공식 만찬을 위해 마련된 거대한 식탁이 놓여 있었다. 그리고 1층 한가운데는 일종의 홀로, 베히슈타인 그랜드피아노와 2층까지 나선형을 그리며 이어지는 넓은 계단이 있었다. 또 정원 쪽으로는 선견지명이 있었는지 일상적인 식사를 위한 또 하나의 아담한 식당이 마련되어 있었다. 여기에는 만찬 때 필요한 요리를 장만하기 위한 큼직한 주방이 있고 허드렛일을 하는 곁채가 또 하나 딸려 있었다. 그리고 붙박이장처럼 보이는 문 뒤쪽으로는 은밀하게 2층으로 통하는 제2의 계단이 숨겨져 있었다.

2층에는 침실들과 서가를 갖춘 서재가, 3층에는 다시 침실들이, 그리고 지붕 아래 다락방에는 쓰다 버린 가구들과 헌책들과 잡동사니가 장식 없고 밋밋한 마룻바닥에 널려 있었다.

관저의 새 주인들은 자기가 가져온 물건들로 외무부의 가구들을 보완해 나름대로 개성을 살렸고, 발령을 받아 떠날 때는 으레 불필요한 것들을 얼마쯤 남겨놓고 떠나기 마련이었다. 스피노자의 저서도 이런 식으로, 이를테면 어느 전근 가는 대사나 아니면 삶에 관심이 지대했던 대사 부인에게 버림받은 채 다락방에 보관되어 있었을 것이었다.

모에 상동 맛도 그리 나쁘지 않으나 호프만은 테탱제를 선호했다. 동 페리뇽이 최고라고들 하지만 호프만 생각으로는 값만 터무니없이 비싸며, 돈푼이나 있고 감식력은 전무한 졸부들을 위한 샴페인이었다. 어제저녁에 사용한 모에는 대사관 직원—프라하에 도착한 지 며칠밖에 되지 않아서 이름이 떠오르지 않는—이 구입해 왔다. 그 직원은 프라하에 주재하는 대사관들에 고급 식료품을 공급해주는 뮌헨 근처의 지정 거래처에 테탱제가 다 떨어지고 없더라고 했다.

스피노자는 대체 무슨 말을 하고 싶었을까?

'경험이 나에게 가르쳐준 바에 따르면, 일상생활에서 반복적으로 일어나는 모든 일은 헛되고도 무의미하다……'는 첫 행은 당장 그 자리에서 까무러칠 만큼 대단한 발언도 아니었다. 그쯤이라면 펠릭스 호프만도 지난 오십구 년간의 삶을 바탕으로 말할 수 있었고, 그 역시 만사가 의미 없고 새로울 것이 없다는 정도는 몸소 체험해 알고 있었다. 하지만 스피노자가 덮어놓고 위대한 철학자라는 명성을 얻었을 리는 만무할 테니 굉장한 뭔가가 있을 것이라는 기대가 있었다.

'……내가 두려워하거나 경외하는 모든 것은 마음의 동요로 인해 일어나는 것일 뿐 그 자체에는 전혀 선과 악이 내재해 있지 않다는 것을 깨달았을 때……'라고 덧붙인 구절 역시 가슴 설렐 정도는 아니었다.

이 말은 곧 노령의 철학자가 두려움의 대상을 자신 속의 공포로 치부한다는 뜻이었다. 자동차는 해를 끼치지 않는 주석 덩어리에 불과하지만 샴페인을 열두 병쯤 퍼마신 주정뱅이가 모는 날에는 살인 무기가 될 것이다. 그리고 일단 그런 사실을 깨달으면 누구든지 (a) 앞으로는 술이라고는 한 방울도 입에 대지 않으려 할 것이고, (b) 자동차도 더 이상 타지 않으려 할 것이다.

그는 계속 읽어나갔다.

'……나는 마침내 진정한 의미의 선이, 즉 전달될 수 있으며 다른 모든 것들이 없어도 독자적으로 능히 정신을 충족시킬 수 있는 그런 것이 정녕 존재하는지를 조사해보자는 결론에 이르렀다……'

돌이켜보건대 이 구절이 이 책을 처음 떠들어보는 순간 그의 마음을 사로잡은 것 같았다. 스피노자는 영혼을 충족시킬 수 있는 뭔가를, 바꿔 말해 그에게 행복을 가져다줄 수 있는 뭔가를 찾아 나섰다. 그리고 문단의 마지막 부분에서 그것을 찾겠다고 거듭 다짐했다. '그 말은 내가 일단 찾아내 얻게 된 다음에는 지속적인 지복을 영원토록 향유할 수 있는 그 무언가가 실존하는지를 탐색해보기로 했다는 뜻이다.'

한마디로 바뤼흐 스피노자는 행복을 찾고 있었다.

펠릭스 호프만은 『지성의 개선 및 지성을 사물의 참된 인식으로 인도하는 방법에 대한 논고』를 철저하게 파헤쳐보리라 작정했다.

그는 자리에서 일어나 냉장고를 열었다. 새로 꺼낸 모에 병의 코르크 마개가 병 주둥이에서 로켓처럼 튀어나갔다. 병째로 들이켜기가 불편해 거품이 부글부글 솟아오르는 샴페인을 잔에 가득 따랐다.

오늘 새벽 그는 흐라드차니에서 서기장을 예방하고 신임장을 제정했다.

체코슬로바키아 사회주의 공화국의 당 서기장께

각하,

본인은 네덜란드 왕국의 명예로운 국민인 펠릭스 아론 호프만 씨를 귀국의 특명전권대사로 임명하기로 결정했습니다.

호프만 씨는 우리 양국의 공통된 상호 이해를 표방할 뿐 아니라, 양국의 장기적인 우호관계의 유지 및 강화를 지향하는 본인의 충정 어린 열망에 부응할 것입니다.

호프만 씨의 고매한 성품과 재능을 신뢰하는 본인은 각하께서 수용하실 수 있는 적법한 수단으로 그가 주어진 임무를 수행할 것이라는 확고한 신념을 갖고 있습니다.

각하께서 예우를 갖추어 그를 영접해주시기를 의촉하오며, 아울러 네덜란드 왕국을 대변하여 그가 자국의 입장을 천명할 때 그리고 체코슬로바키아 사회주의 공화국의 번영을 기원하는 본인의 간절한 안부를 전할 때 경청해주시기를 삼가 앙망하나이다.

네덜란드 여왕 베아트릭스 배상

이미 십오 년 전부터 자격을 갖추고 있었지만 호프만은 쉰아홉이 되어서야 대사 발령을 받았다. 그는 외무부 본부 담당관들이 승진 예정자 명단에서 자신의 이름을 누락시킬 때마다 한동안은 헤이그 본부에 진을 치고 있는 적들의 수를 손꼽아보기도 하고 승진 확률을 따져보기도 했으나, 이미 오래전부터 만년 2인자로 머물다가 결국엔 관직에서 물러날 것이라고 포기했다. 그런데 예기치 않게 퇴직이 임박하여 기회가 온 것이다. 그동안 외무부와 관계가 껄끄러웠던 걸 감안했을 때 그가 기대할 수 있었던 것보다 훨씬 긍정적인 결과였다.

1960년 그는 카라카스에서 3등 서기관으로 첫 근무를 시작했고, 사 년 후에는 상무관으로서 마드리드로, 다시 사 년 후에는 페루의 리마로 이임되었다. 근무했던 나라들이 모두 스페인어권 나라들이었던 것은 순전히 우연이었다. 당국에서는 하나의 문화권에 연계된 전문 외교관 양성에 대해 회의적이었기 때문에 주재원을 파견할 때는 임의적인 인사가 이루어졌다. 1971년에 그는 처음으로 아프리카 탄자니아의 다르에스살람으로 파견되었고, 사 년 후에는 다시 남아메리카의 리우데자네이루로 전근했다. 그는 당시 이미 공관장 자격을 갖추고 있었으나 1979년에야 총영사 자격으로 휴스턴에 갔다. 그리고 1983년 등급 조정은 무시된 채 고작 임시대리대사 자격으로 하르툼으로 이동했고, 프라하로 부임되기까지 그곳에서 체류했다.

후진국에서의 업무는 많은 희생과 정력이 필요했기 때문에 그런 나라에 머무는 동안에는 직무에만 정신을 집중할 수 있었다. 그러나 체코슬로바키아와의 외교관계는 대체로 냉각 상태라 해도 과언이 아니었고 경제적 측면에서도 열차로 운송되는 슈코다 몇 대와 새장 몇 상자 정도의 소규모 무역밖에는 없어서 프라하는 별 볼 일 없는 무척 따분한 자리로 이름나 있었다. 그는 여기서 자기 에너지를 제대로 소모시키지 못할 것 같아 지레 겁이 났다. 하지만 그에게는 대사 부임이 무엇보다도 명예 회복을 의미했다.

호프만이 이 직책을 맡게 된 것은 외무부 본부에서 터를 닦은 빔스헤퍼르스 덕분이었다. 그는 회색 눈동자와 햇볕에 잘 그을린 피부, 호리호리한 몸집의 임관 동기였다. 호프만은 그를 소위 '유치원' 시절에 사귀었는데, 그것은 외무부에 채용된 직후에 받는 교육 훈련을 두고 직원들 사이에서 통용되는 은어였다. '유치원'이 시작된 지 한 달 되던 날, 혼신결혼(混信結婚)으로 전쟁에서 죽음을 모면한 유대인이었던 빔의 아버지가 밧줄로 목을 매달고 슬리퍼 아래의 의자를 차버렸다. 빔은 상심한 나머지 연수고 외교관이고 다 집어치우려 했다. 이때 호프만이 그를 극구 만류하여 외무부에 붙들어두었다. 빔은 그 이후 본부에서 출세 가도를 달렸다. 외무부를 둘러치고 있는 신원 조회의 그물망을 용케 뚫고 들어간 유대인과 (혼혈의 비율이 실제로 얼마나 되었든) 반유대인으로 낙인이 붙은 그들은 스스로를 '유대인 갱단'이라 자칭했다.

스헤퍼르스는 공관장들의 인사 운영 업무도 총괄하는 기획조정실의 실장을 맡고 있었는데, 근무 연수에 따라 자동적으로 승격되는 자리였다. 그는 소문난 호색가이기도 했다.

호프만은 그를 헤이그 중심가에서 유명한 데장드 호텔로 초대했고, 샤토 마고 한 병을 시켰다. 빔은 와인의 향을 묵묵히 그리고 여유 있게 음미했다.

"음, 역시 기가 막혀." 마침내 빔이 말했다. "마고를 따를 만한 건 이 세상에 없지." 웨이터가 와인을 따라 잔을 마저 채웠다.

"자네가 마고라면 사족 못 쓴다는 걸 내 알고 있지. 그렇잖아도 막 자네한테 한 상자 배달시키고 오는 길일세."

"아니, 이 친구 머리가 어떻게 된 게로군. 우리 제발 그러지 말자고!"

"자네가 아니었다면 정말이지 배겨내지 못했을 거네, 빔. 내게도 감사의 뜻을 표시할 기회를 좀 줘야 하지 않겠나?"

"아니, 자네가 나한테 고마워할 게 뭐가 있다고 그래?"

호프만이 테이블 위로 상체를 내밀면서 그에게 스스럼없는 어투로 이야기했다.

"나 반병신 취급 말고 우리 툭 터놓고 얘기하자고. 자네 백이 없다면 내가 프라하에 갈 수나 있었겠어? 저 개자식들은 날 못 잡아먹어 환장한 판인데. 형편없는 쓰레기들 같으니. 얍삽하게 긁어모은 돈으로 저기 아르데슈에 어떻게 별장이나 하나 마련해볼까 하고 눈에 불을 켜고 있는 음흉한 위선자들……"

"아 잠깐, 펠릭스, 이 몸도 거기에 별장을 얻었거든!"

"나도 알아. 하지만 자네는 쓰레기가 아니라 프랑스라면 뭐든 좋아하는 프랑스 애호가인 거지. 자네같이 정신이 제대로 박힌 친구가 왜 프랑스라면 사족을 못 쓰는지 나로서는 정말 이해할 수 없지만, 할 수 있다면 하나님께 자넬 딱히 여겨주십사고 기도해보겠네."

"문화라는 게 있지 않는가, 펠릭스, 문화……"

"저런, 문화는 무슨. 프랑스 갈보들이라고 자백하시지그래?"

빔 스헤퍼르스가 이런 식의 농을 재미있어한다는 것을 그는 잘 알고 있었다. 세월이 흐르면서 그들은 자연스럽게 각자의 배역을 나누었다. 빔은 프랑스 한복판에 자리한 어느 중세 도시 외곽의 개조 농가에서 주색을 즐기며 한량 노릇을 일삼는 독신자 역을 담당했고, 호프만은 스헤퍼르스가 애지중지 여기는 신성 구역을 짓밟고 들어가 그의 주위에다 천박함을 살포하는, 산전수전 다 겪은 곰의 역을 맡았다. 스헤퍼르스는 독신주의를 고수하고 있었다.

"농담은 그만두고, 빔, 자네 배려 고맙게 생각하네, 진심이야. 그동안 멍청한 놈들이 광대 짓 하는 꼬락서니를 너무 많이 봤어. 신물이 난다고. 이제는 나도 그렇게 되겠지. 그래도 좋다네. 헌데 왠지 찜찜한 뒷맛이 좀체 가시질 않아. 너무 뜸을 들인 감이 있잖아, 안 그래?"

"그건 자네가 일을 쉽게 풀어가려고 하지 않아서지."

"아, 다 내 탓이라?"

"자넨 아마 출판사나 영화사 같은 데서 일하는 게 적성에 맞았을지도 몰라."

"그래?"

"자네는 우리 같은 사람이 보기에는 뭐랄까…… 너무 예술적이라고 할까? 내 말은 자네가 너무 거리낌 없고 직설적이라는 거야. 그 점을 크게 문제 삼는 자들도 있었거든."

스헤퍼르스의 말은 요컨대 호프만이 자기주장이 너무 세다는 것이었다. 특히 술에 취하면 목소리가 두드러지게 높아지는데, 그것이 '예술적'이라는 말 속에 감춰진 의미였다.

"게다가…… 솔직하게 털어놓자면, 펠릭스 자네가 아직까지 공직에 몸담고 있다는 건 기적이야. 자네가 그간 얼마나 심심찮게 사고를 쳤나?"

"뭐 그 정도로." 호프만이 대꾸했다.

"그러니까 예를 들자면, 그때 그…… 케냐에서 있었던 그 사창가 사건, 그건 좀 심했어. 그래, 나한테 솔직히 말해보라면, 그건 정말 도가 지나친 일이었다고."

"이봐, 다른 얘기나 하세. 오늘 이렇게 자넬 부른 건 자축하기 위해선데. 내가 애당초 말을 꺼내지 말았어야 했던 건데, 젠장."

그는 화제를 바꿔 동료들에 대해 이야기했고, 그들에 대해 험담을 주고받는 사이 케냐 사건은 그의 기억의 동굴 속으로, 그러니까 그것이 마땅히 있어야 할 제자리로 도로 물러났다.

새로 입주한 관저 주방에서 호프만은 샴페인을 담는 얼음 통에 잘 기대어 있는 책에 다시 집중했다. 빔 스헤퍼르스가 아니었다면 그는 지금쯤 달갑지 않은 공무원 신세를 면치 못했을 터였다. 대사 발령으로 그는 명예롭게 은퇴한 후에 연금을 자그마치 이십 퍼센트나 더 받게 되었다. 퇴직 후 그리 오래 살 것 같지도 않고 돈이 꼭 필요하지도 않지만, 직장을 그만두고도 상당한 고정 수입이 있으리라 생각하니 안도감이 들었다.

호프만은 그동안 자신의 몸을 혹사해왔다. 열대 나라에서도 늘 늦게까지 일에 파묻혀 지냈고, 폭식에 폭음을 하였다. 또 몇 년 전까지는 줄담배도 피웠다. 그는 퇴직하고 나서 오후 시간을 무료하게 보낼 것이 지레 걱정스러웠다. 그에게는 취미도, 열정을 쏟을 만한 것도, 특별히 즐기는 소일거리도 없었다. 휴스턴에 주재할 때부터 그는 밤마다 냉장고에서 음식물을 꺼내 먹고 또 먹었다, 식도와 위장 사정은 생각지도 않고. 그리고 그럴 때면 주로 신문, 잡지, 상업 광고지 들을 닥치는 대로 읽었다.

프라하에 와서는 아직까지 광고지 같은 것을 보지 못했다. 동구권에서도 광고라는 것을 하는지 의심스러웠다. 안절부절못하다가 미국 작가 또는 영국의 역사 작가들이 쓴 최근의 베스트셀러를 읽어보려고도 했으나, 도무지 성에 차질 않았다. 그의 손은 러시아와 프랑스의 고전을 더듬다가 정기 구독하는 범죄문학 클럽에서 선정하고 발간하는 작품에 가 닿곤 했다.

오하이오 주의 클리블랜드에 있는 문학 클럽에서 그에게 매주 두 권씩 추리소설을 부쳐왔다. 그래봤자 이틀 밤이었다. 그러고 나면 읽을거리가 없었다. 할 수만 있다면 그는 광고물 클럽에 가입했을 것이다. 그러면 몇 킬로그램이나 되는 묵직한 광고물이 배달될 테고 그는 그것들을 읽는 즐거움을 누릴 것이었다. 그는 광고지를 들여다볼 때마다 어릴 적 느꼈던 크리스마스 기분에 휩싸이곤 했다. 여성용 내의든 조립식 욕실용품이든 뭐든 상관없었다. 광고지에 실린 커피 메이커나 초음속 청소기 같은 아주 일상적인 것들을 관심을 갖고 살펴보고 있으면 정신착란을 일으킬 것 같던 머릿속도 비워졌다. 그런 식으로 그는 자신의 사고를 통제하고 집중시켜서 한밤중에 생겨나는 망상을 떨칠 수 있었다.

호프만은 1968년 9월 6일 이후로 줄곧 불면증에 시달려왔다. 그날 이후 그는 자신의 죄수가 되었다.

그는 새로 잔을 채웠고, 이마에 맺힌 땀을 훔쳐내며 『논고』의 다음 문단을 읽었다.

나는 앞에서 '마침내 결론에 이르렀다'고 언급했다. 처음에는 아직 불확실한 것을 위해 확실한 것을 포기해버리는 것이 권장할 만한 일이 아닌 것처럼 보였다. 다시 말해 나는 명예와 부에 따르는 이익들을 잘 알고 있는데, 만약 내가 다르고 새로운 뭔가를 찾는 데 노력을 집중하려면 그런 이익들을 더 이상 좇지 말아야 한다는 사실을 알게 되었다. 그런데 지복이 혹시 그런 세속의 것 속에 포함되어 있다면 나는 행복을 놓치게 될 거라고 깨달았다. 그렇지만 만약 지복이 명예나 부에도 있지 않을뿐더러 또 그러한 세속의 것을 찾느라 고생만 한 상황이 되더라도, 지복을 손에 넣지 못하는 마찬가지 결과가 되고 말 터였다.

스피노자도 직장을 가진 한 가족의 가장이었고, 다른 사람들처럼 부를 추구했던 모양이었다. 그러다가 의혹을 품기 시작했고, 결국 양자택일하는 도박을 감행하기로 했다. 즉 그는 자신이 소유하고 있는 것을 포기하고 지복을 찾아 나설 수도 있었고 아니면 소유하고 있는 것을 그대로 유지하고 그것으로 만족하며 살 수도 있었다.

호프만이 신선한 거위 간이 담긴 접시를 끌어당겼다. 뮌헨에서 진공포장 상태로 수송된 것을 프랑스 대사관에 부탁해 잠시 데려온 요리사가 초저녁에 살짝 지져놓았다. 무더위에 상하지 않게 하기 위해서였다. 그는 식탁에 달려 있는 식사 용구를 넣어두는 서랍에서 나이프를 꺼내 거위 간 조각을 찔렀다. 연한 육질이 입에서 사르르 녹았다.

호프만은 그가 소유하고 있는 것을 그대로 유지해왔다. 비록 불면증에 또 결혼 생활도 끝장이 나긴 했지만 그는 마리안 곁에 머물렀다. 그들은 부모를 여의고 나서도 함께 살아가는 오누이처럼 한집에서 같은 주방과 화장실을 쓰지만 성생활은 하지 않으며 살고 있었다.

시계가 세시 삼십분을 가리키고 마리안은 2층 그녀의 방에서 깊이 잠들어 있었다. 밤이면 그들은 서로 다른 방을 찾아들었고, 이 관저처럼 형편만 허락된다면 욕실도 따로 썼다. 그는 아침 식사 때 그녀에게 인사를 건넸고, 특별한 약속이 없으면 저녁 식사 때나 되어야 다시 그녀의 얼굴을 대하곤 했다. 그녀는 모든 공식적인 의식과 행사에 동반했고, 외교관의 부인으로서 그녀가 해야 할 임무를 성실히 수행해냈다. 그들은 지난날 때문에라도 완전히 결별하지 못하고 계속 그렇게 동거하고 있었다.

호프만은 비겁했다.

그는 살아갈 기력을 탕진해버린, 만성적인 허기와 불면에 시달리는 알코올중독자에 지나지 않았다. 스스로 인정하다시피 성격적 결함을 절대 숨기려 하지 않았고, 걸핏하면 그것을 핑계로 자기가 왜 마리안을 떠나지 못하는지 해명했다. 그들 부부를 맺어주는 것은 열정 같은 것이 아니었다. 오로지 슬픔, 그것도 지나칠 정도로 커다란 슬픔뿐이었다.

그는 접시를 내려다봤고, 맛도 느끼지 못한 채 어느새 세 조각이나 먹어 치웠다는 것을 깨달았다. 그는 다시 잔을 채웠다. 샴페인이 그의 혀 위에서 춤을 췄다.

아침이 찾아와 불면의 밤에서 벗어나기까지 아직 세 시간쯤 더 있어야 했다. 오래전에, 그러니까 1970년대 초반에 그는 새로운 삶을 시작해보려고 한 적이 있었다. 불면증으로 인해 생긴 시간을 알뜰하게 이용하여 수필집을 집필해볼 계획이었다. 그는 그것을 포퍼에 비견할 만한 반증의 역사책이라 자칭했는데, 모든 종교와 이념을 뛰어넘어 독자들 사이에서 공감대를 형성할 새로운 형태의 허무주의를 역설할 것이었다. 그는 수많은 메모를 작성하고 또 그것을 코르크판에 빼곡하게 꽂았다. 책의 구성에 대해 고심하느라 숱한 밤을 지새웠고, 마치 체스 경기에서 어려운 첫 수를 재연하는 사람처럼 메모지를 이리저리 옮겨 꽂기도 했다. 그러나 결국에는 그것이 단지 자신의 삶을 정당화하려는 짓에 불과하며 아무에게도 전할 내용이 없다는 것을 뼈저리게 깨달았다.

리셉션 때 시식했던 매캐한 나무 향이 나는 흐물흐물해진 카망베르 한 조각이 눈에 띄었다. 그는 치즈의 깊은 맛을 샴페인으로 가져냈고, 곧 잔을 또다시 채웠다.

인생의 황혼기에 접어들어서야 드디어 이루어졌다. 조금만 늦추어졌어도 너무 늦을 뻔한 순간이. 어제 아침 그는 대사 자격으로 서기장의 영접을 받았다. 흐라드차니의 천장이 높고 싸늘한 귀빈실에서 그들은 단둘이 앉아 차를 마시면서 축구 선수 판 바스턴과 굴리트에 대해 담소를 나누었고, 끝날 즈음에 호프만은 양국 간의 친선과 우호관계에 대해 몇 마디 중얼거리듯 말했다.

그런 다음 마리안이 들어와도 좋다는 허락이 떨어졌다. 그녀는 대사 부인으로서의 역할을 손색없이 해냈다. 그들은 인생의 정점에 도달해 있었다. 그러나 그들은 그것을 함께 나누지 못하고 각자 누렸다. 대사가 밤낮으로 전용할 수 있는 메르세데스 벤츠의 가죽 시트에 의젓하게 앉아서 흐라드차니를 떠날 때(에어컨은 윙윙거렸고, 번들거리는 까만색 보닛 위에는 네덜란드 국기가 펄럭였으며, 운전사는 정복에 모자를 썼고, 빈에서 맞춘 투피스 차림의 마리안은 제2의 청춘기를 맞이한 듯했다), 호프만은 그녀의 얼굴을 양손으로 감싸 쥐고 이렇게 속삭이고 싶은 충동을 느꼈다. "이게 다 당신 덕분이야." 그러나 정작 그의 입에서 튀어나온 말은 그것이 아니었다.

"후사크 그 사람 어떤 것 같소?"

"교활한 늙은이 같아요." 그녀가 대답했다. "인자한 척 내숭을 떨지만, 기어코 피를 보고야 말 노인네라고요."

"어떻게 생각해?"

"뭘 말예요?"

그는 말을 더듬었다. "지금 우리가 여기 이렇게 같이……"

"당신한테 참 잘된 일이라고 봐요. 당신도 알고 있잖아요?"

"그래, 그렇긴 하지만…… 당신은 어떤 것 같소?"

"내 생각이 그렇다니까요."

"내 말은, 우리가 여기까지 해낸 것에 대해 당신은 어떻게 생각하느냐고."

"여기까지 해낸 건 당신이죠, 나야 좀 거들었다 뿐이지. 당신도 알다시피 내 관심사는 따로 있잖아요."

그는 더 이상 말하지 않았다. 마리안, 당신이 아니었다면 나는 벌써 옛날에 시궁창 속에 고꾸라져버리고 말았을 거요. 그런 고마움의 표시는 그들의 무미건조한 결혼 계약서에서 삭제된 지 오래였다.

그는 경제학을, 그녀는 국문학을 전공했다. 그들은 대학 시절 암스테르담 대학의 학교 식당에서 처음 만났다. 전쟁 기간 중에 고등학생이던 그는 남부 브라반트 지역의 양돈 농가에 피신해 있었던 까닭에 공부를 계속할 수 없었다. 그리고 해방이 되었으나 고아가 된 피폐한 현실 속에서는 고등학교를 졸업하는 일이 가당찮이 느껴졌다.

전쟁 후 호프만은 은행장을 지낸 아버지의 유산에서 매달 얼마간의 배당금을 지급받다 후견인이었던 친구의 아버지 헤인 다면을 설득해 독립하였다. 그는 학교에 다니지도 않고 일도 하지 않았으며, 플란타저 미덴란에 있는 어느 집에 방을 하나 얻어 담배를 피우거나 차를 마시면서 무위도식했다. 아직 미성년자였지만 수중에 돈이 있었던 그는 카페에 드나들면서 다른 젊은이들을 만났다. 그들에게는 그의 무기력증이 비정상적으로 보였다. 다른 친구들은 악을 쓰고 욕을 퍼부어대면서 전쟁의 충격을 그림과 책으로 바꾸려고 정열적으로 덤벼들고 있었다.

호프만은 문화비 조로 얼마를 떼어내 가난에 쪼들리는 친구들의 광란적인 그림들을 샀다. 그리고 꼬집어 설명하기 힘든 묘한 애착을 갖고 훗날 자기들의 예술운동을 '코브라'라고 이름 붙인 그 화가들의 작품을 간직해왔다. 1952년 그는 스물두 살이 되어서야 비로소 검정고시로 김나지움의 졸업 자격을 따고 대학에 진학했다.

코브라 파의 아펠과 콘스탄트의 작품들은 그의 중요한 재산 목록이 되었다. 그는 그 작품들을 덴 보스에 있는 보안 시설과 온도 조절 장치가 설치된 창고에 보관했다. 인심이 후하지만 약간 고지식한 공학도이자 그의 초등학교 동창인 헤인 다먼의 창고였다.

다먼의 집안은 대대손손 주교 아니면 여자 수도원장을 배출해온 덴 보스 지역의 명문가였다. 덴 보스가 해방된 지 삼 개월이 지난 1944년 겨울 어느 날 헤인은 헤켈란 대로에서 추위 속에 서 있는 학교 친구 펠릭스 호프만을 우연히 보았다. 펠릭스는 자신이 자란 그러나 이제는 전부 도둑맞고 거덜 난 자기 집 옆에 우두커니 서서 턱을 덜덜 떨고 있었고, 그런 그에게서는 돼지 똥 냄새가 났으며 온몸이 더러워져 있었다. 헤인은 그를 달래어 자기 집으로 데려갔다.

헤인의 가족은 마치 호프만의 생일이라도 되는 것처럼 헤인의 아버지가 앉는 등받이 높은 의자 위로 색종이 장식을 주렁주렁 걸어 호프만을 맞아주었다. 몸에서 나는 악취가 집 안을 채우는 동안, 호프만은 식탁 맨 윗자리에 앉아서 그들의 죄의식에 가득한 시선을 받으며 음식을 먹어 치웠다. 기장으로 만든 죽을 먹었고, 베이컨과 달걀 프라이와 콘드비프를 곁들인 두툼한 캐나다 빵 다섯 조각, 무지방 소시지 반 조각, 그리고 초콜릿 한 개를 연이어 먹었다. 그리 배가 고프진 않았지만 주는 대로 넙죽 받아먹었다. 장식 색종이들이 그의 목을 자꾸 찔러댔다. 그런 다음 헤인의 맏형이 입던 두툼한 외투를 건네받았다(그것으로 그는 한겨울을 났다). 헤인이 저런 어린아이를 다시 밖으로 내보내는 것은 기독교적이지 않다는 말을 꺼냈고, 결국 가정부가 헤인의 방에 녹슨 조립식 침대를 갖다 놓았다. 그를 씻기기 위해 욕탕에 물이 가득 채워졌고, 잠자리에 들기 전에는 다면 부인의 호의로 신약성서를 공부하기도 했다. 펠릭스는 1945년 8월까지 그 집에 얹혀살았다.

그곳에서 지내는 동안 매주 그는 군대 호송차들과 끊임없이 이어지는 구급차 행렬을 뚫고 복스털까지 위험한 외출을 감행했다. 정신이 약간 이상한 에뒤아르트 판 데 파스의 돼지 농장에 다녀오기 위해서였다. 시를 좋아하고 물을 병적으로 두려워하는 그 돼지치기는 신성한 가축들을 불법 도살하여—호프만이 전쟁 중에 목격한 유일한 항쟁 행위였다—그 가운데 얼마를 어린 유대인 소년에게 나누어주었으며, 점점 휑하게 비어가는 돼지우리를 이 년 동안이나 피신처로 제공해준 사람이었다.

집에서는 유대교 율법에 따라 만든 정결 음식만 먹었던 호프만은 그때 그 농부가 직접 훈제한 햄이 지닌 기적적인 맛에 익숙해졌다.

식탁에는 셀로판 포장을 뜯지 않은, 손도 대지 않은 이탈리아산 햄이 놓여 있었다. 호프만은 그것을 한쪽 얇게 썰어내고 싶은 충동에 시달렸다. 그러나 함께 마시기에는 샴페인이 좀 달리는 것 같아

54

보졸레 지방에서도 가장 아름다운 구역에서 생산되는 향이 그윽하고 은근한 풍미의 부루이 와인을 한 병 땄다. 그리고 샐러드 그릇 속에서 멜론 몇 조각을 찾아내어, 그것을 네덜란드 왕실을 상징하는 금색 왕관이 박힌 공식 연회용 새 접시에 햄과 함께 정갈하게 놓았다.

1945년 8월 호프만은 유대인 고아 수용소로 옮겨졌다가 이내 그곳을 도망쳐 나왔고, 헤인이 그를 며칠 동안 자기 방에 숨겨주었다. 결국 헤인의 부모가 선정후견인이 되어주었고, 그는 암스테르담의 오래된 유대계 지구인 플란타저 미덴란에 방을 얻어 독립할 수 있었다. 그 무렵 그는 이미 부모가 샤워실에서 독가스로 처형된 다음 오븐에서 화장되었다는 사실을 알고 있었다. 헤인은 1949년에, 호프만은 1952년에 대학에 입학했다. 그 뒤에도 몇 년 동안 그와 헤인은 거의 매일 만났다. 그러다가 헤인이 필립스 사 사장의 딸 트뤼디 오버레임과 결혼하면서 차츰 소원해졌다. 그렇다고 관계가 완전히 끊긴 것은 아니고 일 년에 한 번 정도 만나 담소하며 지난날의 정을 되살리곤 했다. 그리고 몇 년에 한 번씩은 부부 동반으로 식사도 했다.

마리안은 트뤼디와 자주 연락하며 지냈다. 그들이 마음을 툭 터놓는 막역한 사이인지는 알 수 없었지만, 트뤼디는 마리안이 편지를 주고받는 몇 안 되는 친구 가운데 하나였다.

호프만은 인간들이 맹목적으로 추종하고 있는 세 가지 오류, 즉 부와 명예 그리고 쾌락을 불확실한 지복과 맞바꾸기로 각오한 철학자 스피노자에게로 다시 주의를 기울였다.

호프만은 삶의 행로를 바꾸는 기로에 선 스피노자가 자신의 망설임에 대해 보다 폭넓고 깊이 있게 서술한 몇 문단을 읽어가다가 다음 구절에서 멈췄다.

　　내가 극도의 위험에 빠져 있어 아무리 불확실한 처방일지라도 전력을 다해 그것을 찾아내지 않으면 안 될 절박한 입장에 있음을 나는 무릇 자각했다. 나는 위독한 병에 걸려 목숨이 위태로운 환자, 한 가닥 남은 희망이 걸려 있기 때문에 불확실하지만 기를 쓰고 그 처방을 얻어내야 할 운명의 중환자와 같았다.

　　햄 한 조각을 얇게 잘라내어 거기에 정성스레 멜론 한 조각을 돌돌 말며 호프만은 자기 역시 극도의 위험에, 돌이킬 수 없는 퇴보의 위험에 처했다고 생각했다.
　　—삼십 초쯤 지나서야 오줌 줄기가 힘차게 뻗어 나오는 경우가 종종 있었다. 방광을 비우고 나서도 오줌이 쉽게 그치지 않고, 심지어는 바지 앞 단추를 채우고 난 다음에도 오줌 방울이 질금 배어 나오곤 했다.
　　—괄약근이 직장을 완벽하게 조이지 못해 자기도 모르는 사이에 팬티에 똥을 지리기도 했다.
　　—원인을 알 수 없는 묘한 통증이 갑자기 그의 온몸을 덮쳤다.
　　—한번은 울적하고 공연히 짜증이 나서 레너드 번스타인이 지휘하는 말러의 곡을 듣고 있는데 불현듯 그의 귓속에서 쇄쇄 하는 소리가 울렸다.
　　—밤이면 눈에 보이지 않는 바늘 같은 것이 그의 눈을 콕콕 찔러

댔다.

—마치 비소를 삼키기라도 한 것처럼 심한 복통이 몰려와 배를 움켜쥘 때도 더러 있었다.

—담즙이 식도를 타고 올라와 목구멍에 걸려 있었다.

—관절들이 시큰거렸다.

—손톱과 발톱이 살 속으로 파고들었다.

—머리 말고 피부 곳곳에서 굵은 털이 자랐다.

—심한 통증이 가슴 한복판에서 목 언저리를 거쳐 왼팔과 손가락까지 이어졌다.

그는 그 증상들이 무엇을 의미하는지 알고 있었다. 책도 적잖이 찾아 읽어보았으며, 주치의에게 설명도 들었다. 심장동맥이 굳어졌다고 했다. 다시 말해 모든 것이 꽉꽉 막히고 노쇠했다는 의미였다.

주치의는 엄격한 식이요법으로 콜레스테롤 수치를 낮춰야 한다고 충고했다.

"계속 이런 식으로 나가다가는 심장마비를 일으키고 말 겁니다. 컴퓨터 용어를 빌리자면, 펠릭스 씨의 몸이 산정해낼 출력은 이미 정해졌다고나 할까요."

"콜레스테롤이 정말 그렇게 해로운 겁니까?"

"네, 우린 그렇다고 봅니다."

"확실한 건 아닌가요?"

"그게 좀 복잡한데……"

"그렇다면……"

"사실 이 측정기로는 재기가 어려울 정도로 펠릭스 씨의 혈중 콜레스테롤 수치가 높습니다."

"그래요? 난 잘 모릅니다만, 콜레스테롤 수치가 어떻다고 하는 게 통 믿기지 않네요."

아무튼 호프만은 바뤼흐 스피노자처럼 극도의 위험에 처해 있었다. 그의 육신은 이미 커다랗게 덩어리져 썩어가고 있으며, 그의 정신은 하루 이십사 시간 내내 자기 자신과 함께 꽁꽁 묶여 뇌 속에 갇혀 있었다. 이러다가 결국 그의 머리는 폭발하고 말 것이다.

그는 와인 한 모금으로 햄과 멜론의 뒷맛을 말끔하게 씻어냈다. 부루이는 고급 목재의 향을 가지고 있었다. 그 와인은 너무 독하지 않은, 그러나 한결같으면서도 그윽한 맛이 났다.

그는 계속해서 책을 읽었다.

뿐만 아니라 행복과 불행은 전적으로 이것, 즉 우리가 사랑하게 된 그 대상의 성질에 달려 있다는 사실에서 악이 비롯되는 것처럼 보인다. 왜냐하면 사랑하지 않는 것은 절대 갈등을 일으키지 않기 때문인데, 그게 사라질 경우 전혀 슬픔을 느끼지도 않으며, 타자에게 빼앗길 경우 전혀 질투를 느끼지도 않을 것이고, 또 두려움도 증오도, 한마디로 요약해 아무런 영혼의 동요도 겪지 않을 것이다.

이 끔찍한 진실, 새로울 것이 없으면서도 미묘한 진실에 그의 손동작이 더뎌졌다. 그가 든 잔이 식탁과 그의 입 사이에 엉거주춤 떠 있었다. 스피노자는 여기에서 물질에 대해서만 이야기했을까, 아니면 '우리가 사랑하게 된 대상'에 인간에 대한 사랑도 포함했을까?

호프만은 사르트르와 보부아르처럼 자유분방한 연애를 해보려고 예술가들 주변을 어슬렁거리는 여자들을 침대로 끌어들인 적이 있었다(배우나 가수 같은 유명인을 우상처럼 숭배해 쫓아다니는 팬을 일컫는 '그루피'라는 말이 나오기 훨씬 전이었다). 그러나 학교 식당에서 마리안의 목소리를 처음 들었던 그날부터 그는 그녀만을 사랑했다. 그녀는 명성이 자자했던 국문학자 J. C. 쿠넌의 딸로, 만성 건선을 앓고 있는 까칠하고 권위적인 아버지의 연구 분야에 뛰어들어 그를 꺾어보려고 오래전부터 벼르고 있었다. 1954년이었으니 그것은 소녀가 품기에 가히 영웅적인 포부임이 틀림없었다. 쿠넌은 호프만의 부친이 은행장을 역임했음에도 불구하고 그를 벼락출세한 속물로 여겼고, 호프만은 그런 장인을 소심하고 신경질적인 좀생원으로 여겼다.

펠릭스는 헤인 다먼과 학교 식당에서 주방장이 실험적으로 내놓은 인도네시아식 볶음밥을 먹다가 본의 아니게 등 뒤에서 들리는 남학생과 여학생의 실랑이를 엿듣게 되었다.

"싫어, 에디. 난 안 갈래."

"난 네가 약속한 걸로 알았는데." 남학생이 실망스러워했다.

"나도 그러려고 했는데, 잘못 생각했어."

"뭐, 잘못 생각했다고? 그래도 약속은 약속이잖아?"

"미안해. 난 파티에 안 갈 거야."

"그럼 영화 보러 갈래? 크리테리온에 이탈리아 영화가 새로 들어왔거든."

"에디…… 도대체 언제쯤 알아차릴 건데? 난…… 난 당신을 사랑하지 않아."

"뭐? 나는……"

호프만은 헤인과 시선을 주고받으며 서로 어깨를 한번 으쓱했다.

"에디, 정말 미안해. 하지만 이렇게 터놓고 말하는 게 더 나을 것 같아."

"너 내가 유대인이라서 싫다는 거지?" 남학생이 퉁명스럽게 쏘아붙였다.

그 말을 듣는 순간 펠릭스의 얼굴이 붉어졌다. 여학생은 소리를 낮추어 대답했다.

"아니야, 정말 그런 이유가 아니야. 당신에게 아무 애정도 느끼지 못해서 그래."

"너, 인종차별하는 거다."

"아니 정말, 그게 아니라니까……"

여학생이 억울해하며 울먹였다. 펠릭스가 참다못해 불쑥 몸을 뒤로 돌렸다.

뒷자리에는 그가 지금까지 만나본 적이 없는 이목구비가 수려한 여학생이 앉아 있었다. 숱 많은 짙은 색 머리채를 어깨 위로 치렁치렁 늘어뜨린 그녀는 가냘픈 손가락을 다부지게 쥐었고, 갈색 눈에는 눈물이 맺혀 있었다. 덩치 좋은 남학생은 그에게 등을 돌린 채 앉아 있었다.

"어이, 당신 귀먹었어?" 펠릭스가 쏘아붙였다.

남학생이 그에게로 몸을 홱 돌렸다. 딱 벌어진 어깨, 큰 덩치에 단단한 턱 그리고 우악스러운 손이 어느새 펠릭스가 앉은 의자 등받이에 올려져 있었다. 펠릭스도 아는, 같은 동아리의 선배 회원

에디 콘이었다.

"지금 어디라고 끼어드는 거야?" 에디가 말했다.

"난 전혀 참견할 맘이 없거든. 근데 사람이 이렇게 많은 데서 목소리를 높이니 어쩔 수 없이 듣게 됐다고. 또 듣자 하니……" 펠릭스가 미모의 여학생에게 힐끗 눈길을 던졌고, 여학생은 놀란 눈으로 그를 바라다보았다. "저 여학생이 하는 말을 들으려고 하질 않아서."

"이거 귀가 삐어 빗듣는 놈이로군."

"천만의 말씀, 나 다 올바르게 들으셨다."

"내가 너라면 입 닥치고 있겠는데."

"내가 그쪽이라면, 또 저 여학생하고 춤출 기회가 눈곱만큼이라도 남았다면, 아닌 게 아니라 나도 입 다물고 계시겠다."

여학생이 순간 키득하고 웃음을 터뜨리더니 그만 제풀에 놀라한 손으로 얼른 입을 틀어막았다. 그러자 에디가 더 거칠게 씩씩거렸다.

"너, 남의, 일에, 끼어들지, 말라고, 했다."

"그거야 내 자유……"

그때 혜인이 펠릭스의 팔에 손을 얹었다. "자, 이제 그만해. 어서 마저 먹고 집에 가자고." 전문대학에 다니는 혜인은 펠릭스가 모르는 친구들과 어울려 난잡한 파티를 열었다가 셋방에서 쫓겨나 그의 집에서 함께 지내고 있었다. 혜인은 그 파티에 대해 한마디도 하려 들지 않았다. 펠릭스는 혜인의 손을 뿌리치고 에디를 똑바로 쳐다보았다.

"저 여학생은 인종차별을 한 게 아니야." 그가 에디에게 말했다.

"차별한 게 분명해."

"아니라니까."

에디가 갑자기 우악스러운 손으로 펠릭스의 멱살을 잡았다.

"너도 지금 그러고 있잖아?" 에디가 사납게 소리를 질렀다.

펠릭스는 자신을 걱정스레 지켜보고 있는 여학생에게로 눈길을 돌렸다.

"나하고 춤추러 갈래요?" 펠릭스가 물었다.

에디가 펠릭스의 멱살을 쥔 주먹에 더욱 힘을 주더니 여학생 쪽으로 얼굴을 돌렸다.

여학생은 얼떨떨한 표정으로 어깨를 한번 으쓱하더니 눈을 잠시 내리깔았다가 다시 치켜뜨며 단호하게 대답했다. "네, 좋아요."

"그것 봐." 펠릭스가 목이 죄어 불편한 목소리로, 급작스러운 사태에 갈피를 잡지 못하고 있는 에디에게 보란 듯이 말했다. "저 여학생은 인종차별을 한 게 아니야. 왜냐면 나도 그쪽처럼 할례를 받은 몸이니까. 내 말을 못 믿겠거들랑 같이 화장실로 가서 서로의 물건을 꺼내 한번 보자고, 어때?"

에디가 입을 다물지 못하고 펠릭스를 빤히 보았다. 펠릭스는 여학생이 놀라면서도 감탄하는 모습을 놓치지 않았다.

에디가 자리에서 일어났다. 그러곤 한 술도 뜨지 않아 고스란히 남은 실험적인 볶음밥 접시를 남겨둔 채 서둘러 사라졌다. 펠릭스는 여학생을 향해 멋쩍은 몸짓을 했다. 주제 넘게 참견한 것에 대해 양해를 구하는 듯. 여학생은 아무런 반응도 보이지 않았고, 그를 빤히 쳐다볼 뿐이었다. 펠릭스는 몸을 돌렸다.

"너 그러다간 언젠가 한번 된통 혼날 거야." 헤인이 장담했다.

펠릭스는 학교 식당의 새로운 메뉴로 나온 인도네시아식 음식을 한 숟가락 떴다. "아니 자식이 괜히 트집을 잡고 그러잖아." 음식을 가득 물고 그가 웅얼거렸다. "저런 자식은 똑같은 식으로 받아치면 당장 기가 꺾이는 법이거든. 저런 자식들은 하나같이 맞대놓고 짖어대면 냅다 도망쳐버리는 덩치만 큰 개들이라고. 근데 너도 그 여학생 봤어? 와아, 정말 끝내주던데, 그렇게 예쁜 여자 너도 난생처음 봤지? 혹시 누군지 알아?"

헤인이 고개를 비스듬히 들어 호프만의 뒤쪽을 바라보았다. 그런 헤인의 시선을 따라가던 펠릭스의 눈이 여학생의 얼굴과 마주쳤다.

그녀가 말했다. "우리 언제 춤추러 가죠?"

'영혼의 동요', 스피노자는 추억을 되새길 때 수반되는 고통을 그렇게 불렀다. 호프만은 남은 햄과 멜론을 입에 털어 넣었다. 그리고 이런 신경질적인 방법으로 한꺼번에 들이붓는 바람에 또다시 음식의 맛을 즐기지 못했다는 사실을 뒤늦게 깨달았다. 네덜란드 대사관이 주관하는 연회라면 빠지지 않고 나오기 때문에 '상록수'라고 불리는 청어 절임이 담긴 접시를 집어 들었고, 청어 꼬리 하나를 들어 올렸다.

더운 날씨에 얼마나 오랫동안 식탁에 놓여 있었는지 청어의 색깔은 벌써 변했으나, 그 맛은 역시 따라잡을 것이 없었다. 스헤베닝언 부둣가에서 청어 장수가 청어 맛은 막 상해가는 것이 최고이며 자기도 그렇게 먹는다고 그에게 설명해준 적이 있었다. "상해서 문드러질까 말까 할 때랍니다." 청어 배를 가르면서 상인이 덧붙였다. "구더기가 슬기 바로 전이죠. 제 말을 못 믿으시겠다고요?

여기 이걸 한 푼도 안 받고 그냥 드릴 테니 가져가세요. 단 이렇게 해보셔야 합니다. 먼저 싱크대 한쪽에 하루나 이틀쯤 놓아두세요. 그러다가 비린내가 너무 지독해서 더 이상은 견딜 수 없다 싶을 때 드세요. 맛이 어땠는지 그다음 날 꼭 말해주셔야 합니다. 약속하신 겁니다.”

과연 이틀 뒤에 먹어본 청어는 살이 말랑하고 혀에서 사르르 녹았으며 막 사냥한 짐승을 먹었을 때와 같은 진한 뒷맛을 남겼다.

그는 다시 청어 한 마리를 집어 올려 이번에는 꼬리 바로 앞까지 덥석 물어뜯었다. 그런 다음 자리에서 일어나 냉동실에서 보드카 병을 꺼냈다. 차고 당밀 같은 보드카를 따르자 잔에 보얗게 김이 서렸다. 그는 단숨에 들이켰다. 독한 술이 단박에 목구멍을 채웠고 코와 눈으로 취기가 올라왔다. 그는 짜릿한 쾌감에 전율했다. 곧바로 한 잔을 더 마셨다. 알코올이 식도를 콕콕 찔러댔고 그는 어금니를 지그시 물었다. 그는 자리로 가 앉았고, 계속해서 읽었다.

그러나 오직 영원하고 무한한 것을 향한 사랑만이 영혼을 기쁨으로 살찌운다. 그리고 그런 사랑만이 모든 고통으로부터 자유롭기에 가장 바람직할뿐더러 전력을 다해 추구할 만한 가치가 있다.

그에게 영원하고 무한한 것은 무엇일까? 북해에 면한 왕국의 최고 대표자로 여기 이렇게 와 있는 지금 자신의 명예욕은 이미 충족된 셈이었다. 한때는 마리안을 위하는 것이 영원하고 무한한 과제라 여겼던 적도 있었다.

헤로인 중독자들이 드나드는 암스테르담 유흥가의 싸구려 여관에서 미르얌이 마약 과다 복용으로 죽은 이후, 마리안은 두문불출하고 오직 폰덜의 소네트 연구에만 파묻혀 지냈다. 에스터가 죽고 난 지 몇 년 후에 시작한 그 작업을 그녀는 자조적으로 '폰덜 연구의 최고 결정판'이라 부르곤 했다. 이제 쉰네 살이 되었지만 그녀는 아직도 자신이 뛰어넘을 수 없는 아버지를 상대로 싸우고 있었다. 세계적인 명성을 누린 쿠넌 교수는 묵묵히 그리고 슬픔을 삼키며 손녀들의 죽음을 감당했다. 미르얌의 장례식 때 호프만은 이 모든 사건의 책임과 유전적인 원죄를 누구에게 돌리고 있는지를 장인의 눈초리에서 읽었다. 미르얌의 마약 과다 복용이 있고 난 지삼 주일 만에 호프만 부부는 즈볼러에 있는 가족 묘지에 장인도 묻었다. 장모와 자신들의 두 딸 곁에.

스피노자에게는 부(富)와 명예 그리고 쾌락이 그릇된 가치였지만, 그는 이에 대해 언급했다.

호프만도 전에는 명예를 쟁취하려고 노력했다. 그렇지만 그것을 성취한 지금은 비참한 심정으로 승진자 명단을 찢어버리던 지난 일들이 새삼 의아했다. 관저에 살며 보리스라는 운전사가 딸린 메르세데스 벤츠를 타고 다니는 현재의 처지가 만족스럽지 않은 것은 아니지만, 밤은 여전히 너무 길었고 허기는 좀처럼 가시질 않았다.

부, 아니 부족한 것이 없다는 표현이 더 적합한 그런 환경은 아버지 덕분에 가능했다. 삼십 세까지 매달 지급된 소액의 유산 배당금으로 마흔세 점의 그림을 사 모을 수 있었고, 그것이 이제 크리스티의 감정가로 약 백삼십만 길더에 상당했다. 부자가 되려고 한 적은 결코 없었지만, 그의 삶은 다른 사람들과 비교해보았을 때 결핍된 것이 없다고 말할 만했다.

그러나 쾌락은 그리 단순한 문제가 아니었다. 먹는 것도 쾌락이고, 마시는 것도 쾌락이고, 성교도 쾌락에 속했다. 만약 스피노자가 그런 모든 쾌락을 완전히 포기했다면, 그가 갈파한 '지복'이란 모든 세속적인 것을 추방해버린 금욕적인 삶을 의미할까?

육 년 전 케냐에서 불미스러운 섹스 스캔들이 있었다. 외교적 문제로까지 번져 그는 파면 직전까지 갔으나 외무부 장관에게 망신스러운 징계를 받는 것으로 일은 마무리되었다. 이성을 잃은 상태에서 그가 치명적인 실수를 저지른 것이었다. 결국 상부에서는 그 사건을 비밀에 부친 한편 그에게 청구서를 보냈다. 뇌물, 위로금, 무던한 작은 집 한 채를 다시 짓는 데 드는 비용 등 모두 합쳐 사천 달러를 조금 넘는 액수였다. 미르얌이 죽기 전, 그러니까 딸애가 싸구려 여관에서 발견되기 일 년 전의 일이었다. 그것이 그가 경험한 마지막 성 경험이었다. 그 사건 이후 그는 더 이상의 모험을 감행하지 않았다.

명예, 부, 쾌락. 그는 이런 것들과 상관없다고도, 초월했다고도 할 수 없었다. 쾌락을 원하면 욕구를 채워줄 창녀를 사거나 아예 정부를 둬도 될 만큼 재력은 충분했다. 아프리카에서는 원하는 것은 무엇이든 구할 수 있었다. 열 살짜리 여자애나 여덟 살짜리 사내애와 하는 섹스도, 세 명, 네 명, 심지어 다섯 명의 여자와의 혼음도, 또 기린의 등 위에서도 하마의 아가리 속에서도 다 가능했다. 그러나 정작 그가 진정으로 원하는 대상(지난날 그처럼 정숙하게 오르가슴에 달할 때 짓던 마리안의 표정)을 얻는 데 돈은 보탬이 되지 않았다.

그는 그림과 직위와 사회적 위치 등 지금 갖고 있는 모든 것을 망설이지 않고 단 하룻밤의 수면과 맞바꿀 수도 있었다. 그런 작은 죽음의 상태가 축복이라는 것을 전에는 미처 알지 못했다. 무심코 잠자리에 들었다가 깨어나는 것이 일상생활에서 활력이 된다는 걸 알지 못한 채 여러 해 동안 잠자리에 들었다.

잠에서 깨어나는 것은 죽음에서 다시 살아나는 것이었고, 죽음이란 고뇌로 점철된 삶의 불가사의에서 헤어나는 것이었다. 꿈속에서 더없이 참혹한 곤경을 치루기도 하고 더없이 아름다운 정경을 발견하기도 했다. 하지만 속세를 떠난 비존재이자 암둔한 공백상태인 꿈을 꾸지 않는 잠이야말로 잔인한 현실을 견디어낼 수 있는 힘을 제공해주었다.

그는 벌써 이십 년이 넘도록 불면증에 시달리고 있었다. 1968년 9월 6일 미르얌의 쌍둥이 언니 에스터가 죽었다. 에스터는 그가 땅속에 묻은 첫 번째 딸이었다. 그로부터 십육 년 뒤인 1984년 9월 12일 그는 다시 무덤을 파고 에스터 곁에 미르얌의 관을 내려놔야 했다.

에스터가 죽고 서너 달이 지난 뒤 영영 잠을 자지 못하리라는 것이 확실해졌을 때 그는 요즘 흔히들 권하는 '전문가의 도움'을 받아보기도 했다. 의사들은 플라세보에서 치명적인 약에 이르기까지 별의별 처방을 전부 동원했지만 잠은, 적어도 예전에 알고 있던 형태의 잠은 찾아오지 않았다.

전에는 의식 세계와 분리되는 일이 고역스러웠던 기억이 드물었으며, 수년 동안 ('어서 등 뒤로 와 누워요' 하고 속삭이곤 했던) 마리안을 양팔에 품고 새벽이 될 때까지 깊고 힘찬 숨을 내쉬곤 했다. 대낮에도 그의 살갗은 마리안의 살결을 기억했고, 복부는 부드럽고 포근한 밤이 어서 오기를 고대했다. 그는 음낭은 그녀의 따뜻한 엉덩이에 누르고 양팔은 그녀의 가슴에 두르고 입술은 그녀의 어깨에 얹은 채로 잠에 곯아떨어졌다. 그들은 애무로 혹은 눈짓으로 서로를 위안해줄 수 있었다. 지적인 차원에서는 공유하는 것이 별로 없어서 그녀는 까마득한 옛날에 몰두해 있었고 그는 무역 증진에 대한 서류를 읽었지만, 꿈속에서 그들은 서로의 갓난아이 같은 순박함을 누렸다.

마취되어서 잠자는 것과 비슷한 효과를 내는 화학물질이 있긴 했으나, 그것을 통해서는 자연스러운 잠을 특징짓는 안정감—존재하면서도 동시에 존재하지 않는 신기한 출생 이전의 경험—을 전혀 느낄 수 없었다. 약에 의지한 잠은 어딘가 공허하고 불안했고, 의식이 차단되고 상실된 상태에 있으면서도 왠지 무방비로 방치되어 있는 느낌이 들었다. 나중에 듣기로, 그 의약품은 판매가 금지되어 시중에서 수거되었고, 미국 제약사는 변상금으로 몇백만 달러를 지불했다고 한다. 그것을 복용한 사람들이 광기 어린 분노 증세를 보였으며 더군다나 수면 중에 살인을 하는 사건들이 잇따라 일어났기 때문이다.

그는 모르핀도 맞아봤다. 그러나 예전의 잠과는 비교도 되지 않았다. 아편 기운이 퍼지면 오색찬란한 빛과 온갖 소리가 가득 찬 지루하고 긴 꿈에서 헤어나지 못했고, 아편 기운이 가시고 난 다음에는 움직일 때마다 새삼 천근만근 되는 자신의 체중을 자각할 뿐이었다.

잠이 일으키는 또 하나의 특징은 자신의 정체성과 개성으로부터 스스로를 해방시켜준다는 것이었다. 잠 속에는 어딘가 원초적인 구석이 있었다. 인간 영혼의 이율배반이 나타나지 않는 동물적인 삶을 막연하게 일깨워주는 무엇이 잠 속에 남아 있었다. 그는 지난 이십 년 동안 끊임없이 자기 자신을 찾아가는 방문객이었고, 그는 자기를 맞이하는 주인을 증오하기에 이르렀다.

청어는 보드카와 환상적인 맛의 조화를 이루었다. 세 마리째의 유혹을 이기지 못하고 그는 말랑한 살을 한입 베어 물었고, 책으로 시선을 던졌다.

스피노자는 건강하게 잠을 잘 잤을까? 스피노자의 글에서는 틀림없이 밤의 휴식을 즐겼을 것 같은 건강미가 물씬 풍겼다. 그런 글을 썼다면 마음의 평정을 누리는 사람이 분명했다.

스피노자는 최고의 선에 대한 깊은 사색을 통해 자신이 그때까지 추구해온 그릇된 가치로부터 벗어날 수 있었다고 말했다. 그는 사고력과 분석력이 지복에 좀 더 가깝게 다가설 수 있게 한다는 사실을 통찰했는데, 폭넓고 깊이 있게 따져본 뒤에야 비로소 자기를 지배하고 있던 가치의 거짓된 이면을 발견했기 때문이다.

온 정신을 집중시켜 사색을 계속하는 사람들은 사색하는 동안 저절로 그런 것들—호프만은 '헛된 것들'이라고 해석했다—을 외면하게 되며, 또 사색이 새로운 삶을 진지하게 설계해나가도록 한다고 확신하게 되었다. 그것이 내게 커다란 위안이 되었다.

호프만은 전혀 잠을 이룰 수 없었기 때문에 밤새도록 할 수 있는 유일한 일이 사색이었으나, 그것을 통해 새로운 삶을 어렴풋하게라도 설계해본 적은 한 번도 없었다. 오히려 사색은 혐오와 원한을 불러일으켰다. 그는 사색에 정화하는 힘이 있다고 한 스피노자의 주장이 20세기 허무주의자들(호프만은 자신을 그렇게 분류하고 있었다) 앞에서도 통할 수 있을지 의심스러웠다.

스피노자는 계속해서 '모든 일은 영원한 질서에 따라 발생하며 특정한 자연의 정해진 법칙대로 진행된다'고 역설했다. 그러므로 자연, 바로 그 속에 지복이 내재해 있는 자연을 이해하라는 것이 스피노자 철학의 핵심이었다. 나아가 자연을 이해하기 위해 인간은 정신적으로 그리고 육체적으로도 건강해야 한다고 했다. 그리고 스피노자는 담론의 핵심을 잃지 않고 이렇게 덧붙였다.

그러나 사물을 쉽고도 착각하지 않으면서 올바로 이해하려는 목적 아래, 무엇보다 먼저 지성을 개선하고 정화시키는 방법이 고안되어야 한다.

호프만은 감동한 듯 고개를 내저었다. 논리적 사고를 하는 철학자가 이렇게 어리석을 만큼 열정에 찬 글을 썼다는 사실이 믿기지 않았기 때문이다. 그는 잔에 보드카를 채우고 얼른 다음 구절로 넘어갔다. 스피노자가 지성을 개선시키는 데 도움이 될 세 가지 생활 규범을 밝혀놓았기 때문이었다.

스피노자는 지성의 개선과 정화에 이르는 가장 효율적인 방법으로 무엇보다 먼저 대중이 이해할 수준에서 말해야 한다는 것을 들었다. 이것은 학교 교사나 이미 개선된 지성을 갖춘 교양인에게 해당되는 규범이었다. 그래서 호프만 같은 초보자에게는 별로 도움이 되지 않는 조언이었다.

두 번째 규범은 '건강을 유지할 수 있는 바로 그만큼만 쾌락을 즐길 것', 세 번째 규범은 '반드시 생계를 꾸리고 건강을 유지하며, 목적에 저해되지 않는다면 돈이나 다른 물질은 관습에 맞춰 살 만큼만 소유하도록 할 것'이었다.

불면증으로 생활이 엉망이 되기 전에는 호프만도 자신의 무절제한 성향을 그런대로 조절해왔다. 물론 와인을 한 병 더 혹은 두 번째 디저트를 하는 식으로 도를 넘은 때도 이따금 있었지만, 마리안과 쌍둥이가 어떤 형태로든지 허기를 채워주었기 때문에 그때는 타고난 식탐을 충분히 자제할 수 있었다.

딸을 소원했던 그는 한꺼번에 둘이나 태어나자 행복해서 어쩔 줄 몰라했다. 1960년 첫 번째 발령을 받고 베네수엘라에 도착한 지 꼭 두 달 만에 그곳의 미국 병원에서 마리안이 이란성 쌍둥이를 낳았다. 먼저 에스터가, 그러고 나서 사 분 후에 미르얌이 태어났다. 그는 아이들을 내세워 이젠 전쟁을 실컷 비웃어줄 수 있게 되었구나 하고 내심 쾌재를 불렀다. 난자와 정자의 충돌을 통해 순진무구함을 복구했기 때문이었다. 그는 요람에 있는 아이들의 조그마한 볼이 빨개질 때까지 뽀뽀를 했으며, 며칠씩 아이들의 섬약한 손을 꼭 잡고 신이 존재하기를 기도했으며, 신이 존재한다면 딸들을 위해 건강과 행운을 내려주기를 간절히 청했다. 또 기저귀도 갈았고, 우유병도 챙겼다. 그런 그를 마리안은 보수적인 외교관 세계에서는 보기 드문 신세대 남편이라며 우쭐해했다.

호프만은 슈퍼 팔 밀리미터 카메라를 구입해 아이들의 발달 과정을 하나하나 남겼다. 침을 질질 흘리며 방바닥을 기는 모습, 유아용 침대의 칸살을 잡고 일어서는 모습, 놀란 표정으로 뒤뚱거리며 첫발을 떼는 모습, 공기를 불어 넣은 튜브 수영장 안에서 장난감 고래를 갖고 물장구를 치는 모습, 처음 젖니를 뺄 때 눈물을 뚝뚝 흘리는 모습. 딸들에 대한 그의 사랑은 끔찍했다.

두 번째 근무지인 마드리드에서 아이들은 네 살을 맞았고, 에스터는 1967년 말까지만 해도 여느 아이들이 앓는 정상적인 소아병 외에는 다른 특별한 병치레를 하지 않았다. 어느 날 아침 초콜릿 가루를 뿌린 두툼한 네덜란드식 빵을 먹고 나서 외국인 학교로 데려다줄 이웃 부인—아파트에는 다른 외교관 가족들도 살고 있어서 당번을 정해 아이들을 학교에 데려다주었다—에게 가느라 미르얌과 함께 엘리베이터를 탔던 에스터가 음식물을 토했다. 놀란 아이들이 아파트로 뛰어 돌아왔다.

"엄마, 엄마!" 미르얌이 외쳤다. "에스터가 토했어!"

펠릭스는 아내에게 별것 아닐 거라는 몸짓을 했다.

"아휴, 그랬어? 어디서 토했는데?" 마리안이 물었다.

"엘리베이터 안에서 토했단 말이야." 미르얌이 흥분한 목소리로 외쳤다.

"알았어. 미르얌 넌 좀 가만있고, 에스터, 너 어디 아프니?"

아이가 고개를 가로저었다. "아니."

"아직도 속이 매스껍니? 다시 토할 것 같진 않아?" 그가 물었다.

"아니." 그렇게 대답하고 나서 아이는 웃음을 터뜨렸다.

호프만이 양동이를 들고 나가 아이가 토해놓은 오물을 깨끗하게 치웠다. 나중에야 그때 바로 아이가 종합검진을 받았어야 했음을 깨달았는데, 당시 그들은 아이의 외할머니가 보내준 초콜릿 가루가 상했을지 모른다고 생각해 그 통을 쓰레기통에 버리기만 했다.

그런 일이 있고 일주일 후에 에스터가 또다시 토했다. 이번에는 저녁 식사 때였고, 호프만과 마리안은 아이들이 식사 중에 그러는 것을 종종 겪었기 때문에 아무 걱정도 하지 않았다. 그러다가 사흘 뒤 에스터가 열이 올라서야 비로소 의사에게 진료를 요청했다.

대사관 직원이 소개해준 의사는 친절했다. 머리가 허옇게 센 마드리드 출신의 전문의는 다른 병리적 이상을 발견하지 못하고 그저 흔히 있는 미열로 진단했다. 일주일이 지나도 열이 내리지 않자 의사가 페니실린을 처방했다. 그러자 열은 내렸으나 에스터는 소위 '악화'된 상태였다. 아이는 아무 기력이 없었고, 밤잠을 설쳤으며, 빈혈을 일으켰다. 삼 주일 후에 발열 증상이 재발했고, 이번에는 고열이 지속되었다. 의사가 다시 페니실린 복용량을 높였다. 그러던 어느 날 아침 아이의 피부가 묘하게 달라 보였다. 바로 전날 밤만 해도, 호프만이 밤중에 서너 차례나 일어나서 자고 있는 에스터를 살펴보았을 때만 해도 아이는 조용하게 잤다. 그리고 새벽이 되어 출근하기 전 잠깐 들러 뽀뽀를 해주려고 (열이 재발한 후 미르얌이 손님방으로 잠자리를 옮겨 혼자서 방을 쓰고 있는) 에스터에게 갔을 때, 그는 아이의 피부가 몹시 건조하고 주름이 잡혀 있는 것을 발견했다.

"여보, 에스터 피부 봤어?" 그가 마리안에게 물었다.

"아뇨, 무슨 이상이 있어요?"

"잘은 모르겠는데, 좀 이상한 것 같아."

아이를 살펴보러 나갔다가 다시 주방으로 들어선 마리안이 놀란 내색을 감추려고 애썼다. 그는 거기 그대로 서 있었다, 서류 가방을 손에 든 채로.

"도대체 뭐가 잘못된 걸까요, 여보?"

"알바레스 씨한테 전화해봐야 하지 않을까?"

"어제도 다녀갔잖아요."

"다른 의사를 찾아봐야 할까?" 그가 말했다.

"내가 안달한다고 생각할까봐 말을 못 했는데요, 내가 보기엔 알바레스 씨가 잘 모르는 것 같아요…… 난, 난 진작부터 다른 의사한테 보여야 한다고 생각했어요."

"왜 진작 말하지 않았어?" 그가 벌컥 화를 냈다. 그는 사실 자기 자신에게 화를 내고 있었다.

"당신이 그 사람을 상당히 마음에 들어하는 눈치라서……"

"무슨 당치도 않은 소릴. 마음에 들건 말건, 아이 건강이 제일 중요하지. 마리안, 아니 당신 정말……"

그녀가 그를 껴안았다.

"다 괜찮아질 거야." 그가 말했다. "열 때문에 아마 수분 결핍이 일어난 걸 거야."

"그럴 거예요. 어서 열이 내려야 할 텐데."

"그러니 이제 너무 걱정하지 마. 괜찮을 거야."

대사관에 출근한 그는 다른 의사에게 전화했다. 그 의사도 진찰하고 나서 특정한 병인을 발견하지 못했는데, 페니실린이면 충분하다면서 환자에게 물을 충분히 주라고 충고했다. 열이 점점 떨어졌고 피부도 원래대로 회복되었다. 마침 리마로 전임 발령을 받은 그들은 다시 이삿짐을 꾸리기 시작했다.

1968년 1월 둘째 주에 에스터는 원인을 알 수 없는 출혈을 일으켰다. 페루의 의사들은 일련의 증세에 대해 확실하게 진단을 내리지 못하고 서로 다른 이야기를 했다. 호프만의 가족은 대사관이 위치한 리마의 외항 카야오에 가구가 거의 갖춰져 있지 않은 고층 아파트 한 채를 구했다. 컨테이너에 실은 이삿짐이 파나마운하를 통과해 올 때까지 한동안 그들은 낡은 나무 바닥 위에 테라스용 의자와 간이 테이블을 놓고 캠핑하듯 살았다.

에스터의 병이 재발한 이후 미르얌은 부쩍 말수가 줄었다. 호프만은 미르얌을 데리고 동물원에도 가고 놀이터에도 갔지만, 아이가 웃음을 짓는 것은 단지 그의 기분을 맞춰주기 위해서였다.

그는 마리안과 번갈아가며 에스터 병간호를 했다. 아이의 병에 대한 불안감으로 그들은 잠을 이루지 못했다. 때로 그는 낮에 사무를 보다가 그만 꾸벅꾸벅 졸기도 했고, 생담배에 서류가 그슬려 깜짝 놀라 깨기도 했다. 그들은 몇 주일을 그렇게 버티다가 결국 아이를 마이애미로 옮기기로 했다.

의사들은 에스터가 헤노흐-쇤라인자색반병을 앓고 있는 것 같다고 추측하며, 경과를 예측하기 어렵고 생명이 위험할 수도 있는 까다로운 병이라고 부언했다. 갑자기 이제까지의 불안감이 투병 의지로 바뀌었다.

마리안은 그를 위로했고, 그는 마리안을 위로했다. 그들은 병에 맞서 싸우자고, 계속 밝은 모습을 잃지 말고 그들의 낙관적 자세를 에스터에게 심어주자고 다짐했다.

아이는 이 주일 동안 온갖 검사를 받아야 했다. 마리안과 미르얌은 에스터 곁에 남고, 호프만은 일주일만 머물고 리마로 돌아갔다. 그들은 매일 적어도 두 번씩 전화 연락을 했다.

"오늘은 좀 어때?"

"아주 잘 견뎌내고 있어요."

"미르얌은?"

"커서 의사가 되겠대요. 에스터 곁에서 한시도 떨어지지 않아요."

"어디 통증은 없대?"

"여기 의사들이 여간 의젓한 아이가 아니라고 칭찬해요. 통증이 대단할 텐데 투정 부리지 않고 잘 참는다고요."

호프만은 이렇게 대꾸했다. "그것 봐, 우리가 얼마나 훌륭한 딸내미 둘을 만들어냈는지. 아니, 당신이 영특한 공주님을 둘씩이나 내 품에 안겨줬어."

국제통화의 잡음을 헤치고 그녀의 흐느낌이 들려왔다.

검사 결과 백혈병으로 판명되었다.

그 후 에스터가 숨을 거두기까지 육 개월의 시간이 흘렀다. 화학요법 때문에 아이의 육신은 보통 사람의 팔십 년 세월을 단기간에 치른 것처럼 노쇠해졌다. 머리가 빠지고 주름살이 생기고 눈은 퀭해졌다.

마리안과 미르얌은 변변찮은 아파트를 하나 얻었다. 그곳은 남미에서 몰려오는 피난민 물결을 틈타서 임대료를 천문학적으로 올려 받는 쿠바 이민자들이 장악하고 있었다. 그는 매주 마이애미를 왕래하고 싶었으나, 헤이그 본부에서 허락하지 않았다. 그가 사정을 설명하고 애걸했지만 고작 하루 휴가만 얻을 수 있었다. 그는 답답하고 화가 나 텔렉스를 보내고 그 당시 외무부가 있던 플레인

청사에 전화를 걸어 항의했으나 고지식한 관료들은 끄떡도 하지 않았다. 그것은 그가 나머지 재직 기간 동안 상관들과 벌여온 전쟁의 발단이 되었다.

온 가족이 마이애미에서 모처럼 모이면, 그들은 늘 해왔던 대로 시간을 보냈다. 렌터카를 타고 드라이브를 할 때면 쌍둥이는 쉴 새 없이 질문을 했고, 호프만과 마리안은 아이들의 눈을 통해 세상을 바라보면서 그들이 제대로 보내지 못했던 유년기를 새삼 향유했다. 그들은 바닷가를 산책했고, 에스터가 지쳐 힘들어하면 그가 아이를 들어 안았다. 그들은 바닷물과 물고기와 따뜻한 멕시코만류에 대한 이야기에만 마음을 썼고, 또 어떤 때는 잔디 덤불을 관찰하느라 십오 분 동안이나 그 위에 구부리고들 있었다. 그러면 그들의 열정과 호기심 속에서 시간이 멈춘 듯했다. 그는 그렇게 온 천지를 자기 가족과 함께 나누었다.

같은 해 5월 에스터는 전세 비행기 편으로 네덜란드로 이송되었다. 아이는 암스테르담 폰덜 공원 근처의 루터 종합병원에서 치료를 받았다. 공원이 내다보이는 작은 병실에 누워 에스터는 휴대용 전축으로 자기가 직접 고른 음반을 들었고, 아동문학가 아니 M. G. 슈미트의 작품을 즐겨 읽었고, 어머니와 여동생을 위로했다. 그들은 매일 병원을 찾았는데, 날씨가 좋으면 에스터를 휠체어에 태워 공원으로 데리고 나가 잔디밭 여기저기에 배낭을 베고 드러누워 있던 히피족 곁을 돌아다녔다. 또 에스터는 병원의 다른 아이들에게 이야기책을 읽어주기도 했다. 아이는 의연하고 아름다웠다.

펠릭스에게는 두 번 문병 허가가 났다. 그는 암스테르담행 항공기에 몸을 실었다. 비행시간이 무려 스물다섯 시간이나 소요되었다. 그는 나흘 동안 줄곧 에스터 곁에서 지낸 다음 다시 근무지로 되돌아갔다. 딱 두 번이었다.

대학 공부를 마칠 때까지 그에게 그리고 그림 그리는 몇몇 친구들에게 물질적 도움을 주었던 아버지의 유산을 그는 직장을 갖고 나서는 한 푼도 건드리지 않았지만, 그때만큼은 어쩔 수 없었다.

"최고 중에서도 제일 최고로 해주십시오." 그는 두 번 방문했을 때 의사들을 붙들고 강조했다. "최고의 의료진과 최고의 의료 기구들! 뭐든지 최고로 해주십시오. 비용은 얼마가 들어도 상관없습니다."

그리고 두 번 다 의사들은 이렇게 대답했다. "우리 힘으로 할 수 있는 최선을 다하겠습니다, 호프만 씨."

에스터는 걷는 것이 불편해지기 시작했으나 눈동자는 여전히 여덟 살짜리 아이의 것 그대로 남아 호기심이 넘치며 티 없이 맑았다. 한편 호프만은 아이의 눈 속에서 아이가 아프기 이전에는 눈치채지 못했던 영채(靈彩)를 발견했다. 에스터의 눈망울은 매일 자기 주변에서 보는 아픔으로 인해 한편으로는 지혜로워졌고, 슬픔으로 인해 다른 한편으로는 너그러워져 있었다.

유럽 전역에서 장발의 청년들이 상상의 자유를 위해 거센 시위를 벌이고 있던 무렵, 에스터는 다정하고 애잔한 눈망울을 가진 조그만 노파처럼 구겨져갔다. 8월 말 급히 오라는 전갈을 받고 펠릭스는 상부에 허가를 구할 겨를도 없이 즉시 날아갔다.

마지막으로 그가 딸을 본 것은 아이가 세상을 뜨기 한 시간 전이었다. 병실 창문 너머에는 늦여름의 향기가 넘실댔다. 램프와 호스들이 주렁주렁 매달린 의료 장치에 연결된 채 아이는 조용하게 미소를 머금고 누워 있었다. 아직도 포기하지 않았다는 것처럼, 그리고 앞으로도 오랫동안 그들 곁에 머물고 싶다는 걸 분명하게 해두고 싶은 것처럼 그녀의 모습은 줄곧 평온하기만 했다. 공원 옆 어느 식당에서 간단히 요기하고 오려고 그들은 방을 나섰다. 그리고 아래층에 내려왔을 때 펠릭스는 가방을 두고 나온 것을 알고 얼른 병실로 되돌아갔다.

그가 조심스레 방문을 열자, 에스터가 그에게로 고개를 돌렸다. 그는 미소를 지으며 안으로 들어갔다.

"미안, 가방을 깜빡 잊고 나갔구나."

에스터가 고개를 끄덕였다. 그는 의자에서 가방을 집어 들었고 잠깐 침대 옆에 서서 아이의 서늘한 머리와 볼을 어루만졌다. 아이는 한기에 시달리고 있었다.

"미르얌이랑 엄마랑 같이 나갔다가 금방 돌아올게. 갔다 와서 책을 읽어줄게, 알았지?"

에스터가 미소를 지었다. 그는 아이의 쭈글쭈글한 볼에다 손을 갖다 댔다. 자기의 온기를 나누어주고 싶어서였다. 그때 에스터가 깡마르고 가냘픈 왼손을 들어 그의 손목을 잡았다. 그가 수도 없이 입맞춤했던 그토록 귀엽던 고사리 같은 손이 늙은 노파의 손처럼 되어버린 것이 언뜻 눈에 들어오는 순간, 감당할 수 없는 울음이 목구멍으로 울컥 치솟아 올랐다. 그는 가슴을 후비듯이 소용돌이치는 슬픔을 참느라 안간힘을 썼다. 아이에게는 우는 모습을 보이고 싶지 않았다.

에스터가 고개를 저으며 속삭였다.

"아빠…… 아빠…… 괜찮아요. 정말 괜찮아요."

그는 코를 훌쩍 들이마셨다.

"에스터, 내가 널 얼마나 많이많이 사랑하는데. 난 네가 어서 나아서 우리 식구가 모두 함께 다시 행복해졌으면 정말 좋겠다."

"아빠, 난 낫지 못할 거예요."

"아냐, 넌 꼭 나을 거야!"

"아빠, 난 이젠 나아질 수 없어요. 정말 안 돼요……"

에스터가 도저히 이해하기 어려운 시선으로 그를 빤히 쳐다보았다.

"다 괜찮아요, 아빠. 정말 괜찮아요."

"네가 회복되어야 괜찮은 거야."

"아니에요, 날 그냥 이대로 두세요. 난 다 알아요."

"우리 딸이 뭘 아는데?"

아이는 미소를 지었다, 고통을 참아내면서.

"나도 다 안다니까요, 아빠는……"

"도대체 뭘 말이냐? 우리 예쁜 에스터가 뭘 아는데?"

아이는 다시 한 번 말했다, 들릴락 말락 하게. "아빠, 나도 다 알아요……"

그가 아이의 이마에 입맞춤을 했다.

"우리 그럼 한 시간 후에 돌아올게. 그런 다음 미르얌이 너 주려고 산 그 신나는 책 있잖아? 그거 읽어줄게, 좋지?"

아이가 고개를 끄덕였다.

그들이 돌아왔을 때 에스터는 이미 숨을 거둔 뒤였다.

아이의 심장이 별안간 멈추었고, 간호사가 평화롭게 눈을 감고 있는 그녀를 발견했다고 했다. 펠릭스는 아이가 누워 있는 모습을 바라보았다. 여유 있게 작별 인사를 하고 떠난 노숙한 한 여인이 누워 있는 모습을.

슬픔을 이기지 못한 마리안은 주저앉았고, 타일이 깔린 병원 복도에서 울부짖으며 오열을 토했다. 그는 도저히 그녀를 안정시킬 수 없었다. 그녀가 산통을 앓는 듯 배를 움켜쥐더니 전신에 경련을 일으켜 의사가 진정제를 놔주었다. 의사가 그녀에게 그날 밤 병원에서 안정을 취하도록 권유해 펠릭스는 미르얌만 데리고 즈볼러에 있는 아이들의 외갓집으로 갔다.

지난 몇 달 동안 울음을 터뜨리기도 하고 욕설을 내뱉으며 원망도 했지만, 막상 일이 닥치자 그는 돌연 담담하게 가라앉았다. 그는 미르얌을 꼭 끌어안았다. 미르얌도 두 팔로 힘껏 그를 부둥켜안았다, 굳은 몸으로, 갈퀴처럼 손톱으로 그의 옷을 거머쥔 채.

그리고 그런 담담한 상태에서 그는 오로지 한 가지 생각만 했다. 에스터가 뭘 알고 있었을까? 그것이 도대체 무슨 말이었을까? 자기가 불치의 병이라는 것을 알고 있다는 말이었을까, 아니면 (아이의 눈이 그에게 꼭 전하려고 했던 것 같은) 뭔가 다른, 그로서는 알지 못하는 어떤 진실, 에스터 같은 작은 소녀에게만 부여된 그런 확신, 그로서는 도저히 얻지 못할 믿음을 말한 것이었을까?

에스터가 죽은 그날 밤 마리안을 병원에 남겨두고 온 것은 판단 착오였다. 그녀가 정신을 잃었고, 또 그런 상태가 걱정되었기 때문에 당시에는 그것을 최선책이라고 생각했다. 그러나 다음 날 마리안은 분을 이기지 못하고 떨리는 목소리로 그를 질책했다, 딸이 죽었는데 아버지라는 사람은 정신을 잃은 엄마를 병실에 홀로 처박아두었다며.

훗날 그는 그들의 결혼이 얼마나 물적(物的)이었는지 깨달았다. 아이들이 그들의 실질적인 대화 상대였고, 쌍둥이를 통해 그들의 무언의 사랑이 자연스러운 형태를 꾸려나갔던 것이었다. 마리안과의 잠자리에서 또는 그들의 육체적인 접촉에서 그는 말이 필요하지 않은 삶의 상투적이고 태연한 양상을 실감하곤 했다.

그들의 슬픔은 차원이 달랐기 때문에 그들은 서로를 위로하지 못했다. 그녀의 슬픔이 육체적이고 격렬했다면, 그의 슬픔은 날이 갈수록 그를 점점 조여오는 그 질문 뒤에 형체를 숨긴, 조용하고 냉담한 것이었다. 에스터가 뭘 알고 있었을까?

아이들은 어떤 종교적 교육도 받지 않으며 자랐다. 아이들의 외가인 쿠넌 가는 애초부터 십자가와 예수를 믿지 않는 집안이었고, 에스터와 미르얌에게 얼마쯤 영향을 미쳤을 만한 유일한 요소가 있다면 가족도 없고 할아버지도 할머니도 없는 자기네 아버지가 유대인이라는 것뿐이었다.

에스터가 근본적인 기독교의 '앎'을 의미한 것은 분명 아니었다. 비록 리마와 마드리드에서 학교를 다닐 때 서너 차례의 교리문답 수업을 받고 천국의 구름과 날개 달린 천사들의 이미지를 머릿속에 담아두었을 수는 있지만, 에스터의 세계에는 천국이라든지 내세 같은 것에 대한 개념이 없었다. 그것은 분명히 아니었다. 그녀의 '앎'은 다른 차원에 존재하는 무엇이었다. 매일 참기 힘들 정도로 그녀의 말이 그의 귓전을 울렸다. 괴상하게 차려입고 암스테르담 거리를 쏘다니는 하리 크리슈나 교도가 한결같은 리듬으로 외우는 만트라처럼.

에스터는 즈볼러에 있는 쿠넌 가 가족 묘지에 묻혔다.

그 후로 그는 더 이상 잠을 이루지 못했다.

일 년 전 그는 일간신문 〈NRC〉의 '과학' 부록에서 에스터가 앓았던 유형의 백혈병이 근래에 와서는 치유 가능성이 높아졌다는 기사를 읽었다. 새로운 요법과 치료제 들이 개발되었다고 했다. 그는 네덜란드에 있는 주치의에게 전화해서 그에 대한 사실 여부를 문의하였고, 보도 내용이 맞다는 대답을 들었다. 그렇다면 에스터가 너무 일찍 존재했다는 말인데, 그가 아이를 너무 일찍 만들었고, 그 자신도 너무 일찍 태어난 것이었나? 만약 이십 년 후에 태어날 수만 있었다면 아이는 그 병으로 죽지 않았을 터였다.

에스터의 죽음에 뒤따른 비애 속에서도 마리안의 분노는 차츰 수그러졌다. 한편 미르얌이 이 비극의 가장 큰 희생자가 될 것 같은 수상한 기미가 보였고, 그들은 다시 마음을 굳게 다지며 미르얌을 보호하려고 무척 애썼다.

심리 상담가는 에스터의 죽음을 부인하지 말라고 충고했다. 가족들이 그것에 대해 자연스럽게 이야기를 나누고 미르얌이 두려워하거나 죄의식을 갖지 않도록 배려해야 한다고 했다. 쌍둥이 가운데 살아 있는 한쪽은 다른 보통 아이들에 비해 복합적인 정신적 외상을 입을 가능성이 월등히 높다고도 했다.

하지만 죽은 아이에 대해 계속 이야기함으로써 그들의 고통은 자꾸 되살아났다. 전에는 무의식적으로 이어졌던 화제들이 이제는 너무도 지루하게 대화를 위한 대화의 소재가 되어버렸다. 자연스러워야 할 순간들이 미리 준비해둔 각본 앞에서 찬물을 끼얹은 듯 어색해지기 일쑤였다. 미르얌을 볼 때마다 그는 존재하지 않는 그 아이의 언니를 봤다. 아이들이 그의 양쪽 귓불을 잡아당기고 어깨 위로 기어오르면 그는 양팔에 한 명씩 아이들을 매달아 안아주곤 했다. 그들이 별다른 뜻 없이 내킬 때마다 서로를 껴안는 일은 두 번 다시 없었다. 이제는 모든 신체적 접촉이 형식적으로 변해버렸다. 예전에는 가족이 유기적 결합체를 이루었다면, 이제는 마리안과 그가 미르얌을 위해 꾸며낸 쾌활함 아래 깨져갔다. 에스터를 잃은 상처는 일주일이 지나고 또 일주일이 지나도 아물 줄을 몰랐다.

수면 부족으로 노이로제에 걸리다시피 하고 슬픔으로 판단력이 흐려진 상태로 펠릭스는 리마로 되돌아갔고, 아내와 딸이 없는 시간을 일련의 술집을 옮겨가며 폭음하는 것으로 보냈다. 그리고 결국 도시 변두리의 어느 간이 술집에 발을 들여놓았다. 말수가 적은 인디언들이 죽치고 앉아 머릿속이 핑 내둘려 세상이 거꾸로 보이는 독물을 들이켜고 있었다. 엉덩이가 펑퍼짐한 한 인디언 여자가 그가 끝내 따라나설 때까지 그의 사타구니에 손을 얹고 끈덕지게 치근거렸다. 그는 술집 뒤에 있는 어두운 나무 헛간에서 그녀를 밀어붙이고 일을 벌였다. 덜거덕거리는 널빤지 더미에 기댄 그녀에게 그는 품방아를 찧어댔고, 그런 그가 무슨 투우사라도 되는 것처럼 그녀는 열띤 웃음으로 그를 부추겼다. 그가 목적에 도달하고 또 그녀도 절정에 달한 몸짓을 마치자 그는 몸을 뒤로 돌렸다. 그리고 나란히 늘어서 있는 만취한 인디언들의 유들유들한 얼굴들과 마주쳤다.

광대뼈가 유난히 튀어나오고 사향 냄새를 풍기며 뭉실하게 살진 몸집으로 땀을 흘리던 그 여자는 그가 처음 만난 창녀였다. 밤은 끝없이 길었다. 사이비 의사들이 그에게 모르핀과 아편을 대주었다. 어느 날 그는 자신의 불면증을 받아들이고 밤을 여분으로 생긴 제2의 낮으로 치부해버리는 것으로 밤에 공격을 가하기로 작정했다. 그는 밤새도록 일했으며, 그렇게 밤을 격퇴시켜보려고 안간힘을 썼다.

십 년 전쯤 그가 휴스턴에서 총영사로 있었을 시절, 밤이면 어쩌다가 한번 했던 군것질이 한 끼니를 먹는 것처럼 양이 늘어갔다. 그는 월풀 대형 냉장고 속에 들어 있던 것들을 주섬주섬 챙겨 정찬을 차렸다. 그는 환경에 대한 하나의 반사 행위인 탐식으로 인해 그나마 나약한 자제력을 완전히 잃어버렸다. 일단 시작했다 하면 끝을 모르는 타고난 성향을 자신도 알고 있었다. 그는 앙트레와 디저트뿐 아니라 즉석 냉동식품도 사다 쟁였다. 그리고 텔레비전 앞에 앉아 밤새도록 미국의 TV 프로그램을 보며 그릇에 그득한 음식물을 허겁지겁 퍼먹으면서 허기를 채웠다. 그런 유형의 허기는 수천 년 전 공복과 공포가 동의어였던 태곳적에 인류의 발생과 함께 생겨난 증세였다. 포식한 육신을 통해 그는 자신이 아프리카의 사바나에서 꼿꼿하게 상체를 세우고 두 발로 처음 걷기 시작했던, 그리고 신의 부재라는 징벌을 받고 초원 위에 버려졌던 최초의 인류인 것처럼 느꼈다. 앞으로 닥칠 모든 일에 대한 두려움에 휩싸여, 또 그로서는 절대 채울 수 없는 충만을 갈구하면서.

'파킨슨병' 혹은 '알츠하이머병'이라고 명명하듯 마리안은 그의 허기에 이름을 붙여주었다, '호프만의 허기'라고.

새겨 읽지 않고 그저 물끄러미 스피노자의 책장을 응시하는 동안 지난 일들이 기억의 밑바닥에서 소용돌이쳤다. 보드카는 이미 병 절반이 비어 있었다. 그가 한껏 부풀어 오른 배를 쓱쓱 문질렀다.

주방 창문 너머로 새벽하늘이 밝아오는 게 보였다. 넓디넓은 잔디밭, 견고한 수목들, 정교하고 정성스럽게 손질된 정원이 서서히 모습을 드러냈다.

호프만은 밤새 먹고 남은 음식물 찌꺼기들이 널린 대리석 식탁 위로 눈길을 돌렸다. 몸을 가누고 자리에서 일어나 화장실에 갈 기운조차 없었다. 그는 정신을 가다듬었고, 이른 아침 새들의 우짖음에, 새벽을 알리는 짤막한 멜로디에 귀를 기울였다.

그는 식탁 위에 두 손을 얹었고 의자에서 힘껏 몸을 빼냈다. 싱크대를 붙들어 몸을 지탱하고 있다가 주방에서 비틀비틀 걸어 나와 정원과 통하는 현관으로 향했다. 그리고 정원으로 나가기 전에 화장실 문을 열었고, 변기 앞에 쭈그리고 앉았다.

화장실 변기를 바라보는 것만으로도 배 속이 요동쳤다. 미처 손가락을 목에 넣을 겨를도 없이 식도가 펌프질을 시작했다. 시큼한 내용물이 먼저 목구멍으로 분출되었고, 그것이 다시 혀 위로 그리고 변기통의 하얀 바닥 위로 쏟아져 내렸다.

그는 김이 나는 흐물흐물한 회갈색 혼합물을 내려다봤다. 텁텁하면서도 시큼하고 또 혐오스러우면서도 자극적인 물질에서 풍기는 이상야릇한 악취가 배 속을 또 한 차례 자극했다. 식도의 완력에 못 이겨 몸을 움츠리는 순간 혼합물이 위로 되넘는 욕지기를 느꼈고, 다시 한 번 변기 안에 조각들과 쪼가리들과 파편들로 뒤섞인 불투명한 물질을 토해내자 구제된 듯한 짜릿한 느낌이 그를 감쌌다. 그런 뒤에도 목구멍에 두 번 더 파도가 밀어닥쳤으며, 두 번 다 입안 가득히 시큼한 혼합물을 토해냈다. 그러고 나서 기진맥진한 그는 변기를 부둥켜안은 채 숨을 몰아쉬면서 갑갑하던 배 속이 후련해진 기분을 만끽했다.

간신히 상체를 일으켜 세운 그는 두루마리 화장지를 잡아 뜯어 입과 턱을 닦았다.

　호프만이 정원 안으로 발을 들여놨을 때 하늘은 그사이 좀 더 환해져 있었다. 아름답고, 심오하고, 투명한 푸른 하늘이었다. 후덥지근한 기운은 여전했지만, 잔디에는 찬 이슬이 맺혀 있었으며 새들은 시끄럽게 지저귀었다. 그는 두 팔을 벌려 나무둥치를 안았다. 뼈에 사무치도록 아이들이 그리웠다.

3장
1989년 6월 23일 아침

뷰익에 몸을 싣고 차고를 빠져나온 존 마크스가 반짝이는 차를 후진시켜 차도로 들어섰다. 그는 주행을 시작하며 원격 조종기의 버튼을 눌렀고, 차고 문이 천천히 닫히는 것을 백미러를 통해 확인했다.

비엔나의 집에서 출발한 차가 랭글리의 사무실로 가는 외곽 노선으로 미끄러지듯 부드럽게 진입했다. 키가 그리 크지 않은 편인 그는 새 차가 지난번 모델과 거의 같은 것인데도 운전석에 더 깊숙이 파묻히는 느낌을 받았다.

공장에서 막 출고된 번쩍번쩍한 새 뷰익에서는 아직도 플라스틱 냄새가 진동했다. 계기판에는 지난 육 년 동안 별 불편 없이 타고 다니다가 이 주일 전 상당한 수리비를 들여 고쳤으나 처분해버린 지난번 뷰익보다 더 많은 조절 버튼이 달려 있었다. 자동차 판매원이 약속한 엄청난 할인 혜택에 혹해서 차를 바꾼 것은 아니었다. 수리를 마친 차를 보니 왠지 낯설 뿐 아니라 계기판에 묻은 기름 손때는 아무리 닦아도 지워지지 않았으며, 또 자동차 정비소 냄새도 좀처럼 가시지 않았던 것이다. 신형 뷰익 스카이락은 보르도 와인 색깔에 믿을 만한 컴퓨터 자동제어 시스템이 완비되었으며 지난번 것보다 각이 덜 졌고, 방부 처리된 합성수지와 가죽으로 된 차 안에 있으면 보호막 속에 들어앉아 있는 듯이 아늑했다.

그는 부동산 개발업자들이 한창 기세를 떨치고 있는 워싱턴 주변의 위성도시인 버지니아 주의 비엔나에서 세미 단독주택에 살고 있었다. 근처에는 그렇게 한 건물에 두 가구가 입주한 주택이 새롭게 단지를 이루었고, '워싱턴 컬럼비아 특별구'에서 탈출한 무수한 공무원들이 거주하고 있었다. 지상에서 으뜸간다는 최강국의 수도가 마약 문제를 해결하지 못하고 있었기 때문이다.

통근자들의 물결이 이쪽으로 밀려들기 훨씬 전부터 마크스는 비엔나에서 살고 있었다. 이혼 후 이 년 동안 조지타운에 자그만 아파트를 하나 빌려 지내다가 비엔나의 구시가지에 자리한 지금 사는 집을 산 것이 1979년이었다. 그의 아내 린이 그녀의 고향 밀워키로 되돌아갔기 때문에 옛집에 그대로 눌러살 수도 있었지만 그는 새로운 거처로 옮기는 쪽에 마음이 끌렸다. 곧 린의 변호사가 옛집을 판 돈의 절반을 요구해 왔고, 비록 그의 변호사가 지나친 요구라며 거절할 것을 권했지만 그는 이의를 제기하지 않았다. 그런데도 양쪽의 변호사들은 열정적으로 맞붙었고, 그는 재산 분할을 두고 질질 끌고 나갈 법정 다툼을 계속할 마음이 없었다.

평상시라면 금요일에는 랭글리에 갈 일이 없었다. 그런데 회사에서 비상 연락 번호를 통해 긴급 소집 코드를 전달해 왔고, 그는

차고로 달려가 출발을 서둘렀던 것이다. 또 시간상으로도 그에게
는 익숙하지 않았는데, 일본과 유럽에서 수입된 소형차들로 붐비
는 출근 시간대였다.

그는 정직원이었지만 랭글리에 나가는 것은 일주일에 이틀, 월
요일과 목요일뿐이었다. 출근하는 날은 느지막이 집을 떠나 늦게
야 귀가했다. 구내식당에서 챙겨 간 샌드위치를 먹었고, 닳고 닳은
고참 동료 몇 사람과 눈치껏 어울려 단골 술집에 들러 그의 전용
잔으로 맥주를 두세 잔 걸치고 나서 열한시경에나 집을 향해 차를
몰곤 했다. 출근하지 않는 날에는 주로 집 다락방에서, 방음과 방
진 시설을 해놓은 널찍한 공간에서 소일했다. 다락방은 천장 한쪽
을 차지했던 작고 둥근 창문들을 뜯어내고 전체를 커다란 창문 하
나로 바꿔 달았다. 그곳에서 버지니아 주의 이쪽 방향에 있는 언덕
과 숲이 이루는 장관을 내려다볼 수 있었다.

삼 주일 전에 구청에서 그 부근에서 마지막 남은 숲마저, 그것도
구청 새 청사를 지은 건축업자에게 팔아넘겼다는 사실이 공개되어
동네 전체가 시립도서관에 모였던 일이 있었다. 존도 그 자리에 참
석했는데, 그런 종류의 집회에 참여한 것은 일생을 통해 처음이었
다. 사람들이 모여 웅성거리는 것도 그렇거니와 그 속에서 풍기는
체취와 들뜬 분위기도 끔찍하게 싫어하는 그가 그날은 심지어 좌
중에서 일어나 열변을 토하고 구제책을 제안하기도 했다.

그리고 난데없이 적극적으로 나선 데 대해 행여 오해가 생기지
않도록 노련하게 랭글리 본사에 공식적으로 보고했다. 그는 운동
가도 민주당 당원도 아니었다. 단지 자기 다락방에서 경치를 계속
즐기고 싶었을 뿐이었다.

체인 브리지 로드의 교통은 완전히 마비된 상태였다. 새로 조성된 주택단지에서 셀 수 없이 많은 차가 그것을 미리 계산에 넣지 못한 채 만들어진 도로들로 쏟아져 나왔다. 주택들이 완공되고 구역 조성도 이미 끝났지만, 제1차 시설인 도로망은 그것을 뒷받침하지 못했다. 차는 아주 이따금씩 삼십 미터가량 전진했고, 이러다가는 6층 회의실에 여덟시 반까지 도착하지 못할 수도 있었다.

물론 이런 비상소집을 받은 적이 한두 번은 아니었다. 그는 초조해하지 않고, 별별 일을 다 겪어본 사람처럼 여유롭게 뷰익의 운전석에 앉아 있었다. 차 안에는 형편에 따라 조치를 취할 수 있도록 카폰을 설치해두었기 때문에 앞차들이 고속도로에 진입할 때까지 당분간 침착하게 참고 기다릴 수밖에 없었다. 이 상태로 시간이 지체되면 언제든 전화 연락을 취하면 됐다.

날마다 어김없이 같은 시각에 일어나는 습관대로 그는 여섯시 정각에 잠에서 깼고, 꼼꼼하게 샤워를 한 다음 생수 한 잔과 무슨 일이 있어도 챙겨 먹는 천연 요구르트 한 컵으로 아침을 대신했다. 그러고 나서 다락방으로 올라가 이른 아침 햇빛을 받으며 취미 삼아 하는 일이 어디까지 진행되었는지 살펴보았다. 그는 전자광이었다. 전자공학을 전공했고, 전자 장비 개발자로 회사에 채용되었다. 그는 요즘 콤팩트디스크의 취약점을 보완할 수 있는 고음질의 증폭기를 개발하고 있었다. 그가 볼 때 콤팩트디스크의 단점은 수두룩했다. 그는 모든 정보를 삭막할 정도로 잡음 없이 변조해내는 점 때문에 CD보다는 레코드판을 즐겨 듣는 편이었다. 그는 지금, 순전히 자기 자신만을 위해 틈틈이, 디지털 판독의 신호 체계인 1과 0이 음반의 음향 효과에 인간성을 되돌려주는 부속 장치를 고안해보려고 여러모로 궁리하고 있는 중이었다. 그의 착상은 디지털 오디오테이프리코더와 이론적으로 맞아떨어졌고, 그는 문제의 실질적인 해결책을 찾느라 모든 여가 시간을 쏟아붓고 있었다.

그가 받은 코드 SE-PC는 현지에서의 비상사태를 암시했으며, 이것은 전향자가 나타났거나 상대편이 회사의 공작원을 체포했다는 뜻이었다.

PC란 폴란드(P) 또는 체코슬로바키아(C)를 가리켰다. 폴란드는 최근에 자유노조가 실권을 장악한 이래 잠잠한 편이었다. 공산당은 삼 주 전에 실시된 총선에서 참패했다. 현지 요원들이 보낸 보고라고 해봤자 고작 폴란드가 지금 권력의 공백 상태에 놓여 있으며 당분간은 바르샤바조약기구에 어떤 실질적인 기여를 할 만한 상황이 아니라는 정도였다. 폴란드 비밀 정보부는 위기에 처했는데, 나토 아니면 소련 둘 중에서 누가 주적인가 하는 문제를 놓고 저울질하고 있는 중이었다. 카틴에서 수천 명의 폴란드 장교가 대거 학살되었다는 카틴 숲 사건이 공공연하게 보도된 지금 그들은 국내 여론에 온 신경을 곤두세우고 있었다. 만일 소련이 개입한다면—마크스는 지금 상황에서 불가능하다고 보았지만 부서의 다른 동료들은 강경파의 도발을 배제하지 않았다—1956년에 헝가리에서 그리고 1968년에 체코슬로바키아에서 그랬던 것처럼 몇십 년간의 노예 생활 끝에 드디어 자존심을 회복하고 사기충천한 폴란드 군부와 무력 충돌을 일으켜 전쟁으로 번질 우려가 없지 않았기 때문이었다.

마크스는 비상사태가 벌어진 곳이 체코슬로바키아일 것이라고 추측했다. 폴란드와 헝가리를 휘몰아치고 있는 새바람에도 불구하고 프라하의 집권자들은 페레스트로이카 같은 것은 존재하지 않는다는 듯 창문을 꼭꼭 닫고 있었다. 1970년에 둡체크를 파면해 대장장이로 좌천시킨 노장파가 브레즈네프의 비호를 받으며 주도권을 강화해갔고, 레닌에 의해 주창된 이른바 '민주주의적 중앙집권주의'를 내세워 은밀히 행사해온 독재적인 방법으로 당을 운영하고 있었다. 그들은 절대로 추위 속에서 몸을 움츠리고 줄 서서 기다릴 필요가 없는 호화로운 슈퍼마켓을 갖춘 차단된 특수 구역에서 자기 가족과 생활했고, 그들의 정보부는 소련의 KGB와 긴밀한 협조 체계를 유지하며 야당의 발언이라면 무엇이든 가차 없이 분쇄해버렸다.

공산국가라고 자칭하는 어느 나라나 흔히 그렇듯 관리와 공무원은 부패와 편협에 빠져 있었다. 그곳에서 선전하고 있는 생활환경은 미국 중서부의 낙후된 고장의 사십 년 전 모습과 유사했는데, 긴장, 절제, 어렴풋한 빈곤 그리고 뚜렷한 계급 차이 같은 것이 특히 눈에 띄었다.

마크스는 동유럽의 중앙위원회 간부회의 임원들의 생활상에 대해서라면 그 누구보다 더 정확한 실태를 파악할 수 있는 직책을 맡고 있었다(PC는 소련[S] 및 동유럽[E] 전체에 관련된 정보를 수집하여 속속들이 분석하는 SE 산하의 지역 담당국이었고, SE는 모든 국가 기밀 정보활동을 총괄하여 기획하고 수행하는 DO라는 기획 조정실 관할 아래 있었다). 게다가 그는 사회주의자들의 낭비벽을 증명할 수 있는 근거를 계속해 수집하곤 했다. 물론 미국의 모모 상원의원과 하원의원의 사생활에 대한 정보도 가지고 있었는데, 대부분—아주 드물게 예외가 있었지만—이 세금을 납부하는 국민들에게 큰 희생을 요구할 정도로 심하지는 않았다. 공산주의자들은 죄과를 저질러도 견책 정도로 비교적 가볍게 빠져나가는 편이었는데, 마르크스주의 이념—인류가 이제까지 만들어낸 것 중에서 가장 임기응변에 능한 종교—에 호소함으로써 적당히 얼버무려 자기 입장을 옹호해나가기 때문이었다.

마크스는 검소한 생활을 했다. 뷰익을 새로 구입한 일은 그의 평균적인 지출 경비 유형에서 어마어마한 이변에 속했다(이런 용어들을 보고서에서 자주 접하다보니 자기도 그런 표현을 따라 하게 되었다는 것을 그 스스로도 의식하고 있었다). 그는 매달 월급의 일부를 위자료로 전처에게 송금했고, 남은 돈은 원금이 보증된 안전한 펀드에 맡겨 투자하고 있었다.

전처 린은 자기 언니와 함께 살고 있었는데, 언니도 이혼해 밀워키로 오자 새집에서 합친 것이었다. 융자를 얻어 산 그 집의 불입금도 얼마 되지 않았지만 그가 매달 은행에 부어주고 있었다. 자매가 돈 걱정 없이 살도록 배려해야 한다는 생각에서였다. 게다가 그들의 큰아들 짐도 규칙적으로 생활비를 보내고 있어 전처는 풍족한 생활을 꾸려나갈 수 있었다.

린을 마지막으로 본 것은 지난 크리스마스 때 조지타운에 있는 짐의 '브라운스톤'에서 같이한 만찬에서였다. 적갈색 사암의 중후한 전통 가옥에서 의사인 짐은 아내 린다와 아이 둘, 그리고 개 한 마리와 살고 있었다. 짐은 사브 외에도 가족용 스테이션왜건을 가지고 있어서 식구들을 태우고 미국의 절경을 찾아다니는 여행을 즐겼다. 존 마크스의 아들은 그런 식으로 가정의 화목을 낙으로 삼으며 살았다. 존 자신은 그것을 단념한 지 오래였다.

자동차는 조금도 나아가지 못했다. 그는 부릉대는 금속과 유리들로 이뤄진 바닷속에 갇혀 옴짝달싹 못하고 있었다. 옆 차선에서는 한 남자가 카폰에 대고 화를 터뜨리며 기다리고 있었고, 다른 쪽 차선에서는 금발을 치렁치렁하게 늘어뜨린 젊은 여자가 일제 소형차 안에서 성마르게 손톱을 깨물고 있었다. 또 차광된 전면 유리창 너머로는 앞차에서 몸집이 유난히 큰 사내가 열심히 코를 후비고 있는 것이 보였다.

　주변에서 우연히 벌어지는 일에서도 그 이면에 어떤 계획이 숨어 있지 않을까 추리해보는 것—사실 그가 하루 종일 하는 일이라고 해도 과언이 아니었다—이 그의 제2의 천성이 되어버렸다. 그는 위험이 될 만한 어떤 신호를 찾아 주변의 사람들을 유심히 살펴보고 있었다.

　만약 체증이 당장에라도 해소된다면 회의가 시작하기 바로 직전에 도착할 수 있는 시간이었다. 그는 될수록 가장 편한 자세를 찾느라 몸을 이리저리 뒤척이다가 문득 의자를 자동으로 조종할 수 있다는 것을 기억해냈다.

　운전석 쪽 문의 팔걸이 위에서 조작 버튼을 찾았다. 작은 레버를 뒤로 당기자 나지막하게 윙윙하는 소리가 나면서 의자가 뒤로 서서히 움직였다. 또 다른 버튼을 조작하자 의자가 앞으로 당겨졌다. 그렇게 조절해서 편한 자리를 잡았다. 그는 조수석에 놓인 티슈 케이스에서 티슈 한 장을 뽑아 손가락에 붙었을 눈에 보이지 않는 티끌을 닦아냈다.

　존 마크스는 키가 작달막했다. 그런데도 여자들은 절대 그를 그냥 보아 넘기지 않았다. 린은 그보다 머리 절반 정도는 더 큰, 미네

소타 주의 건장한 퀘이커교 혈통의 몸집도 풍만한 아가씨였다. 그는 회사에서 그녀를 만났다. 그녀는 비서 일을 했고 가장 보안 등급이 낮은 자료를 취급했다.

회사에는 린을 마음에 둔 남자들이 많았다. 같이 사는 동안 온갖 악담을 퍼부어대면서도 그녀의 가슴속 깊이 품어두기만 한 것이 있었는데, 그녀는 훗날 이혼 수속을 밟던 중에 기어이 그것을 터뜨리고 말았다. 퇴직한 뒤에도 사업을 해서 일이백만 달러 정도는 족히 벌거나, 아라비아 혹은 일본의 갑부들을 상대로 안전에 대해 자문해주면 잘은 몰라도 엄청나게 받을 수 있는 그런 진짜 고위직 남자를 고를 수도 있었다고 했다. 또 이름 앞에 '박사' 칭호가 달린 정보원(회사에는 그런 사람들이 많았다)이나, 전통적으로 특권 계급이며 사회의 주류에 속하는 백인 앵글로색슨 신교도(WASP) 가문의 후손(직원 중에는 정말 그런 사람도 있었다)과 결혼할 수도 있었다고 했다. 그런데 모두 마다하고 하필이면 존 피터 마크스의 청혼을 받아들였는데, 자기가 그때 미쳐서 제정신을 잃지 않았나 하고 후회하고 있다고 했다.

"그래도 당신 행복하지 않았소?" 그 말을 듣고 그가 물었다. "난 적어도 그랬거든."

"네." 그녀가 곧 시선을 내리깔고 나지막하게 말했다. "행복했어요……"

"그나마 다행이야." 그가 기어 들어가는 목소리로 어물거렸다. 거기에서 묻어나는 무력함이 그녀에게 전달되지 않기를 바라며.

"하지만 너무 짧았어요." 그녀가 항의하는 투로 말했다. "시작하자마자 끝나버렸다고요."

"여보, 우리가 결혼해 이십오 년이나 함께 살았고, 그동안 아이들을 둘이나 키웠소. 그 정도면 보통 사람들보다 더하면 했지 덜하진 않았다고 생각해!"

"하지만 난 그것보다 더 많은 걸 원한단 말이에요!" 그녀가 외쳤다. "여보, 날 좀 봐요, 제발⋯⋯"

그가 그녀를 바라보았다.

"우린 아직도 할 게 많아요, 여보. 우리가 함께할 일이 아직 너무나 많은데⋯⋯"

그는 고개를 끄덕였고, 다시 머리를 숙였다.

"머릿속에 대체 무슨 엉뚱한 생각을 담고 있는 거예요?" 그는 그녀가 하는 말을 듣고만 있었다. "대체 왜 그러는 거예요?"

그는 더 이상 린의 곁을 지킬 수 없었다. 그녀 곁에 계속 머문다는 것은, 정확하게 설명해줄 수 없었지만, 그녀를 배신하는 일이었다. 그는 지난 오 년 동안 내연의 여자와 비밀리에 관계를 지속해왔다. 시간이 갈수록 그는 린보다 그 여자를 더 사랑하게 되었으나, 그 여자는 끝내 자기 남편을 떠나지 못했다.

그들의 관계를 정리하자는 마리안의 말을 듣고서야 비로소 그는 린에게서 떠날 결심을 할 수 있었다. 그것은 타인에게는 설명하기 힘든 묘한 심리─아무에게도 털어놓지 않았고, 마리안이라면 그의 심정을 이해해줄 수도 있었겠지만 결국 그럴 기회를 얻지 못하고 말았다─에서 내린 결정이었고, 피할 수 없는 숙명이기도 했다. 그는 린의 곁에서 자며 붙잡을 수 없는 다른 여자에 대해 꿈을 꾸는 삶을 더 이상 지속할 수 없었다.

린에게 그런 심정을 고백하는 일이 그에게는 무엇보다도 제일 힘들었다. 그녀는 도대체 무슨 영문인지 이해하지 못했는데, 그것은 그가 이야기하면서 정작 중요한 마리안과의 관계를 생략했기 때문에 지극히 당연한 일이었다.

1970년대 초 그는 탄자니아에서 지역 총책을 지내던 시절에 어느 외국인 전용 클럽에서 마리안을 만났다. 마리안은 그보다 그리 어리지 않은, 인생의 전성기를 맞은 네덜란드 여자였다. 처음 접근할 때는 오로지 그녀를 정보원으로 끌어들이는 데에만 관심이 있었다(그녀의 남편은 네덜란드 외교관이었고, 네덜란드는 미국 측에서는 전혀 이해할 수 없는 이유로 아프리카 국가들의 여러 독립 운동 조직과 유대관계를 맺고 있었다). 애초에는 그런 의도 외에 다른 생각은 없었고, 그것은 그녀 역시 마찬가지였다. 그럼에도 그들은 점점 자주 만났고, 그러면서 그는 단지 남자들에게서만 경험한 우정과 비슷한 감정을 느꼈다. 그들은 주위에 어떤 물의를 일으키지 않으면서도 될수록 자주 기회를 만들어 서로의 곁을 찾았다. 그리고 마침내 그는 그들이 서로의 짝이라고 깨닫고 고민하게 되었다.

그가 처음부터 사랑에 빠진 것은 아니었다. 그는 단지 린과의 삶을 보충해줄 뭔가를 찾은 것이었다. 그들의 결혼 생활은 자녀 교육, 요리, 정원의 테두리를 벗어나지 못했다. 그가 그런 식으로 아내와 더불어 보금자리를 꾸려나가기를 원하는 사람이었다면 얼마나 완벽한 환경이었을까! 그러나 그는 자기가 회사에서 펼치고 있는 절묘한 묘수의 체스 게임을 직접 해낼 수 있는 그런 수준의 동반자를 갈구하였고, 그런 마음을 겉으로는 드러나지 않게 늘 가슴속에 간직해왔다. 그런 그의 추상적 사고를 채워주기에는 린은 너무 세속적이었다.

아이들이 태어나자 린은 회사를 그만두었고, 자기 자신과 아이들을 위한 안정과 보호를 바랐다. 한동안 그는 그녀의 기대를 채워줄 수 있었다. 그러나 그가 매일 출근하는 회사라는 세계에서는 그 안정과 보호도 지정된 목표에 도달하기 위한 수단이었다. 중요성의 여부를 미리 판단할 수 없을망정, 중요 정보를 수집하기 위해서라면 그의 직장에서는 인간의 머리로 구상해낼 수 있는 거의 모든 것을 합법적 수단으로 간주했다. 신뢰, 존경, 안정, 보호, 그런 것들을 그는 목적을 위한 수단으로 교묘히 이용해왔다. 만약 그가 린과 그런 이야기를 나눌 수 있었다면 아마 그들만의 고유한 비밀을 고안해낼 수도 있었을 것이다. 그는 비밀을 숙명으로 여겼고, 그가 타인과 맺는 신뢰 관계는 함께한 비밀이 많아질수록 더 돈독해졌기 때문이다. 그러나 그는 린과 그런 이야기를 나누지 못했다.

그가 자신의 탄자니아 아파트의 손님방에 있던 딱딱한 매트리스 위에서 마리안과 처음으로 잠자리를 같이 했을 때, 그들은 마흔 고개를 넘은 사람들만이 알 수 있는 고통스러운 격정을 맛보았고 자신들이 천생연분임을 확인했다. 그들은 그렇게 늦게야 서로를 만나게 한 잔인한 운명을 저주했다. 너무도 무거운 책임감, 너무도 많은 과거들. 그들의 사랑은 비밀이었고, 그리고 그것이 그들의 관계를 더욱 열정적으로 만들었다.

린과의 이중적인 결혼 생활을 그는 더 이상 견딜 수 없었다. 마리안 역시 오 년 동안이나 계속된 외도를 더 이상 정당화할 수 없는 상황에 이르렀다. 그녀는 남편을 저버릴 수 없었다. 남편 곁에 계속 남아 있기로 한 그녀의 결정은 린을 떠나기로 한 그의 결정처럼 숙명적이었다. 마리안을 잃은 그는 결국 연인과 정보 제공자를 한꺼번에 잃게 되었다. 그들은 리우데자네이루에서 리우 카니발이 막 시작되던 1977년 2월 어느 밤에 이별을 나누었다. 그의 작은 아파트의 공기가 손가락에 끈적끈적 달라붙었고, 주고받는 말들은 축축 늘어져 허공을 맴돌았으며, 그들의 눈에는 물기가 배었다. 그날 밤 이후 그는 다시는 여자에게 손끝 하나 대지 않았다. 브라질리아에서 돌아오자마자 그는 조지타운에 자그마한 아파트를 얻어 따로 살았다. 그리고 린과의 길고도 힘든 이혼 수속 절차가 시작되었다. 그는 몇 주일 동안 심리 상담을 받았고, 의사에게 자기 인생이 숙명적인 국면에 처했다는 걸 설명해보려고 노력했다. 그러나 의사는 특히 필라델피아에서 보냈던 존의 청소년 시절에만 주의를 기울였다, 그 시절은 단순하고 무사태평하기만 해서 인생에 주어진 사랑의 샘이 다 고갈되어버렸다는 존의 견해를 해명해줄 만한 근거를 찾을 수 없었음에도. 이제 그에겐 린을 극진히 보살피고 다른 여자는 추억 속에서 사랑하는 것 외에 다른 방법이 없었다.

그는 문득문득 추억에 잠겼으며, 마리안과 함께 보냈던 몇 주일 혹은 몇 달을 더듬어보느라 며칠씩 멍해 있기도 했다. 1977년 2월 이후로 그는 그녀와 한마디도 나누지 못했다. 그는 그녀를 잊을 수 없었다. 일 년이 지나 린과의 법적 이혼이 마무리되었다.

그는 옆에서 뭔가 움직이는 기미를 알아채고 정신을 차려 차에 주의를 기울였다. 카폰에 대고 고함을 치던 남자가 수화기를 미처 제자리에 걸어놓을 겨를도 없이 별안간 차를 출발시키자 존도 덩달아 자동차의 액셀을 밟았다.

뷰익이 가볍게 위로 솟구치며 제자리에서 튀어나갔고, 그제야 그는 자기 차선에 서 있는 차들이 전혀 움직이지 않았다는 사실을 깨달았으나 이미 늦었다. 즉시 브레이크를 밟았지만 차가 정지 상태에 이를 만한 공간이 마땅치 않았다. 뷰익의 범퍼가 바로 앞에 선 낡은 쉐보레의 꽁무니를 들이박았다.

쾅 하는 충격—운전대를 힘주어 붙들고 있었던 데다 단단히 맨 안전벨트 덕분에 그는 충격을 쉽게 누그러뜨릴 수 있었다—과 유리 깨지는 소리. 그렇게 졸지에 사고가 발생한 것이었다.

무슨 일이 벌어졌는지 정리하고 말고 할 틈도 없었다. 그는 대뜸 차에서 내렸다. 쉐보레의 운전사와 거의 동시였다. 그들은 우그러진 차체 곁에 섰다. 상대는 분명 존보다 머리 하나는 더 컸고 단련된 보디빌더처럼 어깨가 떡 벌어져 있었다.

"거참, 아주 미련한 사고를 치셨군요." 중량급 사내가 말했다.

"할 말이 없습니다." 머리를 숙여야 할 입장이라는 것을 잘 알고 있다는 듯이 존이 대꾸했다. "다 변상받으시도록 조처하겠습니다." 그는 이 돌발 사고가 정말 우연히 일어난 것일까 하고 순간 의심을 품었다.

"그거야 당연한 얘기고…… 보험에 드셨어야 할 텐데요."

"네, 그 점에 대해선 걱정하지 않으셔도 됩니다……"

"지금 아주 중요한 약속이 있어 가는 길입니다. 근데 그 약속을 지키지 못하면 내 담당 변호사가 뭐라고 할지 나도 모르겠습니다." 손해배상금을 위한 민사소송을 각오하라는 듯이 사내가 은근히 위협을 가했다.

"안심하시고 어서 가셔도 됩니다. 그럼 제시간에 닿으실 겁니다.

자 여기……" 존은 신분증을 꺼냈고, 사내의 손가락이 그것을 움켜쥘 것이라고 생각했다. "연락처를 적어주십시오. 그러면 제 변호사가 선생의 변호사에게 연락을 취할 겁니다. 선생의 신분증을 좀 봐도 괜찮겠습니까?"

사내가 마지못해 지갑을 끄집어내더니 운전면허증을 꺼내 그에게 건네주었다. 마크스는 플라스틱 카드를 받아 가능한 한 손자국이 남지 않도록 엄지와 중지 사이에 끼워 흔들리지 않게 잡았다. 사내의 이름은 파울스였다. 존은 그자를 뒷조사해볼 참이었다.

예상보다 피해가 컸다. 뷰익은 헤드라이트를 새로 갈아야 했으며, 쉐보레 꽁무니에 달린 견인 고리에 받혀 우그러져버린 라디에이터 그릴과 범퍼도 새것으로 바꾸어야 했다. 게다가 보닛도 찌그러져 보였다. 이십 년이 넘게 무사고 운전자로 접촉 사고 한 번 없었던 그에게 이 사고는 그야말로 피할 수 없는 운명적 순간이었다. 마크스 역시 몇천 마일 단위로 예측되는 평균 사고의 통계학적 수치에 들어가게 되었다. 그러나 뭐니 뭐니 해도 그를 서글프게 한 것은 들어갈 비용이 아니었다. 그것은 흠집 하나 없이 미끈하던 금속이 견인 고리 때문에 무참하게 뒤틀려버린 것에 대한, 금속의 순결함과 결백함에 대한 안타까움과 아쉬움이었다.

그사이 그들의 차가 서 있던 차선의 차량도 서서히 움직이기 시작했고, 뒤쪽에서는 성급한 사람들이 클랙슨을 울려댔다.

사내가 그에게 신분증을 되돌려주었다. 존은 어서 가서 그것을 깨끗이 닦아야겠다고 생각했다.

"차라리 경찰을 부르는 게 좋을 것 같습니다." 사내는 손해배상을 받지 못할까봐 걱정하는 눈치였다.

"선생께서는 급한 용무가 있는 걸로 아는데요." 존이 대꾸했다.

"그거야 그렇지만, 아무래도 경찰을 부르는 편이 나을 것 같습니다." 사내가 심각하게 말했다.

존은 조바심이 났다. "선생도 바쁘고, 저도 바쁜 몸 아닙니까? 선생께 이미 제 신분증을 보여드렸고, 전적으로 제 책임을 인정하며 차에 입힌 피해도 전부 변상받으시도록 조처하겠다고 하지 않습니까?"

"하지만 혹시, 에…… 혹시 당신 신분증에 무슨 이상이 있으면 어떡합니까?" 사내가 고집을 피웠다.

"그게 무슨 말씀이시죠?"

"사람 일은 모르는 법이라서." 사내가 말했다.

"파울스 씨, 선생 차는 아마 천 달러 정도밖에 나가지 않을 겁니다. 입으신 피해는 새 차라고 해도 수리비가 기껏해야 오백 달러를 넘지 않을 정도고요. 그러니 불안해할 이유가 없지 않습니까?"

그는 금액까지 따져 말하지 말았어야 했다. 사내가 고개를 설레설레 가로저었기 때문이다. 그러더니 사뭇 완강하게 말했다.

"아뇨, 경찰을 부르겠습니다."

"파울스 씨, 제발 사정 좀 참작해주세요, 실은 제가 지금 너무 급해서……"

"아뇨, 경찰이 도착할 때까지 난 여기서 한 발짝도 움직이지 않겠습니다."

그들 뒤에 서 있던 차에서 사람들이 내렸다.

"어이, 거기 차 좀 빼요!" 뒤에서 고함 소리가 들렸다. "차를 어디 한쪽으로 빼놓고 싸우든 말든 하라고!"

사내는 몸을 돌려 존에게 우람한 등을 보인 채 섰다. 꼼짝 않고 경찰을 기다릴 자세였다.

　존은 운전석으로 되돌아와 티슈를 한 줌 넉넉하게 뽑아 손을 닦았다. 혐오감을 억누르며 그는 잠시 후 교통경찰이 모터사이클을 타고 나타나 때가 잔뜩 낀 가죽 장갑으로 그의 신분증을 만지작거릴 모습을 떠올렸다. 결국 사무실에 도착해서나 신분증을 소독할 수 있을 것이었다. 그는 회사에 전화를 걸어 회의에 참석하지 못하게 되었다고 알렸다.

4장
1989년 6월 25일 밤

　호프만은 참나무로 된 변기 위에 별 성과 없이 벌써 십 분을 앉아 있던 참이었다. 바지는 발목에 걸치고 허연 털들이 숭숭 덮인 핏기 없는 다리를 드러낸 채였다. 그가 허벅지 사이를 내려다보았을 때 덜렁 늘어져 있는 지친 성기만 보일 뿐 직장 속의 찌꺼기가 내려앉아 있어야 할 변기는 비어 있었다.

　딱딱하게 뭉친 대변 몇 덩이를 배출해내는 데 십오 분이 걸릴 때가 있는가 하면, 장벽에 가해지는 압박을 좀처럼 누그러뜨리지 못하고 설사를 쏟아댈 때도 있었다. 그러나 그는 매일 변기 위에 걸터앉아 엉덩이를 드러내고 있어야 하는 것으로 알고 있었는데, 그런 일상적인 리듬이 창자의 연동운동을 촉진시킨다는 의사의 충고가 있었기 때문이다.

　그는 눈을 질끈 감고 숨을 모아 있는 대로 힘을 주었지만 장 속 찌꺼기는 나오지 않았고, 맥이 풀린 나머지 다리 위로 상체를 숙였다.

　그는 위층 서재에서 스피노자의 책을 가지고 내려와 주방으로 가던 중이었는데 갑자기 배를 뒤트는 통증을 느껴 화장실로 발길을 돌린 것이었다. 바지 밑으로 반쯤 튀어나온 책이 보였다.

　변비는 발기불능의 한 유형이었다. 그의 창자는 해로운 찌꺼기를 제거한다는 가장 기본적인 신체 기능을 포기해버렸고, 돌처럼 딱딱하게 뭉친 찌꺼기들은 방출해줄 것을 애걸복걸하며 그의 배를 긁고 두드려댔다. 그는 수면제를 복용하듯 변비약을 먹었고, 그러다가 한 번씩 중단하곤 했다. 변비약을 먹으면 몇 시간씩 배가 부글거렸고, 위장과 사타구니에서 쿡쿡 찌르는 통증을 느꼈으며, 몸이 파열되기 일보 직전에 있는 듯했다. 그러다가 느닷없이 항문 괄약근을 조절하지 못하고 그만 가장 가까이 있는 화장실로 내달았다. 그러면 그의 엉덩이에서 썩어 문드러진 물체가 한 무더기 쏟아지곤 했다.

　그는 아주 변덕스럽고 진을 빼는 일일망정 자신의 몸을 스스로의 리듬에 맡기기로 했다. 그러다가 때가 되면 통증이 척추를 따라 줄기차게 뻗어 올라오며 항문이 찢어지는 듯싶었다. 또 사 주일이나 오 주일에 한 번씩 며칠 동안 지속되는 심한 고통을 참아낸 다음 자연스럽고 순조롭게 변기 가득 배변을 하기도 했다. 그런 통증은 분변을 잘게 가는 운동에서 기인된 것이 분명했는데, 그렇게 한바탕 쏟아내는 월중 행사를 통해 마치 설사를 하는 것처럼 내장을 말끔하게 비웠기 때문이다. 그게 그러니까 그에게는 일종의 월경 같은 것이었다.

　마리안이 그에게 저녁 인사를 하려고 화장실 문을 두드렸다.

"여보, 나 그만 가서 잘까 하는데……"

"그래, 잘 자." 그가 대답했다. "야나는 벌써 올라갔나?"

"네, 방금 전에요."

"잘 자요." 그가 인사를 되풀이했다.

그러고는 그녀가 곧바로 가버린 줄로 알고 있었는데 몇 초 후 다시 그녀 목소리가 들렸다.

"힘들어요?" 그녀가 물었다.

"아니, 여기가 아늑해서 그냥 앉아 있어." 그가 대답했다.

그녀가 잠시 아무런 말도 하지 않았다.

"그럼 잘해보세요." 그녀가 말했다. 그리고 점점 멀어져가는 발소리가 들렸다.

"여보, 마리안." 그가 큰 소리로 불렀다. "아니, 내 말은 그런 뜻이 아니고……"

마리안은 더 이상 아무 대답도 하지 않았다. 그것이 오 분 전의 일이었다. 파이프를 통해 욕실의 수돗물이 흐르고, 변기의 물이 빠지고, 그녀가 얼굴을 씻는지 하루를 마무리 짓는 여자들 특유의 소리가 어렴풋이 들려왔다.

네 명의 전임 대사를 모셔온 체코인 가정부 야나는 평일에는 3층의 방 두 개를 사용했고, 관저에서 특별한 공식 행사가 없으면 주말에는 자기 오빠네 집에 다녀왔다. 그녀는 호프만과 같은 또래였고 시간관념이 철저했다. 대사관에서는 그녀가 오래전부터 비밀정보부의 하수인 노릇을 해오고 있으며 네덜란드 말도 다 알아듣는다는 소문이 있었다. 그러나 그녀는 행실이 특별히 눈에 거슬리는 데가 없었고, 네덜란드식으로 성실하게 집안일을 꾸렸다. 설령 그녀가 하수인 노릇을 한 대가로 비밀 정보부에서 부수입을 몇 푼 받는다손 치더라도 그로서는 무방했다.

그는 창자에 온 정신을 집중시켰고, 근육을 긴장시켰고, 죽을힘을 다했다. 그리고 배가 탱탱하게 부풀자 이를 악물었다. 얼굴이 잔뜩 일그러졌다. 뭉친 찌꺼기가 움직일 기미조차 보이지 않았다. 온몸에서 힘을 풀자 망막의 가장자리에서 퍼져나가는 하얀 반점들이 눈앞에서 나타났다가 사라졌다. 가쁜 숨을 헉헉거리며 그는 공기를 들이마셨다.

그가 한밤중—특히 한밤중—에도 먹을거리를 찾기 때문에 냉장고를 언제나 가득 채워둬야 한다는 점을 야나는 금세 눈치챘다. 말수가 적은 그녀는 늘 살벌한 눈초리로 그를 쳐다보곤 했으며, 그는 그것을 직감적으로 알아차렸다. 한마디도 제대로 나눈 적이 없었지만 만난 첫날부터 그들 사이에는 이상한 적대감이 감돌았고, 또 그런 상황이 그는 오히려 마음 편했다.

그는 전임자가 공관 집무실에 두고 간 물건들(네덜란드의 전경이 담긴 작은 풍경화들, 네덜란드 항공사 KLM에서 나온 달력, 델프트 도기, 풍차 모형의 벽시계)을 모두 치워버렸다. 그리고 가구의 배치도 바꾸었다. 대사관 건물은 문자 그대로 언덕 위의 프라하 성과 블타바 강 사이에 끼어 있는 프라하의 소지구 말라 스트라나에 있는 말테세 광장에 면해 있었다. 말라 스트라나 지구는 비좁은 길들과 골목길이 거미줄처럼 얽혀 있었고, 화가 안톤 피크의 그림에서 볼 수 있을 법한 바로크와 신고딕 양식의 성당과 궁전이 광장 주변에 즐비했다.

공관 집무실들은 노스티츠 궁전의 일부분을 차지하고 있었는데,

이 궁전은 1670년 프란체스코 카라티가 건축했으며 백 년 후에 개축되었다.

네덜란드 대사관은 궁전의 3층에 있었고, 기다란 복도를 사이에 두고 양쪽에 사무실들만 쭉 늘어서 있었다. 복도 끝에는 우뚝 선 매력적인 예수의 상, 금박을 입힌 장식품들 그리고 바츨라프 암브로츠가 1765년에 그린 벽화들로 꾸민 자그만 가톨릭 성전인 궁중 예배당으로 통하는 문들이 있었다.

호프만의 집무실은 그 성전 옆에 있었고 무도회장만큼이나 넓었다. 안으로 들어서면 그의 테이블이 방의 중앙에서 오른쪽으로, 엄청나게 큰 보르도 와인색의 무늬 없는 양탄자 위에 놓여 있었다. 벽에는 약 일 미터 높이까지 벽판을 대었고, 그 위는 연한 연둣빛 페인트로 칠해져 있었다. 벽이 두껍고 천장이 높아 그 안에 있으면 지금처럼 길고 무더운 여름도 견딜 만했다. 그는 자기처럼 덩치가 커서 공간을 많이 차지하는 사람이라도 답답해하지 않을 만큼 넓은 이 정도의 집무실이라면 정붙이고 일할 만하다고 생각했다. 하지만 막상 해야 할 일거리가 그다지 많지 않았다.

오늘 마침 그가 업무상으로 처음 부딪치는 말썽거리가 터졌다. 네덜란드 텔레비전 방송국의 혈기 왕성한 취재진 세 명이 바츨라프 광장에서 몇 안 되는 재야인사들이 벌이는 시위 현장을 촬영하는데 경찰이 장비를 부수고 그들을 구타한 것이다.

호프만은 대사관의 2인자를 파견했다.

그 세 명은 시사 프로그램을 제작하는데 네덜란드 내에서는 제법 인기 있는 인물들이라고 그의 비서가 알려주었다. 경찰이 그들을 얼마나 험악하게 다루었는지 그 가운데 한 명은 팔까지 부러진 모양이었다. 이런 사건을 상부에 보고할 임무가 있었으므로 호프만은 헤이그 본부에 약호로 전문을 보냈다. 내일 아침이면 체코 외무부 장관에게 전달할 공식적인 항의서 초안이 도착할 것이었다. 그의 역할이란 기껏해야 멀리 떨어져 있는 보이지 않는 왕초들이 심부름하라고 파견한 똘마니에 불과했다.

그는 그동안 사고 치는 기자들을 귀찮을 정도로 많이 봐왔다. 네덜란드 기자들은 다른 나라 기자들에 비해 유난히 뻔뻔스러운 것 같았다. 그들은 대통령 취임식이든 어디든 으레 찢어진 청바지와 꾀죄죄한 운동화 차림으로 나타났는데, 어떤 일에서고 전체적인 상황 판단을 잘 못하는 것 같았다. 그는 그치들이 부당하게 경찰에게 수모를 당하건 말건 별로 관여하고 싶지 않았다. 그는 대사관에 도움을 요청하면 당연히 외교관이 나서서 문제를 해결해줄 것이라고 여기는 안일하고도 뻔뻔스러운 자세에 속이 뒤집혔다.

육 개월 전까지만 해도 그는 하르툼에 있었다(말하자면 유럽에서 한창 기승을 부리던 더위가 그와는 아무 상관이 없었던 시절이었다). 외무부는 그를 네덜란드 기자 두 명이 나미비아에서 살해된 삼 년 전 사건을 조사하는 위원회의 위원으로 임명했다. 그들이 남아프리카공화국의 암살단에 의해 살해된 것은 의심할 여지 없이 확실했다. 위원회는 그들이 죽기 전에 있었던 잘 알려지지 않은 정황을 상세히 기술하여 헤이그 본부에 제출했다.

외무부 당국에서는 위원회 보고서를 사전 검열하였고, 사건의 진상을 국내 매스컴의 신경을 덜 자극시키는 방향으로 적당히 바꿔 발표했다. 그러나 조사 위원회와 외무부 당국뿐 아니라 일부 언론 역시 그 기자들이 생명이 위험하다는 경고에도 불구하고 의도

적으로 몇몇 악명 높은 우익 분자들을 도발했다는 사실을 잘 알고 있었다. 호프만은 두 기자 가운데 한 명을 카이로에서 직접 만난 적이 있었는데, 그자는 무모하게 일을 벌이기를 좋아하는 전형적인 인물로 과음과 과식에 여자를 엄청나게 밝히는 좌파 성향의 청년이었다. 발표된 보고서는 앞뒤가 맞지 않고 내용이 부실하다는 이유에서 매스컴으로부터 집중 공격을 받았다. 세상을 손바닥 뒤집듯 다시 흑백으로 갈라놓을 것처럼 네덜란드 여권을 휘두르고 다니던 좌파 인사들만 생각하면 호프만은 정말 진저리가 났다.

호프만은 팔꿈치로 허벅지를 누른 채 상체를 앞으로 구부리고 앉아 있었다. 양손으로 괸 턱에서는 땀방울이 뚝뚝 떨어졌다. 와이셔츠가 엉덩이 주위를 헐렁하게 덮고 있었다. 넥타이는 할례로 포피가 절개된 음경 아래 구멍으로 그 끝이 빠질 것을 염려하여 미리 어깨 위로 젖혀놓았다. 그는 청승맞게 축 늘어진 남근과 고환이 든 쭈글쭈글한 음낭을 물끄러미 내려다보면서 그것을 사용했던 마지막 순간을 침울하게 돌이켜봤다.

그가 하르툼에서 임시대리대사로 있을 때의 일이었다. 외무부가 케냐에서 아프리카 개발 관련 전문가들을 위한 설명회를 일주일 일정으로 주최했다. 나이로비의 힐튼 호텔에 모인 참석자들은 진탕 마시는 일부터 시작했다. 아내들은 집에 머물러 있었고, 두툼한 입술에 엉덩이를 샐룩거리는 매혹적이고 미끈하게 빠진 젊은 창녀들이 줄을 서 기다리고 있었다.

대부분의 동료들이 거나하게 취하긴 했으나, 실린더 모양의 건물에서 자기 방을 찾아갈 정도로 정신은 남아 있어서 동행의 도움 없이 각자 용케들 승강기를 탔다. 그들이 얼마나 먹고 마셔댔던지 이번 외교관 모임을 위해 특별히 따로 마련된 회의장 안에는 빈 병들이 산처럼 쌓여 있었다. 그런데 호프만과 또 하나의 독종, 라바트 공사로 있던 예프 푸턴만 남아서 최후까지 버티고 있었다.

"여보게, 펠릭스!" 예프가 네덜란드 남부 림뷔르흐 지역 특유의 억양으로 말했다. "내가 지금 하고 싶은 마음이 굴뚝같은 게 하나 있는데 말이지, 그게 뭔지 알아맞힐 수 있겠는가?"

"썹 생각이 난다 이거지." 몸은 술에 절어 마비 상태가 되었으나 정신은 말짱했던 호프만이 대꾸했다.

"펠릭스, 저런!" 푸턴이 외쳤다. "자네는 역시 정곡을 찌르는군! 한데 하나 말하자면 자네는 단어 선택이 지나치게 험하거든. 나라면 말이지, 뭐랄까…… 엽색이라고나 할까…… 그렇지, 난 이렇게 표현하겠네, 여자의 육체를 엽색한다……"

"관두게나, 자넨 글렀어. 이렇게 고주망태가 되어가지고선 어림도 없지. 예프, 자네 물건은 서지도 않을 걸세."

"나 세울 자신 있다고! 난 문제없어! 문제는 펠릭스 자네에게 있겠지. 자네 기계는 벌써 오래전에 고물이 되어버렸을 게 분명해."

"여보게, 그렇담 크게 실망할 텐데 어쩌나, 난 원래 썹이라면 도가 트인 위인인데."

"저런, 펠릭스, 자네 정말 말조심하라니까…… 썹이라니…… 그런 흉측한 상소리를 노상 입에 달고 다니다시피 하니 원. 엽색이라니까. 자 어서 엽색이라고 한번 해봐. 자, 어서……"

예프는 의자에 앉은 채로 몸을 잔뜩 앞으로 내밀어 호프만의 시선을 붙들려고 안간힘을 썼다. 취기로 그의 눈은 이미 풀려 있었다.

"좋아, 엽색." 호프만은 시달리는 것이 귀찮아 대답해버렸다.

"암, 옳지, 엽색." 푸턴이 반복했다. 그러고 나서 그는 다시 의자에 깊숙이 앉았다.

"펠릭스." 그가 말했다. "그렇담 이제 자네가 왜 더 이상 발기가 안 되는지 그 이유를 알고 싶다네. 자네가 그게 안 되는 건 기정사실이니까 말이야."

"안 되긴 왜 안 돼?" 반박하고 나선 호프만은 그런 추궁에 그만 속이 발칵 뒤집히는 자신이 놀라웠다. "꼿꼿하게 세우는 데 난 아무 문제 없다니까." 그가 덧붙였다. "근데 예프 푸턴 씨, 정작 안 되는 건 본인 아니던가요?"

푸턴이 욱하고 자리에서 일어서더니 한 팔을 활짝 펼쳐 거칠게 휘저었다. "어떤 여자든 데려와봐. 다 녹아웃을 시켜버릴 테니!" 그는 텅 빈 회의장에 대고 혀 꼬부라진 소리를 했다. "누구든 다 녹초가 되도록 해주겠다. 자 나와……"

푸턴은 그 짓을 벌써 한바탕 치른 사람처럼 흡족한 얼굴로 제자리에 앉았다. 두 남자는 잠시 초점을 잃어 멍하게 풀린 눈으로 앞쪽을 바라보았다.

"그럼 한번 증명해봐!" 푸턴이 말했다. 그는 펠릭스를 제대로 쳐다보려고 노력했다.

"증명하라고?"

"그래, 저기 가서 한 명 불러다가……"

그들은 서로를 부축하면서 호텔 바 쪽으로 향했다. 많은 여자들이 자기 몸을 빌려주겠다고 선뜻 나섰다. 호프만은 입을 비죽이며 자기를 빤히 노려보고 있는 한 여자를 손으로 가리켰다.

"손님이 원하시는 건?" 그녀가 잠긴 목을 가다듬더니 영어로 물었다.

"아가씨." 그가 웃으며 말했다.

그러나 승강기 옆에 있던 야간 경비원이 그들 일행을 막아섰다.

"이 여자는 창녀입니다." 야간 경비원이 기겁하며 말했다. "창녀는 이곳에 출입할 수 없습니다."

예프 푸턴이 중재에 나섰다.

"경비원 선생, 좀 들어보시오. 이 신사분이 (그는 등을 꼿꼿하게 세우고 창녀와 팔짱을 끼고 서 있는 호프만을 손으로 가리켰다. 그는 야간 경비원에게 슬쩍 얼마를 찔러줘야 한다는 생각을 미처 못 하고 있었다) 남근을 발기시킬 능력이 있다고 주장하니 우리가 그를 조사하지 않으면 안 될 입장이오. 내 말 이해하겠소?"

야간 경비원이 고개를 가로저었다. "아뇨, 전 이해가 안 갑니다. 자, 그만 저 아가씨를 보내십시오. 저 여자는 절대 여기에 들어올 수 없습니다."

그때 여자가 그들을 자기 집으로 초대하겠다고 제안했다. 여자는 화대로 삼십 달러를, 집을 사용한 대가로 이십 달러를 더 요구했다. 금방이라도 내려앉을 것 같은 택시가 시가지를 빠져나가 변두리 도로로 진입했다. 도로는 곳곳에 웅덩이가 패어 있었다.

그들은 모두 푸조 404의 뒷좌석에 나란히 앉았다. 여자가 까맣고 긴 한쪽 팔로 호프만을 휘감고 있었다. 예프 푸턴이 호프만 앞으로 고개를 내밀어 그녀에게 조사해야 할 것에 대해 영어로 설명해주었다.

"이 신사분이 주장하길 기계를 세우는 게 가능하다고 하는데……그런데 참, 펠릭스, '기계를 세운다'라고 표현하면 무슨 오르간 같은 걸 도르래로 끌어 올리는 작업으로 오해하진 않을까?"

"그걸 내가 어떻게 알겠나."

호프만은 보드랍고 푹신한 그녀의 어깨 위에 고개를 얹었다. 그녀에게서 싸구려 비누 냄새가, 그에게는 샤넬보다 더 마음에 드는 그런 달콤한 냄새가 풍겼다.

"이분이 자기 남근의 기능에 대한 사실 여부를 조사해보고자 한다오. 무슨 말인지 이해가 가요?" 푸턴이 물었다.

"네, 물론이에요." 무슨 생각을 하고 있는지 알고도 남는다는 듯 그녀가 대답했다.

"아가씨도 알다시피, 이 양반 정도의 나이가 되면 그런 기관의 기능이 상당히 문제가 되니까. 내 말 알아듣겠어요?"

"그렇고말고요." 그녀가 맞장구쳤다.

"이 아가씬 지금 내가 무슨 오르간에 대해 이야기하는 것쯤으로 생각하고 있는 것 같아." 푸턴이 맥이 풀려 네덜란드어로 투덜거렸다.

택시가 외진 변두리 지역에서 섰다. 더 이상 인가라고는 눈에 띄지 않았고, 여기서부터 시골이 시작되고 있었다.

밤이 꽤 깊었는데도 사람들이 길거리에 나와 앉아 있었다. 높은 전봇대에 달린 전등들이 오두막들 위로 오렌지색 불빛을 던졌다. 길은 아스팔트로도 벽돌로도 포장이 되지 않은 그냥 짓이겨진 땅바닥이었다. 염소와 나무 태운 냄새가 진동했다.

"운전사한테 계산이나 하시지." 호프만이 푸턴에게 말했다. 여자가 그들이 차에서 내리는 것을 거들어주었다. 사람들은 그들에게 별다른 관심을 보이지 않았다. 땀에 흥건하게 젖은 한 서양인이 눈을 질끈 감고 오두막에서 나오는 것이 보였다.

"아니, 이게 웬일이야." 푸턴이 말했다. "저게 누군지 알겠어?"

"글쎄."

"어이, 짐!" 푸턴이 불렀다.

남자가 가던 발길을 멈추었다. 그의 얼굴이 오렌지색 불빛을 받아 번들댔다.

"짐, 재미 좋았나?" 푸턴이 물었다.

어깨 사이로 얼굴을 파묻은 채 남자가 서둘러 택시를 향해 걸었다.

"이럴 수가, 정말 대단한 우연 아냐?" 푸턴이 말했다. "짐 맨리, 여기 영국 대사관 공사야."

"이봐." 호프만이 말했다. "여긴 완전히 사창굴이로구먼."

"아니, 그럴 리가 있어? 사창굴에서 우리가 뭘 할 게 있다고?"

오두막 지붕은 마른풀로 이었고, 벽에는 점토가 발려 있었다. 안에는 작은 방이 두 칸 있었다. 여자가 푸턴을 의자 쪽으로 데려가 그가 자리에 앉는 걸 도왔다.

"손님도?" 그녀가 물었다.

"손님도 뭘?"

"손님도 나하고 한판 하고 싶지 않으세요?"

"아니."

호프만이 침대 위로 나가떨어졌다. 침대 시트는 깨끗했다.

"이봐 펠릭스, 우리 '세우기' 하러 온 거네. 기계를 한번 세워보시지."

여자가 옷을 벗기 시작했다. 호프만이 도울 필요도 없었다. 여자의 탄력 있는 나체가 석유램프의 파리한 불빛 아래서 반들거렸다. 연한 갈색 피부에 까만 유두가 유독 도드라져 있었다.

"하나님 맙소사……" 호프만은 예프 푸턴이 웅얼대는 소리를 들었다.

여자는 침대 위로 기어올랐고, 호프만의 맞춤 신사복 윗도리의 단추를 풀었다. 여자의 손이 그의 사타구니 위를 쓰다듬자 그는 지팡이가 바지에 닿는 감촉을 느꼈다. 여자가 의미심장한 미소를 흘렸다.

"아저씨, 이걸 내게 넣어주세요." 여자가 말했다.

"하나님 맙소사……" 여자의 엉덩이를 응시하면서 푸턴이 다시 짧게 외쳤다.

"아저씨 이름은 뭐예요?" 여자가 물었다.

"펠릭스."

"페일릭스으." 여자가 음식을 맛보는 것처럼 따라 했다.

"아가씨는?"

"전 타와예요…… 그냥 린다라고 불러주세요."

"타와가 더 좋은걸." 호프만이 말했다.

"하나님 맙소사……" 푸턴이 다시 감탄사를 연발했다. 여자가 호프만 위로 몸을 구부렸으므로 그는 이제 여자의 항문을 정면으로 바라보게 되었다.

"아저씨는 몇 살이에요?" 여자가 물었다.

"아가씨는 몇 살인데?" 그가 되물었다.

"저요, 스물네 살요." 여자가 말했다. "오늘이 내 생일이라고요."

여자가 그의 양복 단추를 다 풀었다. 런던 새빌로우 1번지의 기브스 앤 호크스에서 맞춘 신사복이었다.

호프만이 물었다. "오늘이 며칠이지?"

"날짜요?" 타와가 웃으면서 말했다. "내가 알 게 뭐예요?"

"예프, 오늘이 며칠이지?"

"이 사람아, 그게 대체 무슨 상관이란 말인가!"

"날짜!" 호프만이 거칠게 고함을 질렀다.

"5일! 이젠 됐어?"

"9월 5일은 내게 행운의 날이에요." 타와가 말했다.

호프만은 발기된 성기가 쪼그라드는 것을 느꼈다. 타와도 그것을 느꼈다.

"뭐 잘못됐어요?" 여자가 물었다.

"아무것도 아냐." 그가 말했다.

그가 여자를 밀어젖히고 벌떡 몸을 일으키자 여자가 옆으로 피했다.

"뭘 하는 거야?" 푸턴이 물었다.

"우리 어서 돌아가자고." 호프만이 말했다.

"돌아가? 안 되지, 이대로 돌아갈 순 없지."

호프만이 잠시 자제력을 잃었다.

"예프, 자네한테 쇼를 보여줄 생각이 없다고!"

그가 작은 오두막의 문 쪽으로 걸어갔다. "저 아가씨한테 돈 좀 내줘……"

그는 그대로 나가버렸다. 수천 개의 별들이 그를 노려보고 있었다. 그는 에스터가 죽은 날이 돌아왔다는 것을 거의 잊을 뻔했다는 사실에 자신이 부끄러웠다. 자정은 오래전에 지났고 이미 9월 6일이었다. 조금 떨어진 곳에 한 손에 커다란 맥주병을 하나씩 든 남자들이 모닥불 주위에 몰려 있었다. 그들은 뭔가를 기다리는 듯 그를 주목하고 있었다. 그가 인사로 손을 들어 올렸다. 아무도 반응을 보이지 않았다.

"빌어먹을 놈들." 그가 웅얼거렸다.

그의 등 뒤에서 비명 소리가 들렸다. 푸턴이 오두막 문을 열고 서 있었다. 타와가 푸턴을 옆으로 밀쳐냈고, 호프만을 노려보았다. 여자는 몸을 침대 시트로 감싸고 있었다.

"아저씨, 돈 안 내면 좋지 않을걸요." 여자가 협박조로 말했다.

"낼 필요 없어, 펠릭스. 우리한테 아무것도 해준 게 없잖아."

"돈 내세요." 여자가 말했다.

호프만이 여자에게 약속한 만큼의 금액을 건넸다.

"이걸로는 안 돼요."

"됐어."

"됐어." 푸턴이 메아리처럼 따라 말했다.

"이리 좀 들어와요." 여자가 말했다. 그리고 호프만에게 들어오라는 손짓을 했다.

"내 가서 저 아가씨하고 얘길 끝내고 올게." 그가 푸턴에게 말했다.

그가 다시 여자를 따라 오두막 안으로 들어갔다. 여자는 문을 닫았고, 시트를 놓아 아래로 떨어뜨렸다.

"아저씨, 왜 나하고 안 하려는 거예요?" 여자가 물었다. 여자는 자신의 눈부신 나신을 어루만졌다.

"할 수가 없어서." 그가 대답했다.

"왜 안 돼요? 내가 예쁘지 않아요?"

"무지 예뻐. 근데 내가 할 수가 없어."

"날 이렇게 모욕 주기예요? 흑인 여자라 싫다는 건가요?"

"난 흑인 여자를 좋아해. 백인 여자나 다름없이."

"날 깔보고 그러는 거예요. 아저씨도 저 친구하고 똑같아요."

"그게 아냐. 난 그저 할 수가 없어서 그래."

여자가 재빠르게 작은 서랍장으로 가더니 칼을 꺼냈다.

"돈을 더 내세요."

호프만은 고집스럽게 고개를 내저었다. "오십이라고 약속하지 않았나."

여자는 칼을 위협적으로 겨누며 다가왔다.

"돈을 더 내야 해요."

"왜 더 내라는 거지?" 그가 물었다.

"날 모욕했으니까요."

여자가 칼을 휘둘렀고, 그는 그것을 막아냈다. 어느 틈에 그의 소맷자락이 찢겨 있었다. 거기서 피가 흘러나왔다. 그는 상황이 심각함을 깨달았다. 그렇다고 그런 억지에 순순히 물러설 성격도 아니었다. 그가 석유램프를 집었다.

"타와, 린다, 진정하고 날 순순히 보내는 게 좋을걸."

"돈 내!" 여자가 악을 썼다. "당신한테는 그까짓 것 아무것도 아니잖아. 당신네들은 돈이 넘쳐나지만 우리는……"

여자의 말이 맞았다. 천만번 맞는 말이었다. 그러나 호프만은 속수무책으로 협박당하고 있을 수는 없었다.

여자가 또다시 칼을 휘둘렀다. 호프만이 어설프게 옆으로 비켜서는데, 아까 마셨던 몇 병의 포도주가 출렁대며 위장을 뒤집어놓았다. 그 순간 그가 비틀거렸고, 균형을 잃었고, 그리고 그만 석유 램프를 손에서 놓치고 말았다.

마치 바람이 오두막을 통째로 집어삼키는 듯 후르르 빨아들이는 소리가 커지는가 싶더니, 침대에서 갑자기 솟아오른 불길이 혀를 날름거리면서 벽을 핥았다. 호프만은 바닥에 쓰러졌다. 타와의 비명 소리가 들렸다. 활활 타오르는 선명한 노란색 화염은 참으로 아름다웠다.

사람들이 그를 오두막에서 끌어냈다. 그다음 날 힐튼 호텔을 막 떠나려는 순간 그는 체포되었다. 그 지방 행정관들은 그러한 상황에서는 돈이 큰 도움이 될 거라고 그에게 여러 차례 강조했다. 그는 경찰서장에게는 천 달러를, 형사 둘에게는 각각 백 달러를, 열여섯 명의 경찰들에게 각각 십 달러를 지불했다. 그리고 타와에게는 새 오두막을 짓도록 삼천 달러를 보상했다, 새로 짓는 데 기껏해야 몇백 달러도 들지 않을 테지만.

그는 하르툼으로 돌아오자마자 자못 불편해하는 외무부 장관으로부터 전화를 받았다. 그는 파상풍 주사를 맞고 팔에 붕대를 감고 있었다.

"호프만 씨, 보고 받기로는…… 이번 나이로비 회의가…… 그러니까 성과가 없었다고요."

"네……" 그가 달리 뭐라고 변명을 할 수 있겠는가? '개발 가능성을 타진해보려는 목적으로 저희가 거기 변두리 지역을 방문했습니다'라고?

"아, 그러셨군요?" 장관이 대꾸했다.

"의사소통이 원활하지 않아 그만. 장관님, 그런 변고가 다시는 발생하지 않을 겁니다." 그가 말했다.

"명예퇴직을 목전에 두신 상황에서 이번 일이 각성의 기회가 되어 유종의 미를 거두었으면 합니다." 장관이 말했다.

"명심하겠습니다, 장관님."

변기에 걸터앉아 새삼 타와를 떠올리자 순간적으로 그의 남근이 크게 부풀었으나, 배 속을 가로지르는 심한 통증이 시작되면서 평소의 처량한 모습으로 쪼그라들었다.

본부에 국장으로 있던 빔 스헤퍼르스가 나서서 뒷일을 수습해주었다. 그 사건이 그렇게 무마되어 일단 살아남은 이상 오랜 근무 경력으로 미뤄보아 승진은 시간문제였다. 그는 더 이상 어떤 모험도 감행하려 들지 않았고, 공개 석상에서는 음주에 각별히 신경을 썼으며, 여자들을 멀리했다.

2층에서는 인기척이 없었다. 그는 마리안이 까다로운 폰덜의 소네트 전집을 침대에 가지고 가 눈이 저절로 감길 때까지 열심히 메모하고 있을 모습을 상상했다. 그녀가 대체 어떻게 그렇게 편안하고 차분하게 잠을 이룰 수 있는지 그는 신기하기만 했다. 대학 시절부터 그녀는 폰덜에만 파묻혀 있었다. 그러니까 작가가 자식의 죽음을 슬퍼하는 시들을 쓰고 가톨릭으로 개종한 것을 다른 각도에서 읽기 훨씬 전부터 그녀는 그래왔다.

폰덜은 안트베르펜에서 이민 온 침례교 집안의 아들이었고, 포목점에서 양말을 파는 상인이었으며, 개인적인 비극으로 점철된 평생을 자신과 싸우며 살았다. 뒤늦게나마 호프만은 폰덜을 향한 마리안의 열정을 이해했다. 마치 예감하기라도 하듯 앞날을 내다

본 그녀의 광적인 탐닉이 신비롭기까지 했다.

그는 주방 옆의 개인용 화장실에 앉아 있었다. 현관에는 대리석 바닥에 최고급 변기가 설치된 또 다른 화장실이 있었다. 열기 때문에 하수구에서는 악취가 올라왔고, 그가 앉아 있는 좁은 변기에는 지독한 고린내가 꽉 차 있었다. 벽에는 미르얌이 날짜에 생일을 표시해둔, 자주 들춰서 손때가 오른 마분지로 된 해묵은 달력이 있었다. 1976년 함께 이탈리아로 여행 갔을 때 미르얌이 산 달력이었다. 아이는 그때 열여섯 살이었다. 그들은 리우데자네이루에 살고 있었지만 미르얌은 햇볕 아래 나가는 걸 싫어했기 때문에 늘 아픈 것처럼 핼쑥했다.

여행 내내 그녀는 긴 머리를 포니테일로 질끈 묶고, 보라색 에스파드리유를 신고 다녔다. 그녀는 그 신발을 끔찍이도 좋아했다. 그가 기억하기로는 늦은 봄 브라질에서도 줄곧 그것을 벗지 않았다. 하얀 여름 원피스를 입은, 창백하기만 하던 피부가 여행하는 동안 구리처럼 노르스름한 빛을 띠기 시작했던 딸의 모습이 생생히 떠올랐다. 어느 날 저녁 그들은 베로나에서 온 서커스를 구경하러 갔다. 곡예와 즉흥 가면극이 어우러진 그랜드 서커스단이었다. 광대들이 무대 여기저기에서 갑자기 튀어나오자 한자리에 모인 이탈리아인 가족이 흥분에 빠지는 내용으로, 결국에는 무대가 아수라장으로 변하는 식이었다. 그때 그는 딸의 눈 속에 기쁨이 차오르는 것을 목격했다. 공연이 끝난 후 그녀는 서커스단 사진으로 채운 선전용 달력을 하나 샀고, 그것이 지금 그의 옆쪽 벽에 걸려 있는 것이었다.

처음에는 에스터의 죽음이 미르얌의 학교 성적에 아무 영향도 미치지 않았다. 그녀는 리마의 외국인 학교에 다녔고 성적은 최우등이었다. 그녀는 공부에 열중했고, 책도 많이 읽었고, 그리고 말이 없었다. 그는 전날의 절친한 사이로 되돌아가려고 강박적이면서도 맹목적으로 갖은 노력을 다했다. 하지만 연대감이란 한낱 눈먼, 게다가 귀마저 먹은 것이 증명된 신이 내린 선물에 불과했다. 청소년 심리 상담가가 그에게 설명해주었다. 미르얌이 언니의 죽음을 자기 탓이라고 생각하고 있다고, 쌍둥이 사이의 경쟁심이 은연중에 상대가 죽기를 바라는 기원으로 발전되었고 그게 끝내 실현된 것으로 믿고 있다고. 미르얌은 에스터의 죽음이 자신의 책임이라고, 그녀가 악한 마음을 품었기 때문이라고 생각하고 있었다.

이따금 그는 미르얌을 주방으로 불러냈다. 주방에서 얘기하는 것이 격식을 좀 덜 따지는 것 같았기 때문이다. 그러면 그녀는 그의 맞은편 팔걸이가 없는 의자에 걸터앉아서 자기 손톱만 뚫어져라 내려다보았다. 그럴 때마다 그는 자기가 하려고 준비했던 말을 잊어버리곤 했다.

그들은 가족끼리 외출을 했고, 남동부 아야쿠초 고원으로 휴양을 다녀오기도 했다. 그렇지만 셋 다 네 번째 가족 생각에 잠겨 있었다. 그들은 휴가 때 정기 수송선을 타고 파나마로 유람을 떠났으나, 미르얌은 자폐증 환자처럼 아무것에도 관심을 두지 않았다. 수리남으로 관광을 가서도 그녀는 온종일 토라리카 호텔의 원형 수영장 안에서만 보냈다. 풀장의 같은 트랙을 수천 번이 넘도록 왔다갔다 하며.

그녀는 깡말라 보일 정도로 야위어갔다. 그것에 대해 마리안과 의논하는 일은 여간 곤혹스럽지 않았다. 아이가 외로워하는 것은 당신 탓이라며 낮은 목소리로 서로를 원망하는 식으로 대화가 흘러갔기 때문이었다. 그는 자신의 무력감으로부터 도피하여 직장을 안식처로 삼았다.

이탈리아 여행은 필사적인 심정으로 짜낸 생각이었다. 그들이 리우에 살던 시절, 어느 날 미르얌이 학교에서 돌아오지 않았다. 마리안이 여섯시쯤에 전화로 알려왔다, 미르얌이 아직도 돌아오지 않았노라고.

호프만은 이틀 동안 도시를 샅샅이 뒤지고 다녔다. 불길한 상상을 하며 위험 지구인 슬럼가까지 들어가 달러를 뿌려가며 딸애의 행방을 수소문했다. 그곳에는 열다섯 살짜리 가출 청소년을 다루는 경찰 부서가 따로 없었기 때문에 결국 풍기사범 단속반에 의뢰하지 않으면 안 되었다. 딸애를 찾아주기만 한다면 거액을 내놓겠다고 그는 단속반장에게 약속했다. 한밤중에 상가와 공사장들을 찾아다니는 동안 그는 오열을 삼켰다. 손이 시커멓고 눈이 보이지 않는 거리의 아이들마저 도와주겠다고 자진해서 나섰다. 그는 칸델라리아 교회의 계단 위도, 코르코바도 산의 거대한 그리스도 상 밑도, 레메와 이파네마 해변도 뒤졌다. 최악의 사태까지도 예상했다. 그러나 바닷가에서도 익사한 여자아이라곤 발견되지 않았을 뿐만 아니라 리우의 시체 안치소에서도 딸애의 인상착의와 비슷한 시체는 한 구도 없었다.

그는 이틀 동안 밤낮으로 사방팔방을 수소문하고 다녔다. 거리의 악취를 씻어내려고 서너 차례 집에 들렀을 뿐이었다. 미르얌이 행방불명된 지 꼭 사십팔 시간이 되던 순간 그는 젖은 머리로 막 욕실에서 나온 참이었다. 탈진한 몸을 가누느라 애쓰며, 또다시 시가지로 내려가볼 생각에 서둘러 와이셔츠 단추를 잠그며. 그때, 시무룩하고 지저분한 모습으로 미르얌이 아파트 안으로 들어섰다. 그녀는 부모는 거들떠보지도 않고 자기 방으로 가버렸다.

그녀는 방문을 잠갔고, 그가 창자가 끊어져나가도록 고래고함을 질러대도 결코 문을 열어주지 않았다. 문짝을 발로 차 문틀이 떨어져 나가면서 나무 파편들이 그의 관자놀이를 스쳐 지나갔다. 팝송 가수와 배우 들의 포스터 아래에서 고개를 베개 밑에 파묻고 몸을 웅크리고 침대에 누워 있는 그녀에게 그는 분노를 터뜨렸다.

펄펄 뛰며 성을 낸 그는 서재로 갔다. 그녀가 죽었을 거라고 확신했던 순간을 떠올리자 눈앞이 캄캄해져 휘청거리는 무릎으로 의자에 털썩 주저앉았다.

며칠이 지난 뒤 그가 그녀에게 제안했다.

"미르얌, 잠깐 내 말 좀 들어봐라…… 우리 둘이 여름에, 그러니까 유럽이 여름일 때 말이야, 너하고 내가 이탈리아 일주를 한번 해보는 게 어떨까 생각하는데, 어떠니?"

그녀는 거절하지 않았고, 그저 어정쩡하게 어깨를 으쓱하기만 했다. 그는 마리안에게 그 일을 상의했고, 그가 이런 계획을 하게 된 특별한 동기를 말하지 못했는데도 그녀는 선뜻 찬성했다. 다음날 서재 책상 위에 미르얌의 편지가 놓여 있었다. "아빠, 나 아빠하고 함께 여행 떠나는 거 좋아."

이탈리아에 가서도 그녀는 말수가 적었다. 렌터카 운전석 옆자리에 조용히 앉아 있거나, 한마디도 건네지 않고 스페인 계단을 오르내렸다. 그러나 이번에는 그녀의 침묵에 어딘가 다른 의미가 깃들어 있었다. 뭔가 허기에 찬 눈초리로 그녀는 사방을 열심히 두리

번거렸다. 할 말을 잃은 것은 거기서 받은 강렬한 인상에 압도당해서이며, 호흡이 멎어 입을 뗄 수조차 없다는 듯이. 그러더니 달력을 사고 나서 몇 년 만에 처음으로 그녀가 그의 손을 잡더니 다정스레 꼬옥 힘주었다.

이탈리아 여행에서 돌아온 후 그녀는 로베르토 다 실바라는 가정교사로부터 개인 지도를 받았다. 호프만이 보모와 가정교사 같은 사람들을 알선해주는 소개소에 연락을 취했던 것이다. 그 후 미르얌은 날로 명랑해졌다. 그녀는 한층 사교적이 되어 상대하기가 수월해졌고, 자기 생각을 말했을 뿐만 아니라 심지어 농담까지 할 정도였다. 그녀의 생기 찬 모습이 부모에게도 그대로 반영되었기 때문에 집안 분위기는 조금이나마 예전의 화목함을 되찾는 듯싶었다.

그러던 어느 날 아침 그녀가 느닷없이 말했다. "나, 다 실바 선생님을 사랑해. 우리 관계도 가졌어. 결혼할 거예요."

호프만과 마리안은 시선을 교환했으며, 그녀가 눈짓으로 그를 제지했다.

"너 혹시 다 실바 선생의 나이가 어떻게 되는지 알고 있어?" 마리안이 외교관의 아내답게 물었다.

"그렇다면요?" 내키지 않는 태도로 미르얌이 되물었다.

"사십이 세." 호프만이 대신 대답했다.

"여보, 당신은 그냥 좀 있어요." 마리안이 일침을 놓았다.

그는 주방을 나와 대사관으로 출근해버렸다. 미르얌과 식탁에 나란히 앉아 프랑스어와 마담 보바리의 사랑에 열중해 있는 가정교사와 마주치기 전까지 일주일 내내 그는 침착한 척했다. 호프만은 그날 평소와 달리 일찍 귀가했다. 아침에 미르얌이 그날 집에서 과외를 받는다는 말을 우연히 얻어들었기 때문이다.

작달막하고 까무잡잡한 피부, 낭만적인 눈에 관자놀이가 희끗희끗한 다 실바가 그가 들어오는 소리를 듣고 벌떡 자리에서 일어섰다.

"아, 오프만 씨." 다 실바가 프랑스어로 말을 더듬었다. "전 미르얌을 사랑합니다. 미르얌도 절 사랑하고요…… 우린…… 결혼할 계획입니다."

"당장 내 딸한테서 그 더러운 손 못 떼!" 호프만이 있는 실력을 최대한 발휘하여 포르투갈어로 명령했다. 그러고 나서 다 실바를 해고했다.

그들은 그녀를 스위스에 있는 학교로 보냈다. 심리학자들이 운영하는 문제아들을 위한 특수 기숙학교로 부유한 부모들이 거의 가망 없는 자녀들을 구제하기 위해 마지막으로 보내는 곳이었다.

거기에 도착해서도 그녀는 며칠 동안 버티고 앉아 자기 머리만 땋고 있었다.

결국 그는 거기서 팔천 스위스 프랑을 주고 고등학교 졸업장을 샀다. 그녀는 대학 진학 자격을 얻었다. 그녀가 심리학을 전공하겠다고 했다.

그녀는 이내 독립해서 살게 되리라는 기대감에 새롭게 기운을 냈다. 이야기도 다시 하기 시작했고 심지어 전화도 정기적으로 걸 정도였다. 하지만 암스테르담에 도착하자마자 헤로인을 복용하기 시작했다는 것을 그는 나중에야 알게 됐다. 수리남 사람들이 흔히 하듯 '헤로인을 담배로 말아 피우다'가, 얼마 지나지 않아 주사를 놓기 시작했다. 그녀는 베이엔코르프 백화점에서 가죽점퍼를 훔쳐 가방에 넣고 나오다가 붙들리자 경찰서에서 전화를 걸어왔다. 또 다시 그는 자신의 영혼 속에 도사리고 있던 불길한 예감을 안고 네덜란드행 비행기에 몸을 실었다. 이렇게 좋지 않은 일로 자주 비행기를 타는 것으로는 자신이 단연 챔피언일 듯했다.

그때 그녀는 그를 보고 '호프만 씨'라고 불렀다. 그날 이후로 그녀는 다시는 그를 아빠라고 부르지 않았다. 그녀는 공부를 집어치웠고, 방세를 내지 않아 살던 집에서도 쫓겨났다. 어떤 때는 몇 달동안이나 부랑자 생활을 하기도 했다. 암스테르담에서 정처 없이 떠돌아다니면서 불법으로 점유한 남의 집 또는 상가의 처마 밑에서 밤을 나기도 했다. 호프만은 덴 보스 남쪽에 있는 작은 도시 퓌흐트의 숲 속에 튼튼한 여름 별장을 한 채 가지고 있었는데, 그녀는 스스로 마약을 끊어볼 마음을 굳힐 때마다 그곳을 도피처로 삼곤 했다. 그리고 대담하게 약물치료 없이 갑자기 마약을 중단하는 이른바 콜드 터키를 시작하기 전에 정말 마지막으로 꼭 한 번 주사하려던 그 한 대를 위해 집 안의 고가구들을 하나씩 하나씩 팔아버렸다.

1984년 9월 8일 그녀는 암스테르담 시내 바르무스 가의 브루클린이라는 여관에서 시체로 발견되었다. 경찰은 보라색 바지와 보라색 스웨터 차림으로 죽은 그녀의 사인을 약물 과용이라고 밝히며, 마약으로 인해 심장에 무리가 와 사고가 발생한 것이라고 설명했다. 그 일이 사고가 아니라는 것을 호프만은 알고 있었다.

죽기 이 주일 전 그녀는 별장에서 며칠을 보냈다. 부모가 당시 파견국이었던 수단의 하르툼에 있는 동안, 그녀는 그곳에서 호프만이 그때까지 앨범에 모아두었던 모든 사진들에서 자기 모습을 일일이 오려내고 있었다. 게다가 그녀는 그가 보관해오던 필름도 다 불태워버렸다. 유아용 침대와 해변에서의 쌍둥이 사진들, 마리안의 양팔에 안긴 쌍둥이 사진들, 외가에서 찍은 쌍둥이 사진들, 처음으로 자전거를 타고 있는 모습과, 고깔모자를 쓰고 색종이 테이프로 아롱다롱 치장된 파티장에서 해마다 다르게 몇 살 몇 살의 생일을 진심으로 축하한다고 적힌 두 개의 케이크가 나란히 차려진 생일날 찍은 사진들과 촛불을 불어 끄는 장면이 담긴 사진들, 삶이 베풀어준 은총에 감사하며 진지하게 쳐다보고 있던 그의 모습을 담았으나 초점이 흔들리고 만 마리안이 찍은 사진들의 원본 필름.

그는 달력을 한 장씩 들추어보다가 9월 달력에서 에스터가 죽은 날짜에 미르얌이 해놓은 엑스 표시를 발견했다. 만약 본부에서 대책 협의─여기 프라하 사람들이 그토록 대담한 네덜란드 기자들에게 가한 만행에 대한 헤이그 본부의 분노를 에둘러 이르는─라는 구실로 소환한다면 그는 아이들의 무덤을 찾아가볼 수 있을 것이었다.

지난 이틀 밤 동안 그는 스피노자를 붙들고 있을 엄두를·내지 못했다. 별로 할 일도 없었고, 제발 심신이 피로해지기만을 바랐다. 〈헤럴드 트리뷴〉〈쥐트도이체 차이퉁〉과 프라하에서 독일어로 발간되는 것으로 기록적인 추수와 금속 생산을 보도한 신문 등을 읽었다. 야식은 양을 조절하여 간소하게 해결했다. 이제 그는 지성을 개선할 수 있도록 정신이 다시 맑아오는 기분이었다. 하지만 배변을 마칠 때까지 화장실 바닥에서 책을 집는 것을 참아야 했다.

현 주재지의 장점은 뮌헨과 빈에 가깝다는 것이었다. 부다페스트를 제외한 나머지 동유럽 수도들은 서방과의 국경에서 멀리 떨어져 있고, 그렇기 때문에 공산주의 체제의 질식할 것만 같은 그물망에서 잠시라도 벗어나기가 어려웠다.

그 자신은 내내 반공산주의자였다. 반면 은행장이었던 그의 아버지는 묘하게도 공산주의에 대해 다분히 공감하고 있었다. 전쟁이 일어나기 전에는 시기적으로 지식층이라면 마르크스와 엥겔스의 유물사관에 내포된 유토피아에 매력을 느끼는 게 가능했던 모양이었다. 그의 부모는 비밀리에 '당'을 재정적으로 지원했으며, 네덜란드 공산당 간부들에게 서너 차례 저녁 식사를 대접하기도 했다. 그들은 눈에 띄지 않게 어둠을 틈타 주방 뒷문으로 집 안에 들어오곤 했다. 외무부에서 교육을 받던 '유치원' 시절, 그는 공산주의 사상에 동조했던 부모의 정치색이 행여 전쟁 이전의 정보부에 의해 문서로 남아 있지 않을까 마음을 졸였다. 그것은 교육에서 탈락될 충분한 빌미가 되었지만, 다행히 문제되지 않았다.

호프만이 생각하기에는 특히 그의 어머니가 사회주의적 이상에 열중해 있었다. 그의 외할아버지 야코브 카플란은 노조 활동을 하다가 붙잡혀 이송되는 도중에 탈출해 서구로 망명한 유대계 러시아인이었다.

야코브 카플란은 유럽 전역을 방황하다 마침내 네덜란드 아센에서 다이아몬드 세공사로 자리를 잡았으며, 암스테르담 유대인 주거지에서 자란 한 가난한 처녀와 결혼했다. 그들 부부는 호프만의 어머니 에스터 한 명 외에는 모든 아이를 사산했다.

호프만의 친가는 독일에서 상류층에 속했다. 그의 할아버지 아론 호프만은 독일의 유대인 백화점에서 출세 가도를 달렸으며, 1901년 네덜란드 분점의 성공 가능성을 조사하기 위해 암스테르담으로 파견되었다. 그때 그는 포르투갈 유대인 은행가 집안의 딸인 로페스 디아스를 만나 결혼했다. 그들은 펠릭스의 아버지 모제스 호프만을 낳았고, 아버지는 대학 공부를 끝내고 할아버지의 은행에서 일했다.

모제스 호프만과 에스터 카플란은 렘브란트 광장에 있는 '헥크'라는 곳에서 만났는데, 빅 밴드가 음악을 연주하고 식사와 춤을 저녁 내내 즐길 수 있는 미국식 대형 유흥장이었다. 사교댄스 찰스턴과 치맛자락이 종아리를 덮지 않는 짧은 스커트가 처음으로 선을 보이고 쇼트커트를 한 아가씨들이 등장한 시절이었다.

모제스는 자신에 비해 한참 신분이 낮은 배우자를 만난 셈이었으나, 두 남녀는 그런 것을 따지지 않았고, 1928년 유대교식 전통 혼례를 올렸다. 그리고 이 년 후 그들의 유일한 후손이 된 아들이 태어났다. 그들은 외아들을 행운아라는 뜻의 펠릭스라 불렀고, 그의 할아버지 이름을 따 아론이라는 중간 이름을 붙였다.

은행의 남부 지점에서 지점장으로 일하게 된 모제스 호프만을 따라 에스터와 펠릭스는 덴 보스로 이사했다.

호프만은 그의 조부모를 생생히 기억했다. 온 가족이 정기적으로 사파티 공원 옆에 있는 친할아버지와 친할머니의 현대적 감각의 집과 톨 가에 있는 외할아버지와 외할머니의 초라한 단층짜리 아파트를 방문하곤 했다. 친가에서는 유대계라는 출신 성분이 더 이상 중요하지 않았다. 그들은 관현악단 지휘자 멩엘베르흐나 건축가 리트벌트와 돈독한 사이였고, 예술품을 수집하고 신조형주

헤이그로 귀환하자 그의 집은 그를 첩자라고 비난하는 군중에 의해 에워싸였다. 일 년 전에 반(反)왕정파 드 비트 형제가 성난 군중에 의해 사지가 찢기는 사건이 있었지만, 스피노자는 다치지 않았다. 그가 위트레흐트를 다녀온 목적에 대해서는 끝내 밝혀지지 않았지만, 그는 헤이그에 있는 '왕정파 대관들'을 대신해 중재인으로서 평화 협약을 교섭했다고 여겨졌다. 그는 1677년 2월 21일 결핵으로 죽었고, 헤이그 스파위 광장에 있는 암스테르담 신교회에 묻혔다.

스피노자는 폰덜이 활약하던 시대에 암스테르담에서 살았다. 스피노자가 태어났을 때 폰덜은 이미 성인이었고, 스피노자가 죽었을 무렵에는 노인이었다. 호프만은 두 사람이 생전에 만났을지 궁금했다.

스피노자의 『논고』는 그가 오늘 밤 가지고 있는 유일한 읽을거리였고, 배가 워낙 산만 하다보니 그 책을 집어 올리느라 애를 먹었다. 그는 귀퉁이를 접어둔 책장을 펼쳤다.

스피노자는 그에게 이미 세 항목의 생활 규범을 제시했다. 이제 '최선의 지각'이라는 제2장으로 넘어갈 차례였는데, 호프만으로서는 상상하기조차 힘든 영역이었다.

그는 무릎 위에 팔을 고이고 책을 읽기 시작했다.

이런 규칙들을 표명한 데 이어 나는 이제 무엇보다 일차적으로 그리고 기본적으로 완수할 수 있는 임무를 공개하고자 하며, 이는 곧 우리의 목적을 달성하는 데 필수적인 요건인 사물을 있는 그대로 이해할 수 있도록 지성을 개선시키고 적절하게 연마시키는 일이다.

목적을 향해 단도직입적으로 나아가는 이 대목이 호프만은 마음에 들었다. 그는 계속 읽어 내려갔고, 스피노자가 어떻게 경험을 쌓고 생활 속에서 어떻게 인생 공부를 하는지에 대해 설명하려 한다는 것을 알아차렸다.

스피노자는 먼저 자신의 생일이라든가 자기 부모가 누군지와 같이 타인이 말해주는 것을 듣는 경험에 대해 먼저 언급했다. 이런 종류의 지식은 단순히 듣고 보는 것만으로도 얻을 수 있다. 아이들이라 해도 그런 식으로 자연스럽게 배워나갈 수 있기 때문에 지성의 작용이 크게 필요하지 않다.

두 번째 종류의 지식을 스피노자는 '방황하는 경험'이라 칭했다. 우리는 뭔가를 몸소 겪는다. 예를 들어 작은 불이 났을 때 물을 부어 꺼지는 광경을 실제로 경험하며, 그 일을 통해 물이란 불을 끌 수 있는 것이라는 사실을 익히게 된다. 스피노자는 '생활하는 가운데 유용한 거의 모든 것'을 방황하는 경험으로 간주했고, 따라서 물이 불을 끄는 현상에 대한 과학적 설명은 이 범주에 속하지 않는다.

세 번째는 지각을 통한 영역으로, 그 적합성 여부를 떠나서 한 사물의 본질은 다른 사물로부터 도출된다.

호프만은 이 대목을 이렇게 해석했다. 평소에는 교통이 원활하던 고속도로였는데, 오늘은 차들이 줄을 서 있다. 그렇다면 교통사고가 났거나 도로 공사가 진행되고 있다는 뜻이다. 즉 세 번째 형태의 지식은 논증적 사고에 근거를 두고 있다. 우리가 관찰한 현상은 단지 길게 이어지는 차량의 행렬이거나 어떤 우발적 사건이 초래한 영향에 지나지 않는다. 그런데 교통 체증 자체와 교통 체증을 일으킨 우발적 사건에 대해 생각해봄으로써 그 원인을 추리하게 되는 것이다.

지식의 네 번째 형태에 대한 스피노자의 말은 아주 난해했다.

마지막으로, 지각은 한 사물이 오로지 그 자체의 본질을 통해서나 그와 가장 근접한 원인에 대한 지식을 통해서 직시되는 것을 말한다.

스피노자는 여기에 "그러나 나는 여태까지 이 같은 종류의 지식을 통해 사물을 이해했던 경험이 많지 않았다"고 덧붙였다. 그리고 다행스럽게도 네 번째 사항을 보다 분명히 이해할 수 있도록 사례를 들었는데, 그렇지 않았다면 호프만은 그 의미를 파악하기가 쉽지 않았을 것이었다.

사례는 수학적이었다. 숫자 세 개를 알려주고 네 번째 숫자를 찾아야 하는 문제인데, 첫 번째와 두 번째 숫자 사이의 관계가 세 번째와 네 번째 숫자 사이의 관계와 같다.

스피노자는 노골적인 경멸감을 드러내면서 '상인들'은 이런 문제의 해답을 '증명 따위에는 아랑곳없이 그저 일전에 학교 선생들로부터 들어 알고 있다'고 못 박았다. 스피노자는 단순히 지식의 첫 번째 형태를 시사하고 있는 듯했다. '상인들'이 그저 귀동냥으로 그 문제를 푸는 공식을 배웠기 때문이다.

2:4 = 3:?에서 미지수는 두 번째 수를 세 번째 수와 곱한 값을 첫 번째 수로 나누면 얻어지기 마련이다.

"그런 반면 다른 사람들은 이런 단조로운 숫자들을 통한 경험을 바탕으로 하여 보편적인 원칙을 끌어내기도 한다"고 스피노자는 적어놓았다. 이 말은 아마 지식의 두 번째 형태에 대한 예를 추가하려는 의도로 보였다. 스피노자는 계속 수와 관련된 보기를 들며 세 번째 형태로 넘어갔다.

그러나 수학자들은 유클리드의 증명을 계기로 삼아 관계의 특성 및 수의 속성을 바탕으로 수들이 상호 간에 어떤 비례관계를 이루고 있는가를 터득하였다. 다시 말해 첫 번째와 네 번째를 곱한 수가 두 번째와 세 번째를 곱한 수와 일치하여 등식이 성립한다는 사물의 본질을 정립하기에 이르렀다.

이렇듯 수학자들은 자기 분야에 대한 전문 지식을 갖추고 있기 때문에 수학적인 문제에 보다 깊은 통찰력을 지니며, 상인들과는 달리 해답을 안겨주는 공식을 무턱대고 모방하는 것으로 만족하지 않는다. 수학자들은 문제 연구에 골몰하여 고도의 산지식을 축적해왔다.

그런데도 호프만은 스피노자의 네 번째 지식 형태를 훈련과 경험에 기초한 '직관적인' 지식을 의미하는 것으로 보았다. 만약 어떤 사람이 복잡한 계산 과정을 거치지 않고도 수학적인 문제의 해답을 '볼' 수 있다면, "사물이 오로지 그 자체의 본질을 통해서나 그와 가장 근접한 원인에 대한 지식을 통해서 직시"되는 것이다.

그다지 단순한 개념은 아니지만, 호프만은 어쨌든 어렴풋하게나마 무슨 뜻인지 알 것 같았다.

호프만은 다음에 무슨 말이 이어질지 짐작할 수 있었고, 아닌 게 아니라 철학자는 그를 실망시키지 않았다. 스피노자는 다시 한 번 지식 습득의 네 가지 형태를 서로 비교했으며, 다음과 같은 결론을 내렸다.

1. 남이 하는 말을 들어 모은 지식은 매우 불확실하다.

2. 두 번째 '방황하는 지식'은 우연성에 기인하며, 물이 불을 끌 수 있다는 것처럼 사물의 외면에 대한 부분적 판단만을 제공할 뿐이다.

3. 지식 습득의 세 번째 형태에 대해 스피노자는 각별히 조심스럽게 다루었다. "우리는 이를 통해 한 사물에 대한 관념을 얻고, 그것으로 인해 오류를 범하지 않고 결론에 이르는 단계로까지도 발전한다"는 점을 스피노자는 인정했다. 그리고 이어서 "그럼에도 이것이 우리가 완성에 도달하게 하는 최적의 수단은 아니다"라고 덧붙였다.

4. "오로지 네 번째 형태만이 오류를 범할 위험이 없고 사물의 적합한 본질을 내포하고 있다."

호프만은 모든 내용을 한마디 한마디 되새겼다. 스피노자는 네 번째에서 지각이나 지식의 어떤 직관적인 형태를, 이를테면 논리적 사고를 능가하는 무엇, 지성의 영혼 같은 것, 논리적이면서도 설명이 불가능한 앎을 논하고 있었다.

그는 이 모든 것을 그 자체로만 이해하고 말아야 할지, 아니면 '난 다 알아요'라고 마지막으로 속삭였던 에스터의 유언 속에 네 번째 형태의 앎이 함축되어 있는 것은 아닌지 생각해보았다. 과연 스피노자가 의미한 바도 그런 것이었을까, 아니면 그가 지향했던 앎이란 보다 세속적이고 구체적인 수준에 불과했을까?

순간 호흡이 멎는 듯했다. 삶과 죽음의 경계를 넘나들던 순간 여덟 살짜리 딸아이의 눈망울에서 그는 선량함과 완벽한 죽음의 빛을 보았다. 그녀의 육신과 함께 그의 수면도 사멸해버렸다. 그뿐만이 아니었다. 땅속으로 사라지는 것을 지켜보았던 그 관 속으로 에스터가 모든 것을 가지고 떠나버리기라도 한 것처럼 그는 선과 지혜에 대한 분별력마저 상실하고 말았다.

배가 따끔거려 그는 몸을 움츠렸다. 책을 떨어뜨렸고 고통을 이기지 못하고 다리 위로 몸을 숙였다. 육중하고 견고한 무엇이 아래로 내려앉는 느낌이 들면서 항문이 열렸다. 고통스러웠지만 직장을 거들어주고 싶은 간절한 심정에 힘을 바짝 주었다. 그리고 그때였다. 드디어 기적의 순간을 느낀 것은.

그야말로 올림픽 금메달감이라 할 굵은 변이 항문을 빠져나와 단숨에 와르륵 미끄러져 내렸다. 호프만은 고통과 쾌락을 동시에 맛보았다. 그는 주먹을 쥐었고 그런 말초적인 감각을 감수하느라 이를 악물었다. 그는 벽을 짚고 가쁜 숨을 몰아쉬었다. 그러고는 눈을 떴다. 초점을 모아 천장에 매달린 작은 배 모양의 전구를 똑바로 바라보자 망막에 잡히는 까만 점들이 춤을 췄다. 해방감이, 순간적으로 의식을 마비시키는 관능적인 만족감이 짜릿하게 온몸으로 퍼져나갔다.

그는 변기로 시선을 던졌다. 굵직하고 길쭉한 똥, 그것은 항문의 혈관이 터져 묻은 피까지 더해 옹골차고 하늘을 찌를 듯이 살기등 등했다. 위풍당당하고 기록적인 성과.

그는 두루마리를 끌어당겨 화장지를 한 움큼 뜯어냈다. 그는 이 일을 자축하기로 했다. 냉장고가 번뜩 떠오르며 머릿속에 가득 찼다.

5장
1989년 6월 27일 오후

    프레디 맨시니는 까만 방탄 유리창의 마이크로버스 크라이슬러 보이저에 실려 워싱턴 근교의 어딘가로 호송되었다. 그는 대사관 직원과 함께 군용 비행기를 타고 댈러스 공항까지 갔고, 너도밤나무와 소나무 들 사이에 모습을 감추고 있는 외딴 저택의 정원에 막 도착해 크라이슬러에서 내리는 참이었다. 아내 바비는 로마에 그대로 남았다.

    로마에서부터 동행한 남자—이름은 잊은 지 오래고 줄곧 같이 있으면서도 내내 한마디도 나누지 않았다—가 그가 자동차에서 내릴 때 땅바닥의 높이를 가늠하지 못하여 헛디딜까봐 곁에서 부축해주었다. 프레디는 조약돌 위로 발을 내디뎠고 조심스레 빌라의 입구를 향해 걸었다. 그는 마침내 미국에 돌아왔고, 유럽에는 눈곱만큼의 미련도 없었다.

    잔돌들이 삼백오십 파운드의 무게에 눌려 으깨져나갔다. 전원의 정적이, 바람결에 한숨을 내쉬는 나뭇잎들이 그리고 노래하는 새들이 그의 귀를 간질였다.

나이 지긋한 남자가 베란다가 딸린 남부 전통 목조 저택의 현관문 앞에서 그를 기다리고 있었다. 남자가 얼굴에 주름이 질 정도로 활짝 웃었다.

"맨시니 씨? 어서 오십시오. 전 존 마크스라고 합니다."

프레디는 살짝 신음 소리를 내면서 그에게 손을 내밀었다. 그 남자는 건성으로 악수하고 얼른 뒷짐을 졌다.

"여행은 어떠셨습니까?" 그가 물었다.

"괜찮았습니다." 프레디가 대답했다.

마크스는 정중히 집 안으로 들어가자는 몸짓을 했다.

"자, 들어가시지요."

거실에는 침침한 색깔에 번들거리는 커다란 나무 식탁이 하나 있었고, 그 주위에는 연두색 방석이 깔린 의자들이 놓여 있었다. 또 한쪽에는 대형 소파 두 개와 안락의자 네 개로 구성된 응접세트가 넓게 공간을 차지하고 있었다. 구석구석에 전기스탠드가 놓여 있었으며 벽마다 울긋불긋한 추상화가 걸려 있었다. 그러나 역시 프레디의 눈길을 끈 것은 케이블이 주렁주렁 달린 전기기구들과 커다란 오픈릴형 녹음기였다.

"자, 여기에 앉으시지요." 마크스가 권했다.

그가 의자를 하나 가까이 끌어다주었다. 프레디는 자리에 앉았고, 자기가 앉은 의자가 식탁 둘레의 다른 의자들보다 특별히 더 널찍하다는 것을 알아차리고는 그런 세세한 데까지 신경을 써주는 남자의 배려에 고마움을 느꼈다.

"시장하시겠네요." 티슈 몇 장으로 손을 닦으며 마크스가 말했다.

금발로 염색하고 정갈하게 가꾼 매무새에 눈이 부드럽고 상냥해 보이는 마크스 또래의 여자가 나타났다. 그녀는 앞치마를 두르고 쟁반을 들고 있었다. 그녀가 마치 잃어버린 아들을 다시 찾은 어머니처럼 프레디를 향해 정겨운 미소를 보냈다.

"자, 맨시니 씨께 드리려고 특별히 맛있는 요리를 해봤어요. 아무래도 입이 좀 궁금하실 듯해서요, 그렇죠?"

그녀가 프레디 앞으로 쟁반을 내밀었다. 까만 산딸기 소스, 으깬 감자와 호박 파이를 곁들인 푸짐한 칠면조 요리가 담긴 접시가 식탁 매트 위에 놓여 있었다. 그는 저절로 입이 벌어졌다. 그가 이 전통적인 추수감사절 정찬 요리라면 오금을 못 쓴다는 걸 그들이 어떻게 알아냈는지 참으로 신기하기만 했다. 아마 로마에 있는 바비에게 전화해서 그가 좋아하는 음식이 뭔지 물어봤을지도 몰랐다.

"아, 정말 맛있어 보이는데요. 이름이……" 그가 말했다.

"캐럴린이라고 해요." 그녀가 말했다.

"정말 잘 먹겠습니다, 캐럴린. 전 프레디라고……"

"프레디, 많이 있으니 말씀만 하세요." 그녀가 거실을 나가면서 말했다.

마크스가 그의 앞에 자리를 잡고 앉았고, 담뱃갑에서 담배를 한 개비 꺼내더니 식탁에다 대고 톡톡 쳤다. 의자에 묻혀 있는 모양새로는 거의 소년이나 다름없을 정도로 체구가 작았다. 마크스가 자기 자신을 위해서도 특수 의자를 하나 더 주문했다면 좋았을 것을 하고 프레디는 생각했다. 다리가 긴 높은 의자로 말이다.

"어서 드십시오." 마크스가 말했다. "그런데 담배를 태워도 괜찮겠습니까?"

"상관없습니다."

프레디는 둥그렇게 말린 냅킨을 폈고, 그 안에서 나온 포크와 나이프를 집어 들었다. 그는 긴장을 풀었다.

"맨시니 씨의 사생활을 침해하는 이런 무례를 범하게 되어 정말 죄송합니다. 그렇지만 개인의 이익보다는 국가의 이익이 앞서는 일이지 않습니까. 다시 한 번 죄송하다는 말씀을 드립니다. 역설적인 이야기지만, 이런 식의 조처가 없었다면 우리는 아마 오래전에 자유를 잃고 말았을 겁니다."

프레디가 고개를 끄덕였다.

"저는 신경 쓰지 마시고 어서 식사하세요." 마크스가 말했다. "저는 맨시니 씨가 드시는 동안 말하겠습니다."

프레디가 다시 고개를 끄덕였다, 이번에는 고맙다는 뜻에서. 칠면조 요리에 포크를 찌르자 전문가가 요리했다는 것을 금방 눈치챌 수 있었다. 미국에서는 어떤 집이든 적어도 일 년에 한 번은 칠면조를 요리하는데 그 가운데 구십구 퍼센트가 바싹 구워지기 일쑤였다. 칠면조 요리는 시간 조절이 비결인데, 일 분만 늦어도 결과는 치명적이었다. 그러나 프레디가 지금 입에 넣은 고기는 쫄깃하면서도 씹으면 진한 국물이 배어 나오고, 더구나 맛은 그 어떤 추수감사절 칠면조와 견줄 수 없을 만큼 아주 뛰어났다.

"캐럴린은 음식 솜씨가 좋기로 소문난 요리사입니다." 프레디의 감격 어린 표정을 눈여겨본 마크스가 말했다. "맨시니 씨가 마음에 들어하실 거라 생각했습니다."

"신경 써주셔서 대단히 감사합니다."

"이탈리아 시간에 적응해 있는 상태겠지요—시차가 여섯 시간 나던가, 그렇죠 아마?—그러니 첫 번째 상담은 너무 길게 끌지 않도록 하겠습니다. 위층에 사용하실 방을 하나 마련해두었습니다. 갈아입을 옷가지, 잠옷, 면도 기구 등등, 모쪼록 선생께서 최대한 편히 지내도록 신경을 썼습니다. 시중들 직원도 한 명 배치했고, 캐럴린은 하루 종일 주방에서 특별히 선생을 위해 대기하고 있을 겁니다. 저희는 맨시니 씨의 명령이 떨어지기 무섭게 움직일 겁니다."

프레디는 칠면조 살덩이를 꿀꺽 삼키며 고개를 끄덕였다. 대접이 극진하고 융숭할망정 왠지 감옥 같은 데 들어온 것 같은 인상을 떨쳐낼 수 없었다.

"얼마나 걸릴까요?" 다시 한입 가득 고기를 입에 넣으며 그가 물었다. 그는 음식을 잔뜩 물고도 말을 잘했다.

"이틀 정도는 예상하셔야 할 것 같습니다."

"이틀 정도라⋯⋯" 프레디가 말끝을 흐렸다. 그러나 사실 별로 문제될 것도 없었다. 애당초 로마 구경은 안중에도 없었다. 소음, 악취. "그럼 전화는 사용해도 됩니까?"

"물론이죠." 마크스가 프레디의 어수룩한 반응에 놀라며 대답했다. "하지만 먼저 로버트 매클로플린한테 요청하십시오. 우리 직원인데, 이제 곧 만나시게 될 겁니다."

프레디는 끊임없이 먹었다. 마크스는 그 모습을 지켜보고 있었다. 프레디는 마크스의 눈에서 어딘지 자기를 업신여기는 기색을, 어느 순간 잠깐 드러나는 혐오감을 감지했다.

"로마에 주재한 우리 동료들로부터 이미 들으셨겠지만, 미합중국 정부를 대신해서 한 번 더 감사드립니다. 국민의 한 사람으로서 맨시니 씨가 이행한 의무에 대해 아낌없는 찬사를 표하고 싶습니다. 그 점은 결코 잊지 않을 겁니다."

프레디는 로마에서 자진 신고했던 것이 지극히 당연한 일이었다는 듯, 그까짓 것 가지고 뭘 그러느냐는 듯 어깨를 한번 으쓱했다. 그러나 사실 신고하기 전에 조국에 대한 의무를 이행해야 한다고 자꾸 보채던 바비와 말다툼이 있었다. 신고하지 않았다면 그는 지금 포로로마노 어딘가에 있는 폐허에서 땀을 뻘뻘 흘리고 있을 뻔했다.

"서명이 필요한 서류가 곧 준비될 겁니다. 형식적인 절차이긴 하지만 규정상 그 과정을 생략하고 일을 진행할 수는 없답니다. 거기에는 우리의 대화 내용은 한마디도 절대로 외부에 누설해서는 안 된다고 적혀 있습니다. 선생의 부인은 물론이고 가장 친한 친구분이나 자녀들에게도 발설하시면 안 됩니다. 로마에서 대사관에 찾아가셨던 일도 마찬가지입니다. 프라하에서의 사건은 두말할 나위가 없고요."

"하지만 바비는, 집사람 말입니다. 집사람은 내가 대사관에 갔던 일이나 내가 지금 여기 와 있다는 것도 벌써 알고 있잖습니까."

"부인께서는 이 서류에 벌써 서명해주셨습니다."

그는 고개를 끄덕였다. 그러고는 또 한입 베어 물었다.

"맨시니 씨, 선생은 지금 안가에 와 계십니다. 이곳은 사무실에서의 이런저런 성가신 잡무들로 방해받지 않고 싶을 때 그리고 호텔에서 지내는 불편을 덜면서 아주 조용하게 얘기를 나누고 싶을 때 이용하는 장소입니다. 물론 우리에게 아주 귀하신 분을 모시는 특별한 경우에만 말입니다. 우리는 선생이 바로 그런 귀하신 분이라고 생각합니다."

프레디가 멋쩍게 웃으며 고개를 내저었다. 그는 입에 음식을 가득 문 채 말했다.

"로마에서 동료분들께 이미 두 번이나 그 사건에 대해 말씀드렸습니다. 하지만 제가 보았던 것이 무슨 도움이 된다는 건지 아직도 잘 모르겠어요."

"그걸 그 사람들에게도 물어보셨나요?"

"한마디도 하지 않던걸요."

"그렇지만 선생께서는 기꺼이 이리로 와주시지 않으셨습니까?"

"댁들이 비행기 값을 내주겠다고 해서요."

마크스가 빙그레 웃었다.

"선생께서는 납치 현장의 증인이십니다."

"그렇다고 봐야겠죠, 네."

"맨시니 씨, 제가 이 자리에서 말씀드리는 건 전부 국가 기밀에 해당됩니다. 선생께서는 잠시 후 관련 서류에 서명을 하시게 될 겁니다. 아니, 좀 더 정확히 말하면 반드시 서명하셔야만 합니다. 일단 저기 저 문턱을 넘은 그 순간부터 선생께는 더 이상 선택의 여지가 없으니까요."

"문제없습니다. 서명하겠습니다."

"6월 21일 밤에 목격한 사람이 마이클 브라우닝 맞습니까?"

"그 사람이 그렇게 자기소개를 하더군요, 네."

"마이클 브라우닝은 우리 조직을 위해 일하고 있었습니다. 어떤 임무를 띠고 그곳에 파견 중이었죠. 그런데 그날 밤 이후로 연락이 끊겼습니다. 우리는 그의 신변을 무척 걱정하고 있습니다."

"나도 대충 그렇게 짐작했지요." 프레디가 말했다.

갑자기 프레디는 마크스가 처량해 보인다는 생각을 했다. 마치 새벽에 무방비 상태로 잠에서 깨어났다가 그만 손써볼 수 없는 일에 기습당한 사람 같은 참담한 구석이 엿보였다.

"통찰력이 정말 대단하시군요!" 마크스가 말했다.

그 정도 추측은 누구라도 했을 텐데 저토록 찬사를 보내면서까지 굳이 내 비위를 맞추려고 드는 저의가 뭘까 하고 프레디는 생각했다.

"제가 로마에서 당신 동료들에게 들려준 내용을 알고 계신가요?" 프레디가 물었다.

"물론이죠."

"그런데도 다시 직접 듣고 싶으시다 이건가요?"

"바로 맞히셨습니다."

프레디는 고기 한 조각을 입에 넣었다. 그리고 자기가 지금 어떤 상황에 처해 있는지를 가늠해보기 위해 정신을 가다듬었다. 그는 전기기구로 시선을 던졌다. 혹시 최면을 거는 기계는 아닐까? 그래서 저 남자가 지금 감언이설을 남발하고 있는 것일까? 그는 한입 듬뿍 물었다. 으깬 감자와 칠면조 살코기가 입안에서 살살 녹았다. 갑자기 그 기계가 뭔지 번뜩 떠올랐다. 그것은 분명 거짓말탐지기였다.

"선생께서 목격한 그 광경을 정확히 알고 싶습니다. '정확히'라는 말 그대로 한 점의 틀림이 없는 실제 그대로를 말입니다. 만약 특별히 주의를 기울이지 않고 지나쳐버렸는데 나중에 우연히 떠오른 게 있다면 그것도 말해주실 수 있는지 우리는 알아야겠습니다."

마크스가 잠시 뜸을 들이더니 말없이 담배 연기 사이로 프레디를 살폈다.

"그래서 선생에 대해 좀 더 자세히 알고 싶습니다. 선생이 평소에 주변을 관찰하는 방법에 대해 우리 나름대로 판단하고 싶기 때문입니다. 그래야 우리가 더 집중적으로 질문할 수 있고, 선생께서 무심코 지나친—만에 하나라도 말입니다—세부 사항에 대해서도 우리가 지적할 수 있는 거지요."

"내가 보기엔 무심코 지나친 점은 하나도 없는 것 같은데요." 프레디가 말했다.

"그럴 수도 있겠지요. 그렇지만 우리로서는 그 점을 확실히 해두고 싶습니다. 일이 마무리되는 대로 선생께서는 다시 로마로 돌아가셔도 됩니다. 놓친 휴가에 관해서는 우리 쪽에서 보상해드리겠습니다."

"로마에는 돌아가지 않아도 됩니다."

"가시지 않아도 된다니요?"

"여행 같은 것에는 애초부터 별 관심이 없었습니다."

"그러세요? 왜 그러시죠?"

"식이요법에 도움이 될 거라면서 처와 주치의가 하도 우기는 바람에."

"다들 유럽 여행이라면 특별한 것으로 생각하던데요."

"그렇긴 하지만…… 아무튼 내 체질에는 그냥 맞지 않아서요."

마크스가 이해하겠다는 듯 미소를 지었다. 프레디는 자기가 공연히 너무 많은 것을 털어놓지 않았나 해서 후회스러웠다.

"칠면조 요리를 좀 더 드시겠습니까?" 마크스가 권했다. "강요

하려는 뜻은 절대 없습니다!" 그가 너털웃음을 터뜨리며 소리를
높였다. 프레디도 덩달아 웃었다.

"실은 좀 더 먹었으면 하는데……"

"캐럴린!"

캐럴린이 즉시 걸어 나왔다. 손에는 큰 접시가 들려 있었다.

"프레디, 절 실망시키지 않으실 줄 알고 있었어요. 그래서 미리
따뜻하게 오븐에 준비해두었답니다. 주방에 저와 함께 있던 로버
트에게 장담했거든요. 로버트, 프레디가 한번 맛을 보면 분명히 더
달라고 할 거야, 하고 말이에요."

"캐럴린, 정말 별미입니다."

식사가 끝난 다음 그들은 안락의자로 자리를 옮겼다. 그들은 커
피를 마셨고, 환한 미소에 맑고 푸른 눈과 완벽한 옷차림을 한 로
버트 매클로플린이 와서 인사를 했다. 연속극 같은 데에나 나올 법
한 젊은이였다. 마크스가 커피를 플라스틱 컵에 담아 마시는 것이
프레디의 눈길을 끌었다. 그 컵이 커피포트와 잔들을 받친 쟁반에
빠져 있어서 캐럴린은 따로 가져다주어야 했다. 싸구려 호텔 세면
대에 놓여 있는 흔한 일회용 컵으로 셀로판지로 포장되어 있었다.
프레디는 이번 일에 대해 제삼자에게 입도 뻥긋하지 않겠다고 서
약하는 서류 몇 장에 사인을 했다. 그러고 나자 로버트가 녹음기가
놓인 바퀴 달린 탁자를 가까이 끌어당겼고, 프레디의 윗도리에 소
형 마이크를 달아주었다.

프레디가 그날 밤 프라하에서 있었던 일에 대해 이야기했다. 어
디 가서 요기나 좀 해볼 생각으로 호텔을 떠났으며, 택시 운전사와

그의 공범자에게 돈을 강탈당하고 캄캄한 도시를 이리저리 헤맸는데, 어느 순간 어딘가로 가서 주저앉았다가 그때 그 사건이 일어나는 것을 목격했다는 것을.

"선생께서 그때 계셨던 그 장소를 정확히 재구성해봤으면 합니다." 마크스가 말했다. "가능할까요?"

"라도바 스테크."

"택시 운전사가 선생을 내려준 곳이지요?"

"그건 모르겠습니다. 그런 것 같기도 하지만."

"음식 냄새를…… 맡지 않으셨던가요?"

"맞아요, 거기 근처에 레스토랑이 있었습니다. 백 퍼센트 확신합니다. 그리고 그 시간에도 영업하고 있었습니다. 한밤중에 말입니다! 그게 어디에 있는지 당신들은 쉽게 찾아낼 수 있을 겁니다. 슬라비아 레스토랑, 라도바 스테크 63번지. 혹시 그 골목의 실물 사진을 가지고 계시면 내가 택시에서 내린 곳이 정말 거기인지 바로 알아볼 수 있을 겁니다."

"지도가 오고 있는 중입니다. 그리고 사진도요." 매클로플린이 말했다.

마크스가 고개를 끄덕였다. "좋습니다. 그럼 어서 얘기를 계속하시지요."

"나는 그리로 가 앉았습니다. 머리를 얻어맞은 통에 어찔어찔한 것이 현기증이 심했거든요. 그래서 쓰레기통 위에 가 앉았습니다. 사방이 어두워 어디가 어딘지 갈피를 잡을 수 없었고, 몸은 정말 말이 아니었습니다. 그런 상황인데…… 그때 어디선가 그 브라우닝이 느닷없이 나타났어요……"

"그를 바로 알아보셨나요?"

"글쎄요, 확실하지는 않지만…… 아닌 것 같습니다."

"선생께서는 길가 쓰레기통 위에 그렇게 앉아 계시는데……"

"아니 길가가 아니었습니다. 그러니까 거기에 계단이 있었어요. 철제 계단이었는데 그 아래에 빈 공간이 있었어요. 나는 거기에 앉아 있었습니다."

"계단 사이로 내다볼 수 있으셨습니까?"

"네, 계단 사이가 뚫려 있었어요."

"그런 다음에는요?"

"제가 그렇게 앉아 있었는데 그때 브라우닝이 한쪽 모퉁이를 돌아 나타났습니다. 아마…… 그때 그를 알아본 것 같습니다. 그날 저녁을 먹으면서 그와 얘기를 나눴는데, 호텔에 가면 햄버거를 먹을 수 있을 거라고 그가 말했거든요. 그래서 그가 누군지 바로 알아봤죠. 어쨌든 그가 모퉁이를 막 돌아 나타났어요. 골목의 맞은편 모퉁이에서요."

"계시던 곳이 어두웠습니까?"

"어둡고말고요."

"그런데도 잘 보였다는 건가요?"

"제 눈이 정말 귀신같거든요."

"뭘 입고 있던가요?"

"글쎄요…… 점퍼하고 청바지였던 것 같습니다."

"뭔가 가지고 있거나 운반하고 있던가요?"

"아뇨, 그런 것 같지는 않았습니다."

"그런 다음에는요?"

"두 남자가 나타나더니 그를 뒤쫓았습니다."

"그자들은 어디에서 나타났습니까?"

"브라우닝이 나온 방향에서요."

"브라우닝이 뛰어가던가요?"

"두말할 여지가 없지요. 사냥개가 무색할 지경이었으니까요."

"겁에 질린 것처럼 보이던가요?"

"그거야 모르죠. 하지만 죽자 살자 있는 힘을 다해 날쌔게 도망치는 사람 같았어요."

"그 두 남자는 어떻게 생겼습니까?"

"같았어요. 둘 다 점퍼 차림이었습니다. 젊었어요. 이십 대로 보였습니다. 그자들도 역시 동작이 빨랐어요. 그러던 와중에 어떤 차가 나타나 그들을 도왔어요."

"그 차는 어느 방향에서 나타났습니까?"

"갑자기 골목에서 나타나더니 브라우닝의 옆을 질주해서 인도 위로 올라섰어요. 브라우닝은 앞길을 가로막은 차를 피해 빙 둘러 가야 했고, 그사이 다른 남자들이 그를 따라잡았어요."

"어떤 차였는지 기억하십니까?"

"아뇨, 유럽 차거나 러시아 차 같았는데 잘 모르겠습니다."

"그들이 어떻게 브라우닝을 붙잡았습니까?"

"두 남자 중 하나가 자동차 보닛 위를 넘어 덮쳤어요. 많이 해봤는지 유연하고 날렵했어요. 다른 남자가 오더니 그와 합세해서 브라우닝을 질질 끌어다가 차 안에 처넣었어요."

"브라우닝이 저항하던가요?"

"네, 벗어나려고 발버둥 쳤습니다. 하지만 남자 둘을 당해내지 못했어요."

"그자들이 브라우닝을 어떻게 붙들고 갔는지 그 장면을 한번 그 대로 보여주실 수 있으세요?"

"네, 그러니까…… 그자들이 그의 팔을 이렇게 꽉 움켜잡았고, 둘 중 하나는 목덜미를 거머쥐고 있었어요. 그리고 또 한 사람이 차에서 내렸던 것 같기도 하고…… 가만있자……"

"한 사람이 더 있었다는 겁니까?"

"그런 것 같기도 해요. 확실하게는 생각이 나지 않습니다."

"브라우닝은 그자들이 그를 차 안으로 밀어 넣을 때도 계속 저항했나요?"

"네, 물론요."

"맨시니 씨, 시간적 여유를 갖고 찬찬히 기억해보세요. 아주 중요한 부분입니다."

"그는 발버둥 쳤습니다."

"확실합니까?"

"거기서 빠져나오려고 애를 썼어요."

"조금도 틀림없는 거죠?"

"네."

"그것이 우리에게는 가장 중요한 부분입니다. 맨시니 씨."

"알겠습니다."

"만일 마이클 브라우닝이 아직 살아 있다면, 그쪽 감옥에 갇힌 채 말입니다, 맨시니 씨, 그렇다면 큰일입니다. 그를 위해 기도라도 해야 할 판입니다. 그에게는 차라리 죽는 편이 더 낫습니다."

"네?"

"브라우닝은 극약을 몸에 지니고 다녔습니다. 우리 조직에서는 그걸 L-약이라고 부르지요. 청소년들이 읽는 모험소설에나 나오는 유치한 말처럼 들리겠지만 우리는 그 약을 실제로 그렇게 부릅니다. 왜 그런지는 저도 사실 모르지만요. 어쩌면 브라우닝이 그 마지막 순간에 그걸 입에다 집어넣었을 가능성이 있습니다, 어쩌면 그러지 못했을 수도 있고요. 선생이 그 자리에 계셨으니, 틀림없이 뭔가 보셨을 겁니다."

"그런 행동은 보지 못했는데요."

"브라우닝이 팔을 허우적대지 않던가요?"

"네."

"또 몸부림을 쳤지요?"

"네."

"그 약은 근육 경련을 일으키는 약입니다. 곧바로 혼수상태에 빠지게 되죠. 그런 것 같지 않던가요?"

프레디는 자기가 뭘 봤는지 떠올려볼수록 더 아리송해졌다. 그 몇 초 동안의 기억을 되살려보려고 노력했지만, 머릿속에 뿌연 안개가 낀 것처럼 모든 것이 희미했다.

"글쎄요, 잘 모르겠는데요."

"방금 브라우닝이 발버둥 쳤다고 하지 않으셨나요?"

"네, 그렇게 보였습니다."

"그러나 이제 다시 생각하니 확실하지 않으신가요?"

"네."

"맨시니 씨, 그럼 우리 다시 그 차로 잠깐 거슬러 올라가봅시다. 차의 색깔을 기억하십니까?"

"아뇨, 회색이었던 것도 같은데. 잘 생각이 안 납니다."

"헤드라이트가 켜져 있었습니까?"

프레디가 놀란 눈으로 마크스를 빠히 쳐다보았다. 차가 시꺼먼 그림자처럼 들이닥치던 장면이 갑자기 떠올랐던 것이다.

"아뇨!" 그가 놀란 음성으로 말했다. "그러고 보니 차에 불이 켜져 있지 않았어요! 이럴 수가!"

"차 소음이 심한 편이던가요. 엔진 소리를 들었습니까?"

"아뇨, 소리는 그렇게 시끄럽지 않았어요. 동구권에서 만든 차는 아니었던 모양이죠?"

"그럴지도 모르지요. 차가 인도 위로 돌진했다고 하셨죠?"

"네."

"그러자 브라우닝이 어떻게 하던가요?"

"그가 차를 피해 벽에다 등을 바짝 붙였다가 단숨에 빠져나가려던 순간, 한발 앞서 다른 자가 자동차 보닛 위를 휙 날아서 브라우닝의 코트를 잡아챘습니다. 그러니까 바로 코트 밑자락을요."

"좀 전에는 브라우닝이 점퍼 차림이라고 하셨는데요?"

"내가 그랬던가요?"

"네, 그렇다고 하셨습니다."

"그럼 그게 코트라고 말을 고쳐야겠네요. 긴 코트 말입니다, 어두운 색깔의 긴 코트……"

"유럽은 지금 상당히 덥습니다, 맨시니 씨, 점퍼가요, 코튼가요?"

"코트……"

그는 자기 눈으로 본 모든 것이 새삼 의심스러웠다. 브라우닝이라는 자가 점퍼를 입었던 것 같기도 했다.

"네, 코트가, 정확합니다만……"

"맨시니 씨, 점퍼라고 하셔도 괜찮습니다."

"코트."

"좋습니다. 코트라고 해두지요."

마크스가 매클로플린에게 손짓을 했다. 그러자 매클로플린이 커다란 봉투를 들어 사진 다섯 장을 꺼내더니 탁자 위에 나란히 늘어놓았다.

다섯 명의 남자 얼굴이었다. 서로 비슷했다.

"여기서 마이클 브라우닝을 지적해주실 수 있으십니까?" 마크스가 물었다.

프레디는 하나씩 찬찬히 뜯어봤다. 굵직한 목, 얄팍한 입술, 짧은 금발 머리를 한 다섯 개의 넓적한 얼굴들.

마크스의 얼굴을 살피듯이 쳐다보면서 그는 한가운데 사진을 손가락으로 짚었다.

"이거라는 말씀이세요?" 마크스가 물었다.

"네…… 그런 것 같은데요." 프레디가 대답했다.

"그를 알아보시겠습니까, 못 알아보시겠습니까? 맨시니 씨?"

"이 사람인 것 같은데요." 그가 웅얼거렸다.

"맨시니 씨…… 선생께서는 그날 밤 브라우닝하고 한 식탁에 앉아 식사를 하시지 않았습니까, 엿새 전에 말입니다. 그런데 벌써 알아보지 못하시겠다는 건가요?"

"이게 그 사람입니다." 프레디가 자신 없는 태도로 말했다. 고집스레 세 번째 사진을 손가락으로 짚으면서. "내 눈에는 이게 꼭 그 사람 같아 보이는데……"

"사진을 뒤집어 보세요."

프레디는 무슨 말이냐는 듯 그를 멍하게 쳐다봤다.

"뒷면을 좀……" 마크스가 말했다.

프레디는 사진을 뒤집었다. '조 카엡스키'라고 쓰여 있었다. 그는 침을 한번 삼킨 다음 겸연쩍은 눈빛으로 마크스를 쳐다보았다.

"이게 그 사람인 게 틀림없다고 맹세라도 하려고 했는데." 그가 중얼거렸다.

"맨시니 씨, 상관없습니다. 선생께서 목격하신 그 상황을 보다 확실하게 파악하기 위한 것이니까요."

"제가 진짜로 다 봤다니까요." 그가 목청을 높였다. "내가……내가 우연히 그 자리에 있었다니까요."

"맨시니 씨, 그 점에 대해선 우리도 확신하고 있습니다."

"그 사진들은…… 젠장, 모두 너무 닮아서……"

"우리가 일부러 비슷한 얼굴들만 이런 식으로 모았지요."

"아, 그랬군요." 프레디가 말했다. 그러고는 나머지 사진들을 뒤집어 보았다. 사진 가운데 어디에도 브라우닝의 이름은 적혀 있지 않았다. 목이 컬컬해지는 것을 느끼며 그가 마크스를 쳐다봤다.

"그는 여기에 없나요?"

"네."

"그럼 왜 그걸 내게 보여주셨지요?"

"선생의 기억을 시험해보기 위해서요."

"속임수를 쓰신 거로군요. 저어, 당신 이름을 그만……"

"마크스입니다, 존 마크스."

"존." 프레디가 말했다. "그렇게 짓궂게 사람을 놀리시다니, 정말······"

"저도 프레디라고 불러도 되겠습니까?"

프레디가 고개를 끄덕였다.

"프레디, 이건 무슨 시합이 아닙니다. 아이들 장난도 아니고요. 정확성은 우리의 생명입니다. 제일 시급한 과제는 마이클 브라우닝이 체포되는 그 순간 살아 있었는지 알아내는 일입니다. 그리고 프레디 당신이 그 문제를 풀 열쇠를 쥐고 있는 유일한 증인입니다. 그러니까 그 대답에는 많은 사람들의 생사가 달려 있기도 합니다."

"아니 그게 무슨 말이죠?"

"말한 그대로예요, 프레디. 삶과 죽음, 이해하시겠습니까?"

프레디는 식은땀이 났다.

"글쎄, 내가 여기서 무슨 도움이 될는지 영 자신이 없는데요." 그가 말했다.

"프레디, 방금 해준 이야기 그 자체가 우리에게 엄청난 도움이 되고 있습니다."

"정말요? 그러길 바랍니다만······"

"방금 세 번째 남자가 나타난 것 같다고 말했죠?"

"음, 그랬던 것 같아요."

"정확히 말해 그게 어느 순간이었죠?"

"가만있자······ 그러니까 그들이 브라우닝을 붙잡았을 때······ 그때 자동차 한쪽 문이 열렸습니다."

"차 안쪽에서 열리던가요?"

"네."

"그런 다음?"

"그런 다음…… 그러고 나서 당장…… 당장에 브라우닝이 안으로 끌려 들어갔어요."

"그래서 얼굴은 보지 못했나요?"

"네."

"그 사람 팔만?"

"네, 팔만. 옷소매는 본 기억도 안 나고…… 내 말은 옷을 입은 팔이 아니라…… 그러니까 순전히 맨팔만……"

"여자의?"

"그럴 가능성도 있긴 한데, 그랬던 것 같기도 하고. 잘 모르겠네요."

"문이 열리자 조명등이 켜져 차 안이 밝아지던가요?"

프레디가 다시 한 번 소스라치게 놀라며 그를 빤히 보았다. 그들은 정말 집요하게 파고들며 지나칠 정도로 여러 가지를 물었다.

"그건 잘 기억이 안 나는데요."

"거리가 그렇게 어두웠으니 확실히 눈에 띄지 않았을까요?"

"그야 그렇지요…… 그러니까 그렇지 않은 게 틀림없다고 해야겠군요……"

"그걸 묻는 이유는 차에 앉아 있는 브라우닝의 모습이 얼핏이라도 눈에 스치지 않았을까 해서입니다."

"아뇨, 못 봤어요."

"그가 벽에 등을 붙이고 있던 그 잠깐 동안…… 그랬다고 하셨죠? 그렇죠?"

"그래요, 차가 거기 인도 위로 올라섰고……"

"브라우닝이 벽에 그렇게 등을 붙이고 있던 그 잠깐 동안 입으로 뭔가를 집어넣는 듯한 동작을 하지는 않던가요?"

"그랬던가…… 아니던가…… 잘 모르겠습니다."

순간 브라우닝의 손이 입가에서 움직이던 것이 생생하게 보이는 듯했다, 마치 입을 닦는 것처럼. 어떤 생각에 골몰한 사람들이 하듯이 입을 쓰윽 쓸어내리는 것도 같았다. 아니, 입에 뭔가를 집어넣는 동작 같았던가?

"그때 이렇게 했던 것 같습니다……"

그가 손바닥으로 입술과 턱을 쓰윽 쓰다듬는 시늉을 했다.

마크스와 매클로플린이 시선을 주고받았다.

"차가 그의 앞으로 와 멈춰 섰고 놈들이 그를 잡으러 뛰어오던 참이었죠?" 마크스가 물었다.

"네, 도망치고 있는데 차가 냅다 인도로 들이닥쳐 앞을 가로막으니까 그가 멈춰 섰지요. 그러고는 선 채로 놈들 쪽을 봤어요. 그러다가 다시 차 쪽으로 눈을 돌렸고, 그런 다음에 이렇게 했어요……"

그는 다시 한 번 아까의 제스처를 취했다. "그 행동이 무슨 의미가 있으리라고는 전혀 생각도 못했는데……"

"벽에 등을 기댄 자세였나요?"

"네."

"놈들이 그를 향해 달려오고 있었고요?"

"네."

"차가 인도 위에 서 있는 상태였고요?"

"네."

"그가 손에 든 건 없었나요?"

"아뇨."

"어떤 손으로 그런 동작을 했지요?"

"내 쪽에서 보기에…… 오른쪽, 그랬던 것 같아요."

"그렇다면 그의 왼손이겠군요."

"네, 그런 셈이죠."

"왼손인가요, 오른손인가요?"

"왼손! 왼손이라고 몇 번이나 말해야 알겠어요!"

프레디가 마크스를 노려봤다. 마크스는 그의 숨이 거칠어진 것을 알아차렸다.

"프레디……" 마크스는 나직하고 상냥하게 어조를 바꿨다. "우리는 그저 프레디 당신을 통해 뭔가를 밝혀내고 싶을 뿐입니다. 그게 전붑니다. 당신은 다른 사람들과 달리 기억력이 뛰어나 정말 깜짝 놀랄 정돕니다. 당신이 이제까지 들려준 이야기만으로도 우리는 만족하고도 남습니다. 하지만 우리는 사건을 속속들이 조사할 필요가 있습니다. 프레디, 당신은 우리에게 더없이 소중한 사건 현장을 경험하셨습니다. 그 소중한 정보를 우리는 당신에게서 뽑아내지 않으면 안 되고요. 그러자니 뜻하지 않게 당신의 기분을 상하게 만들어버렸군요."

프레디가 고개를 끄덕이며 흥분을 가라앉혔다.

"존, 미안합니다만, 목이 좀 말라서요. 뭘 좀 마실 수 있을까요?"

"커피, 차, 콜라, 뭐든 말씀하십시오, 맨시니 씨." 매클로플린이 말했다.

"콜라로 주세요."

매클로플린이 방에서 나갔다.

마크스가 담뱃갑을 집어 들었다.

"한 대 하실래요?"

"아뇨."

"담배는 전혀 안 피우십니까?"

"한 번도."

마크스가 고급 라이터 뚜껑을 열고 솟아오른 불꽃으로 담배에 불을 붙였다. 프레디가 물었다.

"근데 브라우닝은 거기서 뭘 하던 참이었습니까?"

마크스가 그를 잠시 바라보았다. 그러고는 라이터를 주머니에 집어넣느라 몸을 한쪽으로 약간 기울였다. 담배를 한 모금 길게 빨아들인 다음 그가 말했다.

"프레디…… 대답해드리고 싶은 마음은 굴뚝같습니다만 그럴 수 없는 처지로군요. 먼저 내가 알고 싶은 것은 프레디 당신의 정체가 뭔가 하는 겁니다."

"내 정체가 뭐냐니요?"

"네, 그렇습니다. 당신의 말을 얼마나 믿을 수 있는지, 그것부터 알아야 합니다."

프레디의 입이 저절로 벌어졌다.

"나를 믿을 수 있는지라뇨? 나는…… 나는 거기서 아무 짓도 하지 않았는데……"

잠시 동안 그는 아무 생각도 할 수 없었다. 마크스가 무슨 말을 하는지 도무지 이해할 수 없었다.

"프레디, 저쪽 첩보원입니까?" 마크스가 물었다.

"뭐라고요?" 프레디가 목청을 높였다. "내가 저쪽 편이냐고요?"

"저쪽…… 체, 코, 편." 마크스가 찬찬히 대답했다.

그 말을 내뱉는 동안 그의 입에서 담배 연기가 모락모락 새어 나왔다.

6장
1989년 7월 3일 밤

외국에 주재 근무하는 기간 내내 타지 생활을 해야 하는, 그래서 고국에는 더 이상 일정한 거주지가 없는 외교관들의 잦은 본국 출장에 대비하여 헤이그의 외무부 본부에서는 아파트 몇 채를 직접 관리하고 있었다. 열대의 더위에 익숙해진 외교관들이 어딘가에 자기 집을 소유하고 있다면 대개는 프랑스 남부나 이탈리아 토스카나였다.

펠릭스 호프만은 '대책 협의'라는 구실로 본부에 소환되었다. 네덜란드 정부는 체코슬로바키아에서 세 명의 선량한 네덜란드 기자가 인권을 유린당한 것에 대한 불만을 그런 방식으로 드러냈다. 세 명의 기자가 촬영한 것은 루마니아계 독일인들이 '독일 제국'을 외치며 벌인 소규모 시위였다. 체코에 정착한 소수민족인 그들은 자신들이 순수한 게르만족의 후손이라고 주장했다.

호프만이 보기에 열다섯 명의 독일인과 세 명의 기자가 그나마 큰 탈 없이 위기를 모면한 것은 기적이었다. 과거 독일로의 회귀를 부르짖는 그런 파렴치한 데모에는 즉결재판을 통한 총살형도 마땅하다고 생각했기 때문이다. 하지만 본부에서는 소환 명령을 내렸고, 그는 따를 수밖에 없었다. 그는 짐을 꾸려 스히폴행 KLM에 몸을 실었다.

마리안은 프라하 관저에 그대로 남았다, 폰덜과 함께. 얼마나 걸릴지 몰랐지만. 그들은 서로 의논하고 말 것도 없이 호프만 혼자 떠나기로 결정을 내렸다. 그렇게 하는 편이 덜 번거로웠다.

스히폴에 도착하자 의전 담당 직원이 그를 맞았다. 최근 유행하는 헐렁한 양복에 금발로 염색한 건방진 낙제생 타입의 젊은이였다. 그 직원은 인사를 나누자마자 그를 끌다시피 하여 서둘러 아래 활주로로 안내했다. 비행기 옆에는 모자를 갖춰 쓴 운전사와 메르세데스가 준비되어 있었다. 출구에는 기자들이 기다리고 있기 때문에 혹시 그가 외무부가 곤란해질 수 있는 말을 해 물의를 빚을 것을 우려한 당국의 조치였다.

네덜란드 역시 무척 더운 여름이었다.

호프만은 아펜로츠—시내 중앙 광장의 고풍스러운 건물에 있다가 시멘트 벽돌을 계단처럼 쌓아 올린 건물로 옮긴 원숭이 언덕이라는 별칭의 외무부 청사—에서 정치국 국장 뤼트 데 한에게 사건의 경위를 보고했다. 4층의 널따란 회의실에서 거울처럼 광택 나는 마호가니 탁자에 앉은 대머리라는 별명을 가진 데 한이 두 명의 비서관을 양옆에 거느린 채 사건의 전말을 경청했다. 혼자 앉은 호프만은 왁스 냄새가 풍기는 나무 탁자 위에 올려놓은 서류를 뒤적거렸다. 호프만은 어느덧 머리털이 다 빠져버린 데 한이 비록 숱이 줄긴 했으나 아직은 머리칼이 많은 자신의 머리에 간간이 눈길을 던지는 것을 알아차렸다. 데 한이 담담하게 몇 마디 유감의 뜻을 밝혔고, 자리를 뜨며 조만간 제출될 최종 보고서를 기다리겠다고 했다.

"숙소는 좀 괜찮은 곳에 잡아두었나?" 아펜로츠를 떠나며 호프만이 기사에게 물었다.

"호텔로 모시라고 하셨습니다, 대사님." 기사가 어깨 너머로 말했다.

"호텔? 그것도 나쁘진 않지." 고색창연한 데장드 호텔을 떠올리며 웅얼댔다.

그가 도착한 곳은 스헤베닝언 해변에 있는 '바다 조망'이라는 간판을 단 여관이었다.

"이게 뭐야!" 차가 여관 앞에 멈춰 섰을 때 그가 외쳤다.

여관은 대로의 북쪽에 자리했는데, 앞에는 사구와 일렬로 늘어선 가옥들이 있고 옆에는 관련 환경법에서 용케 살아남은 것으로 보이는 폐차장이 있었다. 녹슨 자동차 잔해들 때문에 수평선이 제대로 보이지 않았다.

"여기 정말 이렇게 쓰여 있는데요." 기사가 말했다.

호프만이 기사의 손에서 종이쪽을 낚아챘다. '스헤베닝언, 잔드가, 바다 조망 여관.' 그는 쪽지를 다시 기사에게 돌려주었다.

"착오가 있었겠지." 그가 확신에 차 말했다.

"실수하는 건 이제껏 한 번도 보지 못했습니다, 대사님. 정말 꼼꼼하고 정확합니다."

"착오가 있는 거라니까." 호프만이 되풀이하며 쏘아붙였다.

"대사님, 분부대로 하겠습니다." 기사가 몸을 돌려 폐차장 쪽을 바라보며 말했다. "그저 대사님 분부대로 하겠습니다."

"분부대로 하겠다니 그게 무슨 말이오?"

"이제 어떻게 하면 좋을까 해서요."

"기어이 듣고 싶다면 말하지. 왜 자네 상사한테 전화로라도 한번 확인해보질 않나?"

"아, 네, 네……"

기사가 차에서 내려 여관에 도움을 청하러 갔다.

뒷좌석 오른쪽에 앉아 있던 호프만은 부아가 치밀어 베이지색 가죽 시트 위에서 이리저리 몸을 움직였다. 그는 땀이 찬 목과 와이셔츠 칼라 사이의 틈을 신경질적으로 벌렸다. 만약 이것이 착오가 아니라면—사실 마음속으로는 이것이 틀림없는 외교적 제스처라는 것을 알고 있었다—그는 자기 돈을 털어서라도 퀴르하우스나 데장드 같은 일류 호텔로 가서 보란 듯이 버텨야 할 판이었다. 해볼 테면 해봐. 이렇게 당하고만 있을 수는 없었다.

그는 다시 생각했다. 노골적으로 경멸을 드러내 보인 이 조처에 아무렇지도 않다는 듯 행동하는 것이 자신이 만만한 상대가 아니라는 것을 보여주는 방법이 되리라고. 여기는 여름철이면 가족을 동반한 독일 피서객들이 몰려와 묵는 곳이었다. 똥배가 불룩 튀어나온 전형적인 독일 노동자들이 소시지와 엄청난 양의 맥주를 싣고 와 먹고 마시며 새로운 전쟁을 꿈꾸는 일로 휴가를 때우곤 했다. 그들의 아이들은 레고 블록으로 강제수용소를 만들며 놀았고, 그들의 아내들은 동부 전선에 필요할 두툼한 스웨터를 짜느라 뜨개질에 바빴다.

기사가 네덜란드 식민지 가운데 한 곳 출신인 듯한 통통한 흑인 여자를 데리고 나와 호프만이 앉아 있는 쪽의 문을 열었다. 후끈한 열기가 차 안으로 몰아닥쳤다.

"대사님, 아무래도 여기가 맞는 모양입니다." 입술이 유난히 얄 팍한 기사가 말했다. "여기 이 파르데코퍼르 부인이 다 알고 있는 데요."

여자가 활짝 웃으며 그를 향해 고개를 끄덕였다.

"호프만 대사님 환영합니다!" 그녀가 지독한 수리남 악센트로 노래하듯 말했다.

호프만이 인사치레로 고개를 끄덕였다. 저기 본부에 그를 지독 하게 혐오하는 누군가가 있었다.

"호프만 대사님께서 저희 여관으로 오시게 되어 저희로서는 이 만저만 기쁘질 않아요." 파르데코퍼르 부인이 외쳤다. "친자식을 거두고 보살피듯 대사님을 성심껏 모시겠습니다!"

그녀가 깔깔거리며 웃었다. 기사도 덩달아 웃었다. 웃지 않고는 배길 수 없는 상황이라는 듯이.

호프만은 차에서 내렸고, 주인 여자가 내민 손을 잡으며 악수를 나누었다.

"호프만 대사님, 저희는 대사님처럼 높으신 분은 처음 모신답니 다. 정말 너무너무 기뻐요."

"저도 이렇게 오게 되어 기쁩니다." 그가 확신에 찬 목소리로 정 중하게 인사를 받았다.

"대사님을 위해 꽃무늬 스위트룸을 마련해뒀답니다." 그녀가 자 랑스럽게 말했다.

그가 묵을 곳은 2층에 있는 방 두 개였다. 사방 벽뿐 아니라 천장 구석구석까지 꽃무늬 벽지로 덮여 있었고, 폐차장 너머의 활짝 트인 전경이 내려다보였다. 이제 막 깐 카펫에서 독특한 냄새가 풍겨왔다.

방에는 전화기가 비치되어 있었다. 그는 바로 본부에 전화를 걸었다.

"방금 도착했는데 이런 근사한 여관을 배정받아 감사드리려고 전화했습니다. 어느 분께서 이렇게까지 각별히 배려를 해주셨지요?" 그가 미아 얀선에게 물었다. 그녀와 전화만 주고받는 것이 익숙해진 지 꽤 오래되었다. 아직까지 한 번도 만날 기회가 없었는데도 그들은 연애하듯 전화를 주고받았다. 언제나 그렇듯이 전날 밤 고함을 질러댄 것처럼 쉰 목소리로 그녀가 대답했다.

"얀 판 할런 씨입니다."

"판 할런? 아니 그 친구가 지금 그 부서를 담당하고 있나요?"

"한 달 전에 기획조정실장 보좌관으로 발령받았어요."

"자리에 있습니까?"

"어제 휴가 떠났어요."

그러니까 그 약아빠진 새끼가 시기를 맞춰 자리를 비운 통에 호프만은 당장 그놈을 발기발기 찢어버릴 수 없게 된 것이다.

"얼마나 오래 있다 돌아옵니까?"

"삼 주일요."

"근데 미아, 그 목소리는 도대체 어떻게 관리하는 겁니까?"

"그거요? 매일 밤 연습하지요."

"그럼 미아, 당신 입을 나한테는 언제 사용할 겁니까?"

"펠릭스 씨, 당신은 늘 너무 멀리 계시잖아요."

"당신 목소리를 들을 때마다 그 매력적인 입술이 눈에 아른거리곤 합니다."

"전 별로 그렇게 의식하고 있지 않지만, 정 그렇다고 우기신다면야……"

저녁이라도 같이하자고 그녀를 불러낼 뻔했던 적이 한두 번이 아니었다. 하지만 그 이후에 따를 부작용을 감당할 수 없었고, 또 그녀가 욕구불만에 시달리는 외교관은 누가 됐든 이렇게 전화기 너머로 욕망을 자극하는 게 아닐까 하는 의심도 들었다.

"하나만 더요." 그가 말했다. "부서에서 스헤베닝언의 바다 조망이라는 이 여관을 자주 숙소로 배정해주고 있습니까?"

"그게 그러니까…… 솔직히…… 그리 자주 있는 일은 아니에요."

"왜죠?"

"그게…… 실은 이런 말을 하면 안 될 것 같은데요…… 하지만……"

"그냥 말씀하세요." 그가 다그쳤다.

"그럼 말씀드릴게요. 그런 숙소는 보통 우리 사람들 거처로 배정하지 않는 게 일반적이에요. 그런데 펠릭스 씨가 매스컴과 접촉하지 않도록 조처하라는 판 할런 씨 지시가 있었어요."

"그랬군요. 그런데 난 여기도 썩 마음에 드는걸요. 그 말을 판 할런 씨에게 좀 전해주세요."

그는 판 할런을 몇 년 전 하르툼에서 알게 되었다. 하르툼에서의 자리는 개발도상국 원조 담당관으로, 침대 시트 사이로 도마뱀이 기어들거나 수도꼭지에서 진흙물이 나오는 것을 문제 삼지 않는 타입에게나 어울렸다. 도시는 사막 한가운데에 위치하여 무덥고 가물었다. 젊은 나이라면 거기서 치르는 복무 햇수는 유럽이나 미국의 좋은 자리로 옮겨가는 디딤돌이 되었다. 그러나 쉰세 살에 그곳으로 발령받은 호프만처럼 나이가 지긋한 경우라면 본부에서 골치를 앓고 있는 사람이라는 의미였다.

그는 그전에도 탄자니아 같은 아프리카의 열악한 환경에서 근무한 경험이 있었다. 그러나 묘하게도 하르툼은 마음이 편하고 정이 가는 곳이었다. 그곳은 밤에도 생기가 넘쳤으며, 그는 다양한 관개 사업에 필요한 기금을 모으고 그 사업들을 엄격하게 감독하는 등 맡은 일에 열의를 쏟았다. 그곳에는 환상적인 솜씨를 자랑하는 레바논 출신의 요리사도 있었다. 그런가 하면 남부 지역에서 거세게 내란이 일어나 긴장감 속에 생활하기도 했다. 마리안은 반나절씩 병원에서 일했다. 물과 전기 사정으로 인한 문제 그리고 조정 사항이나 규칙을 지키지 못하는 수단 사람들의 부족한 기량에도 불구하고 그녀 역시 거기서 치른 고난을 보람된 경험으로 회고했다. 적어도 그가 보기에는 그랬다.

법학을 전공하고 이제 갓 '유치원'을 벗어난 판 할런은 그곳이 첫 부임지였다. 판 할런이 그곳과 전혀 어울리지 않는 인물이라는 것은 첫날부터 확실했다. 조끼까지 받쳐 입은 회색 정장 차림으로 떡하니 나타났던 것이다. 그는 네덜란드 정부에서 지원하는 관개 사업 현장을 답사하겠다고 거들먹거리며 그런 차림으로 시찰을 나갔다. 그리고 날이 저물 무렵 갈증으로 숨 막혀하며 관사로 되돌아왔다. 그래도 그는 조끼까지 갖춘 정장을 사파리용 황토색 작업복으로 바꾸려는 생각은 결코 하지 않았다.

호프만은 수단 주재 네덜란드 대사관의 임시대리대사였는데, 외무부에서는 '임대'라고 불렸다. 직급상으로는 그의 현 직위보다 월등히 낮았지만, 실질적으로는 그가 하르툼의 대사관을 통제하고 있었다(하르툼은 개발 기금을 관리 운용하는 순전히 경제와 관련된 곳으로 네덜란드 대사관은 일종의 감사실 역할을 하고 있었다).

법학도의 주제넘은 꼬락서니를 한 일주일 참고 지켜보던 호프만은 한번 이야기를 해야겠다고 마음먹었다. 이 풋내기 외교관께서 무슨 왕자나 되는 것처럼 행세하면서 대사관에서 일하는 '현지인'들에게 거들먹거렸고, 누구에게나 '미스터 아무개' 또는 '미스 아무개' 하는 식으로 불러댔기 때문이었다.

"판 할런." 그가 책상 너머로 젊은이의 눈을 쳐다보며 말문을 열었다. "굳이 그런 차림을 하고 다니는 이유가 뭔가?"

판 할런이 안경을 반들거리는 콧등 위로 다시 밀어 올렸다. 에어컨이 켜져 있었지만 온도가 섭씨 삼십칠 도를 웃돌았다.

"미스터 호프만, 무슨 말씀이신지 잘 모르겠습니다." 판 할런이 대답했다.

"내가 무슨 수수께끼를 내기라도 했나? 내 말은, 자네가 이 나라 물정에 맞지 않는 옷차림을 하고 다닌다 이거네. 우린 사막 한가운데에 와 있잖은가. 이봐, 밖은 오십 도가 다 되어가는데 자네는 무슨 살얼음이라도 어는 것처럼 나일론과 폴리에스테르로 된 양복을 차려입고 있어. 단추를 꼭꼭 잠근 조끼까지 껴입고서 말이네! 판 할런, 좀 헐렁한 옷을 입도록 하게. 순면이나 순모로 된 걸로 말이야. 내가 이런 충고를 하는 건 그간 이런 주재국들에서 쌓은 경험을 나누고 싶어서네. 그리고 참, 나를 부를 땐 거추장스러운 존칭 같은 건 생략하고 그냥 편하게 불러도 좋네. 알다시피 여기서는 다들 그렇게들 하고 있으니까."

판 할런이 두꺼운 안경 너머로 그를 싸늘하게 노려봤다.

"미스터 호프만, 그런 충고는 필요 없습니다." 그가 말했다.

"공짜로 그냥 받아두게나." 호프만도 호락호락 물러서지 않았다.

"제 말씀 잘 들으세요." 판 할런이 자리에서 일어나 조끼 위에 덧입은 양복 윗도리 단추를 끼우며 말했다. "임시대리대사님은 우리 외교관들 가운데 그 누구도 따르지 못할 정도로 평판이 나쁘지만, 그럼에도 어떤 꺼림칙한 이유에서인지는 몰라도 눈감아주는 상부의 인맥이 있다는 것을 모르는 사람이 없습니다. 그런데 제가 임시대리대사님 같은 분의 충고를 받아들일 거라고 생각하셨던 겁니까? 뭔가 크게 착각하고 계시는군요, 임시대리대사님."

젊은이는 지나칠 정도로 또박또박하고 조리 있게 쏟아냈다. 그의 말은 딱 부러지는 맛이 있었고, 그 점이 은근히 호프만 마음에 들었다. 말을 마치고 나서 판 할런은 거들먹거리며 문 쪽으로 다가가더니 다시 돌아보았다.

"자 그럼, 이걸로 용무가 끝난 걸로 알아도 되겠죠?" 젊은 외교관은 흰자위가 드러나게 눈을 치뜨고 호프만의 어깨 너머 한곳을 바라보며 유들유들하게 말했다.

"저런." 호프만이 상냥하게 말했다. "내가 지금까지 이 정신병원에서 난다 긴다 하는 별별 잡놈들을 다 상대해봤지만 자네 같은 호래자식은 처음이군. 자네 조부가 장관을 지내셨다는 것쯤은 나도 어쩌다 들어 알고 있으니 쥐뿔도 모르면서 설쳐대는 꼴통이 어떻게 이곳에 파견되었는지 궁금하지도 않은데, 그래도 혹시 오해가 생기지 않을까 하는 노파심에서 미리 일러두지. 자네는 여기서 한 달을 못 채우고 그만둘 걸세. 자네가 제 발로 기어나가거나, 만약 자네가 소환되지 않는다면 흔적도 없이 사라지도록 내가 조처를 취하도록 하지. 하지만 장담하건대 목숨이 붙어 있는 건지 어쩐지 알 수 없는 정도로 박살을 내서 아예 콩가루로 만들어버릴 거라서 그것을 쓸어 담으려면 수색대 하나로는 어림도 없을 걸세. 하지만 판 할런, 한 번 더 자성할 기회를 주지. 자네가 이 순간부터 건전한 네덜란드 청년답게 행동하기만 한다면 우리 관계가 좋은 방향으로 전환될 가망이 없는 건 아니거든."

젊은이는 얼굴이 하얗게 질려 방을 나갔다. 그런 일이 있고 이 주일 후 그는 바이러스 감염 증세를 보였고 열이 걷잡을 수 없이 치솟는 바람에 네덜란드로 가서 치료를 받지 않으면 안 될 만큼 위급해졌다. 호프만은 죄책감을 느꼈다.

호프만은 전전(戰前) 시기의 군용 구급차를 함께 타고 그를 공항까지 배웅했다. 판 할런에게는 페니실린이 주사되고 있었다. 들것에 실린 판 할런을 비행기로 옮길 때 호프만이 그의 어깨에 손을 얹었다.

"판 할런, 맘을 강하게 먹어야 하네."

젊은이는 아무 반응도 보이지 않았다.

"정말 안됐네." 호프만은 말을 이었다. "난 정말이지 자네가 이렇게 되길 바라진 않았는데. 여보게, 몸이 완쾌되는 대로 바로 돌아오면 우리 식사라도 함께하자고. 그래서 우리 서로 언짢은 감정을 풀도록 하세. 그리고 그 양복 말인데…… 자네가 정 좋다면 자네 마음대로 그냥 입고 다니도록 해야지."

젊은이는 신열에 들뜬 눈으로 그를 쏘아봤다. 그가 뭐라고 웅얼 댔지만 호프만은 비행기 모터 소리 때문에 알아듣지 못했다.

"뭐라고?" 호프만이 몸을 구부려 자기 귀를 그의 입에 가져다 댔다.

젊은이는 말할 기력을 끌어 모으느라 침을 한번 꿀꺽 삼키고는 숨을 깊이 들이쉬었다.

"유대인 개자식." 그가 신음 소리를 냈다.

호프만은 아무 말도 할 수 없었다. 얼이 빠져 멀거니 떠나는 비행기를, 이집트 항공의 구형 707기를 바라보고 있었다. 무어라고 받아칠 말을 찾았으나 아무것도 떠오르지 않았다.

로테르담에 있는 외교관 전용 병원인 항구종합병원의 열대병 전문의가 알레르기질환이며 열대 지역에서 계속 근무하면 생명이 위험할 수 있다고 진단을 내렸다. 그 결과 판 할런은 헤이그 본부에서 근무하게 되었고, 양복에 안경까지 완비한 관리 사회의 샛별로 떠오르며 승승장구했다. 호프만은 놈에게 한바탕 퍼부어주고 싶었는데 휴가 중이라는 것이었다.

얼굴에는 주름살이 가득하고 머리는 희끗희끗하게 센 우람한 체구의 흑인으로 로비 흔들의자에 조용히 앉아 있는 남편 스탠리와 함께 파르데코퍼르 부인은 어질고 현명한 군주처럼 여관을 운영하고 있었다. 통화를 끝낸 호프만은 아래층 식당에서 점심을 대접받았다. 그의 입맛에 딱 맞는 기름지고 매콤한 수리남식 요리였다. 손님이라곤 오직 호프만밖에 없었다. 파르데코퍼르 부인은 음식을 손수 만들었다고 이야기했고, 호프만이 수리남 음식을 먹은 지 상당히 오래되었다고 털어놓자 깔깔거리며 그가 먹는 음식마다 설명해주었다.

그는 헤르츠에 렌터카를 주문했고, 차가 도착하자마자 아펜로츠로 돌아가 몇몇 바보들과 함께 프라하에서 일어난 사건의 관련 보고서를 또다시 검토했다. 그리고 내친김에 빔 스헤퍼르스에게 들렀으나, 러시아인들과 비밀 회담 중이라 만날 수 없었다. 호프만은 그에게 메모를 남기고 다시 꽃무늬 스위트룸으로 되돌아갔다.

그는 창가의 안락의자에 자리 잡고 스피노자를 폈다. 눈앞에는 폐차장 전경이 펼쳐져 있었다. 태양이 하늘 한가운데에서 쨍쨍하게 내리비추고 있었다. 공터 너비는 적어도 일 헥타르쯤 되었고 수많은 자동차의 잔해들이 수북하게 쌓여 소금기 머금은 바닷바람에 녹슬어가고 있었다. 그는 제3장에 주의를 집중했다. '첫 번째 길: 주어진 참다운 관념의 형태를 향하여.' 그 속뜻을 전혀 헤아릴 수 없는 제목이었지만, 첫 문단부터 그의 관심을 불러일으켰다.

어떤 종류의 지식 습득이 최선인지 확실해진 이상, 스피노자에 의하면, 진리에 도달하기 위해 반드시 밟지 않으면 안 되는 길과 방법이 제기되어야 했다.

철학자는 최선의 방법을 찾는 데 다른 방법이 필요한지, 그리고 그 방법을 위한 다시 다른 방법, 그리고 다른 방법을 위한 다시 또 다른 방법 등이 계속 필요한지에 대해 의문을 제기했다. 스피노자는 이에 대해 썩 그럴싸한 대답을 내놓았다.

이는 원칙적으로 물질적인 도구를 다루는 경우와 같으며, 우리는 동일한 방법으로 논증을 펼 수 있다. 철을 연마하기 위해서는 망치가 필요하며, 망치를 구하기 위해서는 제조하지 않으면 안 된다. 그러기 위해서는 또 다른 망치와 다른 기구들이 필요하며, 그것들을 제조하기 위해서는 다시 다른 공구들이 필요한데, 이런 식으로 무한에까지 뻗어나간다.

스피노자는 계속해서 지성의 '타고난 역량'을 신뢰하는 것만으로도 충분하다고 말했고, 기술적인 도구들을 지성의 도구와 비교하며 후자도 전자와 다름없이 진화적으로 발전되어왔다는 것을 보여주었다. 우리가 그 도구들을 최대한으로 활용하기만 한다면 방법 역시 자연스럽게 찾을 수 있다는 것이었다.

둔탁한 소리가 들려와 호프만은 고개를 들어 창밖을 바라보았다. 폐차장에서 빨간 포드 그라나다가 크레인에 달린 엄청난 갈퀴 손에서 벗어나자마자 커다란 컨테이너 속으로 덜컹하고 떨어졌다. 잔해들이 튀어 올랐다가 다시 아래로 떨어지는 것이 고통스러워 보였다.

차가 컨테이너 안에 자리 잡기 무섭게 가장자리의 두 판이 점점 오므라들기 시작했다. 그러고 보니 컨테이너 자체가 하나의 대형 압착기였다. 컨테이너 판이 양쪽에서 차를 짓눌러 으그러뜨렸다. 우르르 꽝꽝 그리고 끼익끼익, 단단한 쇠붙이가 다른 쇠붙이에 부딪혔고 귀청을 째는 듯 거센 쇳소리를 내며 부서졌다. 손톱으로 칠판을 긁는 소리 같아 호프만은 양손으로 귀를 틀어막고 움츠렸다. 그 소리는 동물적인 공포를 불러일으켰다. 절규하는 우주 속의 맹목적인 공황. 포드 그라나다는 한 손에 들 수 있는 여행 가방만 한 크기로 찌부러졌고, 그 자그만 쇠뭉치 하나가 압착기에서 나오자 크레인은 곧바로 새로운 희생물을 붙잡았다. 이번에는 노란색 폴크스바겐 비틀이었다. 식은 죽 먹기. 갈퀴손을 펴자 딱정벌레가 아래로 내동댕이쳐졌고 미처 맥도 못 추고 그대로 박혀버렸다.

컨테이너가 그것을 요리하기 시작했고 딱정벌레는 통곡을 터뜨렸다. 호프만은 다시 귀를 아프도록 틀어막았다.

그는 아래층으로 내려갔고, 파르데코퍼르 씨에게 이 작업이 얼마나 더 계속될지 물었다.

흑인 남자가 그를 떠보는 눈초리로 살폈다. 남자는 껌을 질겅질겅 씹으며 안락의자에 똑바로 앉아 있었다. 피부는 거의 청색에 가까웠고, 턱에는 허연 수염이 자라나 있었고, 눈알 흰자위는 누리끼리하고 탁했다. 로비 한구석, 짧막한 오리목으로 초라하게 장식된 벽 앞의 좁은 공간에 텔레비전이 한 대 있었다. 볼륨은 꺼져 있었다. 이곳에서도 압착기 소리가 요란했다.

"바람이 잘못 불어서 그럽니다." 남자가 말했다.

"아, 그런가요." 호프만이 말했다. "그럼 바람이 제대로 불 때는요?"

"바람이 제대로 불 때는……" 남자는 생각하는 눈치였다. "그럼 별로 방해가 되지 않습니다."

"저 소리 좀 어떻게 할 방법이 전혀 없습니까?" 호프만이 알면서도 물었다.

"글쎄요……" 남자가 우물댔다. "예전에 비를 내리게 하는 사람은 하나 알고 있었는데, 바람을 불게 하는 사람이라면…… 물론 여기 네덜란드에서는 어림도 없는 얘기지요."

호프만은 스피노자를 주머니에 집어넣었고, 여관에서 벗어나 해변 쪽으로 향했다. 짜증이 난 그는 판 할런을 저주하면서 터덜터덜

모래언덕을 타고 올랐다. 옷을 너무 덥게 입은 탓에 어느새 땀범벅이 되었지만, 바다를 보자 마음이 느긋하게 가라앉았다.

그는 나들이 나온 아이처럼 아래쪽을 향해 걷다 점점 더 속도를 높여 결국에는 뛰기 시작했고, 자칫하면 넘어질 뻔해서 스스로를 제어하지 않으면 안 되었다.

선탠 오일을 몸에 잔뜩 바른 벌겋게 탄 해수욕객들이 기다랗고 넓은 모래사장을 가득 메우고 있었다. 벌거벗은 젖가슴들이 도도하게 그를 쏘아봤다. 개들은 이리저리 뛰며 털을 적신 바닷물을 흔들어 털어내고 있었다. 얼굴에서 땀방울을 튀기며 조깅하는 사람이 실신 직전의 눈빛으로 그를 힐끗 보며 스쳐 지나갔다. 선선한 바람이 그의 옷을 잡아당기고, 넥타이는 목 주위에서 춤을 추고, 구두는 축축한 모래에 발자취를 새겨 넣었다. 두 눈을 지그시 감고 파도의 노래를 감상하며 그는 잠시 자신을 바람에 맡겼다. 아주 잠시 그는 그렇게 모든 사념을 떨쳐버렸다.

그는 탈의실 근처에서 빈 접의자를 찾았고, 모래사장에 나무 기둥을 박아 세운 가판대에서 애플 팬케이크를 주문했다. 그는 스피노자를 꺼내 옆에 내려놓았다. 바다 냄새가 코를 간질였다.

그는 물질계와 관념계의 차이에 대해 복잡하게 설명해놓은 부분을 읽었다. 그러면서 크림처럼 보드라운 팬케이크를, 너무 퍼석하거나 느끼하지 않고 속에 감칠맛 나는 사과 조각들이 들어 있는 팬케이크를 탐했다. 그는 제3장을 통독했고, 스피노자가 이번에는 상당히 까다로운, 거의 수학적인 문장들을 동원해 설명해야 했던 내용을 이해하기 시작했다.

호프만은 나름대로 요점을 정리해보았다. 물질계가 있고 그와 동시에 그 사물에 대한 관념의 세계가 있다. 스피노자의 용어를 빌리자면, 원둘레와 중심점을 갖춘 실제의 원이 존재하는 한편 원에 대한 관념도 존재한다. 실제의 원이 구체적인 만큼이나 이 원에 대한 관념은 추상적이다. 그렇지만 둘 다 인간 경험의 범주 안에 있다.

여기에서 관념이라는 것에 대해 좀 더 생각해볼 필요가 있는데, 그것은 그것대로 사유의 대상이 될 수도 있기 때문이다. 따라서 그것은 곧 관념의 관념이라고 이름 지을 수 있겠다. 나아가 그런 과정은 무한대로 끝없이 계속될 수도 있다. 스피노자는 그런 혼란스러운 사유의 여행을 시도할 계획은 없었다. 그는 원칙적으로 관념에 대한 사유의 무한한 가능성 혹은 사유에 대한 사유를 지적했다.

따라서 더 많이 알면 알수록 정신은 자신의 힘과 자연의 질서를 보다 더 잘 파악하게 된다. 정신이 자신의 힘을 더 잘 파악하면 할수록 보다 더 쉽게 자신을 조종하고 규제할 수 있게 된다. 또 자연의 질서를 더 잘 파악함에 따라 스스로가 무익한 일들을 쉬이 삼갈 가능성도 그만큼 더 상승한다. 바로 그 안에 우리가 언급했던 완벽한 방법이 내재되어 있다.

호프만은 자신이 과연 무익한 일들을 삼갈 능력이 있는지 의문스러웠다. 오히려 무익한 일들에 전념하는 것이 그의 천성이 아닐까 하는 의문도 들었다. 그리고 자연에 대한 이해를 통해 스스로를 통제할 가능성을 얻을 수 있는지에 대해서도 회의적이었다(그는 탐닉하고 있는 과도한 포식 행위가 죽음을 앞당기리라는 사실을 잘 알고 있었다. 그런데도 그는 과식을 계속하고 있었다. 어쩌면 그것은 (a) 그가 죽음을 두려워하지 않기 때문일 수도, (b) 그가 삶을 사랑하지 않기 때문일 수도 있었다).

호프만은 스피노자가 다음 절에 이어 서술한 사색의 비약이 정말 인상적이었다. 스피노자는 참된 관념을 통한 자연의 질서의 올바른 이해에는 신의 존재 그 자체가 암시적으로 시현(示現)된다고 굳게 믿었다! 스피노자는 "자연의 참된 사례를 표상하기 위해 우리의 정신은 총체적인 자연의 근본과 원천을 표상해주는 하나의 관념으로부터 그 밖의 다른 모든 관념을 생산해내야 한다"고 기록했다.

팬케이크를 다 먹고 이제는 녹아내린 버터 위에 설탕을 뿌린 뜨끈뜨끈한 와플을 먹느라 정신없던 호프만은 그런 종류의 사유가 마치 예술 행위의 한 형태인 양 그 견해에서 나름의 아름다움을 발견했다. 이제야 호프만은 참된 지식, 참된 앎은 언제나 현실과 직접적이고 일차적인 관계를 맺고 있다는 것을 알았다. 왜냐하면 만질 수 있고 볼 수 있는 지식이나 앎의 형태는 현실 속에 내재되어 있기 때문이었다. 그가 지금 즐기고 있는 (부서질 듯 연하고 바삭바삭하다가도 일단 그의 입안에 들어가기가 무섭게 그만 사르르 녹아버리고 마는 거미줄 과자) 와플과 와플에 대한 관념 사이에는 근본적인 차이가 있다는 것에 그도 동감했다. 비록 스피노자가 와플이나 팬케이크를 들어 설명한 것은 아니었지만.

제3장에는 호프만이 반복해서 읽고 새겨야 하는 문장이 매우 많았다. 스피노자는 이 장에서 호프만이 지금까지 까맣게 모르던 개념들과 추상들을 언급하며 논리를 폈다. 와플과 향기로운 차를 즐기면서 그는 철학자가 제3장 끄트머리에서 요약한 논점을 따라가

보려고 노력했다.

스피노자라는 철학자가 진리를 추구하고 있다는 것은 부인할 수 없는 사실이었다. 호프만의 주변에는 그런 것에 열성적으로 매달리는 사람이 전혀 없었다. 마리안이 한때 진리를 찾기 위해 몰두했지만, 그것은 이미 분명하게 드러난 진리, 즉 가톨릭교회의 진실이었다.

에스터가 죽고 나자 마리안은 리마에 있던 빈민 교회의 에밀리오 슈스터 신부에게 의지했고, 폰덜처럼 가톨릭으로 개종했다. 그녀는 여태껏 어떤 형태로든 종교에 관심을 보인 적이 없었다. 하지만 에스터의 무덤은 천만리 떨어진 네덜란드 땅에 있었고 그녀는 간절한 마음으로 이 년 내내 매일같이 죽은 딸의 영혼을 구제해달라고 기도하며 위안을 얻었다. 그렇다고 그녀가 진정으로 신앙심을 갖게 되었는지에 대해 호프만은 다분히 회의적이었다. 그의 눈에 비친 그녀는 부활과 무염수태 같은 것을 믿기에는 너무 현실적이었기 때문이다. 하지만 그는 종교의 세속화 이래 그것을 대체할 만한 대상이 없는 상황에서 슬픔을 달래줄 수 있는 무엇을 간절히 바라는 그녀를 충분히 이해했다. 그녀는 미사를 봉헌했고 해당 교구의 재정 후원자가 되었다. 호프만은 집에서 슈스터 신부와 자주 마주치곤 했는데, 신부는 뜨거운 눈빛과 인상적인 제스처를 취하며 마리안과 열띤 토론을 벌이고 있었다. 호프만이 귀가하면 항상 그들은 대화를 서둘러 중단하곤 했다.

독일 출신 이주민이었던 슈스터의 부모는 1930년대에 라틴아메리카로 망명 온 공산주의자들이었고, 그들의 아들은 성장하여 해방신학의 신봉자가 되었다. 슈스터는 사제로서 예배 의식을 집전

했으며, 그것은 호프만이 제대로 줄 수 없었던 위안을 마리안에게 안겨주었다.

스피노자는 인간의 완전성(이 단어는 문자 그대로 사용되었는데, 그는 그것에 도달할 수 있다고 굳게 믿었다)이 자연에 대한 포괄적이고 완전무결한 지식 속에 함축되어 있다고 확신했다. 그 목적을 달성하기 위해서는 지성을 개선해야 했다. 그러나 어떤 방법으로 할 것인가?

선입견과 불완전한 관념들을 떨쳐버려야 했다. 그러나 그것은 단지 시작에 불과했다. 가장 중요한 것은 자연에 힘입어 교양을 쌓은 인간 스스로 절정에 이를 수 있는 직관을 신뢰해야 하는 것이었다. 그 결과 이 같은 신뢰로 말미암아 인간의 정신은 임의로 채집한 사유들이 아니라 자연의 근본과 원천의 베일을 벗겨주는 그런 관념으로서의 사유 그 자체를 함양시킬 수 있는 것이었다.

스피노자는 모든 관념을 종합할 수 있다면 그것이 바로 자연의 본질을 대변해줄 것이라고 가정했다. 그는 자연이 특정한 관념에 의거한 체계적인 구조를 이루고 있다고 믿었다. 따라서 그런 관념들 자체도 역시 자연의 일부이며, 그런 관념들을 통찰하는 데 성공할 경우 최고의 지식이 더불어 생성될 것이라고 했다. 그러므로 최고의 지식이란 다름 아니라 우리가 선을 상징한다고 알고 있는 신과 일치한다고 호프만은 해석했다.

호프만은 현기증이 일었다. 그는 자신이 그 같은 논리 전개를 이해할 수 있을 만큼 교양이 있는지 알 수 없었다. 그러나 그는 생각을 고쳐먹었다. 다 재미로 읽는 걸 가지고 이러쿵저러쿵 따질 필요가 뭐람? 그런 것이 다 무슨 상관이람?

그는 집게손가락으로 접시 위의 설탕과 녹은 버터를 찍어 입으로 가져갔다.

그는 계산을 한 다음 여관을 향해 걸었다. 바람이 누그러졌고 바다는 잠잠했다. 마치 자연이 저녁 맞을 힘을 모으느라 잠시 숨을 참고 있는 것 같았다. 서머타임으로 아직도 환한 대낮이었고, 불볕이 여전한 하늘을 이고 호프만은 모래언덕의 푸석푸석한 모래밭을 느릿느릿 통과했다.

그는 새삼 여기에서 자연의 진가를 절실하게 느끼고 있다는 사실에 놀라고 말았다. 자연에 대한 사랑은 에스터와 함께 그에게서 이미 떠나버렸기 때문이다. 그는 평생 도시에서 살았고 매연과 주차장 미터기에 익숙해 있었다. 자연은 공원과 동물원에 가서나 볼 수 있는 그런 것이었다. 어렵게 길들여놓은 우리에 갇혀 사는 짐승들을 찾아가는 일은 쌍둥이가 제일 즐기던 나들이였다. 지난 수년 동안 병든 바다표범과 기름을 뒤집어쓴 오리들이 눈에 띌 때면 으레 딸들을 향한 애틋한 사랑으로 가슴이 먹먹했다. 그러나 오늘 아침 비행기 안에서 읽은 신문 기사에 화전민들이 불을 질러 잿더미가 되어버렸다고 한 어느 아마존 밀림 지대처럼 아이들도 온데간데없이 사라져버리고 없었다. 그는 '천생만물은 사라지기 마련이려니' 하고 체념할 수밖에 없었다. 제구실을 다하지 못하면 짓이겨지고 약하면 소멸되는 것이 영원히 계속될 비정한 법칙이었다. 소나 양이나 돌고래를 비롯한 거의 모든 동물을 볼 때마다 정겹게 느끼지 않는 것은 아니나, 언젠가 일본에서 고래 고기를 먹어볼 기회가 있었을 때 그는 삼 인분이나 주문했고, 정종으로 얼큰해진 일본 측 회담 상대들은 그렇게 탐식하는 네덜란드 동료를 보며 배꼽을 잡고 웃었다.

먹을거리와 관련된 것이 아니라면 호프만은 더 이상 자연에 대해 별반 흥미를 느끼지 못했다. 그러나 여기에서 모래언덕과 지저분한 바다로 가라앉고 있는 태양을 보며 그는 충족감—짜릿하게 와 닿는 평정—을 느꼈다.

여관에 도착했을 때 그는 땀에 흥건하게 젖어 있었다. 그는 옷을 휠휠 벗어젖혔고, 폐차장 인부들을 놀라게 하지 않으려고 (큼직하고 알록달록한 꽃무늬) 커튼을 닫았고, 안락의자 옆의 (유리로 된 꽃 모양의 갓을 얹은) 전기스탠드를 켰다. 이제부터 스피노자와 함께할 몇 시간이 흐뭇하기만 했다. 한 오라기도 걸치지 않은 채 그는 다음 장 '허구적 관념들'을 읽기 시작했다.

그러면 방법의 첫 번째 부부터 시작하기로 하자. 이것은 이미 언급했듯이 식별하는 일로, 참된 관념을 여타의 지각에서 분리시키며, 참된 관념을 거짓되고 허구적이며 의심스러운 관념들과 혼동하지 않도록 정신을 보호한다.

스피노자는 이 단락에서 우리가 가설과 추정을 어떻게 처리할지, 의미 있는 관념을 무의미한 것과 어떻게 구별할지 하는 문제를 다루었다. 그는 다음과 같이 용어의 개념을 정리했다.

a. 그 본성상 존재하는 것이 모순되는 사물은 불가능하다.
b. 그 본성상 존재하지 않는 것이 모순되는 사물은 필연적이다.
c. 그 실존, 즉 본성상 존재하든 존재하지 않든 모순을 함축하

지 않는 사물은 가능하다.

호프만은 (a)를 '조카 얀은 죽지 않는다'라는 명제를 예로 들어 이해했다. 그런 주장은 인간이 태어나서 결국 죽는다는 경험적인 사실과 모순된다. 영원불멸과 얀의 인간으로서의 본질이 서로 상반되며, 따라서 그런 주장은 (말로는 그런 표현이 허용된다고 하더라도) 불가능한 상황에 가닿는다.

(b)는 '지구가 태양을 중심으로 돈다'는 것과 같은 의미이다. 이를 부정하는 것은 경험에 모순되는 결과를 낳기 때문에 필연적이다.

(c)는 좀 까다로워 보였다. 호프만은 알맞은 예를 찾아보았다. 그리고 '우주에는 다른 지적인 생물이 있다'라는 명제를 생각해냈다. 그런 주장은 실상이 알려질 때에야 비로소 가치가 인정되는, 입증할 수도 부정할 수도 없는 성질의 것이었다.

문득 스피노자의 『논고』를 역사적 맥락에서 해석해야 한다는 생각이 들었다. 스피노자는 17세기를 살았다. 당시는 데카르트가 이미 사유를 제창했고, 뉴턴이 사과가 떨어지는 것을 관찰하는 등 갖가지 새로운 발견으로 들끓던 시대였다. 스피노자는 그런 배경 아래 갈수록 더 복잡하게 발전되어가는 현실을 (외형적 양상들은 서로 얽히고 뒤섞여 있으나, 그 근저에서 보다 명료하고 이해 가능한 무엇을 구했던 시대적 요청에 부응하여) 기술할 뿐만 아니라, 그렇게 하여 현실의 본질을 이해할 수 있게 도와줄 체계를 정립시키고자 노력했다.

이 놀라운 단락은 전체적으로 어떤 명제에 임하는 연구자의 연구 자세에 할애되어 있었다. 연구자가 "허구적인 사물과 본성상 거짓된 명제에 주의를 기울일 때는 이를 논증을 통해 판단하며 거기에서 연역해낼 수 있는 결론을 맺음으로써 쉽게 그 허위성을 규명해낼 수 있다. 만약 본질적으로는 참된 그러나 허구적인 명제에 주의를 기울일 때는 이를 판단하여 거기에서 도출된 결과를 연역해 나가기 시작하면 연구자는 다행스럽게도 중단 없이 논증을 계속해나갈 수 있을 것이다". 나아가 스피노자는 "우리가 명석하고 판명하게 사물을 관찰한다면, 우리가 뭔가를 날조해낼지도 모른다고 우려할 필요가 전혀 없다"고 전제를 달아 걱정이 많은 자들을 위로했다. 그는 세 가지 결론을 제시했다.

첫째, 하나의 개별적인 관념이 '전적으로 단순한 사물에 관한 것'일 경우 그것은 명석하고 판명할 수밖에 없다.

둘째, 많은 부분들이 복합된 사물은 사유 안에서 가장 단순한 부분들로 환원시켜, 각 부분을 그 자체로 고려해야 한다.

셋째, '만약 그것이 단순하다면 명석하고 판명할 것이며 그 결과 참된 것으로 판정될 것이기' 때문에, 허구(스피노자에 의하면 가설뿐만 아니라 허위, 날조, 부조리와 같은 개념들도 다 여기에 속한다)는 복잡다단하게 규착한 관념들 위에서 빠르게 확산된다.

전화벨 소리에 그는 정신을 차리고 다시 꽃무늬 방으로 되돌아왔다.

"저치들이 널 어느 구석에 처박아뒀다고?" 빔 스헤퍼르스의 목소리였다.

"뭘, 그냥 견딜 만해."

"두고 봐, 내가 내일 당장 좋은 호텔로 옮기도록 해줄게."

"빔, 아냐, 그러지 마. 실은 여기도 괜찮아."

"판 할런, 죽일 놈 같으니."

"숙소를 옮기고 싶지 않아. 정말이라니까."

"자네가 정 그렇다면야…… 저녁에 무슨 계획 있어?"

"여기서 그냥 간단하게 먹을 생각이었어. 근데 지금 시간이 어떻게 됐지?"

"여덟시."

노크 소리가 들렸다.

"빔, 잠깐만."

그는 자리에서 일어나 수건을 몸에 두르고 문을 빠끔히 열었다. 파르데코퍼르 부인이 서 있었다. 그녀는 자신을 응시하고 있는 그의 눈을 걱정스레 살폈다.

"호프만 대사님, 어디 불편하신 데는 없으세요?"

"불편하기는요? 부인, 아주 잘 있습니다. 목욕을 하려고 막 옷을 벗었거든요."

"몸에 무슨 이상이 생기신 것은 아닐까 걱정했어요. 대사님이 내려오시기를 기다린 게 삼십 분이 넘었거든요."

"왜 그러시죠?"

"저녁 식사 시간이 일곱시 반이거든요."

"아, 저는 모르고 있었습니다."

"거기요." 그녀가 손가락으로 방문을 딱딱 두드렸다. 그는 문 안쪽에 붙어 있는 코팅된 안내문을 발견했다. "거기 적혀 있어요."

"죄송합니다, 제가 이걸 미처 읽질 못해서…… 그런데 지금 나가야 하는데."

여주인이 실망한 눈초리로 그를 바라보았다.

"호프만 대사님, 대사님을 위해 특별 요리를 장만해뒀어요. 전부 수리남 전통식으로요. 오직 대사님을 위해서. 다른 손님은 없거든요."

"그럼 곧 내려가겠습니다." 양심의 가책을 느끼지 않으려고 그가 약속했다.

"내려가서 음식을 데워놓을게요!" 그녀가 돌아서며 기쁘게 외쳤다.

"빔?" 그가 불렀다.

"응."

"아홉시 십오분."

"좋아."

"어디서?"

"옛날 외무부 자리 모퉁이에 있는 이탈리아 레스토랑 기억하나?" 스헤퍼르스가 물었다.

"페르골라? 광장 옆에 있는 거 말이지?"

"맞아. 아홉시 십오분."

아래로 내려간 그는 파르데코퍼르 부부 사이에 자리를 잡았다. 상을 차리느라 공들인 흔적이 역력했다. 파르데코퍼르 부인은 음식 이름들을 일일이 말해주었고, 호프만은 엄청나게 빨리 접시들을 비웠다. 밀가루 부침과 소고기와 닭고기와 생선과 걸쭉한 소스를 곁들인 기름지고 매콤한 음식들이었다. 로티, 피텔, 동부와 짭

짤한 고기를 곁들인 밥, 리솔, 바차워, 파스테이, 헤리헤리, 목시메티, 닭고기 침침, 여주 소박이 등.

음식을 장만한 파르데코퍼르 부인이 행복한 표정으로 그를 지켜보고 있다가 세 번이나 그의 접시를 채워주었다. 스탠리는 조용히 먹기만 했다, 혹시라도 호프만이 빼앗아 먹지 않을까 걱정이라도 하는 사람처럼 고개를 푹 숙이고 한 팔로 자기 접시를 감싸 안은 채.

여덟시 삼십오분에 그는 파르데코퍼르 부인에게서 빠져나올 수 있었다. 그는 화장실에서 목에다 손가락을 넣었고, 먹은 음식을 고스란히 변기에 토해냈다. 기름진 수리남 음식에 들어간 고기와 곡물이 파도가 치듯이 힘차게 위에서 쏟아져 나왔다. 그는 변기 물을 내리고 입가를 쓱쓱 닦았다.

삼십 분 후에 그는 빔 스헤퍼르스를 마주하고 앉았다. 외교관들 사이에서 인기가 제일 좋고 청사 이전 후에도 여전히 외무부 직원들의 발길이 끊이지 않는, 사람들로 북적이는 이탈리아 레스토랑이었다. 실내가 숨 막힐 듯 후덥지근해 호프만은 양복 윗도리를 벗었다.

"프라하 생활은 어때?"

"완벽해." 호프만이 대꾸했다. "담벼락에 낙서 같은 것도 없고, 거리는 깨끗하고, 거지도 보이지 않고. 자네와 나처럼 평범하고 보수적인 소시민에게는 이상적인 국가거든."

빔이 미소를 지었다. 그의 외모는 늘 가꾸고 다듬은 티가 역력했다. 나이로 따지면 그들은 삼 주일밖에 차이 나지 않았지만 그는 호프만보다 십 년은 더 젊어 보였다. 빔은 골프도 하고 스쿼시도 했으며, 이탈리아제 양복을 입었고, 웃을 때마다 눈부시게 빛나는 하얀 치아가 드러났다. 일류 이발소에 정기적으로 다녔고 피부는 적당히 햇볕에 태운 구릿빛을 유지하도록 늘 신경을 썼다. 그리고 격식과 품위를 지키기 위해 더워도 양복 윗도리를 벗지 않았다. 빔이 와이셔츠 소맷부리를 잡아당기자 그의 이름 약자가 새겨진 값비싼 황금 커프스단추가 살짝 드러났다.

"여기는 어때?"

"늘 똑같지 뭐." 빔이 대답했다. "좋은 자리를 차지하려고 아우성들이고, 수많은 공문서 작성에, 그래도 그럭저럭 잘들 꾸려나가고 있어."

호프만이 와인을 한 모금 들이켰다. 바롤로 1983년산. 최고급은 아니지만 이탈리아산 와인으로는 수준급에 속했다.

"마리안은?"

호프만이 어깨를 으쓱했다.

"책에 매달려 다른 데 신경 쓸 정신이 없어."

"아직도?"

"응."

호프만은 한마디도 하지 않았지만 빔은(어쩌면 바로 그 점이 실마리가 되었는지도 모르지만) 호프만의 부부 사이가 벌써 오래전에 파탄 지경에 이르렀다는 것을 눈치채고 있었다. 웨이터가 불쑥 나타났고, 두 사람은 모두 멜론을 곁들인 햄과 조개가 든 알라 봉골레 파스타를 주문했다.

"그 젊은 친구 손네마는 잘 지내고?" 빔이 물었다.

"머리가 비상하거든." 호프만이 말했다. "눈치도 빠르고 어떻게 자신을 포장해야 하는지도 알고. 그 친구가 출세 가도를 달릴 건

따놓은 당상 아니겠어?"

"새롭게 떠오르는 별 가운데 하나지. 판 할런 자식의 경쟁자."

"판 할런은 비열한 새끼야. 그런 졸렬한 놈은 모가지를 당해야 하는데."

"자네 의견을 전하도록 하지." 빔이 미소를 지으며 말했다. "그런데 펠릭스, 자넨 어때? 거기서 지낼 만해?"

"그럭저럭 시간을 보내고 있어. 실은…… 철학 책을 하나 발견했는데…… 그걸 읽느라 밤을 어렵지 않게 보내고 있네."

"철학? 아니, 펠릭스." 빔이 걱정스럽다는 투로 물었다. "난데없이 무슨 뚱딴지같은 소리야?"

"하긴 내가 봐도 좀 그래…… 그런데 희한하게도 맛을 붙이는 바람에 책을 덮기가 아쉽다네…… 아무튼 프라하에서는 그럭저럭 버틸 만해."

"다행이군." 빔은 건성으로 대답하더니 유난할 정도로 깊게 한숨을 내쉬었다. 그런 다음 동료들을 화제에 올렸고, 그들은 먹고 웃고 그리고 와인 두 병을 마신 뒤 후텁지근한 밤 속으로 들어섰다.

호프만은 세계의 온 대륙을 누비는 동안 항상 함께했던 낡은 바바리코트를 챙겨왔는데 여기에서는 거추장스럽기만 했다. 벌써 몇 주일째 비라고는 한 방울도 내리지 않았다. 빔은 호프만에게 차를 가지고 왔는지 물어보고는 자신을 태워달라고 부탁했다.

"자네한테 할 말이 있어." 호프만이 빌린 검은색 닛산 쪽으로 가면서 빔이 말을 꺼냈다. 호프만은 자신들의 상품으로 세계 각지를 채우는 일본인들에게는 전혀 호감이 가지 않았지만 그것이 헤르츠에서 임대료가 가장 저렴한 차였다. 어차피 메르세데스를 부리지 못할 바에는 차라리 가장 싼 것이 낫겠다 싶었다.

"그래?"

호프만은 빔이 판 할런의 다른 꿍꿍이를 알게 된 건지 궁금했다.

마치 해야 할 이야기를 머릿속으로 연습이라도 하고 있는 것처럼 빔은 생각에 잠겨 걸음을 옮길 뿐 그 말을 입 밖에 꺼낼 기미가 없었다. 그들은 차를 탔다. 차는 금방 시동이 걸렸고, 호프만은 출발했다.

"어디로 가야 하는데?"

"내가 길을 가르쳐줄게." 빔이 대꾸했다.

그가 호프만에게 가는 길을 일러주었다.

"미르얌에 관계된 일이야." 빔이 말을 꺼냈다.

놀라 갈라진 목소리로 호프만이 물었다. "뭐, 우리 미르얌?"

그는 자세를 고쳐 앉았고 운전대를 힘껏 쥐었다.

빔이 고개를 끄덕였다. "응."

"빔, 미르얌이 죽은 지 벌써 오 년 됐어."

"펠릭스, 그건 나도 아네. 아이는 죽었지만, 걔하고 연관되는 뭘 내가 우연히 보게 돼서…… 걔하고 관계되는 일이라서 그래, 걔는 죽고 없지만 말이네."

호프만은 차창 너머 거리를 쳐다보았지만 아무것도 보이지 않았다.

"뭔데? 우리는 흉금을 털어놓는 사이잖아."

"제기랄, 펠릭스, 난 정말 이 문제를 놓고 고민 많이 했어. 자네한테 이걸 알려야 하는 건지. 그렇지만……"

"쓸데없는 소리는 그만하고, 어서 속 시원하게 말해봐!"

그는 곁눈질로 빔이 고개를 끄덕이는 모습을 봤다. 빔이 손으로 거칠게 자기 얼굴을 문질렀다. 그러더니 불쑥 입을 뗐다.

"좋아, 좋아. 자, 잘 듣게. 이 주일 전에 내가 누구하고…… 전에 만나던 어떤 여자하고 약속이 있었어. 그리고……"

"어디서?" 호프만이 다그쳤다.

"어디냐고? 전시회 개막식장에서. 근데 그 장소는 내 이야기하고 아무 상관 없어." 빔이 덧붙였다. "그 여자하고 저녁을 한 다음에…… 그런 다음 같이…… 어딜 가기로 했는데……"

빔이 다시 말을 끊었다. 그가 호프만에게 어디로 진입해야 할지 일러주었다.

"그래서? 그래서 어디로 간 건데? 애간장 좀 그만 태우게."

"아, 여기야! 여기서 멈추게." 카페, 나이트클럽, 음식점, 섹스숍의 네온사인 아래 흥청거리고 있는 환락가에서 호프만이 차를 멈췄다.

"내가 그때 같이 있던 여자가……"

"이름이 뭔데?" 호프만이 물었다.

"펠릭스, 이름이 뭐든 그런 건 관계없다니까."

"알아야겠네."

빔이 고개를 저으며 한숨을 내쉬었다.

"제발 내 말을 믿어. 그 여자는 이 일과 정말 아무 상관 없으니까."

"네가 말한 그 여자가 누군지 알고 싶다고 했잖아!"

"리아 푸턴."

"예프 마누라?"

"응, 예프 마누라……"

"빔, 그거야 자네가 알아서 할 문제지만, 그 여자 너무 익어 터지기 직전의 멜론처럼 색골로 뵈던데…… 아무튼 그거야 자네가 알아서 할 문제고……"

"자 좀 들어보라니까!" 빔이 소리를 높였다. "지금 자네한테 들려줄 얘기가 있다고!"

"그렇다면 꾸물대지 말고 얼른 말해봐!"

"입 다물고 듣기나 해……"

호프만이 빔 쪽으로 상체를 돌리면서 한 팔을 의자 등받이 위에 걸쳤다.

"내가 리아 푸턴하고 약속이 있었어. 저녁을 먹으러 갔지. 이런저런 얘기를 나누던 중에 리아가 자기는 한 번도 포르노를 본 적이 없다고 하더라고……"

"포르노?"

"응……"

빔이 숨을 깊게 들이마신 다음 말을 이었다.

"그래서…… 같이 갔는데…… 포르노 영화관으로 말이야. 그런데 우리가 보는 그 영화에……"

순간적으로 호프만은 그들이 포르노 영화관에 갔다가 무엇을 보았는지 분명하게 이해했다.

그의 얼굴이 하얗게 질렸다. 마치 변기 위에 앉아 불가능한 일을 자신의 신체에 요구하고 있는 것처럼 숨 쉬기 어려울 정도로 큰 통증이 배에서 가슴으로 올라왔다. 그리고 갑자기 거리의 술집들이 일제히 스피커의 볼륨을 높인 것처럼 요란한 불협화음이, 그 광란의 총애를 받는 멜로디가 느닷없이 호프만의 귓전을 때렸다.

그는 빔이 말하려는 이야기를 잠자코 듣고 있을 수 없었다. 그런 추잡함을 구태여 빔의 입을 통해 듣고 싶지 않았다. 갑작스러운 공포가 온몸을 죄어왔다.

"어디야!" 그가 외마디 소리를 질렀다.

그는 몸을 돌려 빔을 보았지만, 빔은 그의 말을 알아듣지 못한 모양이었다. "어디냐고!" 그가 다시 악을 썼다.

빔이 떨리는 손가락으로 건너편을 가리켰다. 두 술집 사이에 있는 작은 건물이었다. 출입구 위에 대문자로 쓰인 네온사인이 번쩍이고 있었다. 성인영화. 개인 밀실.

"여기 꼼짝 말고 앉아 있어!" 호프만이 고함쳤다.

그가 차에서 내려 길을 건넜다.

걷기가 이렇게 힘들다는 사실을 그는 도무지 이해할 수 없었다. 무릎이 흐물흐물해져 다리를 지탱할 아무런 역할도 못하는 것 같았다. 그래도 그는 간신히 입구까지 걸어갔고, 문을 밀어 열고 어두침침한 홀 안으로 발을 내디뎠다.

모퉁이 한쪽에 불그스름한 등이 켜져 있었다. 테이블이 하나 놓여 있었고, 그 너머에 여드름투성이의 청년이 잡지를 뒤적이며 앉아 있었다. 실내는 마치 터키탕처럼 푹푹 쪘다.

"얼마요?" 호프만이 매표구의 두꺼운 유리 너머에 있는 여자에게 외쳤다.

"십 길더요."

그가 쟁반에 돈을 놓자 여자가 작은 틈새 사이로 그것을 끌어당겼다.

"몇 시에 시작합니까?"

"연속 상영이에요."

"제목은 뭐요?"

시큰둥하게 쳐다보던 그녀가 호프만이 미처 보지 못한 어둠침침한 입구의 포스터를 가리켰다. "〈아르덴 고원의 햄〉." 소리 내어 읽는 자신의 목소리가 그에게도 들렸다.

"좀 웃기는 포르노예요." 청년이 허리를 세워 고쳐 앉으며 거들었다. 눈으로는 큰 소리를 내는 호프만을 의심스럽다는 듯이 살피고 있었다. "메이드 인 네덜란드, 순 국산이에요."

"어디로 들어가는 거요?"

청년이 자리에서 일어나 넓은 문 쪽으로 갔다. 레슬링 선수 같은 체구였다. 겨드랑이 밑에는 땀자국이 크게 얼룩져 있었다.

"저, 다른 손님들 생각도 좀 해주십시오." 그가 당부했다.

캄캄한 관람실 안에 들어서자 한순간 아무것도 보이지 않았다. 호프만은 문을 꼭 붙들고 서서 기다렸다. 서서히 번쩍거리는 영상과 텅 비다시피 한 널찍한 실내에 줄지어 있는 의자들이 눈에 들어왔다. 드문드문 앉아 있는 관객들이 보였다. 그는 장님처럼 더듬거리며 가까이 있는 좌석으로 발을 질질 끌고 가 자리를 잡고 앉았다.

삼 분 뒤 그가 그곳에서 나왔을 때 스헤퍼르스는 차 옆에 서 있었다. 호프만은 걸음을 익혀야 하는 사람처럼 자기 발을 내려다보며 느릿느릿 걸었다.

빔이 말했다. "미안해, 펠릭스. 그걸 발견했던 순간에는 이렇게 생각했어…… 자네한테 절대 말해선 안 된다고. 너무 끔찍한 일이라서. 그런데…… 한동안 이 문제로 마음고생이 많았어. 그런 다음 생각했지…… 자네가 반드시 알아야 한다고. 다른 사람들이 다 알아볼 텐데 당연히 자네가 알고 있어야 한다고."

호프만이 그의 턱에 세차게 주먹을 날렸다. 빔은 아무 말도, 아무런 저항도 하지 않았다. 그저 휘청했을 뿐이었다. 잇따라 호프만이 그의 멱살을 움켜쥐고 그의 배에 무거운 주먹을 꽂았다. 빔이 몸을 숙이며 허리를 감싸 안자 호프만이 그를 놓아주었다. 그의 친구는 상체를 자동차의 보닛 위에 엎고 몸을 의지했다. 그는 계속 신음했고, 호프만은 그가 입을 벌리고 가쁘게 숨을 몰아쉬는 모습을 지켜보았다.

주변에 사람들이 하나둘씩 모여들자 호프만은 빔을 그곳에 남겨두고 돌아섰고, 옆 골목에서 적당한 술집을 하나 발견했다. 한쪽 벽 높이 설치된 선반 위에 텔레비전 수상기가 얹혀 있었다. 카운터 위의 형광등, 지저분한 바닥, 내열 플라스틱판이 그대로 드러난 탁자들, 갖은 고생을 겪었을 외국인 노동자들의 메마른 표정들. 애절하고 단조로운 아라비아음악이 텔레비전 소리를 가르며 흘러나왔다. 그는 알제리산 와인을 입속으로 들이부었다. 게걸스레 그리고 해소할 수 없는 갈증을 느끼며. 그런데도 술기운은 전혀 오르지 않았고, 생각을 계속하고 곱씹을수록 의식은 더욱 말짱해졌다. 머릿속은 악몽으로 가득 찼고 도저히 그것에서 헤어날 수 없었다. 그는 자기 자신을 도저히 용서할 수 없었다.

술집이 문을 닫자 그는 여관을 향해 차를 몰았다. 그는 취기가 도는 것을 느꼈고, 차가 생각처럼 움직이지 않고 있다는 것을 알아챘다. 그는 뭐든 하지 않으면 안 되었다. 극장에 불을 지르든지 영사기에서 필름을 훔쳐내든지 해야 했다. 차가 제멋대로 길 위에 갈지자를 그리며 달렸고, 헤이그 시내를 운행하는 전차 레일에 바퀴가 서너 차례 박히기도 했다. 그는 아무 사고 없이 모래언덕 뒤의 버림받은 숙소에 무사히 도착했다.

그는 식사 후에 받아둔 열쇠로 현관문을 열었다. 등 뒤로 문을 닫고는 기진맥진한 몸을 벽에 기대었다. 그는 기력이 부쳤고, 자기 방까지 걸어갈 일이 겁이 났다.

"이제 들어오시는군요." 인기척이 났다.

그가 돌아보았다. 어두운 로비에 스탠리가 흔들의자에 앉아 있었다.

"네, 지금 들어왔습니다." 그가 웅얼거리며 인사를 받았다.

"밖이 쌀쌀하죠?"

"괜찮던데요."

"이곳 날씨는 대중하기가 힘들어요." 남자가 말했다.

"네, 그렇지요." 호프만이 나지막하게 말했다.

"바람은요?"

"바람이라니요?"

"밖에 바람이 부느냐고요?"

"글쎄요. 좀 부는 것 같기도 하네요."

"여기 해변은 원체 바람이 잦아서." 남자가 말했다.

호프만이 고개를 크게 끄덕였다. 마치 큰 진리를 얻게 되어 감격한 사람처럼.

"안녕히 주무세요." 남자가 말했다.

방에 들어서자 호프만은 알록달록한 꽃무늬 시트 위에 벌렁 누웠다. 그의 귓속에서 윙윙거리는 태풍을 잠재워줄 목소리도 없었고, 그의 얼굴에서 아픔을 씻어갈 손도 없었다.

혐오스러울 정도로 지독한 공복감이 갑자기 그를 덮쳤다. 그는 일어나 비틀거리며 아래층으로 내려갔다.

"다시 나가시게요?" 스탠리가 물었다.

"네, 좀 도와주세요. 이 근처에 혹시 아직 열려 있을 만한 식당이나 스낵바가 있을까요?"

"이 시간에요? 아내한테 말씀하시면 뭐 잡수실 만한 걸 만들어드릴 텐데……"

"아닙니다, 아닙니다. 폐를 끼치고 싶지 않아서요……"

"퀴르하우스 옆에 스낵바가 하나 있습니다. 거기는 열려 있을 겁니다, 밤새 영업하는 것 같던데……"

호프만이 닛산에 몸을 싣고 감자튀김을 파는 간이식당으로 향했다. 열린 차창을 통해 더운 바람이 불어왔다. 몸에 꼭 달라붙는 티셔츠를 입은 우락부락한 사내들이 오토바이 곁을 서성거리고 있었다. 오토바이 운전대에 투박한 가죽점퍼가 걸려 있었다. 그 사내들이 달려들어 그의 얼굴을 엉망으로 만들어놓도록 그들에게 시비를 걸어볼까 하는 생각도 해보았다. 그는 감자튀김, 크로켓, 닭고기 꼬치, 소고기 미트볼, 말고기로 만든 소시지 그리고 캔 맥주 하나와 콜라를 주문했다. 가득 찬 비닐봉지 두 개를 들고 그는 여관으로 들어섰다.

"열려 있던가요?"

"아무렴요, 말씀이 맞았습니다."

"밖에는 아직도 바람이 부나요?"

"바람이라곤 한 점도 구경 못 했습니다."

"분명 불 텐데요."

"그럴지도 모르죠."

"맛있게 드십시오."

방으로 들어온 그는 비닐봉지에서 플라스틱 용기들을 꺼내 탁자 위에 늘어놓았다. 그러고는 수도꼭지 밑에 머리를 들이밀고 밤의 더운 열기를 씻어냈다.

. 포크와 나이프가 없어 손으로 집어 먹었다. 그는 새끼손가락으로 스피노자를 펼쳤다. (아무래도 감자튀김은 빨리 식어버리기 때문에) 맨 먼저 (마요네즈, 땅콩 소스, 토마토케첩, 새콤한 겨자 소스 등이 뒤범벅이 되어 있는) '전쟁' 감자튀김 이 인분을 꿀떡꿀떡 삼키며 제5장을 읽기 시작했다. '거짓 관념.' 호프만은 철학자의 생각을 좇기 위해 온 신경을 최대한 집중해야 하며, 그렇게 함으로써 스스로를 지탱해낼 수 있다고 본능적으로 느꼈다. 위험한 박테리아균을 막아주는 약처럼 스피노자가 저녁나절 그를 공황에 빠뜨린 영상들로부터 보호해주리라 믿었다.

호프만이 이해하기로—아니, 그렇게 이해하도록 자신에게 강요했다—스피노자는 (가설과 같은) '허구적 관념'과 '거짓 관념'을 구별 지었다. 전자는 '진리'가 나중에 증명되어야 하는 하나의 전제일 뿐이었다. 반면에 후자는 누군가에 의해 이미 '참'으로서 채택된 상태였다. 따라서 명석하고 판명하게 사고 작용을 지속해나가기만 한다면 '거짓'이 쉽게 증명될 수 있다는 것이었다.

나아가 스피노자는 무언가의 '진리'란 그 무언가가 지니는 '내생적 특성'이라고 믿었다.

건축가가 일반적인 방법으로 하나의 건물을 설계했다면, 비록 그 건물의 건축이 전혀 추진되지 못했거나 결국 준공되지 않았다 하더라도 설계 작업을 진행한 건축가의 사고는 진실임이 틀림없다. 건물이 실제로 존재하든 존재하지 않든 마찬가지이다.

떨리는 손으로 말고기 소시지를 입에 넣으며 호프만은 만약 건물이 결국 완성되지 않는다면 혹시 건축가가 저질렀을지 모르는 실수가 발견될 수 있을까 하고 생각해보았다. 설계 자체에는 아무 실수가 없는데도 아무도 그것을 건축하여 점검해보려고 힘쓰지 않았다고 건축가가 주장한다면 그의 사고는 절대로 '참'이 될 수 없었다.

머릿속 한쪽에서는 영화의 영상들이 뒤죽박죽 엉키고 있는데도, 그는 누가 과연 그것을 판단할 수 있는지 스스로에게 물었다. 왜냐하면 건축가 말고는 그 설계에 대해 아는 사람이 아무도 없기 때문이다. 그렇다면 타자에게 사실로 나타날 경우에만 비로소 '참'으로서 구실을 한다는 뜻일까? 만약 그가 어느 날 수필집의 초고를 완성했다면, 그렇게 수필집을 구상하는 것만으로도 퓰리처상을 받을 자격이 생겼다고 할 수 있을까?

그는 아니라고 생각했다. 상은 오로지 실물로 존재하는 수필집에만 시상될 수 있었다. 그럼에도 머릿속에 설계된 착상 자체가 하나의 '참'일 수 있었다. 비록 현실적으로는 존재하지 않는다 해도 말이다. 스피노자의 견해가 옳았다. 하지만 그런 식의 이론이 호프만에게 도대체 무슨 소용이 있겠는가?

그러므로 관념 속에는 실재적인 무엇이 잠재하며, 그것을 통해 진실이 거짓에서 구별된다는 결론이 나온다.

호프만은 생각했다. 그렇다고 인정하자. 그렇다면 '실재적인 무엇'의 정체는 무엇인가? 스피노자는 즉물적으로 그 자체 그대로 인지될 수 있는 형태의 진리가 존재한다고 주장했다. 관념은 점검될 수 있을 뿐만 아니라 논증을 통해 그 진리를 확정시킬 수 있다. 하지만 '신은 속을 수 있을까?'와 같은 논증될 수 없는 관념은 어떻게 할 것인가? 그것이 '거짓된 사고'라는 것을 금방 알아낼까? 스피노자는 그럴 수 있는 모양이었다.

제5장의 끝 부분에서 스피노자는 다시 이제껏 해온 논의의 핵심으로 되돌아왔다. 그것은 자연을 알고 자연과 친숙해지는 일, 자연의 근본을 꿰뚫어보는 일이었다. 포르노 영화에서 주연을 맡은 딸을 둔 호프만은 자연의 근본을 벌거벗기고 싶어 조급해진 마음으로 읽어나갔다. 그는 스피노자가 이 대목에서 학문을 연구하는 방법을 설계하고 있다고 이해했다. 그 방법은 완전한 지식을 얻게 하며 지고한 지혜로 가는 길로 인도할 것이었다. 그러나 호프만의 생각은 그의 아이들에게 쏠렸다. 학문이 대체 〈아르덴 고원의 햄〉에서의 미르얌의 역할에 무슨 도움을 주겠는가? 그리고 에스터는? 에스터가 남긴 마지막 말은 뭘 의미했을까?

스피노자 이론의 범주에서 보면 에스터의 유언은 어쨌든 '참'이 될 수 있지 않을까? 에스터는 그녀의 '앎'을 통해 '진리'를 파악했던 것 아닐까? 그녀가 죽어 즈볼러의 축축한 땅속에 묻힌 지 벌써 이십일 년이나 되어가는 어리고 가냘픈 소녀라는 사실에도 불구하고, 이십 년 일찍 세상에 나왔다는 이유로 지구에서 그녀의 모습이 영영 사라져버리고 말았음에도 불구하고, 그녀는 어쩌면 그 '진리'를 터득했을지도 몰랐다.

그게 어린아이에게 가능하다는 말인가?

스피노자는 분석적이고 연역적—스피노자가 일반에서 특수를 유도해내고자 한다는 글을 어디에서 읽은 적이 있었기에—인 사고력을 지고의 선(善)으로까지 비약시킬 수 있는 숙련되고 성숙한 인간을 전제로 삼지 않았던가? 이 『논고』를 이해하지 못하면서 '진리'를 이해하는 것이 과연 가능한가? 왜냐하면 에스터는 분명 이 저서를 알았을 리 없기 때문이다.

그런저런 생각에 빠져, 그리고 스헤퍼르스로 인해 보게 된 영상들을 잊으려고 기를 쓰며 호프만은 그 밤을 지새웠다.

7장
1989년 7월 4일 아침

　새벽녘이 되자 호프만은 트림을 하고 거센 줄방귀를 뀌어대기 시작했다. 패스트푸드만 먹고 나면 소화기관이 스낵의 싸구려 기름과 재료에 항거하여 고성을 지르며 시위를 벌이는 것처럼 으레 뒤탈이 있었다. 연어, 캐비아, 근사한 파이는 절대 그런 식의 화학작용을 일으키는 법이 없었다. 배 속에 가스가 들어차 터질 듯한 느낌이 들었기 때문에 늘 해왔던 방법으로 위 속의 음식물을 게워냈다. 토한 내용물은 쓰고 시큼한 것이 다른 때보다 더 불쾌했다. 신체 기능이 혼란을 일으켜 몸 상태가 엉망이었지만 머릿속은 오히려 편안했다.

　샤워를 끝낸 후 그는 스위트룸을 나섰다. 파르데코퍼 부인에게 시간에 쫓겨 아침 식사를 할 겨를이 없다고 오해 없게 설명한 다음 차에 몸을 싣고 다시 시내를 향해 달렸다.

　포르노 영화관은 아직 문이 닫혀 있었다. 그는 차 속에 앉아 누군가가 나타나기를 기다렸다. 시간이 지루하게 흘렀다. 시계의 초침은 고통을 모른 채 똑딱똑딱 지나갔다. 좁은 골목길에는 아직 햇빛이 들지 않았다. 배달 트럭들이 와서 카페에 필요한 물건들을 내려놓고 있었다. 병이 덜그럭대는 소리가 건물 사이로 튀어 올랐다. 그가 차를 대놓은 제과점에서 싱그러운 커피 향기가 퍼져나왔다. 호스로 물을 뿌리는 사내들이 서로에게 뭐라고 외쳐댔고, 도로는 고인 물로 번들거렸다. 보라색 미니스커트를 입은 젊은 여자가 길을 건너는 모습을 보고는 그의 심장이 박동을 멈췄다. 그는 자신에게 타일렀다. 딸애와 전혀 닮지 않았어.

마지막으로 만났을 때 딸은 엉덩이도 제대로 가려지지 않을 만큼 짧은 보라색 미니스커트를 입고 있었다. 까만 망사 스타킹에 싸구려 나일론으로 된 몸에 딱 달라붙는 보라색 상의를 입고 눈 화장을 짙게 한 것이 영락없는 매춘부 차림새였다. 그날 그녀는 마약을 끊겠다고 그동안 그에게 수없이 해왔던 다짐을 되풀이했다. 그러면서 천 길더만 달라고, 그래서 지은 빚을 죄다 갚고 새 생활을 시작할 수 있게 해달라고 사정했다. 그녀는 수신자 부담 서비스로 전화를 걸어온 적도 있었고, 그럴 때마다 그는 상처가 아물지 않은 딸의 목소리를 듣곤 했다. 그녀는 사춘기 초기에는 침묵의 벽 뒤에, 청춘기에는 언어의 벽 뒤에 숨어 지냈다.

둔해 보이는 두꺼운 외투를 입고 머리에 머플러를 두른 여자 두 명이 포르노 영화관의 문을 열었다. 그는 차에서 내렸다. 그가 홀 안에 들어섰을 때 여자들은 외투를 벗는 중이었다. 천장에서 형광등이 껌벅거렸다. 불그스름한 빛을 내는 등은 밤에만 켜는 모양이었다.

"사장, 나왔소?" 그가 물었다.

여자들은 외투 안에 앞치마를 두르고 있었다.

"사장, 여기 아니." 두 여자 가운데 한 명이 명확하게 의사를 전달했다. 외국에서 온 노동자들, 통통한 손과 정리 안 된 짙은 눈썹을 한 자그마한 흑인 여자들이었다.

"몇 시에 나오는지 알아요?"

"여기 아니. 저기 가게요." 여자가 길 건너편을 가리키며 말했다.

"가게 이름이 뭐요?"

여자가 청소함에서 물통과 기다란 자루가 달린 걸레를 꺼내 드는 동료와 뭐라고 주고받았다.

"가게 나빠." 그녀가 설명했다.

"나빠? 말하자면…… 여기 이곳처럼?"

여자가 고개를 끄덕였다. 다른 여자가 청소 도구를 들고 문을 나서며 말했다. "비너스."

가게는 그곳에서 오십 미터 떨어진 같은 거리에 있었다. 가게 진열장에는 음경 모양의 바이브레이터들, 야한 속옷들, 그리고 무엇에 쓰이는지 짐작할 수 없는 갖가지 기구들이 들어차 있었다. 그가 출입문 문턱을 넘자 벨이 울렸다.

카운터 뒤쪽 왼편에 한 여자가 금전등록기 옆에 앉아 커피를 마시고 있었다. 카운터 아래 유리 진열장에는 바이브레이터들이, 인공 음경 부대가 전투대형을 갖춰 진열되어 있었다. 표지가 부푼 유방과 관능적으로 혀를 날름대는 촉촉한 입술로 채워진 잡지들이 가득 꽂힌 선반들로 좁은 가게가 터져나갈 듯했다.

호프만이 들어서는 것을 보고 여자가 자리에서 벌떡 일어났다.

"혹시 저기 있는 영화관 주인 되시오?" 호프만이 물었다.

여자가 고개를 가로저었다. 그녀는 마흔 살쯤 되어 보였고, 목에는 줄이 달린 안경이 걸려 있었다. 바이브레이터가 보이는 카운터 위에는 가르시아 마르케스의 소설이 펼쳐져 있었다. 선풍기 바람에 날려 책장이 서너 장 젖혀졌다. 여자가 책 위에 손을 얹었다.

"아뇨, 판 더르 빌 씨가 사장님이신데요. 지금 안 계세요."

교양 있는 표준어 억양이었다. 그는 자기 앞에 서 있는 여자를 가늠해보았다. 돈이 다급해 이런 일자리라도 달갑게 달려든 헤이그 출신의 요조숙녀.

호프만은 지갑에서 이십오 길더짜리 지폐를 한 장 꺼냈다.

"절 좀 도와주셨으면 합니다. 실은 저기 저 영화관에서 어제 영화를 한 편 봤습니다. 〈아르덴 고원의 햄〉이라는, 좀 웃긴 영화를. 어디서 그 영화를 구하셨는지…… 궁금해서요."

여자가 그의 손에 들려 있는 지폐를 안타까운 눈길로 내려다봤다. "글쎄요, 제가 그런 걸 말씀드려도 될는지……"

그는 지폐 한 장을 더 꺼냈고, 두 장을 모두 카운터 위에 얹었다.

그녀는 선풍기 바람에 돈이 날아가기 전에 얼른 집었다.

"트리플 엑스라고 하던 것 같은데요."

"어디 있는 회삽니까?"

"암스테르담이에요."

"전화번호 갖고 계세요?"

"아뇨, 죄송합니다. 하지만 008에 문의해보시면 될 거예요."

그는 공중전화로 전화번호 안내 서비스에 전화했다. 번호를 알아낸 그는 트리플 엑스에 전화를 걸었다.

그가 사장을 찾자 폴락 씨는 아직 출근 전이지만 오전 중에 나올 거라는 대답이 돌아왔다.

호프만은 지글지글 끓는 아스팔트 위로 차를 몰아 암스테르담을 향해 달렸다.

회사는 제이데이크 바로 뒤편 헬데르세카더에 위치해 있었다. 호프만은 태양 아래 무방비로 노출되어 있는 니우마르크트 거리에 차를 주차시켰다. 수년 전에 와봤던 그곳 광장은 무질서한 주차장으로 변해 있었다.

트리플 엑스 사무실이 자리한 건물은 버팀목들로 받쳐져 있었다.

그는 낡은 복도를 지나 회사 입구로 향했고 〈얀 스하바위트의 큰 피리〉라든지 〈토스 부인의 장미〉라든지 하는 식의 영화 제목을 단 스티커들이 덕지덕지 붙은 출입문에 닿았다.

그가 문을 열자, 오동통한 여자가 보였다. 여자는 사람 키만큼이나 높이 쌓인 서류 더미와 영화 필름 통이 든 네모난 수십 개의 상자가 빼곡 들어찬 사무실에 앉아 있었다. 숱이 많고 곱슬곱슬한 머리를 둥글게 튼 똬리 아래로 둥그스름한 얼굴이 박혀 있는 듯했다. 책상 한쪽 모서리에서는 구식 환풍기가 돌고 있었다.

"여기가 트리플 엑스 맞습니까?"

"그런데요. 무슨 일로 오셨어요?"

"폴락 씨, 나오셨나요?"

"약속은 하셨어요?"

"아니, 그건 아니고, 혹시 만날 수 있을까 해서요."

"마침 운이 좋으시네요. 눈코 뜰 새 없이 돌아다니시거든요."

여자가 인터폰 버튼을 눌렀다.

"아빠, 손님이 찾아왔어요."

"누군데?" 그렇게 묻는 소리가 들렸다.

"성함이 어떻게 되세요?"

"데 프리스."

"데 프리스래요." 여자가 옮겨 말했다.

"어떤 데 프리스?" 남자가 되물었다.

"진짜 데 프리스." 호프만이 말했다.

"진짜 데 프리스래요, 아빠."

"진짜? 아니 진짜라니 그게 무슨 소리야?"

호프만이 책상 위에 산더미처럼 쌓인 서류 너머로 몸을 굽혔고, 인터폰을 향해 말했다.

"잠시 얘기 나눌 기회를 주시면 다 설명해드리겠습니다, 폴락 씨."

"배역 때문에 오셨소? 그거라면 아예 꿈도 꾸지 말고 돌아가보쇼. 우리가 단골로 부리는 종마만 해도 수두룩하니."

"아뇨, 배역 때문에 온 게 아닙니다."

"그럼 무슨 용무로?"

"〈아르덴 고원의 햄〉."

"그게 어쨌다는 거요?"

"돈 얘깁니다. 좀 뵙고 얘기할 수 없겠습니까?"

"음…… 주디, 그분 안으로 들어오시게 해."

여자가 자리에서 일어났다. 그가 뒤를 따랐다. 여자는 큰 엉덩이를 더욱 강조한 타이트한 청바지와 그것보다 더 달라붙어 큰 가슴 윤곽이 고스란히 드러나는 티셔츠를 입고 있었다.

호프만을 데리고 복도로 나온 여자가 손으로 문 하나를 가리켰다. '웨일링 월* 프로덕션'이라고 적힌 간판이 달려 있었다.

"트리플 엑스는 유통 담당이고, 제작은 월에서 하거든요." 여자가 설명했다.

"감사합니다."

호프만이 문을 열고 방 안을 둘러보았다. 넓은 실내는 한창 유행하는 미니멀리즘의 표본이라 할 만큼 휑뎅그렁했다. 턱수염이 희끗하게 센 작달막한 남자가 자리에서 일어나 그를 맞이했다.

"데 프리스 씬가요?"

"그렇습니다." 호프만이 대답했다.

"초면 같은데…… 난 오프 폴락이라고 합니다."

그들은 악수를 나누었다.

"데 프리스 씨, 앉으시죠."

호프만은 폭신한 회색 카펫을 밟고 검은 테이블 쪽으로 다가갔다. 가죽의자 세 개가 그 앞에 놓여 있었다. 폴락이 등받이가 높고 부드러운 가죽으로 씌워진 안락의자에 앉았다. 깜찍한 할로겐램프가 보였다. 디자이너가 인테리어한 것이 분명했다.

"지금 한창 새 영화를 제작하느라 눈코 뜰 새가 없습니다. 이 거리 모퉁이에 있는 깔끔하고 아담한 아파트에서 촬영하고 있는 중이죠. 뛰어난 스태프에 톱클래스 아가씨로. 그런데 아가씨가 원체 풋내기라서, 그런 경우 더러 소소한 문제가 생길 때도 있죠."

호프만이 자리를 잡고 앉았다.

폴락이 버릇처럼 미소를 띠고 그를 살폈다. 치아는 가지런하고

---

* wailing wall. 통곡의 벽.

짧은 턱수염은 세련되게 잘 다듬어져 있었다. 잔털이 보송보송한 팔목에는 굵직한 금팔찌가 채워져 있었다. 사무실 안은 선선했다. 나직하게 윙윙거리는 에어컨 소리가 호프만의 귀를 자극했다. 그에게는 전혀 낯선 세계의 풍경이었다.

"자, 데 프리스 씨, 뭘 도와드릴까요? 일자리를 구하려고 온 것 같진 않군요. 그 반대로 어쩜 모아둔 돈이 있어 투자할 의향이 있어 온 것 같은데. 그렇담 대환영이다마다요." 남자가 너털웃음을 터뜨렸다.

"사고 싶습니다." 호프만이 떨리는 목소리로 말했다.

"사다니요? 가격만 적당히 쳐준다면야 내 딸년이라도 내줄 용의가 있소. 아니, 농담은 그만두죠. 근데 대체 뭘 사겠다는 겁니까?"

폴락은 얼굴에 웃음기를 띠고 그를 빤히 쳐다보았다.

"복사판까지 포함해서 〈아르덴 고원의 햄〉을 전부 다."

폴락이 머리를 설레설레 저었다, 그런 터무니없고 어리석은 제안에 놀랐다는 듯이. 곧 폴락의 얼굴에서 미소가 사라졌다.

"데 프리스 씨, 그게 얼마나 비싼지 알고나 하시는 소립니까?"

"오십만 길더."

폴락이 다시 웃음을 터뜨렸다.

"복사판 하나 만드는 데만 해도 만 길더나 듭니다. 복사판이 스물다섯 개 있으니 이십오만 길더고, 여기에 잘 모르시겠지만 영화 제작비라는 게 있어요…… 데 프리스 씨, 지금 무슨 말을 하고 있는지 잘 모르시는 것 같군요."

폴락은 다시 호프만을 뚫어지게 바라보았다.

이번에는 호프만이 미소를 지어 보이려 했다.

"좋수다, 데 프리스 씨. 당신도 유대인이죠, 그렇죠?"

호프만이 여전히 미소를 띤 얼굴로 고개를 끄덕였다. "네."

"당신 같은 유대인이 〈아르덴 고원의 햄〉의 복사판을 스물다섯 개나 가져다가 도대체 뭘 할 겁니까? 극장을 갖고 있는 것 같지도 않고, 성도착자도 아닌 것 같은데, 당신 대체 누구쇼?"

"수집갑니다." 그는 차 안에서 연습한 대로 내뱉었다.

"수집가는 무슨! 지금 당신이 앉아 있는 바로 그 자리에 아닌 게 아니라 진짜 수집가들이 찾아와 앉곤 했지요. 장담하지만 당신은 절대 그런 부류가 아니오. 당신은 점잖은 신사고, 옷차림도 멀쑥하고. 무엇보다도 그 분위기는 속일 수가 없지요. 당신에게서는 교양미가 풍긴다 이겁니다!"

호프만이 정중하게 미소로 응했다.

"칠십오만 길더." 그가 엉겁결에 스스로도 믿기지 않는 액수를 말해버렸다. 그는 어떻게 해서든 미르얌을 구해야 했다.

폴락이 한숨을 내쉬며 고개를 가로저었다. "그걸 가져다 대체 뭘 하려는 겁니까?"

"그 영화를 그냥 갖고 싶어 그렇습니다. 복사판과 원본까지 모두 다."

"그걸 몽땅 다 가져가서 뭘 하려고요?"

"그걸 두고두고 나만 보려고요."

"영화에 나오는 여자애들 가운데 누구 때문인가요?"

호프만이 얼굴을 붉혔다. "아뇨, 그냥 영화가 전체적으로 흥미로워서 그러는 겁니다." 그가 덧붙였다.

"어떤 아이죠?"

호프만이 고개를 저었다.

"아니, 뭐 그렇게 부끄러워할 필요 없습니다!" 폴락이 큰 소리로 웃어댔다. "어서 말하세요, 어떤 여자앨 원해서 그러는지. 내가 적당히 알아서 주선해줄 테니까요. 돈깨나 집어줘야겠지만, 십만까지는 안 들 거요. 자, 어서, 그 아이들 가운데 누구지요?"

폴락은 테이블의 맨 밑 서랍을 열고 서류철에서 카드 한 장을 뽑아냈다.

"여기 〈아르덴〉 출연자 명단이 있습니다. 아직도 이 주소가 맞는지 모르겠지만. 벌써 몇 해 전 일이죠, 그렇죠?"

그러나 호프만은 그 명단을 들여다보고 싶지 않았다. 그는 초조한 기색으로 의자 끄트머리로 바짝 다가앉았다.

"폴락 씨, 단지 영화 때문입니다. 그 원판을 갖고 싶어 그렇습니다. 가격을 불러보세요."

"이백만."

호프만이 액수를 듣고 미간을 찌푸렸다. 잠시 후 그가 말했다. "백만."

폴락이 한숨을 내쉬었다.

"이거 봐요, 데 프리스 씨. 내 쪽에서는 적당한 값만 받을 수 있다면 〈아르덴〉을 넘겨주어도 무방합니다, 그렇잖아요? 당신 쪽에서 이득을 좀 덜 남기면 되는 것 아니겠어요, 그렇잖아요? 왜냐하면 당신은 절대 수집가가 아니거든요, 그렇잖아요?"

"백이십오만."

"데 프리스 씨, 어느 아가씨죠? 누구를 보면서 자위를 하십니까?"

"백이십오만이라고 했습니다."

216

"안 됩니다. 〈아르덴〉은 꼭 이백만을 주셔야 합니다. 왜 이백만인지 아십니까? 이 잡것 만드는 데 내 생돈이 자그마치 이백만이나 들어갔단 말입니다. 지금까지 겨우 복사비밖에 건지지 못했습니다. 웃기는 포르노라고요? 웃기기는커녕 울며 겨자 먹기였죠. 이백만 길더나 들었다고요. 원가도 못 받는 수지맞지 않는 헛장사는 못합니다. 정말 안 됩니다. 그걸 못 받으면, 보세요, 그냥 앞으로 장장 몇 년간 우려먹어 본전을 뽑을 참입니다. 게다가 이자 칠 생각은 그만 깜빡했구먼."

"이백만은 없습니다. 백삼십만밖에는. 가진 거라곤 그게 전붑니다."

"이봐요, 그러지 말고 그 돈 가지고 어디 가서 재미나 실컷 보도록 하쇼."

"폴락 씨, 제발 내게 그걸 넘겨주세요."

호프만은 간절한 목소리로 부탁했다. 해야 한다면 먼지 위에 무릎이라도 꿇고 매달릴 용의가 있었다. 무릎을 꿇고 비는 유대인!

"그 영화를 반드시 손에 넣지 않으면 안 될…… 내막을 밝힐 수 없는 딱한 사정이 있습니다. 그 영화가 더 이상 상영되게 두고 볼 수 없는 처집니다, 내 말 알겠어요? 백삼십만이라면 엄청난 액수 아닙니까, 폴락 씨?"

"현금으로?"

"그러니까 그게…… 그림으론데. 감정 가격입니다."

"누구 그림이죠?"

"코브라 파."

폴락이 광택 나는 테이블에서 연필을 집었고, 그것으로 까만 테이블 깔판과 절묘하게 배색을 이루는 샛노란 미국식 규격 메모지를 툭툭 쳤다. 그러고는 서류철 카드를 들여다봤다.

"데 프리스 씨, 혹시 따님이?"

폴락이 호프만에게 시선을 던졌다.

호프만의 얼굴이 창백하게 굳었다. 그는 눈물이 솟구쳐 오르는 것을 느끼며 입술을 지그시 깨물었다.

"맞죠? 데 프리스 씨의 딸이죠?"

호프만은 아무 반응도 보일 수 없었다. 폴락은 짜증스럽다는 듯이 머리를 저었다.

"딸 가진 사람들은 늘 애를 먹인다니까…… 하나같이 다 그러지. 대체 어느 아이요? 이젠 그냥 순순히 부시오. 딸 때문에 찾아온 사람이 당신이 처음은 아니니까."

호프만은 반응을 보이지 않았다.

폴락이 명단을 훑어 내렸다.

"수지 장? 린다 함머? 로제타 존스? 그것도 아니면, 제기랄, 바로 그 주인공 역할을 맡은 에스터 카플란이군요. 이런 젠장!"

느닷없이 호프만의 볼에 눈물이 주르르 흘러내렸다. 그가 우는 것이 아니었다. 감정을 감추려고 애를 썼는데도 눈물이 그저 제멋대로 흘러넘친 것이었다.

폴락이 테이블 위에 팔꿈치를 고이며 머리를 가로저었다.

"불쌍한 양반 같으니라고…… 미리 어떻게 좀 단속을 잘하지 않고서!"

그러더니 폴락은 다른 패를 내놓는 듯이 돌연 어조를 바꿨다. "한데 이까짓 게 무슨 대수라는 겁니까? 네, 좋아요. 딸년이 제 가랑이 사이 좀 세상에 내보였다 칩시다. 그러기로 골머리를 앓을 필요까지야 뭐 있겠어요?"

"그 애가 죽었습니다, 폴락 씨. 그 애가 자기 사진을 모조리 없애버리고 죽었어요. 그러니 그 영화도 더는……"

폴락이 휘둥그레진 눈으로 그를 바라보며 중얼거렸다. "원 세상에, 맙소사."

호프만이 눈물을 닦았다.

"저, 카플란 씨, 당신 데 프리스가 아니죠, 그렇죠? 하지만 카플란도 그 아이가 지어낸 거지요. 진짜 이름은 뭡니까?"

"호프만."

"좋아요, 호프만 씨. 뭐라도 한잔 마시겠습니까?"

"아뇨, 괜찮습니다."

"돈이 얼마나 있습니까?"

"그림, 값어치로 따져 백삼십만 길더쯤 됩니다."

"부동산은?"

"그게 내가 가지고 있는 전 재산이오."

"전 재산이라?"

"딸아이를 위해서라면 전 재산을 바칠 각오를 하고 있습니다."

"좋소, 그 백삼십만짜리 코브라 파 그림을 주시오, 호프만 씨. 물론 감정서를 확인한 다음에, 오케이? 내일모레 복사본을 건네주겠소. 당신이 원본을 가지러 올 거라고 작업실에 일러두겠소이다. 자이거라도 한잔 드시구려."

호프만은 하나만 남기고 수거한 원본과 복사본을 모두 없애버렸다. 그리고 견본은 덴 보스에 있는 렌처스&드로사에르츠 은행의 방화 장치가 된 개인 금고에 넣어두었다. 코브라 파의 그림들과 미르얌의 영화를 맞바꾼 것이었다.

일 초에 스물네 개의 프레임을 담은 구십 분짜리 포르노 영화, 총 이천오백 미터 길이의 필름.

폴락은 영화 선전용 팸플릿이 든 자그마한 상자도 주었다. 미끌미끌한 감광지에 인화된, 젖가슴과 배 위가 까만 줄로 가려진 미르얌의 컬러사진들. 〈아르덴 고원의 햄〉은 몽상에 빠져 살며 남편으로서의 의무에는 태만한 어느 늙은 벨기에 교수의 부인에 대한 이야기였다. 교수의 젊은 아내는 밖으로 나가 남녀 가리지 않고 정사를 벌이면서 위안을 찾는데, 결국 그 모든 것이 교활한 남편이 사주한 것이며, 남편은 자기 아내가 정사를 벌일 때마다 은밀한 장소에 몰래 숨어 구경하면서 욕구를 충족시켰다는 내용이었다. 영화는 뛰흐트에 있는 호프만네 여름 별장에서 촬영되었다. 그 젊은 아내 역을 미르얌이 맡고 있었다. 그는 팸플릿 상자를 종이 폐기장으로 가져갔고, 거기에 서서 그것이 기계 속에서 조각조각 잘려 나가는 광경을 직접 눈으로 확인했다.

8장
1989년 7월 4일 오후

　프레디 맨시니가 안가에 온 지 벌써 일주일이 되었다. 존 마크스는 맨시니가 그곳에서 내보내달라고 말한 적이 한 번도 없다는 사실이 그저 놀라울 뿐이었다. 맨시니는 유럽 여행을 연장한 아내와 몇 차례 통화를 했을 뿐, 겉으로 보기에는 혐의자로 취조받고 있는 자신의 처지를 순순히 받아들인 눈치였다.

　마크스는 허점이 많은 정보밖에 제공하지 못했다는 이유로 증인 스스로가 갈수록 가책을 느끼는 사례들을 이전에도 보아왔다. 맨시니는 스스로를 자신이 목격한 사건이 낳은 일종의 희생자로 간주했고 사건 현장을 보다 주의 깊게 관찰하지 않았다고 스스로를 탓하고 있었다.

　회사의 전 직원이 전적으로 신뢰하다 못해 신성시하는(그러나 마크스의 생각으로는 중세시대의 고문 도구에 지나지 않는) 거짓말탐지기에도 두 번이나 연결해보았지만, 맨시니는 매번 진술을 뒤집었다. 하지만 그가 과도한 식탐의 희생자라는 것은 분명했다.

마크스는 맨시니 취조 과정을 촬영해 부하들과 함께 보며 분석했다. 그들은 맨시니에게서 지금 알고 있는 것 이외에 더 캐낼 만한 정보가 없다는 결론에 이르렀고, 따라서 그를 비행기에 태워 그가 사는 샌디에이고로 돌려보낼 참이었다.

지금 마크스는 전에 타고 다니던 뷰익을 몰고 안가로 가고 있었다. 자동차 판매상이 그 차를 빌려주었다. 사고 난 차를 계속 운전하고 다녀도 되는지 모르기도 했지만, 양심에 꺼리더라도 '차가 제 기능을 잃었다'고 판정해줄 감정관을 구해볼 생각이었다. 옛날 뷰익에 더없는 친근감을 느끼긴 했지만, 수리공의 더러운 손이 남긴 지우기 힘든 얼룩으로 차는 온통 만신창이였다. 그는 아예 장갑으로 중무장을 하고 있었다.

새 차는 보닛만 새로 하는 데 이천오백 달러가 든다고 했다. 그의 차가 받은 쉐보레의 주인은 오백 달러로 만족해야 했다. 변호사는 상대방이 고소할 근거가 없다고 그를 안심시켰지만, 변호사를 믿어서는 안 된다는 것을 마크스는 이미 체득하고 있었다.

안가는 강 건너편의 랭글리에서 북서쪽으로 몇 마일 떨어진 작은 마을로 이름을 포토맥 강에서 따온 포토맥에 위치해 있었다. 마을 어귀에서 그는 아스팔트 도로에서 벗어나 숲길로 들어섰고, 그 길을 따라 숲 속의 외딴집을 향했다. 길 좌우는 수목들과 뒤엉킨 덩굴과 덤불 들, 다람쥐와 여우의 낙원이었다. 급격한 커브를 조심스레 돌았을 때 트럭 뒤에서 사내 둘이 느닷없이 나타나는 바람에 급정거를 하지 않으면 안 되었다. 미러 렌즈 선글라스를 끼고 있는 그들은 젊었고, 마크스는 이내 너그럽게 덮어주기로 마음먹었다.

그들이 마크스가 누군지 모를 리 없었지만 그들에겐 그의 신분증을 검사해야 하는 의무가 있었다.

"마크스 팀장님, 신분증 좀 보여주십시오."

존은 그들에게 회사 신분증을 건넸다.

그들은 그의 신분증을 샅샅이 살펴보았다. 지난주 내내·매일 그렇게 했던 대로.

"통과하셔도 좋습니다. 팀장님."

안가에 이르렀을 때 로버트 매클로플린이 마중 나와 있었다.

"맨시니가 갑자기 무슨 기억이 난답니다." 마크스가 뷰익의 문을 채 열기도 전에 매클로플린이 말했다. 흥분으로 눈이 휘둥그레져 있었다.

"뭐가 기억난다는 건가?"

"팔찌를 본 기억이 떠오른대요."

프레디 맨시니는 아래층 거실에서 텔레비전 앞에 앉아 있었다. 양팔은 안락의자의 널찍한 팔걸이 위에 올려놓고, 왼손에는 라이트 콜라 캔을 들고 있었다. 그는 마크스가 들어오는 것을 보자 헤벌쭉 웃었다.

"안녕하세요, 존."

마크스는 장갑을 벗지 않은 채 악수를 청했다.

"프레디, 집에 갈 준비는 다 됐나요?"

"네……" 프레디의 눈가에 얼핏 그늘이 드리워졌다.

"집에 돌아가게 되어 정말 기쁘시죠?" 마크스가 말했다.

"그야 물론이죠. 한데…… 지난밤 문득 뭐가 떠올랐어요."

"아, 그래요. 그렇다면 이야기가 좀 달라지는데요." 마크스는 미덥지는 않다는 듯 대꾸했다. 그리고 프레디의 맞은편 소파에 자리를 잡고 아주 흥미가 있다는 듯이 그의 눈을 들여다봤다. "프레디, 그럼 말씀하시죠, 귀를 쫑긋 세워 경청하겠습니다."

프레디는 일주일 전보다 몸이 더 불어 보였다. 캐럴린 바크먼이 프레디를 위해 그동안 만든 요리의 목록을 작성해 그에게 보이면서 말했다.

"장담해요. 정말 자신 있게 말하는데요, 세상에 이런 손님만 있으면 펄펄 뛰며 좋아할 식당이 한둘이 아닐 거예요. 저 사람 진짜 대식가예요."

"지난밤에 문득 떠올랐어요." 프레디가 말했다. "꿈을 꾸다가요. 보통은 꿈을 꾸면 금방 잊어버리는데, 이번에는 잠을 깬 다음에도 모든 게 다 생생했어요."

프레디는 콜라 한 모금을 꿀꺽 넘겼고, 캔을 계속 입에 대고 있었다. 캔이 비자 바닥 한쪽에 내려놓았다. 바닥에는 이미 빈 캔 두 개가 놓여 있었다. 여섯 개들이 플라스틱 포장 중에 아직 따지 않은 캔 세 개와 나란히. 프레디는 몸을 옆으로 한껏 굽혀 플라스틱 포장에서 새 캔을 하나 빼냈다.

마크스는 담배에 불을 댕겼다. 라이터의 불기둥이 솟아올랐다. 그는 심호흡하듯 담배를 깊이 빨아들였다. 밖은 자연의 정적 속에 잠겨 있었다. 이 안가를 처분하게 되면 그때 자신이 이 집을 사는 것이 어떨까 하고 마크스는 생각해봤다. 회사에서는 일 년 전부터 이 집을 사용하기 시작했다. 팜스프링스로 이사하는 한 노부부가 팔려고 내놓았던 이 집을 회사는 하수인 노릇을 하던 부동산 중개인을 통해 구입했다. 안가는 보통 일 년 사용하다가 다시 중개인을 통해 매각하곤 했다.

"처음에는 이런 꿈이 무슨 의미가 있겠나 싶어 그냥 넘겼어요." 프레디가 말을 이었다. "왜냐면 꿈은 꿈이니까, 그렇잖아요? 그런데 별안간 그 꿈이 그냥 꿈이 아니라 지난 일을 떠올린 기억이라는 생각이 들더라고요."

프레디는 캔의 꼭지를 당기더니 그것을 캔 속으로 쏙 밀어 넣어버렸다.

"새로 나온 이런 캔은 마시기가 아주 불편하다니까요." 그가 말했다. "예전에는 다들 이 꼭지를 따서 사방에 버리곤 했는데, 이제는 아예 잘 따지지도 않게 만들어놨어요."

프레디는 새로 한 모금을 들이켰다.

"그러니까 마지막 순간이었어요. 브라우닝이 차로 끌려 들어가던 바로 그 순간이요. 마치 영화를 보는 것처럼 선명하고 확실하게 그 장면이 번쩍 떠올랐어요. 존, 정말 내 말을 믿으셔도 됩니다."

마크스가 고개를 끄덕였다. 눈은 한시도 프레디에게서 떼지 않은 채 느긋하게 앉아 있었다.

"그건 여자 팔뚝이었어요. 분명해요. 뭣 때문에 그런 줄 아세요? 팔찌를 차고 있었다는 게 이제야 생생하게 떠올라요, 존. 그 팔찌 기억이 되살아났는데, 꿈에서 똑같은 팔찌를 봤거든요! 그 차 안에, 그러니까 여자가 앉아 있었단 말이에요. 근데 좀 이상하지 않아요?"

"프레디, 우리도 대강 짐작하고 있었습니다."

"하지만 이제는 그게 확실한 사실로 드러났잖아요! 여자가! 근데 그자들이 브라우닝을 체포하라고 여자를 보냈다는 게 좀 이상하지 않아요? 난 믿기지가 않아요. 거기 차 안에 있었던 게 여자라니."

"흥미로운 데다 섬세한 지적이십니다, 프레디."

"내가 뭘 알겠습니까, 그거야 여러분 같은 전문가들이 판단하겠죠……"

"보고서에 기록하겠습니다, 프레디."

"아, 네…… 내가 하려는 말은 단지…… 어쩜 그런 식의 꿈을 더 꾸게 될 것 같아서요. 혹시 그런 꿈을 더 자주 꾸게 하는 건 없나 해서요……"

맨시니는 콜라를 한 모금 들이마셨다. 마크스가 말을 재촉하듯 그를 응시했다.

"그 말씀은……"

프레디가 콜라 캔을 안락의자의 나무 팔걸이 위에 얹었다.

"나를 지금 돌려보내는 건 현명한 일이 아니라고 봅니다." 그가 호기롭게 말했다. "내가 뭐 꼭 이 집에 완전 혹해서 그런 건 아니고, 그저 여러분을 돕고 싶어서 말입니다. 그리고 이왕이면 여기서 계속하는 게 나을 것 같고요."

"좋은 의견이 있으면 말해보세요." 마크스가 말했다.

프레디가 놀란 눈으로 그를 쳐다봤다.

"진심입니까?"

"프레디, 원하는 게 뭡니까?"

"원하는 거라니요?" 프레디가 갑자기 주눅 든 목소리로 되물었다.

"우리가 한 조사에 더 보충할 점이 있다고 믿습니까?"

"네, 내 생각은 그렇습니다."

"그러니까 팔찌 꿈을 꾸었고요?"

"네."

"깊은 잠에 빠져 있었나요?"

"네, 그랬던 것 같아요."

"그랬던 것 같아요?"

"어쩌면 아직 깊은 잠에 빠지지 않았는지도 모르겠는데…… 그렇지만 아무튼 잠이 든 것은 사실이었어요, 네, 정말로요."

"프레디, 완전히 잠들지도 않고 그렇다고 깨어 있지도 않을 때 머릿속에서 상상하는 모든 게 마치 꿈을 꾸는 것처럼 또렷하게 보이는 순간이 있다는 걸 당신도 알고 있죠? 프레디 당신이 꿨다는 꿈은 그런 게 아니었을까요? 내 생각은 그런데요."

"존, 분명 기억이라니까요."

"그게 아닌 것 같은데요."

"그 자리에 있었던 사람이 누군데요? 존 당신이에요, 나예요?"

"그거야 거론할 여지가 없죠."

"존, 거기에 분명 여자가 있었다고요. 그러니 조사를 다시 시작해야 하지 않을까요?"

"글쎄요, 당신의 말을 믿어도 될지 모르겠습니다."

맨시니는 그 말을 듣고 놀라 눈을 깜빡거렸다. 그러고는 마음을 진정시키기 위해 콜라를 한 모금 들이켰다.

"우리를 도우려는 프레디 당신의 뜻은 물론 높이 삽니다. 또 그동안 우리에게 많은 시간을 내준 것도 대단히 감사하게 생각합니다. 그때 벌어진 상황을 나름대로 정성을 다해 우리에게 알려줬습니다. 하지만 팔찌를 봤다는 그 이야기는 없었던 일로 넘기는 게 좋을 것 같습니다."

프레디는 눈을 내리깔고, 불룩하게 튀어나온 자기 배를 뚫어지게 바라보았다. 비곗살이 코르셋처럼 받쳐주어 그는 등을 꼿꼿하게 세우고 앉아 있었다.

"더 많은 게 생각날 것 같습니다." 프레디가 주춤주춤 말을 이었다. "시간만 좀 더 준다면요."

"부인이 언제 돌아오죠?"

"내일요."

"어서 가서 부인을 만나고 싶지 않으세요?"

프레디는 여전히 시선을 내리깐 채 이번에는 오른손의 캔을 바라보고 있었다. 한 손가락으로는 캔의 윗면 둘레를 만지작거리고 있었다.

"물론이죠."

"내일 부인이 귀가하실 겁니다. 또 프레디 당신도."

"여기 있으면 내가 정말 여러분께 도움이 될 것 같은데요. 진심입니다."

"집으로 돌아가세요, 프레디. 그 편이 당신에게 더 나을 겁니다."

맨시니는 캔을 입으로 가져가 단숨에 비워버렸다.

두 시간 후 마크스는 다락방 작업실로 돌아와 있었다. 커다란 창문 너머로 버지니아의 뜨거운 열기에 바르르 진동하는 대기 속에 서 있는 고목들이 보였다. 벽에는 보일러 관을 가리느라 걸어둔 메모판이 있었고, 그는 막 노란 색인 카드 뭉치 위에 새로 산 펠트펜을 갖다 대고 있었다.

그는 파출부를 두는 것이 미덥지 않아 직접 집안일을 했고, 그러느라 날마다 세 시간씩을 들였다. 작업실에는 수도관과 공기 정화 장치를 설치했고, 모든 벽을 내열재로 처리했으며, 창은 소음을 막아주는 이중유리로 끼웠다.

그는 폴란드와 체코슬로바키아를 포함한 소련 및 동구권 전체를 관할하는 SE의 크리스 모클리 부장에게 올릴 보고서를 작성하는 중이었다. 모클리는 마크스처럼 지역 감독관으로 경력을 쌓았고, (타고난 회계사로서) 행정적인 능력을 인정받아 부서 총책으로 승진했다. 모클리의 책상 위에는 파이프 대통에 살담배를 꾹꾹 재거나 흡연 후에 그것을 다시 긁어 팔 때 쓰는 도구들이 널려 있었다. 마크스는 그와 알고 지낸 지 벌써 이십 년이 다 되어가지만 모클리의 파이프가 삼십 초 이상 계속해서 타는 것을 본 적이 한 번도 없었다.

마크스는 카드에 대문자로 적었다. '브라우닝 체포되었음.' 그것을 메모판 한가운데에 압핀으로 꽂았다. 체코슬로바키아에서 외교관 자격으로 특별한 보호 아래 활동하고 있는 비밀 요원들이 6월 21일 밤에 일어난 사건에 대한 정보를 캐내려고 백방으로 노력했지만, 아무 소득도 없었다.

회사가 체코슬로바키아에서 확보한 가장 중요한 정보원 가운데 하나는 '카를라'라 불리는 비밀 정보원이었다. 그녀는 체코슬로바키아의 정보부 요원으로, 팔 년 전에 이중간첩으로 회사에 고용되었다. 그녀는 카를라라는 암호명으로 통했다. 카를라에 대해서는 소수만 알고 있었다. 프라하에 주재하는 특수 공작원, 첩보부의 장급과 회사의 중역 등 모두 열네 명밖에 되지 않았다.

마이클 브라우닝이 프라하로 가 가져오게 되어 있던 우편물도 카를라가 보낸 것이었다.

브라우닝이 체포된 이후에도 카를라는 프라하의 지역 총책에게 보고하는 데 성공했고, 마크스는 지금 그 보고서의 복사본을 가지고 있었다. 모클리로부터 그것을 집으로 가져가도 좋다는 허락을 받았다.

어제 모클리는 카를라가 서방으로 전향하겠다는 의사를 전달해 왔다고 알려주었다.

"더 이상 일하지 않겠대. 그걸 뭐라고 할 수는 없지. 상당 기간 그 여자 덕을 톡톡히 봤으니까. 이쪽으로 와 대가를 받고 싶어해."

마크스는 모클리에게 카를라가 과연 신뢰할 만한 인물인지 의문스럽다고 말했다. 브라우닝이 체포되기 전에 만약 카를라가 잡힌 거라면 카를라가 브라우닝을 배신했을 가능성도 있었다.

"우발적 사고였어." 모클리가 대답했다. "카를라는 걸리지 않았어."

마크스는 카드에 대문자로 적었다. '우발적 사고.' 그것을 첫 번째 카드 왼쪽 아래에 꽂았다. 그러고 나서 다시 기록했다. '카를라가 브라우닝을 밀고했음.' 그 카드를 '우발적 사고'라고 적은 카드 오른쪽에다 꽂자 카드들이 삼각형을 이루었다.

만약 체코인들이 어떤 이유로든지 카를라를 체포했다면 의심할 여지 없이 그녀는 자기가 알고 있는 모든 정보를 그들에게 넘겼을 것이다. 카를라는 이중간첩이었지만 이제 삼중간첩이 되었다는 것을 완전히 배제할 수 없었다. 프라하의 지역 총책에 따르면 그녀는 여전히 자유의 몸이었다.

"우리라면 이 일을 어떻게 처리했을까요?" 그가 모클리에게 물었다. "우리가 카를라 같은 이중첩자를 잡아냈다고 입장을 한번 바꿔놓고 생각해보시죠. 그렇다면 우리는 그자를 전향시킨 다음 다시 석방할 겁니다. 상대편에서는 그자를 이중간첩으로 알고 있으나, 사실 그자는 다시 우리 편이 되어 일하게 될 거란 말입니다."

"브라우닝의 신분이 발각됐을 리 없네." 모클리가 말했다. "우발적인 사고야. 그가 우편물을 가지러 간다는 사실을 아는 사람은 아무도, 정말 한 사람도 없었거든."

"하지만 카를라는 알고 있었잖습니까." 마크스가 조심스럽게 말꼬리를 잡았다.

회사 내부에서 소위 '여행사'라는 암호명으로 통했던 비밀공작을 고안한 장본인이 모클리였다.

비밀 정보원을 포섭하는 것만으로는 정보 수집의 난점을 완전히 해결할 수 없었다. 또 다른 문제는 포섭한 정보원이 전달하려는 소식을 회사에서 어떻게 안전하게 전달받느냐 하는 것이었다.

보통 정상적인 형태라면 회사의 직원 한 명이 특정한 나라에 파견되어 정보원과 연락을 취했다. 정보원은 파견된 공작원과 접선하는 암호를 미리 알고 있었다. (모든 암호는 대개 상당히 어려운 상황에서 이뤄지는 정보원 포섭 당시에 만들어지는데) 사전에 약속된 날짜에, 이를테면 매달 셋째 화요일에 창가의 화분이 한가운데가 아니라 왼쪽으로 옮겨져 있으면, 이것은 곧 삼 일 후에 접선하기를 원한다는 신호였다. 첩보를 위해 그런 식으로 정보원과 모든 암호가 미리 약속되어 있었다.

일반적으로 주재국의 정보부에서는 새로 임명된 외교관이 비밀리에 첩보 활동을 하는지 신속하게 파악하기 마련이었다. 그래서 그들을 밤낮으로 미행하고, 거주지에 도청 장치를 설치하며, 일반인들과 접촉하는 것을 막기 위해 수단과 방법을 가리지 않았다. 따라서 정보원과 접선하는 일은 여간 위험하지 않았다.

비밀 정보가 문자 그대로 손에서 손으로 전달되는 사례는 (예를 들어 백화점 같은 곳에서는 가능하긴 하지만) 극히 드물었다. 일반적으로 자주 사용되는 방법은 정보원이 (예를 들어 어떤 돌담의 돌 뒤에 난 구멍 같은) 특정 지점으로 정보를 갖다 두면, 연락원이 미행자나 감시자의 눈을 피해 그것을 입수하여 가능한 한 신속하게 대사관 안의 안전지대로 가져오는 것이었다. 스카우트 대원들이 쓰는 유치하기 이를 데 없는 방법이긴 하지만 그보다 더 나은 방법은 없었다.

이에 모클리가 변형된 방법을 생각해냈다. 외교 사절이 아닌 외부인을 파견하여 그에게 단 한 번의 전달자 역할을 시키자는 것이었다. 전달자는 외교관 신분이 아니므로 체포될 경우에는 비극적인 결과를 불러올 수도 있지만, 비밀 정보를 한 지점에서 다른 지점으로 옮기는 단순한 심부름만 하면 되었다. 정보원의 이름도 모르고 비밀도 모르고 암호도 모르는 채 심부름만 하므로 안전 수칙만 잘 준수한다면 쉽게 발각되지 않을 수 있다는 생각이었다.

최근 동구권 관광이 대성황을 이루고 있었기 때문에 그런 변형이 가능했다. 예전의 방법은 계속되었지만, 회사 내에는 여행사 방법을 지지하는 사람이 갈수록 늘어났다.

회사에서는 여타 교육 시설과 멀리 떨어져 있는 뉴멕시코에 마련된 특별 기지에서 그런 임무를 맡을 요원들을 모아 별도로 교육을 시켰다. 전달자들은 여행사를 통해 지속적으로 휴가를 다녀왔다. 체코슬로바키아, 알바니아, 불가리아 등과 같은 몇몇 문제 지역으로 파견되는 사람들은 추가로 특수교육을 받았고, 본인의 희망에 따라 오 초 이내에 죽을 수 있는 알약인 악명 높은 L-약을 지니고 다녔다. 그 약에 대해서는 오래전부터 의견이 분분했다. 마크스는 거대한 전쟁터에서 기껏해야 전령에 지나지 않는 단순한 심부름꾼이 그런 약을 사용한다는 데에 반대했다. 그러나 모클리를 포함한 다른 사람들은 이유가 어떻든 체포는 곧 고문으로 이어질 것이며 그럴 경우에는 누구에게도 그런 시련을 극복하라고 강요할 수 없다는 견해를 고수했다. 더군다나 고문에 굴복하고 말 경우에는 여행사의 배후 조직이 만천하에 폭로될 것이었다. 찬성파와 반대파가 타협하여 L-약을 소지할지 하지 않을지 당사자 스스로 결정하게 하자는 데 합의했다.

아직까지 여행사 사업과 관련해 붙잡힌 사람은 없었다. 브라우닝 사건이 업무상 발생한 첫 사고였다. 마크스는 모클리의 명령으로 사건의 진상 파악을 위한 조사를 담당하게 되었다.

"브라우닝이 부주의했던 걸세. 추측건대 일상적인 여행객 검문에 걸려들어 미행을 당한 거지. 적어도 그랬길 바라네." 모클리가 자신의 생각을 밝혔다.

"우리 분야에서 바람이라는 건 비정상적인 접근이 아닐까요?"

굵은 펠트펜의 끝이 카드의 마른 종이 위에서 삐걱삐걱 소리를 냈다. 마크스는 '카를라는 체코 정보부의 앞잡이'라고 적었다. 그는 그 카드를 '카를라가 브라우닝을 밀고했음'이라고 적은 카드 밑에 꽂았다.

모든 것이 가설이고 추측을 증명해줄 확실한 정보는 없었지만,

그는 위험을 분석하고 변수를 바탕으로 행동을 취해야 했다. 그는 있었을지도 모르는 카를라의 체포를 출발점으로 삼지 않을 수 없었다. 그래야만 브라우닝의 체포를 설명할 수 있었기 때문이다. 단순한 우발적 사고라고 치부해버릴 수는 없었다.

'카를라 서방으로 전향 원함.' 그가 다시 적었다. 그리고 다른 카드에는 이렇게 적었다. '카를라는 체코 정보부가 보낸 이중간첩.'

마크스는 다시 '우발적 사고'라고 적힌 홀로 꽂혀 있는 카드를 바라보았다. 그가 만약 체코 측에서 근무하고 카를라 같은 정보원의 정체를 탐지해냈다면, 브라우닝의 공작 활동을 눈감아주었을 것이다. 카를라를 자기 사람으로 만드는 한편, 브라우닝 같은 심부름꾼에게는 짐짓 허위 정보—시간을 들여 깊이 분석해보고서야 조작 사실이 드러나는, 그렇지만 어딘지 석연치 않은—를 흘려주어 별 탈 없이 집으로 돌려보내는 것이다. 그는 메모판에서 그 카드를 떼어 내용을 추가했다. '카를라를 이미 손에 넣었다면 브라우닝 체포는 무의미함.'

그는 곰곰이 생각을 거듭했다. 예를 들어 문서 보관실 같은 곳에서 기밀 자료를 카메라에 담다가 부주의로 발각된 카를라 같은 첩보원을 그가 검거했다고 하자. 그는 그녀를 고문할 것이고, 그가 사용하게 될 기구들이 그녀가 자백할 수밖에 없게 만들 테니, 결국 그녀가 이미 수년 전부터 미국의 이중간첩으로 활동해왔다는 사실은 밝혀지고 말 것이다. 그렇다면 그는 그녀가 '전향'하도록 설득시켜 다시 자기 측을 위해 일하도록 만든 다음, 그녀를 석방하는 한편 엄중한 감시를 할 것이다. 그래서 그가 그녀에게 조작된 자료를 고의로 유출하고 그녀가 그것을 다시 심부름꾼에게 계속 전달한다면 그야말로 최대의 성과를 얻는 셈이다. 역정보라는 것이었다.

그런가 하면 '전향'에서 흔히 발생하는 문제는 전향자가 정말로 변절했는지의 여부를 결코 정확히 간파할 수 없다는 것이었다. 해당 지역 총책이나 운반책에게는 자료가 오염되어 신뢰할 만한 정보가 되지 못한다고 경고하는 데 사용할 수 있도록 또 다른 암호가 마련되어 있었다. 그래서 위장 정보임을 경고하는 암호를 받고 운반책이 위장 정보를 가져갈 경우, '전향한 이중간첩'이 실제로는 변함없이 미국을 위해 일하고 있는데도 마크스는 그자가 미국을 속여넘겼다고 치부할 터였다.

아니, 그가 카를라 같은 첩자를 체포했다면(정체가 탄로 났다는 것을 눈치채지 못하게 체포하지 않고 감시하는 편이 낫겠지만 아무튼), 가능한 한 짧은 시간 내에 가능한 한 많은 피해를 주기 위해 그녀의 전 조직을 완전 소탕하려고 노력할 것이다.

그러나 카를라는 여전히 자유롭게 활동하고 있었다. 그렇다면 정말 우발적인 사고였을까?

아마 브라우닝은 실수를 저질렀을 것이다. 그곳의 호텔은 감시가 삼엄한데 특수교육에도 불구하고 브라우닝이 호텔을 빠져나가면서 어쩌면 주위의 이목을 끄는 행동을 했을 수도 있었다. 호텔 주위에는 외국 관광객 감시라는 특무를 띠고 망을 보는 차들이 즐비하다. 브라우닝이 시내로 들어갔고 그들이 그를 미행했을 수도 있었다. 그가 그것을 알아차리고 도망치다가, 결국 프레디 맨시니가 목격한 현장에까지 이르렀을 수도 있었다.

그렇게 상황이 전개되었다면 카를라는 여전히 믿을 만한 정보원으로 남게 되며, 모클리가 주관하는 여행사는 아주 손실이 적은 사업이라는 보증을 받는 셈이었다.

체코 측에서 마이클 브라우닝의 신원 조사를 할 것에 대비해 회사에서는 그가 위스콘신의 그린베이에서 중고차 중개업계의 '전설'로 불리는 자로, 그곳에 거주하며 사업한 지 오 년이나 되었다는 증명을 할 수 있도록 조치해두었다. 이런 경우 가족이 위험 요인이 되기도 했으나, 브라우닝에게는 다행히 형 하나밖에 없었고, 회사에서 파견한 조문단이 그사이 형에게 다녀왔다. 따라서 그런 면에서는 문제될 것이 없어 보였다.

이 사건을 위해 외교적 압력을 행사할지 논의하는 회의가 열렸고, 마크스도 참석했다. 프라하에서 무고한 미국 시민이 납치되었다고 정부에서 강력하게 항의한다면, 그들은 이른바 '상세한 정보에 대해선 언급을 피하고 있는 소식통'을 핑계로 언론을 유리하게 조작할 수 있었다. 그러나 그로 인해 어떤 예기치 못한 파급 효과를 낳을지 예측할 수 없었기 때문에 이 사건을 비밀에 부치기로 최종 결정을 내렸다.

브라우닝과 함께 갔던 관광단은 그가 가족의 부고를 받고 급작스레 빈으로 되돌아갔다는 해명을 곧이들었다. 아무도 더 이상 따지고 들지 않았다.

브라우닝은 이미 죽었을 것으로 추측되었다. 극약을 먹었거나 체코의 감옥에서 거꾸러지고 말았을 것이다. 소련식 강제수용소인 체코 굴라크의 미로에서 브라우닝의 종적을 찾아내기는 불가능했다. 회사는 동구권에 있는 거의 모든 총알의 위치도 추적할 수 있는 위성을 보유하고 있었지만, 그것으로는 인간을 추적할 수 없었다.

"우발적 사고." 모클리가 주장했다. "그게 유일한 답이고 다른 답은 있을 수 없네. 그렇기만을 우리 다 함께 기도하자고, 안 그러면 카를라마저 잃게 되고 말거야, 존. 그리고 고위층에서는 그런 소식을 별로 달가워하지 않을 걸세."

마크스는 상부에서 이미 결정을 내렸다는 걸 알았다.

"카를라를 빼내 오기로 했습니까?" 마크스가 물었다.

"그런 것 같아." 모클리가 어물거렸다. 그러고는 파이프를 쭉 빨았다. 불꽃이 대통에서 타올랐다. "저자들이 제발 브라우닝을 너무 거칠게 다루지 않기만을 바랄 뿐이야. 고위층에서는 카를라를 이리로 데려오라고 한다네. 그런 요청을 한 정보원을 모른 척해서는 안 된다는 게 고위층 입장인 거지. 카를라가 오랫동안 공헌해왔잖은가. 위에서는 고의로 오보를 흘리는 역정보 장난을 치려고 해. 카를라에게 이야깃거리를 만들어주도록 하게. 제법 그럴싸한 걸로 골라서. 그걸로 그 여자의 입지가 더 확고해질 수 있게 말이지. 그것이 그 여자가 외국 여행을 해야 할 정도의 미끼라면 좋겠네. 체코 당국에서도 여행을 허락할 수 있도록. 그렇게 해서 일단 국경을 넘어오기만 하면 우리가 대기하고 있을 테니까."

마크스가 대답했다. "저자들이 우리를 가지고 노는 건지도 모릅니다. 저자들이 카를라를 전향시켰고 그러면서도 브라우닝을 붙들었다면 아무래도 이치에 맞지 않는 일이긴 하지만, 바로 그 이유에서 그들이 그렇게 앞뒤 안 맞게 행동할 수도 있겠죠. 아시겠습니까? 그렇다면 결국 저자들 작전대로 우리가 끌려다니는 꼴이 되는 겁니다."

"작전대로?"

"간첩을 이용해 혼란을 꾀하려는 작전이지요."

마크스는 카드에 이렇게 썼다. '논리적 사고를 버려라.' 그리고 그것을 '카를라는 체코 정보부가 보낸 이중간첩' 밑에 꽂았다.

더 이상 카를라를 믿을 수 없었다. 모든 것이 가능했다. 브라우닝이 우발적 사고로 죽음을 당했을 수도, 카를라에 의해 밀고를 당했을 수도, 카를라가 생각보다 훨씬 전부터 저쪽을 위해 일하고 있었을 수도 있었다. 그녀가 그동안 제공한 정보 가운데 진짜로 판명된 것들이 뭔지 따져볼 필요가 있었다. 불가능한 것은 아무것도 없었다.

그녀를 서방세계로 빼내 오는 것 하나만 제외한다면.

동구권에서 정보원을 빼오는 데 성공한 것은 딱 한 번으로 영국의 경우였다. 1985년 런던 주재 KGB 책임자 올레그 고르디옙스키가 모스크바로 소환당했다. 그는 동료들로부터 MI6의 이중간첩이라는 혐의를 받았으며, 또 사실 맞는 말이었다. 하지만 영국의 주선으로 그는 모스크바에서 핀란드로 밀항하였다.

동구권은 국경 경비가 엄중했다. 철조망, 전자 경보기, 지뢰밭, 레이더, 군용견, 적외선 등의 모든 것이 국경에 주둔한 특경대의 삼엄한 감시망과 함께 있었다. KGB만 보더라도 국경에 이십오만 명의 요원을 배치해두었고, 군인 출신의 국경 경비대는 물론 위성국가들의 감시 체제까지 갖추고 있었다.

회사 고위층은 그동안 카를라가 서방세계라는 대가를 받을 만큼 희생을 치렀다고 결론을 냈다. 마크스는 미끼를 써 그녀를 랭글리까지 유인해내야 했다. 예전에도 그런 방식을 써본 적이 있었다. 먼저 이중간첩에게 중요한 정보를 흘려 그의 위치를 강화시키고, 서구 여행을 통해 보다 많은 특별 정보를 입수할 수 있는 것처럼 여건을 조성하고, 그의 상관이 정말 귀중한 결과를 얻게 되리라는 확신 아래 여행을 허락하도록 조정한 다음, 그가 이곳에 도착하자마자 신출귀몰하게 행방을 감추도록 하는 것이다. 그것은 복잡하고 장기적인 사업이었다. 그런 공작에 있어서는 누구보다도 마크스가 출중한 재능을 발휘했다.

마크스는 카를라를 서방세계로 데려와야 할 것이다. 만약 그녀가 '전향한 이중간첩'이라면 만사가 순조로울 수도 있었다. 그녀가 랭글리에 안착하는 것에 체코 측의 이해가 걸려 있기 때문이었다 (그 경우 그녀가 회사의 동태를 염탐하지 못하도록 그는 당연히 대응책을 마련해둘 참이었다). 그러나 만약 그녀가 아직도 의리를 저버리지 않았다면, 그는 완벽한 미끼를 구상하여 카를라의 코앞에 넌지시 던져야 했다. 말하자면 체코 분석가들이 짜깁기한 문서—대개 실제와 가공의 정보가 뒤엉킨—라는 사실을 발견해내지 못하게 해야 했다. 윗사람들에게 서서히 신임을 얻어 그녀의 입지가 확실해지고 서구로의 여행이 파격적인 계기가 될 것처럼 믿도록 만들어야 했다. 보물을, 이를테면 초현대식 컴퓨터와 첨단의 군사시설 같은 진귀한 보물을 반입해 오기라도 할 것처럼.

그는 이렇게 썼다. '논리적인 결론, 카를라를 절대 믿지 마라.'

곧이어 다음 카드에는 이렇게 적었다. '미끼는 완벽해야만 함.' 만약 카를라가 아직도 회사 편에 있다면 뒤탈이 없도록 그들은 그녀를 도울 의무가 있었다. 그리고 그는 그 일을 성사시키기 위해 미끼 위에 자잘한 비밀거리를, 체코인들의 구미를 돋울 만한 재료를 살살 뿌려둘 계획이었다. 그렇지만 그녀가 '전향한 이중간첩'이라면 미끼에는 어떤 가치 있는 중요한 재료가 들어가서는 안 되었다. 마크스는 특히 두 번째 가정에 대비한 적절한 대책을 마련해야 겠다고 마음먹었다.

눈에 띄지 않는 간접적 방법으로 카를라가 이름만 그럴듯하고 실속은 없는 미끼를 물 수 있도록 추진해야 했다.

마크스는 도움을 받을 수 있었다. 바로 카를라 당사자로부터.

그가 카드에 이렇게 적었다. '호프만.'

모클리가 어제 카를라의 보고서 복사본을 넘겨주며 그에게 말했다. "현지에 있는 우리 직원이 그 약속 장소에 가서 가져온 것이네."

"그게 그 장소에 그대로 있었다는 겁니까?"

"그런 셈이지." 모클리가 대답했다.

"묘한 일이군요." 마크스가 말했다. "무슨 내용입니까?"

"별로 중요한 건 아니네. 프라하에 새로 부임한 외교관들 가운데 체코 측에서 적합한 포섭 대상으로 여기는 세 사람의 이름을 보냈더군."

"세 명의 외교관이라…… 미국인들인가요?"

"아니던데." 모클리가 보고서를 들여다보며 말했다. 그가 고개를 가로저었다. "자, 여기."

모클리가 마크스에게 서류를 건네주었다. 체코 당국에서 정보원으로 적당하다고 여기는 세 명의 신임 외교관에 대한 세부 신상 조사에 들어갔다는 카를라의 경고였다. 캐나다, 이탈리아 그리고 네덜란드의 외교관이었다. 마크스가 아무런 내색도 하지 않았기 때문에 모클리는 전혀 눈치채지 못했지만, 그는 네덜란드 외교관을 이미 알고 있었다.

마크스는 자리에서 일어났고, 밖으로 나가 손을 씻었다.

그가 되돌아와 메모판에 꽂힌 카드들을 바라보았고, 카드들이 만들어내는 아름다운 모양을 시간을 들여 감상했다. 자신의 작품은 어떤 작곡가나 작가의 예술 작품에도 뒤지지 않았다. 그는 현실을 재구성했다. 어빙보다 더 황당하고 업다이크보다 더 현실적인 이야기를 착상해냈다. 그는 미합중국에서 최고의 극작가였다. 그러나 그것을 아는 사람이라곤 열두 명의 회사 상관들뿐이었다.

그가 전축의 암을 들어 음반 위에 올려놓자 바늘이 까만 비닐 수지의 홈 속으로 내려앉았다. 〈브람스 교향곡 제2번〉. 그는 벽에서 카드를 떼어냈고, 각본 마무리 작업에 들어갔다.

9장
1989년 8월 4일 저녁

호프만은 옷장에서 제일 가벼운 턱시도를 꺼냈다. 턱시도는 모두 세 벌이 있었다. 직무 수행을 위해 착용하는 정복이나 마찬가지이므로 구입 경비는 외무부에 청구하도록 되어 있었다. 이따금 일주일에 서너 차례씩 리셉션이나 파티에 참석해야 했고 초대장에는 흔히 '검정 보타이'라고 적혀 있곤 했다.

오늘 저녁 그는 새로 부임한 이탈리아 대사를 위한 리셉션에 가야 했다. 야나가 미리 번들번들하게 닦아놓은 새 에나멜 구두가 그가 신을 수 있도록 침실의 전신 거울 아래쪽에 준비되어 있었다.

그가 침실에서 한 시간 이상을 보내는 일은 드물었다. 호화로운 욕실을 사용하고 입을 옷을 고르는 정도가 고작이었다. 간혹 침대에 누워 책을 읽거나 본부의 시청각 자료실에서 전 세계로 배포하는 비디오테이프를 보았다. 역시 그가 선호하는 곳은 주방이었다.

네덜란드 신문들은 세 명의 신문기자가 체포된 사건을 머리기사로 다루었다. 장관이 성명을 통해 정부 차원에서 '유감'을 표명하고 '대화'의 중요성을 지적했다. 각 방송국의 시사 프로그램과 주간지에서 모두들 그와의 면담을 요청해왔으나 외무부에서 모두 차단했다. 이 주일 뒤 호프만은 다시 프라하로 복귀하라는 명령을 받았다. 그때까지도 세 명의 기자는 푹푹 찌는 체코의 감옥에 갇혀 있었고, 대사가 대사관으로 다시 돌아간다는 것은 네덜란드 정부가 공산국가 경찰의 만행을 조심스럽게 수용하겠다는 의미였다. 유력 일간신문 〈NRC〉와 〈폭스크란트〉의 사설에도 불구하고 내각에서는 현명하게 입장을 바꾼 모양이었다. 체코와의 국교 정상화가 세 명의 생각 없는 네덜란드 기자들의 사사로운 처지보다 우선한다고. 호프만은 원칙적으로 그 의견에 동의했다. 다만 진즉 그런 생각을 하지 못한 장차관들이 원망스러웠다. 헤이그 방문은 결국 친구 빔 스헤퍼르스 덕분에 딸의 수치를 알게 되는 계기가 되고 말았다. 정치는 그렇듯 언제나 개인에게까지 영향을 미쳤다.

호프만은 자신의 노후 대책이었던 코브라 파 그림들을 고스란히 그 영화에 바쳤다. 노령 수당은 물론 삼십 년간 외무부에서 일하면서 저축해온 공무원연금을 받을 자격이 있긴 했지만, 비상금(사실 비상금치고는 상당한 거액이었다)은 한 푼도 남지 않았다. 하지만 칠십은 고사하고 어쩌면 예순다섯까지도 살기 힘들 거라 확신했기 때문에 사는 동안 어차피 다 써보지도 못할 돈이긴 했다.

오 년 전, 미르얌이 죽기 서너 달 전의 어느 날 미르얌으로부터 하르툼의 서랍장에 들어 있는 앨범을 보내달라는 연락이 왔었다. 그 사진들을 복사하고 싶다는 것이었다. 그는 어떻게 할까 망설이다가 하르툼에서 사진을 복사하는 것이 가능한지를 수소문했다.

그러나 기술적 수준이 그리 미덥지 않았고 마침 네덜란드에 볼일이 있어서 가는 길에 앨범을 가지고 갔다. 미르얌이 그것을 잘 간수하리라는 확신은 서지 않았지만, 얼마 동안 맡기는 것마저 거절한다면 그녀가 심한 모욕을 느낄 것 같았다. 게다가 어찌되었든 하나 남은 피붙이의 부탁이었다.

그는 암스테르담에서 그녀와 함께 저녁 식사를 했다. 담 광장과 담 가 사이의 모퉁이에 있는 큰 중국집의 한 층에서였는데, 그때 그는 앨범이 가득 든 비닐 백 두 개를 그녀에게 건넸다.

까만 망사 스타킹, 깡똥한 미니스커트, 움직일 때마다 부드러운 둥근 배가 살짝 드러나는 짤막하고 몸에 꼭 달라붙는 스웨터 차림의 그녀는 앨범을 받자 무척 기뻐하는 눈치였다.

"와, 신난다. 아주 예전부터 이 사진들을 갖고 싶었어요. 두 분 사진이 너무 없거든요."

"우리한테는 네 사진이 너무 없고. 너도 몇 장 찍어서 종종 보내고 그래."

"아이, 아시잖아요, 난 사진 잘 안 받는다는 거. 그러니까 두 분 사진이나 좀 많이 보내주세요."

"사진이 잘만 나오던걸 뭘." 그가 대꾸했다.

"아녜요, 꼭 마귀할멈 같아요."

"아니라니까, 네가 얼마나 멋진데."

"아, 호프만 대리대사님, 그만두세요, 제발……"

그녀가 잠시 침묵에 빠졌다. 그러고는 웃음을 터뜨렸다.

"내가 가게를 하나 시작할 계획이라면 뭐라고 하시겠어요?"

"재미있을 것 같구나." 아이가 무슨 반응을 기대하는지 정확히 헤아리지 못한 채 그가 대답했다.

"중고 옷가게예요. 그런 옷가게들이 요새 여기저기 많이 생겨나고 있어요. 상당히 수지맞는 장사라니까요!"

"아니, 내가 언제 그렇지 않다고 했니?"

"돈방석에 앉게 될 거래요."

"저런, 갑부가 되시려고……"

"호프만 대리대사님은 아무것도 모르신다고요! 그 사람들이 얼마나 엄청난 돈을 버는지 몰라요. 진짜 장난 아니에요, 다들 잘못 들었나 할 정도란 말이에요. 헌 옷이야 어딜 가나 구할 수 있어요, 그러니까 상당히 좋은 고급 옷들요. 여기에도 물론 그런 물건들이 많지만 대개는 미국에서 가져온 거래요. 이것저것 합쳐 컨테이너로 가득 실어 온 다음 거기서 쓸 만한 것들을 추려내고 또 그중에서 제일 괜찮은 옷들만 골라 판대요. 그 장사로 정말 크게 재미 본 사람을 다섯 명이나 알아요."

"아이디어가 괜찮아 보이는구나."

"정말요?"

"네가 원한다면……"

"네, 정말 해보고 싶어요!"

"너만 좋다면 적극적으로 밀어주마."

"진심으로 그러시는 거예요, 아니면 그저 한번 던져보시는 거예요?"

"미르얌, 진심이야. 정말 좋은 아이디어라고 생각해. 네가 그런 가게를 열고 싶다면 내 도와주마. 그냥 말로만 그러는 게 아니니 나를 믿어다오. 그렇지만 먼저……"

"먼저…… 또 뭐예요?"

다른 사람들이 듣는 것이 거북해 그가 이번에는 음성을 낮춰 속삭였다. "그게 뭔지는 너도 알고 있잖니, 미르얌, 그렇지?"

"근데 왜 그렇게 속삭이는 거죠?" 그녀가 대들듯이 물었다.

"제발 미르얌, 좀 진정해."

그녀가 말을 이었다, 그가 생각하기에 지나치다 싶게 목청을 높여서. "그래요, 난 중독자예요. 근데 그게 어쨌다는 거죠? 끊을 거예요, 끊는다고요. 나도 거기서 벗어나고 싶은 마음이 간절하다고요. 그저 하루 날을 잡아 나 자신에게 딱 말해야 돼요. 자 이제 오늘로 끝이다, 이젠 정말 완전 끝이야, 하고요. 한데 여기처럼 온통 마약에 둘러싸여 있는 나라에서는 그게 그리 만만한 일이 아니라고요. 그래서 그냥 그것도 계속하면서 가게도 한번 해볼까 해요. 내가 하고 싶은 말은 그게 전부예요……"

"미르얌, 그래, 내가 도와줄게."

"하지만 방법에 대해서는 말이 없으시잖아요."

"어떻게 하면 좋을지 네가 한번 말해보렴……"

"가게부터 구해야 해요. 일을 시작하려면요."

"그럼 찾아보거라. 부동산 중개업소에도 가보고."

"중개업자들이 얼마나 까다로운 줄 알기나 하세요?"

"네가 원하면 내가 같이 가줄게."

"정말요?"

"물론이지."

"그럼 내일 갈까요?"

"근데 내일은 말이다, 하루 종일 헤이그 본부에서 일을 봐야 해.

모레는 어떠니? 하루 종일 시간이 나거든."

"모레는 내가 안 돼요. 내일 정말 안 돼요?"

그가 고개를 저었다. "약속을 좀 미루면 안 돼?"

"일을 미루면 안 돼요?" 그녀가 반박했다.

"얘야, 벌써 밤 아홉시야. 이 시간에는 아무하고도 연락이 안 되 잖아!"

"호프만 대리대사님, 정말 날 도와줄 마음이 있으신 거예요? 내 가 대리대사님에게 중요한 존재라면 내일 새벽 일찍 전화해서 다 른 볼일이 생겼다고 하시면 될 게 아니에요. 다름이 아니라 우리 딸하고 중개업소에 가야 한다고요."

그는 부글부글 속을 끓이면서도 그러마고 고개를 끄덕였다. 그 녀는 그에게 다음 날 새벽에 연락해달라며 전화번호를 남겼다. 다 음 날 아침, 막상 그가 전화를 걸었을 때는 아무도 받지 않았다. 십 오 분마다 전화를 걸어봤고 그렇게 아침나절이 지났다. 자신의 무 력함을 한탄하면서 그는 헤이그의 아파트에서 기다렸다. 그리고 딸아이와는 통화도 못 한 채 하루를 보내고 말았다.

그 주일 내내 그는 불안과 싸웠다. 시무룩한 표정으로 개발 기 금 집행위원들과 회의를 가졌고, 카살라 홍수 방지 대책과 하르툼 중앙 주조 공장에 대한 보고를 올렸고, 만찬에 참석하는 등 일정을 소화했다. 밤에는 탐정소설을 뒤적이는 동시에 미르얌의 운명을 애처로워하면서 보냈다. 에스터를 붙들어두지 못했다는 무력감 때 문에 그의 가족은 내내 고통을 짊어져왔다. 그들은 더 이상 호프만 가족으로 한데 어울리지 못한 채, 미르얌은 미르얌대로 펠릭스는 펠릭스대로 각자 자기 몫의 죄를 짊어지고 살고 있었다. '반날 교대'—그 출장 때 처음 들었던 근로 관련 신조어—때마다 한 번씩 그는 전화를 걸어보곤 했다. 여드레 만에야 겨우 한 남자의 목소리를 들을 수 있었다.

"미르얌 있습니까?"

"아니요."

분명 자다가 깬 목소리였다. 오후 세시 반이었다.

"몇 시에 집에 오는지 아나요?"

"여봐요, 내가 무슨 점쟁이인 줄 알아요?"

"아버지가 전화했다고 좀 전해주시오. 우리 딸애한테 내 전화번호가 있을 거요."

"아버지라고요?"

"부동산 중개업자한테 가는 일 때문에 전화했다고 전해주시오."

"여봐요," 목소리에서 웃음이 새어 나왔다. "당신이야말로 걔가 가장 필요로 하지 않는 사람일 겁니다."

그러고 나서 대뜸 전화가 끊겼다.

이틀 후, 하르툼으로 돌아가기 직전에 미르얌이 헤이그에 있는 외무부 전용 아파트로 그를 찾아왔다.

"미르얌, 전화는 왜 안 했니?"

"늘 잔소리만 하실 거예요! 모처럼 맘먹고 만나러 온 딸을 보고 그냥 좀 기쁘게 맞아주면 안 돼요! 내가 줄곧 전화통에 붙어 있을 만큼 머릿속이 한가한 사람인 줄 아셨어요? 나도 나름대로 바빠요. 나도 나대로 스케줄이 있어서 성가시게 보채는 아버지한테까지 신경 쓸 여유가 없단 말이에요."

"미안하다, 미르얌. 내가 뭔가 오해하고 있었던 모양이구나. 근데 난 벌써 내일모레면 떠나야 해. 그러니 내일은 중개업자한테 가 봐야겠지."

"나 참, 그놈의 중개업자 얘기는 제발 그만두세요!"

미르얌은 쉰 듯한 목소리로 낄낄거렸다. 열 손가락에는 하나도 빠짐없이 싸구려 반지가 끼워져 있었고, 기침이 터져 나오자 입을 막느라 손을 가져다 댔다. 그녀는 식탁 옆 의자에 등을 구부리고 앉아 독한 골루아즈에 불을 붙였고 푸르스름한 연기를 깊이 들이마셨다. 그러다가 날씬한 다리를 꼬았고 무릎 위에 팔꿈치를 괴었다.

몸의 어느 구석도 가리거나 감추려는 생각이 없는 옷차림이었고, 남자를 행복하게 해줄 몸매였다. 기침이 가라앉지 않자 그녀가 자리에서 일어나 주방으로 갔다. 물을 마시는 기척이 나더니 목소리가 들려왔다.

"여기 혹시 바닐라 푸딩 같은 건 없어요?"

미르얌은 푸딩밖에 먹지 않았다. 그는 그녀가 불쑥 찾아오더라도 요기라도 할 수 있게 하려고 이틀에 한 번씩 푸딩을 사놨다가 매번 버리곤 했다. 그러다가 그 짓도 이제는 포기했던 탓에 당장은 아무것도 없었다.

"아니, 없는데. 우리 어디 가서 식사할까?"

그녀가 식탁이 있는 쪽으로 발을 내디뎠다. 몸은 여전히 주방 문에 기대고 선 채였고, 한 손은 겨드랑 밑에 끼우고 또 한 손으로는 입 앞에 담배를 들고 있었다.

"저, 솔직하게 말씀해보세요…… 그 중개업자 있잖아요, 진짜로 찾아가볼 생각이었어요?"

"중개업자한테도 가고, 변호사한테도 가고, 은행에도 가자꾸나.

말만 해, 네가 원하는 데는 어디든지."

"은행도요?"

"그럼, 가게를 사야 하잖아?"

"나 가게 열 맘 없어요. 가게 일 보는 게 얼마나 지겨운 건지 알기나 해요?"

"아니, 이제 와서 무슨 소리냐? 난 네가……"

"아유, 괜히 그냥 한번 해본 말 가지고……"

그녀가 배시시 웃었다. "정말로 믿으신 거예요?"

"그래, 난 진심인 줄 알았는데……"

"도무지 감을 잡을 수 없죠?"

"뭐가?"

"나에 대해서요. 세상에 대해서요."

그녀가 다시 웃었다. 그녀는 진하게 칠한 입술 사이로 담배를 밀어 넣고 깊이 빨았다.

"음." 그가 어물거렸다.

"아빠…… 난 가게에 전혀 관심 없어요. 난 아무것에도 관심이 없어요."

"아무것에도? 언젠간 너도 뭘 해야만 될 거야."

"언젠간 난 전혀 아무것도 원하지 않게 될 거예요."

"얘야, 이제 겨우 스물네 살이잖아!"

"그래서요? 아빠는 정말 내가 그 '언제'에 대해 걱정하고 있다고 생각하는 거예요? 난 서른 살까지도 살지 못할 게 뻔한데…… 아참, 저번에 그 돈 고마워요."

"제발 그런 말 좀 하지 마라, 미르얌……"

담뱃재가 바닥에 떨어졌다. 그녀는 그것을 바라보더니 부츠의 날카로운 코로 뭉개버렸다. 그녀는 그때까지 문설주에 기댄 자세로 서 있었다.

"호프만 대리대사님…… 돈 좀 주실 수 있으세요?"

"지난번에 준 건 다 썼고?"

"다 썼냐고요? 천오백 길더 가지고 여기에서 살 수 있다고 생각하시는 거예요?"

그는 그녀의 생일 선물로 돈을 수표로 보냈다, 겨우 한 달 전에. 보아하니 돈을 전부 주사에 날린 모양이었다.

"얼마나 필요하니?"

"천 길더요."

그녀는 손톱만 질겅거릴 뿐 그에게는 눈길도 주지 않았다.

"미르얌, 우리한테 얼마 전에 천오백이나 받았잖아."

"네, 맞아요, 내 생일 선물로요."

"돈은 어디다 쓸 건데?"

"뭐 그냥…… 집세도 내고."

"일자리라도 한번 구해보지그러니?"

"일거리가 없어요." 그녀는 계속 자기 손톱만 응시하고 있었다.

"더구나 넌 집세를 내는 것도 아니고."

그녀가 고개를 들어 쏘아보더니 내뱉었다. "나더러 나가서 몸이라도 팔라는 말이에요? 내가 차라리 그런 짓이라도 하기를 바라는 거예요?"

그들은 밖으로 나가 식사를 했다. 정확히 말하면 그는 식사를 했고 그녀는 수프만 몇 숟가락 떠먹었다. 다음 날 그는 암스테르담

중앙역에서 그녀에게 돈을 주었다. 마지막으로 보았던 그때 그녀는 쫓기는 듯, 당황한 듯 안절부절못했다. 호프만의 손에서 봉투를 빼앗다시피 낚아채더니 잽싸게 돈을 세었다. 그리고 담배를 마구 빨아 한 개비를 다 피웠고, 그의 뺨에 건성으로 입맞춤을 하고는 서둘러 사라졌다. 그날도 그녀는 항상 입고 다니던 옷차림이었다.

호프만은 턱시도 밑에 세트로 받쳐 입는 와이셔츠 단추를 채웠고, 그 단추들이 겹으로 된 앞깃 속에 들어가도록 여몄다. 와이셔츠 소맷부리는 이중으로 접혀 있었기 때문에 황금색 커프스단추를 그 사이로 채울 때마다 그는 애를 먹곤 했다. 안쪽에서 두 개의 맞구멍을 동시에 통과시켜 쇠고리로 고정시켜야 하기 때문이었다. 나이가 드니 손가락 감각도 마냥 무디기만 했다.

앨범은 나중에 퓌흐트 별장에서 되찾았다. 장례식이 끝나고 그는 마리안과 함께 그곳에 갔다. 딸이 사진마다 자기 모습을 오려내 버린 상태였다. 마리안이 그 집에서 자고 싶어하지 않아서 그들은 덴 보스 시내에 있는 센트럴 호텔로 갔다.

세간을 닥치는 대로 팔아치워 텅 빈 집 안에서 그는 투명한 셀룰로이드 조각들을 발견했다. 그는 그것이 뭔지 몰랐고, 그녀가 맞고 피우고 했던 마약 기구들과 관련된 것쯤으로 짐작하며 청색과 오렌지색의 셀룰로이드 조각들을 무심코 내다 버렸다. 그것이 바로 그 집을 촬영장으로 이용한 영화 〈아르덴 고원의 햄〉을 녹화하고 남은 필터였음을 뒤늦게야 깨달았다. 이 모든 것을 마리안에게 절대 알려서는 안 되었다.

그가 폴락을 덴 보스에 있는 헤인 다면의 창고로 불러냈고, 둘이

서 마흔세 점의 그림을 짐차에 옮겨 실었다. 그는 땀을 뻘뻘 흘렸다. 폴락이 그에게 다섯 개의 영화 필름 통이 든 상자 하나를 건네주었다.

"이건 모두 비합법적이라는 걸 명심하셔야 합니다. 아셨죠, 호프만 씨?" 폴락이 언질을 주었다.

지당한 말이었다. 헤이그에 있는 그의 세무사가 그런 지출 명목을 어떻게 장부에 올릴 수 있겠는가? 'F. 호프만 씨의 사망한 딸이 가랑이 사이를 훤히 드러낸 포르노 영화의 네거티브 필름 구입'이라고?

덴 보스에 다녀와 필름의 마지막 사본들, 치욕이 가득 담긴 그 상자들을 다 거둬들인 다음 그는 본부에 있는 빔 스헤퍼르스에게 전화를 걸었다.

"빔, 용서하게나."

"용서하고말고. 나도 용서해주게나, 제발."

"나도 용서하겠네."

"펠릭스, 정말 미안하네. 말하지 말았어야 하는 건데."

"내가 알든 모르든 그 영화는 엄연히 존재하고 있었는걸."

"내 머리칼을 쥐어뜯으며 후회하고 있네."

"덕분에 나도 알게 됐지. 아는 게 병이라고, 알면서 모른 척하기는 힘든 법이지. 오늘 저녁에 뭘 하나?"

"펠릭스, 내가 한잔 살게."

"화해주라도 하자 이건가?"

"그렇게 들려?"

"들리는 게 아니고 그런 거지 뭐. 근데 정작 화해를 청할 사람은 나야. 빔, 자네 그날 너무 아프지 않았나?"

"괜찮아. 따끔한 맛이 내게 좋은 약이 됐어."

호프만은 보타이를 찾느라 옷장을 열었다. 상자에 넥타이들이 그득했다. 몇 년 전 뉴욕에 갔을 때 그는 삭스 백화점에 들러 진청색 보타이를 하나 골랐는데, 진청색 바탕에 노란 점무늬가 찍힌 것이 제법 야해 보였다. 그것을 매면 멋있다고들 해서 오늘 저녁에도 매려고 미리 점찍어두었다.

이번 이탈리아 대사관의 리셉션은 그가 이 나라에 와 처음으로 참석하는 큰 파티였다. 물론 그 자신이 베푼 부임 리셉션이 있긴 했지만 그것은 전형적인 네덜란드식으로 조촐한 편이었다.

영화를 산 지 벌써 한 달쯤 지난 지금도 거기서 본 몇몇 영상들이 하루 종일 눈앞에 어른거렸다. 그는 정신을 못 차릴 정도로 취해보려고 노력했다. 프라하로 복귀한 첫째 주는 밤마다 보드카를 들이켰다. 그렇게 술이 식도를 자극한 나머지 별안간 화장실이 한없이 멀게 느껴지는 순간이 찾아오곤 했다. 그러면 위가 저절로 정화작용을 일으켜 주방 바닥에 게워내는 지경에 이르렀다.

잠을 자지 못하는데 어떻게 잊을 수 있을까? 기억상실은 모름지기 자신을 잊을 수 있을 때에만 가능했다. 제발 머릿속에 든 그놈의 기계를 꺼버릴 수만 있다면. 머릿속에서 한 목소리가 지칠 줄 모르고 그를 들볶았다. 그 심술궂은 목소리는 에스터와 미르암 그리고 그의 삶을 미궁 속으로 빠뜨린 모든 것을 상기시켰다. 그것은 바로 자신의 목소리였고, 그도 그 사실을 잘 알고 있었다. 또 그 목소리 없이는 죽은 목숨이나 다름없다는 것도 분명했다. 다만 그 목소리는 좀처럼 그칠 줄 몰랐고, 그가 듣고 싶지 않은 모든 것을 들추어내며 끊임없이 그를 들볶았다.

그가 암스테르담의 포르노 영화관에서 본 영화는 그렇잖아도 쉽게 자기혐오에 빠지는 그의 성향을 천문학적인 비율로 부추겼다. 미르얌의 모습을 보며 눈물만 흘린 것이 아니었기 때문이었다. 흉측한 욕정이 순식간에 그의 사타구니를 장악했고 그는 성도착증 환자처럼 자기 딸의 정사 장면을 몰래 훔쳐보았다. 그는 서둘러 자리에서 일어나 비틀거리며 거리로 나갔다. 경멸감에 휩싸인 채.

그가 영상을 보고 느낀 역겨운 감정은 순수하지 않았다. 미르얌은 실오라기 하나 걸치지 않은 나신을 드러냈고, 그는 자신의 눈을 손으로 가리는 동시에 손가락 사이로 그것을 엿보았다.

안 되는 것을 알면서도 보고 싶었던 영상들.

영상들은 관능적이고 동물적인 욕정을 불러일으켰다. 그러나 금기가 격노하며 뛰어들었고 영혼마저 사시나무 떨듯 만드는 채찍질로 그에게 형벌을 가했다. 아버지로서 딸의 그런 모습을 보았다는 것은 있을 수 없는 일이었다. 그는 신성한 금기를 범했다는 엄청난 수치심을 느꼈다.

그는 부정한 자신을 깨끗하게 씻어내지 않으면 안 되었다. 지성도 영혼도 그리고 육신도 모두 씻어내야 했다. 그러나 자신에게 그럴 만한 힘이 없다는 것을 그도 알고 있었다. 차라리 자신을 술로 독살시키는 편이 쉬웠다. 자신의 아이들이 더 이상 이 세상에 없는 만큼 자신도 차라리 죽는 것이 나았다. 그런데도 심장은 계속해서 뛰고 있으며 허파는 산소를 호흡하고 귀는 들리고 눈은 보였다. 그의 몸은 변함없이 작동하는데 아이들의 뼈는 즈볼러의 땅속에서 바스라져가고 있었다. 그는 살 권리가 없었으나, 그렇다고 끝장을 낼 수도 없었다. 아이들이 빼앗긴 그 소중한 것을 그저 무가치하게 내팽개치는 것도 순리를 거역하는 일이었다.

그는 더 이상 스피노자를 펼쳐 들 용기가 나지 않았다. 그는 『논고』를 통해 어떤 즐거움을 맛보았고 동시에 철학자의 사상을 아주 정확하게 파헤쳐 가슴속에 담아두고 싶은 염원이 머릿속 어디에선가 꿈틀대는 것을 느꼈다. 그러나 그는 이미 무엇인가를 사랑할 권리마저 상실해버린 상태였다.

그는 침대에 걸터앉아 구둣주걱을 대고 에나멜 구두를 신었다. 발이 부어 가죽이 발가락을 팽팽하게 조였다. 구두를 신어 길을 좀 들여놓아야지 그렇지 않으면 앞으로 편하게 걷지 못할 것이었다. 프라하로 부임 오기 전에 새 턱시도와 함께 구입했던 신발이었다. 새 직위에 새 신발. 세계 최고의 구두를 만든다는 발베이크의 제화점 흐레버에서 특별히 맞춘 것이었다. 그는 명색이 한 나라를 대표하는 대사였다. 북해에 면한 영특한 장사꾼 나라의 명예를 지켜나가야 할 인물이었다. 그런 중대한 업무를 수행하려면 오늘 저녁은 아무래도 새로 맞춘 네덜란드 구두가 최적격일 성싶었다.

그는 문득 어머니의 교훈을 떠올렸다. "펠릭스, 머리하고 신발에는 각별히 신경을 쓰도록 하렴. 그것으로 한 사람의 인품을 읽을 수 있거든. 머리는 왜 청결하고 단정하게 하고 다니는지 아니? 자신의 마음과 사고가 청렴하다는 걸 보여주기 위해서란다. 신발을 신고 다니는 건 인간이 동물과 다르기 때문이고. 그리고 또 한 가지 꼭 명심해두렴. 땅에 대한 존경심을 표하는 뜻에서 신발은 늘 깨끗이 닦고 다녀야 한단다."

그는 자신의 딸들이 묻힌 땅에 존경심을 갖고 있었다. 그리고 하늘에도 존경심을 간직하고 있었다. 가스실에서 숨진 그의 부모가 티끌이 되어 그곳을 떠돌아다니고 있기 때문에.

신발 끈을 매는 일은 쉽지 않았다. 몸은 비대해졌고, 세월은 온 근육에 그 흔적을 낱낱이 드러내기 시작했다.

그가 부모를 마지막으로 본 것은 1942년 초봄, 그러니까 그가 농부를 따라 복스털의 돼지 농장으로 떠날 때였다.

농부는 이른바 '유대인 은행'의 고객이었다. 농부 판 데 파스의 가문은 한때 브라반트 지역의 유지였다. 그러나 재산은 모두 술로 탕진했고, 농토는 저당 잡힌 상태였다. 에뒤아르트 판 데 파스는 자식 없이 혼자 사는 내성적인 사람이었다. 자기 가축들을 벗 삼아 이야기를 나누기도 하고 새로운 사육 방법을 적용해보는 한편, 고기가 필요하다 싶으면 인정사정없이 도살을 서슴지 않는 기이한 사람이었다. 릴케에 도취해 있었고, 네덜란드의 전통술 예네버르를 손수 빚어 사시가 될 때까지 들이켜기도 했다.

호프만의 아버지는 그와 오래전부터 알고 지내는 사이였으며, 그에게 제안을 했다. 내 아들을 숨겨만 준다면 당신 빚을 탕감해주겠소. 판 데 파스는 그 약속을 지켰다. 그를 먹여주고 재워주고 그리고 따뜻하게 입혀주었다.

펠릭스는 이 년 반 동안 피신처에서 숨어 살았다. 무슨 의미인지 모르면서도 농부의 책을 읽었고, 밤이면 밀집 매트리스에 누워 눈물을 흘렸다.

부모가 그를 버리고 어디론가 도망쳐버렸다. 농부에게 떼어놓고 그들은 다른 은신처를 찾아갔다. 부모는 그 혼자 다른 곳(그는 땅속 깊숙한 곳의 습하고 으슥한 지하실일 거라고 상상했다)에 숨어 있는 것이 훨씬 더 안전하기 때문이라고 수십 번도 더 설명해주었지만 그는 왜 함께 가면 안 되는지 도무지 이해할 수 없었다. 농장에서 그는 열세 번째 생일을 맞았지만 돼지들 틈에서 성년식 같은 건 생각할 수도 없었다.

판 데 파스를 따라가는 그를 보며 눈물을 흘린 쪽은 어머니가 아니라 아버지였다. 그들은 주방 문에 서서 작별 인사를 나누었다. 그의 어머니가 말했다. "펠릭스, 오래 걸리지 않을 거야. 아마 길어야 서너 주일. 그 후에는 다시 집으로 돌아오게 될 거야."

"엄마 아빠는 어디로 가는데?" 그가 겁에 질려 물었다.

"그건 네가 아예 모르는 게 좋아." 그녀가 대꾸했다.

"하지만 난 엄마 아빠 자식이잖아요!" 그가 따졌다.

"그래도 모르는 편이 더 안전하다니까."

그는 감정이 북받쳐 씩씩거렸다.

"그럼 언제 다시 엄마 아빠를 보게 돼?" 그가 물었다.

"아주 곧." 그녀가 말했다. 그녀가 그에게 작별의 뽀뽀를 했다.

그의 아버지가 그에게 트렁크를 건네주었다.

"여기."

펠릭스가 양손으로 트렁크 손잡이를 가까스로 쥐었다.

"아빠, 나 안 갈래……"

"아냐, 가야 해, 내 아들. 내 말 들어. 첫째 주에는 아무래도 집 생각이 날 거야. 하지만 시간이 가면…… 이 결정이 옳았다는 걸 너도 깨닫게 될 거야."

판 데 파스가 그의 손에서 트렁크를 빼앗아 들었다.

"이리 주거라, 너한테는 너무 무거워." 그가 말했다.

그의 부모가 동시에 한 사람은 그의 왼쪽 뺨에, 다른 사람은 오른쪽 뺨에 입맞춤을 해주었다.

"펠릭스, 자 이제 어서 가." 그의 어머니가 말했다.

판 데 파스가 다짐을 했다. "무슨 일이 있더라도, 이 아이는 제가 책임지고 다시 데려다주겠습니다. 건강하고 아무 탈 없이요."

바로 그때 펠릭스는 더 이상 참지 못하고 눈물을 터뜨리고 마는 아버지를 보았다. 어머니가 양팔로 아버지를 감싸 안으며, 고통스러운 표정으로 말했다. "펠릭스, 어서 가거라. 자, 이제 가. 판 데 파스 씨, 우리 아이를 그만 데리고 가주세요."

돼지 농장 주인이 지저분한 손으로 그를 문가에서 밀어냈다. 그가 부모에 대해 마지막으로 기억하는 것은 자신의 어깨에 머리를 기댄 아버지를 안고 다독이는 어머니의 모습이었다.

농장에서 그는 더러운 짐승들과 뒤섞여 살았다. 몇 주일 지난 뒤에는 아예 몸을 씻을 생각조차 하지 않았다. 돼지우리로 그에게 먹을 것을 가져다주는 '괴짜' 농부 판 데 파스처럼. 자기가 만든 독주를 들이켜고 가축과 얘기를 하는 농부가 그에게는 별나고 괴상하기만 했다. 매일 저녁 등화관제가 실시되었지만 농부는 불빛이 새어 나가지 않도록 종이를 바른 창문 뒤에서 노란 석유 등잔불을 켜고 릴케, 모르겐슈테른, 휠덜린 같은 몽상적인 낭만파의 시들을 읽었다. 농부는 어린 유대인 소년에게 그 책들을 주었고, 펠릭스는 판 데 파스가 남긴 시커먼 손자국 사이로 이해하기 어려운 칙칙한 글자들을 읽었다.

죽음은 위대하다.
모두 그의 손안에 있다.
싱글벙글 웃는 죽음의 손아귀에.
우리가 삶의 한가운데에 있다고 믿고 있을 때
그는 서슴없이 우리 한가운데로 와서
통곡을 터뜨린다.

　1944년 말까지 펠릭스는 웅어리진 무엇을 풀기 위해 시를 찾았
던 그 머쓱하게 크고 지저분한 농부의 그늘에서 살았다.
　펠릭스는 저주받은 아이였다. 부모는 묘연히 행방을 감추었고,
그는 그의 눈에는 한없이 길고 까다로운 단어들을 읽어야만 했다.
밤에는 지푸라기로 속을 채운 매트리스 위에서 잤고 낮에는 농부
를 도왔다. 농부가 꽥꽥 울어대는 돼지를 주방으로 몰고 가 목을
딸 때도 곁에서 거들었다. 내장이 차곡차곡 그리고 김을 모락모락
피우며 배 속에 겹쳐 있었다. 돼지는 도끼로 내리 찍힌 머리에서부
터 다리까지 버릴 것이 없었다.
　그는 부모에게서 버림받았다는 느낌을 떨치지 못했고, 캐나다
군인들이 도착해 해방을 맞게 되었을 때도 자신이 형벌을 받고 있
다는 마음에는 변함이 없었다. 그의 부모가 틀림없이 그를 데리러
올 것이라고 판 데 파스가 누누이 강조했지만, 농장 마당에 나타나
는 사람이라곤 한 명도 없이 몇 달이 무심하게 흘렀다. 그는 기다
리고 또 기다렸다. 그러면서 자기가 과연 부모로부터 구원을, 그들
의 용서와 보호를 받을 만한 자격이 있을까 하고 스스로에게 물었
다. 그는 자신이 도대체 그때 무슨 잘못을 범했기에 판 데 파스가

죽어가는 돼지들과 공포에 찬 시들의 세계로 자신을 데리고 온 것인지 전혀 이해할 수 없었지만, 마음속 저 깊은 곳에서는 그 대답을 알고 있었다. 희망과 수치심에 짓눌려 살던 어느 날 홧김에 그는 덴 보스로 뛰쳐나갔고, 헤켈란 거리에 있던 그의 집 주위에는 단지 얼음장 같은 냉기만 맴돌고 있다는 것을 확인했다. 그때 마침 헤인 다먼이 나타나 그를 구해주었다.

펠릭스는 결국 살아남았다. 그는 유배지에서 되돌아왔고 슈테판 게오르게와 후고 폰 호프만슈탈의 시를 암송할 수 있게 되었지만 그렇게 되지 않았더라면 더 좋았을 거라는 사실을 누구보다도 잘 알고 있었다.

그는 턱시도를 걸쳤고 그런 자신의 모습을 거울에 비춰 보았다. 가로퍼진 비대한 몸집에 교만한 시선을 번뜩이는 기득권층을 대표하는 전형적인 모습, 검은 영혼을 숨기고 겉만 번지르르하게 꾸민 모습이었다.

대사관의 2인자인 손네마도 리셉션에 참가할 예정이었다. 손네마는 그 전에 사무실에 들러 지난번 보고 내용에 관한 헤이그의 답이 도착했는지 확인해보기로 했다. 체코인들이 군사적인 목적으로 사용될 수 있는 기계와 기구에 대한 나토의 통상 금지 목록에는 아직 들어 있지 않은 필립스 사의 컴퓨터 트라이-Z를 사고 싶어했던 것이다.

그는 아래층으로 내려갔고, 그가 마지막 계단을 딛는 순간 마리안이 길고 까만 이브닝드레스 차림으로 거실에서 나왔다. 야나가 현관홀에서 대기하고 있었다.

"내가 하지요." 그가 야나에게 말했다.

마리안이 그에게 등을 돌렸고, 그는 아무 말 없이 섬세한 여름용 레이스 코트를 걸치는 그녀를 거들었다.

그녀의 머리는 여전히 타고난 그대로의 진한 밤색이었다. 보기보다 나이가 더 들었다는 것을 알리는 표시처럼 센 머리카락 한 가닥이 위에서 아래로 기다란 흰 선을 그리며 흘러내려 있었다. 그녀는 아직도 늘 정성스레 몸을 가꾸고 있어 얼굴 전체로 실금같이 퍼져나간 희미한 잔주름은 가까이에서 들여다보아야 겨우 보일 정도였다. 십 년 전보다 몸이 약간 불었고 턱 밑의 피부는 탄력을 잃어 조금 흐물흐물했으나, 눈동자는 아직도 크고 맑았고 동작은 부드럽고 우아했으며 옷맵시도 훌륭했다. 그가 그녀의 벗은 몸을 본 지는 꽤 되었고, 그는 다시 한 침대에서 팔을 베고 누워도 그때처럼 잠을 이룰 수 있을지 생각해보았다.

그녀가 코트를 입을 때 그는 그녀의 매끈한 어깨를 슬쩍 어루만졌고, 그런 생각을 머릿속에서 떨쳐버렸다. 그녀가 그에게 미소를 던졌다. 리셉션에서 만난 어렴풋하게 기억하는 누군가에게 보내는 인사처럼.

운전사는 입구에서 기다리고 있었다. 그의 이름은 보리스로, 볼은 옴폭 패이고 손은 앙상하며 깡마른 체구의 사내였다. 무더위에도 불구하고 챙이 달린 정모를 눌러 쓰고 있었다. 커다란 귀를 덮어 그렇지 않아도 생기 없는 눈동자를 더욱 그늘지게 만드는데도 보리스는 늘 그 모자를 쓰고 다녔다. 손네마 말대로라면, 보리스역시 보나 마나 체코 정보부의 고용인 명단에 이름이 올라 있을 것이었다. 대사관에서 전화교환원이나 운전사로 일하는 현지 고용인은 누구나 예외 없이 비밀경찰의 하수인이라는 것이었다. 호프만은 이렇다 할 판정을 내리기 어려웠고, 또 솔직히 말해 그 문제가 눈에 핏발을 세우고 밝혀야 할 만큼 중대한 일도 아닌 듯했다.

국내외의 간첩 관련 업무를 총괄하는 내무부 산하의 부서로 HSR이라 약칭되는 흘라브니 스프라바 로즈베드스키, 즉 정보 수집국에 대해 손네마는 그에게 짧게 설명해주었다. 체코 주재 외교단을 감시하고 있는 HSR의 업무가 내무부 내의 또 다른 부서인 FSZS라는 약칭의 중앙정보부의 활동과 중복된다고 했다. FSZS 아래에는 국내 보안을 다루는 치안부와 정치경찰이 있었다. 손네마는 평소 차분하고 말수가 적은 이런 운전사가 FSZS의 요원이라고 주장하는 것이었다. 호프만과 보리스는 함께 있을 때에도 대화를 거의 나누지 않았기 때문에 운전사가 대사에게서 네덜란드 왕국의 비밀을 캐내는 임무를 제대로 수행하고 있을 것 같지는 않았다.

호프만은 메르세데스의 뒷좌석에 마리안과 나란히 앉았다. 에어컨을 틀어놓았지만 그녀의 향수가 코를 자극했다.

"뭘 뿌렸지?" 그가 물었다.

"에스티 로더요. 향이 거슬려요?"

"아니, 아주 좋은데."

그녀가 소리 없이 웃었다. 승용차가 자갈길 위에서 부르릉 엔진 소리를 냈다. 땅거미가 져 어스레했지만, 전기를 절약하기 위해 가로등은 아직 켜져 있지 않았다. 슈코다, 라다, 트라반트 들이 도로를 메우고 있었고, 만원 전차가 고르지 못한 전찻길 위를 덜거덕거리며 달렸고, 야바 상표가 찍힌 낡은 오토바이들이 얇은 셔츠를 걸친 운전자들의 무게에 눌려 삐거덕거렸다.

호프만은 맞은편에서 오는 자동차 불빛에 비친 마리안의 얼굴을 쳐다봤고, 뻑뻑하고 거칠거칠한 마대처럼 가슴을 옭매는 죄책감을 느꼈다.

"머리 스타일이 참 잘 어울려." 그가 말했다.

그녀는 그에게 고개도 돌리지 않은 채 겸연쩍게 그저 고개를 한 번 까딱했다. 그는 그런 식의 다정한 말을 건넨 것이 아득한 옛날 일 같았다. 따지고 보니 미르얌이 죽은 후로는 그런 말을 전혀 해 본 적이 없었다.

"나는 머리가 하얗게 셌는데 당신 머리는 어떻게 여전히 옛날 그대로일까?" 그가 물었다.

그녀가 이번에는 고개를 저으며 놀란 눈으로 그를 쳐다봤다.

"당신은 걱정이 많고, 난 걱정이 없어서죠."

"그런가?" 그가 대꾸했다.

"아니 무슨 소리예요, 그러니까 이게 정말 원래 내 머리라고 믿었어요? 내 나이가 몇인데 그대로 있단 말이에요?"

"그럴 수도 있는 거 아냐?"

"아유 그만둬요, 괜히 능청 떨지 마요."

"그럼 염색했단 말이야?"

"당연하죠."

"언제부터 했는데?"

"그러니까…… 언제부터였더라…… 아무튼 언젠지는 생각이 안 나는 그때부터요."

"그렇담 그 흰머리 한 가닥은?"

"그건 내 진짜 머리예요, 당신처럼."

그가 아내에 대해 알고 있는 것은 무언가? 그녀는 이따금 폰델이나 아직까지 학위를 끝내지 못한 공부에 대해 이야기하곤 했다. 그녀는 국립 문서 보관소와 헤이그 왕립 도서관에서 자료를 구하기 위해 네덜란드에 잠깐씩 다녀오곤 했다. 그녀는 친구들이 세계 각지에 흩어져 있어 간혹 그들을 찾아가거나 아니면 그들이 찾아와 지내다 가곤 했다. 그녀는 어느 발령지에 가든지 (같이 어울려 골프를 치고, 테니스를 치고, 요리법을 교환하고, 수십 개나 되는 나라들의 경축일을 서로 축하해주고, 바람을 피우고 하는 등의) 서구 외교관 부인들 모임에 들어갔다. 고작 이 정도 외에는 아는 것이 없었다.

마리안과 펠릭스를 하나로 묶는 사슬은 그들의 아이들이었다. 비록 아이들이 죽고 없었지만 고리는 오히려 더 단단해졌다. 죽음이 그들을 숙명적으로 서로에게 묶어주었으므로 그 어떤 것도 고리를 끊을 수 없었다. 그러나 그는 아내에 대해 아는 것이 아무것도 없었다. 뿐만 아니라 아내가 머리를 염색한다는 사실 이상의 것을 파헤칠 용기조차 없다는 것이 솔직한 심정이었다.

이탈리아 대사관은 신바로크 궁전 안 네덜란드 대사관 바로 뒤에 있었다. 그는 이탈리아 대사와 악수를 나눴다. 내민 손을 나긋나긋하게 움켜쥐는 폼이 틀림없이 남색가였다. 그는 대사 부인과도 악수를 나누었다. 눈 화장이 번져 소 머리처럼 보였다. 그는 반짝이는 마루를 지나 사람들로 북적이는 리셉션 홀로 마리안을 인도했다. 숨이 턱에 닿도록 무더웠다.

까만 턱시도 차림으로 땀 흘리는 남자들과 긴 드레스 차림으로 땀 흘리는 여자들이 휘황찬란한 샹들리에 아래에서 손에는 잔을 들고 품위 있게 대화를 나누며 어깨를 맞대고 있었다. 목석처럼 경직된 소규모 악단이 구석에서 클래식을 연주하고 있었지만, 잡다한 이야기 소리에 묻혀 화음은 제대로 들리지 않았다.

리셉션 홀 왼쪽에는 접시와 그릇이 쌓여 있는 기다란 탁자가 있었다. 포크 뷔페, 호프만은 한눈에 알아차렸다. 샐러드, 파테, 감자 퓌레, 파스타 등 뭐든 포크로 찍어 먹는 음식이 마련되어 있었다. 그러나 그는 막 식사를 하고 나온 길이었다. 구리 단추가 달린 몸에 꽉 끼는 조끼를 입은 흑인 웨이터들이 새하얀 이가 드러나게 활짝 웃으며 시중을 들었다. 몸치장이 요란한 외교관 부인들은 굽 높은 구두를 신고 이리저리 기우뚱거리며 다녔다.

호프만은 마리안에게 샴페인 잔을 건넸고 자신은 보드카 잔을 집었다. 프레도. 얼음처럼 찼다.

"여기 어떤 것 같아요?" 그녀가 물었다.

"글쎄……" 그가 대꾸했다. 이런 일에 대해서는 뭐라고 해야 할지 몰랐다. 이탈리아 사람들이 어떻게 하든 별 관심이 없었다.

보드카가 입속으로 흘러 들어가며 가 닿는 곳마다 불을 지폈다. 여태껏 마셔본 보드카 중에서 제일 독했다. 그는 곧바로 두 번째 잔을 집었다.

"좀 조심해서 마셔요." 마리안이 불안한 듯 경고했다.

"물론이지." 그가 말을 받았다. "당신 생각에는 여기가 어떤 것 같아?"

"좋은데요. 이탈리아 사람들 감각은 역시 알아줘야 해요."

"대사 자식 게이야."

"그래요? 근데 그걸 어떻게 알았어요?"

"척 보면 알지." 그가 말했다. 그리고 잔을 단숨에 들이켰다.

"계속 그런 식으로 마시면 난 오 분 후에 이곳을 떠나겠어요." 그녀가 위협했다.

"당신 마음대로 하구려." 그렇게 말하며 그는 웨이터에게 다시 잔을 채우라는 눈짓을 보냈다.

"앙코라." 그가 청했다.

마리안이 불만스럽다는 듯 그에게서 등을 휙 돌렸다.

대사관의 샛별, 풍성한 금발에 휜칠하고 늘씬한 요한 손네마가 그의 옆에 불쑥 나타났다. 역사를 전공한 손네마는 이따금 〈NRC〉에 '개인 자격으로' 글을 발표하곤 했다.

손네마의 넓적한 오른손이 여덟 살쯤 되어 보이는 여자아이의 손가락들을 감싸 쥐고 있었다. 아이는 눈을 휘둥그렇게 뜨고 턱시도와 이브닝드레스를 번갈아 쳐다보았다. 금발이 길게 허리까지 닿았고, 귀 위에는 눈에 띄는 빨간 리본 두 개를 꽂고 있었다. 눈 밑에는 구슬 같은 땀방울이 송골송골했다.

"대사님, 안녕하세요." 손네마가 굵은 저음으로 인사했다.

"여보게, 이 사람들이 일급 보드카를 준비해두었더라고."

"그럼 저도 한잔 주십시오, 대사님. 그런데 대담한 타이를 하셨는데요."

"미제야." 그가 설명했다.

손네마가 마리안을 발견하고 그녀의 어깨를 조심스럽게 토닥였다.

"저, 사모님……"

그녀가 미소를 지었고, 아이를 내려다보았다.

"아, 이 아이가 따님인가요?"

"요린더, 사모님께 인사드려야지." 손네마가 말했다. 아이는 애교스럽게 손을 내밀어 악수를 청했다.

"이름이 요린더니?" 마리안이 물었다.

호프만은 마리안의 눈에 어린 기운을 즉시 알아봤고, 쓰디쓴 비애가 눈알을 따갑게 찔러대는 것을 느끼며 고개를 바 쪽으로 돌렸다. 이탈리아 웨이터가 바로 스톨리치나야 병을 들고 와 그의 잔을 채웠다. 호프만이 손네마를 가리키자 웨이터가 잔을 하나 더 챙겨주었다. 호프만은 침을 한번 삼킨 다음 시선을 돌려 어깨 너머로 물었다.

"여보게, 딸한테는 뭘 줄까?"

"요린더?"

"콜라요." 아이가 수줍어하며 말했다.

"콜라." 호프만이 웨이터에게 아이의 말을 반복했다.

그의 등 뒤에서 마리안이 아이하고 이야기를 하고 있었다. 여자아이의 대답이 그의 관심을 끌었다. 여기 아빠한테 놀러 왔다고, 아이가 맑고 애잔한 목소리로 말했다. 엄마는 다른 아저씨하고 네덜란드에서 살고 있다고. 당황해서 쩔쩔매는 손네마의 음색이 끼어들었다. "저, 실은 사 년 전에 헤어졌거든요. 요린더는 엄마하고 살고 있습니다. 하지만 형편이 닿는 대로 자주 만나고 있답니다, 그렇지?"

호프만은 문득 자기가 아이들하고의 대화에 전혀 익숙하지 않다는 사실을 새삼 깨달았다. 업무상 서른다섯 살 이하의 사람들과는 접촉할 기회가 드물었다. 그는 자신이 여덟 살짜리 여자아이를 만나면 과장된 어릿광대로 변한다는 걸 알고 있었다.

"여기 있다." 그가 콜라 잔을 아이에게 주며 말했다. 그의 손이 바르르 떨려 그만 콜라가 조금 넘쳐흘렀다.

"미안, 미안." 그가 말했다.

그의 손이 떨리는 것을 본 여자아이가 얼른 잔을 받아 양손으로 움켜쥐었다. 그리고 나서 그를 이상하다는 듯 올려다보았다.

손네마가 웨이터에게 마룻바닥에 콜라를 흘렸다고 이야기했고, 호프만은 마리안의 차가운 시선이 자신에게 와 닿는 것을 느꼈다. 그는 그런 무언의 일격이 자신의 폭음에 대한 불만에서 비롯되었다는 것을 눈치채지 못한 척 그녀에게 고개를 돌려 짐짓 의아해하는 표정을 지었다. 그런 다음 손네마에게 보드카 잔을 건네주었다.

"사모님도 뭘 좀 더 드시겠습니까?" 손네마가 물었다.

"아니요, 괜찮아요. 아직 있어요." 그녀가 냉랭하게 사양했다.

"아펜로츠에서 무슨 연락이 왔나?" 호프만이 손네마에게 물었다.

손네마가 잔을 약간 위로 들어 건배하는 시늉을 한 다음 보드카 한 모금을 맛보더니 그렇다고 고개를 끄덕였다.

마리안은 그 모습을 보더니 알아서 자리를 피해 다른 곳으로 갔다. 호프만은 모르는 한 여자가 마리안에게 말을 거는 모습이 보였다. 미모가 수려한 서른 살 정도의 여인이었다. 웨이터가 와 콜라 얼룩을 말끔하게 닦아냈다.

"두 시간 전에 암호 전문이 도착했습니다. 안 된답니다. 당연하죠. 짐작했던 대로 거부했더군요. 기계 설비 속에 아마도 목록에 올라 있는 부속품이 들어 있는 모양입니다."

"체코 측에서 과민 반응을 보일 것 같진 않은가?"

"거의 매일이다시피 그런 거부를 겪고 있는데요, 뭐. 그런 걸 일

일이 다 보복하려고 들면 끝도 없을 겁니다."

"그런데도 주문을 밀어붙인 저의가 뭘까?" 호프만이 물었다. 동그란 눈으로 그를 올려다보고 있는 손네마의 딸을 내려다보며.

"밀져야 본전이라는 거겠죠. 우연찮게 주문이 먹힌 적도 적잖게 있었거든요. 우리 관료 체계 자체가 완벽하지 않다는 걸 저자들도 당연히 알고 있고, 간간이 그런 허점을 뚫어 변변찮은 컴퓨터를 빼내오곤 하니까요."

손네마가 갑자기 손가락 하나를 곧추세우며 딸에게로 몸을 굽혔다.

"저 곡 들려?" 손네마가 미소를 지으며 물었다.

여자아이가 고개를 끄덕이자 귓바퀴 위에서 장미 모양의 비단 리본들이 덩달아 흔들흔들 춤을 췄다.

"누구 곡이지?"

"모차르트." 아이가 자신만만하게 대답했다.

"요린더가 바이올린을 켜거든요." 손네마가 말했다. "매일 연습하고 싶어서 여기에도 가지고 왔어요."

손네마의 표정에서 딸에 대한 사랑이 넘쳐흘렀다. 대견스러운 심정을 주체하지 못한 그가 허리를 숙여 아이의 이마에 부성애 어린 입맞춤을 했다.

호프만은 피가 관자놀이로 몰리는 것을 느끼며 그 모습에서 눈길을 돌렸다. 마리안은 여전히 그 낯선 여인과 담소하고 있었다. 여인이 그에게 지나가듯 넌지시 눈길을 주며 살며시 미소를 지었다. 그도 미소를 되돌려주었다.

"요한, 저 여자 누구지?"

"누구요?"

"저기 마리안하고 얘기하고 있는 저 여자."

손네마가 천연덕스럽게 주위를 한번 획 휘둘러봤다. 호프만이 그의 시선을 뒤좇았다. 마리안의 대화 상대를 눈여겨보려는 의도를 누구도 눈치채지 못할 만큼 능란한 솜씨였다. "정말 대단한 미인이죠." 손네마가 감탄조로 말했다.

"아는 여잔가?"

"〈루데 프라보〉지에서 일하는 여자 아닙니까?"

"기자?"

"네, 그런 걸로 아는데요. 직접 아는 건 아니고, 언제 한번 악수를 나눈 적이 있어요."

"낯선 남자가 하나 끼어드는군." 여자들을 정면으로 바라보고 있던 호프만이 말했다.

손네마가 다시 뒤를 돌아다봤다.

"이리 흘라드키. 〈루데 프라보〉 편집장입니다. 그 여자가 틀림없습니다."

"이름이 뭔데?"

"글쎄요, 이름은 기억이 안 나는데요. 근데 저 잠깐 화장실을 좀 다녀와야겠습니다. 대사님, 요린더를 잠깐 봐주시겠습니까?"

호프만은 고개를 끄덕였다. 여자아이는 잔을 두 손으로 꼭 쥐고 있었고, 더위로 달아오른 얼굴을 들어 손님들 머리 위에서 이리저리 동선을 그리며 가고 있는 자기 아버지의 뒷모습을 눈으로 좇았다. 호프만은 아이를 보아주겠다고 했으니 조금이라도 소홀해서는 안 되었다. 그는 웨이터로부터 새 보드카 잔을 건네받았고, 기력을 모으느라 쭉 들이켜며 이마의 땀을 훔쳐냈다. 그가 손네마의 딸에게 어디에서 사느냐고 물었다, 아이와 눈이 마주치는 것을 피하며.

"데벤터르요." 아이가 대답했다.

"몇 학년이지?"

"이제 사 학년에 올라가요."

호프만은 질문을 찾느라 머리를 쥐어짰으나 뾰족하게 떠오르는 것이 없었다. 아이 양손에 들린 잔에 음료가 아직 반이나 남아 있는 것을 보았으면서도 그가 물었다. "뭐 더 마실래?"

"아직 있어요." 아이가 그에게 보여주려고 잔을 치켜들면서 말했다. 그가 고개를 끄덕였다.

"아직도 톡톡 쏘는 맛이 남았니?" 그가 물었다.

"네."

그는 드디어 좋은 질문거리가 하나 생겼다고 생각했다. "넌 어떤 군것질을 좋아하니?"

아이가 웃음을 터뜨렸다.

"왜 웃지?"

아이가 어깨를 으쓱했다.

"질문이 좀 이상해서요."

"그래?"

"그런 걸 묻는 사람이 어딨어요? 어른이 그런 걸 묻는 건 난생처음이에요."

"그래도 난 물어볼 거다. 넌 어떤 군것질이 제일 좋아?"

"엠&엠스요. 그리고 사탕하고 생크림이 든 초콜릿 케이크도 좋아하고, 또 다른 음식들도 잘 먹어요. 근데 아저씨는요?"

"나? 나는 곰의 귓바퀴와 뱀 다리······"

"뱀은 다리가 없어요."

"없어? 난 그래도 매일 정육점에서 사 오는걸. 그렇담 그 정육점 주인이 나한테 속여서 판 건가?"

"뱀이 다리가 없다는 건 아저씨도 다 알면서 왜 그러세요?"

아이가 어른스럽고 총명한 눈으로 그를 빤히 쳐다보았다.

"장난 한번 쳐본 거야." 그가 말했다. "난 다 좋아해."

"정말 다요?"

"그렇지, 그렇다고 봐야지."

"그럼······ 악어도요?"

"그래, 한번 먹어본 적이 있어. 아프리카에서. 고기가 아주 질기고 하댔지. 맛은 칠면조하고 비슷해. 너 칠면조는 먹어봤어?"

"네, 크리스마스 때요." 그녀가 말했다. "그럼 사람 고기는요?"

"그것도 한번 먹어보긴 했는데······ 어디서였더라? 그러니까 통북투에서였지 아마."

"으윽." 아이가 흉측하다는 표정을 지으며 말했다. "그 말도 안 믿어요!"

"그래, 다 농담이야."

"아저씨도 아이들이 있어요?"

그가 머리를 가로저었다.

부르지도 않았는데 웨이터가 다가와 잔을 채웠다. 호프만은 자기가 몇 잔을 마셨는지 가물거렸다. 세다가 그만 잊어버리고 말았다.

"아니, 없어. 나는 자식이 없단다. 없어." 그가 말했다.

아이가 조심스럽게 그를 살폈다.

"왜 그렇게 이상하게 말하세요?" 아이가 물었다.

"내가 이상하게 말했니?" 그가 되물었다.

"네, 이상하게 말했어요." 아이가 꾸짖는 듯이 반복했다.

"그래? 어쩜 그랬는지도 모르지." 그가 입속말로 웅얼댔다. 그는 잔을 탁자 위에 얹었다. 자신이 취했다는 것을 그도 알았다. 손네마가 다가오고 있었다. 홀에 모인 다른 사람들보다 머리 두 개는 더 위로 올라와 있었다. 다정스레 자신의 어깨에다 손을 얹는 아버지를 딸이 안심된다는 듯 쳐다봤다.

"대사님, 아이가 말은 잘 들었나요?"

"암, 암." 호프만이 멋쩍게 대답했다.

"아빠, 우리 이제 그만 구경하러 나가요, 응?" 아이가 졸랐다.

"그래, 그러자꾸나."

긴장이 풀리면서 호프만의 위의 유문이 수축돼 시큼한 덩어리가 식도를 통해 목구멍으로 굴러 나왔다. 그는 목에 힘을 주었고, 입을 윽다물었다.

"실례합니다." 그가 잇새로 소리를 냈다.

그는 자기 리셉션 때 만난 얼굴들을 향해 여기저기로 고개인사를 보냈다. 그는 입술을 다문 채 이탈리아 웨이터에게 화장실의 위치를 물었고, 문을 찾느라 연옥 같은 어슴푸레한 복도를 더듬거렸다. 라바보. 화장실이라고 적혀 있는 문이 보였다.

그는 까만 가죽 소파 두 개를 제외하면 모든 것이 하얗기만 한 실내에 발을 내딛었다. '남성용'은 오른쪽이었다. 문 뒤에는 거울과 세면대가 비치되어 있었고, 화장실 칸은 세 개였다. 그는 가운데 칸의 손잡이를 잡아당겼으나, 잠겨 있었다. 그 왼쪽 칸은 순순히 열렸다. 그가 채 턱시도를 벗어놓기도 전에 저녁에 먹은 것들이 입에서 솟구쳐 나왔다.

그는 하얀 대리석 바닥에 주저앉고 말았고, 무릎이 뭔가 축축한 것에 닿는 것을 느꼈다. 그는 한 번 더 토했고, 웃옷의 비단 깃 위에 노란 반점들이 묻은 것을 보았다. 저녁에 먹었던 마르살라 소스를 곁들인 연하고 둥근 송아지 스테이크와 찐 벨기에 치커리 위트로프와 감자 퓌레를 떠올렸다. 반쯤 소화가 되어, 꼭 그의 삶처럼 더는 알아볼 수 없게 뭉개진 상태였다. 머릿속에 그런 실없는 비유들이 떠오르자 그는 피식 웃었고, 웃느라 벌어진 입으로 다시 위속의 걸쭉한 무더기가 한바탕 쏟아져 나왔다.

그는 턱을 들썩이며 헉헉거렸고 소맷자락으로 턱에 묻은 불순물을 훔쳐냈다. 웃옷은 이제 입고 나갈 수 없을 정도로 엉망이 되어버렸으니 그냥 하얀 와이셔츠 바람으로 파티 석상에 나간다면 어떻게 될까 하고 상상해보았다. 그 순간 펭귄들 사이에 있는 흰곰의 모습이 머리에 떠올랐다. 그는 변기와 문 사이의 좁은 틈에서 간신히 일어섰다. 사회주의 체제에도 변변한 세탁소가 있기를 바랐다. 그렇지 않으면 턱시도를 빈으로 보내야 했다. 그가 엉덩이를 약간 뒤로 빼자 엄청난 소리를 내며 장으로부터 가스가 터져 나왔다.

그는 문을 당겨 열고, 세면대가 있는 곳으로 나갔다. 외교관 한 명이 손을 씻고 있었다.

그 남자가 거울을 통해 호프만이 다가오는 것을 보았고, 자기 옆에 서서 수돗물을 트는 그를 경계하듯이 보았다. 콧수염이 희끗희끗하고 키가 훤칠했다. 영국인이었는데, 전에 어디선가 본 듯한 얼굴이었다. 그도 호프만만큼이나 땀에 젖어 있긴 했으나, 풍채는 여전히 흠잡을 데 없이 위풍당당했다. 호프만은 양손을 오목하게 모아 물을 받아 얼굴에 끼얹었다. 그러나 물은 시원하지 않았다. 웃옷으로 물이 튀었으나 이제는 아무래도 상관없었다. 그런데 영국인이 호들갑스럽게 옆으로 비켜섰다.

"좀 조심해주시겠습니까?" 그가 표준 옥스퍼드 악센트로 내쏘았다.

놀란 호프만이 그를 쳐다보았다. "거참, 죄송하게 됐군요." 그가 말했다.

남자는 못마땅하다는 표정으로 고개를 가로저었고 손에 묻은 비눗물을 헹구어냈다.

"호프만 씨, 굳이 이렇게까지 자신을 학대하실 필요가 있습니까?" 그가 거만스럽게 영국식 악센트로 말했다.

"무슨 말씀이신지…… 누구시더라?"

"트레버 존스, 영국 대사 트레버 존스입니다. 호프만 씨와는 일전에 인사를 나눈 적이 있습니다."

"정확하게 말씀드리면 호프만 얀션 대사입니다." 호프만이 목소리에 힘을 주어 말했다.

"사람들이 당신을 조심하라고 하더군요." 영국인이 말했다.

"아 그래요? 그게 누구지요?"

"내막을 잘 아는 정보통이 있지요. 호프만 씨, 설마 내가 누가 그랬는지 얘기해줄 거라고 기대하시는 건 아니겠지요?"

정성스럽게 비누칠을 하던 호프만의 거품 인 손가락 사이로 비누 조각이 미끄러져 나갔다. 그가 거울에 대고 음성을 높였다.

"어련하시겠습니까! 트레버 존스 씨, 절대 댁의 정보통을 공개

할 리 없으시겠지요!"

남자는 핸드드라이어의 버튼을 팔꿈치로 누른 다음 더운 바람에 양손을 말리고 있었다. "호프만 씨…… 아무래도 당신한테 주어진 본분을 상기시켜드려야 할 것 같습니다."

"저런, 저런!" 호프만이 거울에 대고 외쳤다. "자, 그 본분을 한번 상기시켜주시지요!"

"당신은 당신 나라의 수치입니다." 영국인이 말했다.

호프만은 그의 눈에서 경멸의 불꽃이 활활 타오르는 것을 보았다. 그는 영국인 앞으로 다가가 비누 거품이 묻은 집게손가락을 올려 내저었다. 영국인이 흠칫하며 뒷걸음질을 쳤다.

"잘 들어, 이 늙은 닭대가리 같은 놈아, 난 그렇게 우리나라 체면에 대외적으로 똥칠을 하라고 고용된 존재이시다. 그러니 내가 책무를 다하지 못하고 있다는 생각일랑 하지도 마. 우연히도 내 원래 전공이 바로 그 수치이기 때문에 내가 여기 와서 공식적으로 어릿광대 노릇을 하게 되셨거든."

트레버 존스가 그를 피해 문 쪽으로 걸음을 재촉했다. 그리고 문에 다가섰을 때 잠깐 뒤를 돌아보았다.

"외교단 단장께 이 사실을 보고하겠소." 그가 호프만을 향해 허세를 부렸다.

"그건 나도 마찬가지!" 호프만이 외쳤다.

그는 수도꼭지 밑으로 손을 뻗었고, 문이 닫히는 소리를 들었다. 그는 (영국의 대사가 이웃 우방국의 신임 대사를 방문하는 것은 의례적이었기 때문에) 트레버 존스가 자신의 부임 리셉션에 인사차 방문했으며 그때 그와 몇 마디 주고받았던 일을 기억해냈다. 호프만은 자신의 귀에는 천사들의 성가처럼 들렸던 영국식 미사여구와 네덜란드 외교관의 부족한 언변을 부끄럽게 만드는 살아 숨 쉬는 풍자적 화술을 자랑하던 그때 그 트레버 존스가 이렇게 앞뒤가 꽝 꽝 막혀 말이 전혀 통하지 않는 사람이었다는 사실에 놀라며 거울로 시선을 돌렸다. 그는 트레버 존스의 눈에 비쳤을 자신의 모습을 보았다.

토사물 찌꺼기가 턱시도와 가장 아끼는 보타이를 뒤덮었고 입가에도 더덕더덕 붙어 있었다. 게다가 머리는 엉망진창으로 엉켜 있고 눈은 그의 영혼을 적나라하게 폭로하고 있었다. 걷잡을 수 없는 참담함으로 가슴이 미어지는 것 같았다. 남에게 절대로 이런 꼴을 보일 수 없었다! 리셉션 홀로 돌아가는 것은 고사하고 복도로도 나갈 수도 없는 상황이었다! 그는 비틀거리며 화장실 안으로 다시 들어가 문고리를 걸었다.

변기에는 그가 게워놓은 토사물이 그대로 쌓여 있었다. 줄을 잡아당기는 방식을 개량하여 신식으로 대체되어 있는 단추를 눌렀다. 물이 파도처럼 쏟아져 나와 오물들을 싹 씻어 내렸다. 그는 변기 뚜껑 위에 자리 잡고 앉아 침착하게 사태를 수습할 궁리를 했다. 웃옷을 벗어 들고 눈에 띄지 않게 슬그머니 건물을 빠져나갈 수도 있었다. 물론 나중에 게이 이탈리아 대사 자식에게 갑작스레 떠난 것에 대한 사과의 말을 전달해야 할 것이다. 몸이 불편해서 그랬다고 변명을 하면 될 것이다. 실제로도 그는 몸이 불편해져 배 속이 부글거렸고 심한 복통으로 허리를 제대로 펴지 못할 지경이었다. 발작성 통증으로 온몸에 전율이 일었다.

위암이구나. 순간 그는 직감했다. 위암이 드디어 육신을 굴복시키고 말았구나. 비겁한 탓에 총알이나 목을 단단히 졸라맬 밧줄을 선택하지 못했는데 결국 이런 식으로 삶을 마감하게 되다니. 그렇게 생각하자 위장에 연고를 바른 것처럼 통증이 조금씩 가라앉았다.

여하튼 그는 크게 말썽을 일으키지 않고 당장 대사관을 떠날 방법을 찾아야 했다. 그렇잖아도 좋지 않은 평판을 산산조각 낼 만한 스캔들을 자초했으며, 육신마저 수명이 다한 듯한 증세를 보이기 시작했다. 올 데까지 오고야 만 것이다. 여기서 마신 보드카는 도대체 뭐였을까? 오늘 저녁 전까지만 해도 몸이 알코올에 완전히 면역된 상태라서 보드카 한 병 정도는 다 마셔도 판단력을 잃은 적 없이 멀쩡하기만 했는데, 공교롭게도 여기 와서 칠칠찮게 어리석은 짓을 하고 만 것이었다. 그런데 무엇보다도 자기가 마신 것이 진짜 보드카였을까 하는 의심이 들었다. 여섯시에 저녁을 먹으며 그는 줄리에나 와인 한 병을 다 비웠고, 약간 몽롱한 상태에서 리셉션에 갈 준비를 했다. 턱시도를 팔에 꿸 때 유난히 힘이 들었던 기억이 났다. 게다가 지난 시절에 대한 회상과 부질없는 사념이 그를 뒤흔들었다. 그런데 그 가짜 보드카가 그의 마지막 남은 정신력마저 빼앗아버린 것이었다.

그렇다, 메스칼린이었다. 왜 진작 그 맛을 알아채지 못했던가! 메스칼린이 FSZS의 함정이었다고 생각하자 손이 부들부들 떨리기 시작했다. 그들이 하필 왜 펠릭스 호프만을 노렸는지 그 이유는 알 수 없지만, 그가 본 이탈리아 웨이터의 손에 들린 병 속에 보드카가 아니라 메스칼린이 들어 있었다면 그가 스캔들을 일으키도록 그들이 고의로 꾸민 일이었다.

호프만은 후들거리는 손으로 뜨겁게 달아오른 뺨을 어루만졌다. 다행히 제때에 서둘러 화장실로 간 덕분에 돌이킬 수 없는 사고를 그나마 피할 수 있었다. 적어도 트레버 존스가 떠들어대지 않는다면 말이다. 내일 아침 그에게 연락을 취할 생각이었다.

메스칼린은 정신이상을 일으켰다. 리마에 있을 때 메스칼린을 팔던 고린내 나는 움막에서 눈먼 인디언들이 서로에게 칼부림을 하는 광경을 본 적도 있었고, 메스칼린 중독으로 확 돌아버린 매춘부들이 개를 상대로 수음하는 장면을 본 적도 있었다.

누군가가 화장실로 들어와 그의 옆 칸으로 들어가는 소리가 들렸다. 그는 일어나 문을 살며시 열었다. 밖에는 아무도 보이지 않았다. 그는 양팔을 앞뒤로 저으며 세면대를 향해 크게 다섯 발짝을 옮겼고, 넘어지지 않으려고 얼른 그것을 붙잡았다. 웃옷을 옷걸이에 걸고 세면대 옆 통에서 수건을 하나 집어 수도꼭지 아래에 대고 물을 적신 다음 입과 턱을 닦아냈다.

그는 와이셔츠에 묻은 얼룩들도 지우려고 했으나 헛수고에 그쳤고, 오히려 가슴 부분에 젖은 자국만 더 크게 번져버렸다. 그는 손가락으로 빗질을 해서 머리를 대충 다듬었다. 웃옷으로 앞자락을 가리고 곧장 출구 쪽으로 서둘러 걸어가리라 마음먹었다. 그러나 웃옷을 입지 않은 채 보리스가 메르세데스를 현관에 댈 때까지 기다릴 수 없는 형편이었다. 아무래도 밖으로 나가 택시를 잡아타고 관저까지 가야 할 것 같았다.

그는 문을 열고 웃옷을 팔에 걸친 채 리셉션 홀로 이어지는 복도에 발을 내디뎠다. 손네마도 같은 술을 마셨는데 왜 아무 이상이 없는지 의아스러웠다. 바로 그 순간 가슴을 쿡쿡 찔러대는 알알한 통증이 잇따랐고, 눈에 보이지 않는 뭔가가 발목을 붙잡아 그를 넘어뜨리려 했다.

그는 균형을 잃고 휘청했다.

그는 벽을 잡아보려고 팔을 허우적댔으나 손에 닿는 것은 아무것도 없었고, 무릎이 꺾였다. 그의 몸뚱이가 딱딱한 복도 바닥에 나동그라졌다. 가슴의 통증이 목을 죄어왔고 하얀 천장이 시커먼 반점들로 뒤덮여갔다. 마치 의식불명으로 빠져드는 것처럼 허공에 띄운 수많은 풍선과 두툼한 구름층이 그의 눈과 전등 사이를 가득 채웠고 이내 사방이 깜깜해졌다. 그에게 까마득한 과거를 상기시키는 공포가 밀어닥쳤다. 차가 다가오는 소리가 들릴 때마다 농부판 데 파스가 그에게 도망치라고 외쳐대던, 그러면 그는 돼지들을 밀쳐내고 맨발로 숲 속을 향해 무턱대고 내달리던, 미친 듯이 뛰고 또 뛰고 했던 그때 느꼈던 것과 같은 공포가 칼날이 시퍼런 검처럼 맥박이 빨라진 심장을 마구 난도질했다. 기묘하게도, 갑자기 저쪽에서 자신이 달려가고 있었다. 시커먼 발바닥에 나뭇가지가 밟히고 가시에 긁히고 찔리는 게 느껴졌다. 그는 저기 숲 속 어딘가에서 엄마 아빠가 기다리고 있기만을 바랐다. 그래서 그들이 아빠의 까만 패커드 자동차로 그를 태우고 가 밤이 되면 잠자리에 들기 전에 뽀뽀를 해주고, 또 하얀 식탁에 둘러앉은 뚱뚱한 아저씨들의 이야기를 듣는 것도 허락해주기를 바랐다. 또한 그는 그들이 자신을 따스하게 맞아 손에 긴 더러운 때를 씻겨줄 것이라고 생각했다.

그는 자기 턱에, 자기 목에 손가락이 닿는 것을 느꼈다. 누군가가 그의 보타이를 느슨하게 풀고 있었으며 와이셔츠 단추를 풀었다. 그는 심호흡을 했고 올리베티 에어컨에서 불어오는 신선한 바람을 들이마셨다. 그것이 제니스도 금성전자도 아닌 올리베티였던 것이 분명하던가? 그의 폐는 갖가지 공기들로 들어찼다. 달콤한 향기들이 콧방울 밑을 맴돌았다. 향수 냄새가 났고, 또 여자들이 혈색을 돋보이게 하려고 바르던 구식 파우더에서 나는 진한 향도 풍겼다.

그가 눈을 뜨자 천장에서 쏟아지는 눈부신 불빛을 등진 여자의 실루엣이 보였다.

"감사합니다." 그가 말했다. 그리고 혀로 입술을 축이며 한 손을 뻗어 잡아주기를 청했다. 여자가 그의 손을 꼭 붙들어 그를 일으켜 세웠다.

그녀가 그에게 몸을 기울이며 영어로 말했다. "일어나실 수 있으세요?" 그녀가 물었다.

"네, 할 수 있을 것 같아요." 그가 대답했다.

그는 일어나 등을 벽에 기대고 똑바로 앉았다. 아직도 눈앞에서는 반점들이 잠깐씩 나타났다가 사라졌고 여자의 윤곽은 선명하지 않았다. 그는 눈을 질끈 감았다. 달아오른 담뱃불이 위장을 지져 구멍을 뚫고 있는 기분이었다. 이글이글 타오르는 통증이 가슴까지 치솟았다. 자신의 육신이 장장 육십 년이나 버티어온 삶에 지쳐 허덕이고 있는 게 느껴졌다. 그는 더 이상 기대할 것도 없으며, 누가 준 것인지는 몰라도 자신에게 부여된 날들을 이제는 다 소모해버렸다는 것을 뼈저리게 느꼈다.

"일어나실 수 있으세요? 하실 수 있겠어요?" 여자가 거듭해 물었다.

그가 고개를 끄덕였다. 분명 메스칼린을 마시지는 않았다. 복통을 일으켰을 뿐이었다. 알코올을 그렇게 끝없이 퍼부어 넣었으니 아무리 튼튼한 위라도 당해낼 재간이 없었을 것이다.

그는 몸을 세워보려고 안간힘을 썼고, 여자가 그의 겨드랑이를 부축하여 그를 일으켜 세웠다. 무리하게 힘을 쓰자 고통이 더 심해졌다. 그는 관자놀이로부터 피가 빠져나가는 것을 느꼈고, 어지러움에 그만 벽에 몸을 기댔다.

"의사한테 모셔다 드릴게요." 여자가 말했다.

그가 고개를 내저었다. "의사는 필요 없습니다." 그가 웅얼댔다. "집으로 가겠습니다."

"그렇게 하시겠어요? 제가 도와드릴게요." 그녀가 말했다.

그녀가 그를 밖으로 데리고 나갔다. 그는 눈을 질끈 감고 고개는 푹 숙인 채 비틀거리며 그녀 옆을 걸었다. 하얀 벽이 반사하는 빛 때문에 눈을 뜰 수 없었지만, 옆에서 부축해주는 팔의 감촉을 느낄 수 있었다. 그녀는 이탈리아 웨이터에게 말을 걸었고 이탈리아어로 뭐라고들 주고받았다.

호프만은 극진한 보살핌을 받으며 건물의 지하로 안내되었다. 그들은 점점 더 어스레해지는 통로를 그를 떠메다시피 하여 빠져나갔다. 그들이 계단을 내려갔다가 다시 올라가자 문이 벌컥 열리더니 미지근한 바깥 공기가 그의 얼굴을 스쳤다. 그는 숨을 깊이 들이마셨다.

그녀가 웨이터에게 호프만의 운전사를 불러달라고 청하자 웨이터가 호프만의 팔을 놓았다. 웨이터가 뛰어가면서 가죽 밑창이 노란 자갈에 부딪치는 소리에 호프만은 귀를 모았다.

"정말 친절하신 분이군요." 호프만이 그녀에게 말했다. "감사합니다."

어두컴컴한 곳에서 갑작스레 빛을 보게 될까 두려운 듯 그는 여전히 눈을 감은 채였다. 그의 귀에서 귀뚜라미 소리가 요란했다. 그는 그녀가 누군지, 어떻게 생겼는지 몰랐다. 그가 의식하는 것은 단지 부드러운 목소리와 자신을 부축해주는 팔의 감촉뿐이었다.

"고마워하실 필요 없어요." 그녀의 대답이 들렸다. "이제 혼자 계셔도 괜찮으시겠어요?"

"네, 네, 감사합니다, 염려 마세요." 그가 말했다.

"호프만 대사님, 아무래도 의사에게 가보셔야 할 것 같아요." 그녀가 말했다.

"아…… 네, 그렇게 하도록 하지요." 그가 대답했다. "걱정해주셔서 고맙습니다."

"저기 대사님 차가 오나봐요."

그는 메르세데스가 멈추는 소리를 들었고, 배기가스 냄새를 맡았다. 차에서 내려 호프만에게 허겁지겁 달려온 보리스에게 그녀가 빠른 체코어로 뭐라고 일렀다. 보리스는 그녀로부터 그를 넘겨받았다. 그를 들어 올려 차를 향해 가는 운전사의 다부진 손길을 느꼈을 때에야 비로소 호프만은 고개를 들고 조심스레 눈을 떴다. 그는 차의 불빛에 비친 여자를 알아보았다. 마리안과 담소를 나누던 기자였다. 메르세데스의 실내등이 그녀의 얼굴을 비췄다. 회청색 눈을 크게 뜬 그녀는 걱정스럽게 그를 지켜보고 있었다. 입술은 반짝거렸고, 빛을 받은 금빛 머리카락이 사방으로 나부끼고 있었다. 마침내 그가 눈을 떠 자기를 쳐다보는 것을 알아차린 그녀가 살짝 미소를 지었다.

"호프만 대사님, 정말 괜찮으시겠어요?"

"네, 네, 감사합니다. 우리 전에 어디서 만난 적이 있던가요?"

"글쎄요. 전 기억이 없는데요." 그녀가 대답했다.

"그런데 제 이름을 어떻게⋯⋯"

"아, 네, 그건⋯⋯" 그녀가 말끝을 흐렸다. 그러고는 호프만의 윗옷을 보리스에게 넘겨주며 빠르게 몇 마디 하고는 대사관 건물의 어스름한 통로로 급히 사라져버렸다.

호프만은 운전사에 의지해 자동차에 몸을 실었다. 만신창이가 된 몸이 뒷좌석에서 힘없이 늘어졌다.

"보리스, 저 여자 이름이 뭔가?" 그가 힘없는 목소리로 물었다.

"잘 모르겠습니다, 대사님." 보리스가 대답했다.

"듣기로는 기자라고 하던데."

"그럴지도 모르지요. 전 처음 보는 얼굴이라서요. 병원으로 모실까요?"

"아니, 관저로 돌아가지. 에어컨 좀 높여주겠나?"

"이 근처에 외교관 전용의 아주 좋은 병원이 있습니다, 대사님. 외람되지만 저라면 거기부터 찾아가 검진을 한번 받아보겠습니다."

"아니라니까." 호프만은 말할 기력조차 없어 아주 작은 소리로 혼잣말처럼 말했다. 그는 워낙 병치레를 모르고 살아왔고, 더구나 수술이라면 한 번도 받아본 적이 없었다. 그렇다고 건강하다고 큰소리칠 만한 처지는 아니었다. 그가 걸렸음 직한 질병들이 자기 아이들에게로 전해져 발병했고, 아이들을 통해 그에게 깊은 상처를 남겼기 때문이었다.

"떠나기 전에 잠깐 저 입구로 가서 내가 먼저 갔다고 아내한테 전해달라고 부탁해주게. 내 대신 좀 잘하고 오라고……"

보리스가 좁은 골목길로 커브를 틀었다. 지나치는 길에 사람이 한 명도 보이지 않았다. 보리스가 다시 한 번 커브를 돌아 잘 장식해놓은 현관 앞으로 메르세데스를 몰고 가더니 차에서 내렸다. 현관 앞 계단에는 이탈리아와 체코의 국기 아래 빨간 제복을 갖춰 입은 대사관 수위들이 서 있었다. 까만 리무진들이 줄지어 주차되어 있었고, 운전사들이 끼리끼리 모여 머리 위로 담배 연기를 모락모락 피우며 기다리고 있었다. 다시금 위가 찢어질 듯 발악했고, 호프만은 팔걸이를 힘껏 움켜쥐었다.

현관 앞 계단의 수위들 사이로 보리스가 다시 모습을 드러냈고, 그 뒤로 자동차를 찾느라 두리번거리는 마리안이 나타났다. 보리스가 손짓을 했고, 마리안이 황급히 메르세데스로 다가왔다.

그녀가 뒷좌석 그의 곁에 앉았다.

"아니 무슨 일이에요?" 그녀가 그의 이마를 짚었고, 그는 그녀의 손가락 끝에 식은땀이 난 것을 알았다.

"아무것도 아냐."

"보기에 안색이 꼭 무슨……" 그녀가 말을 삼켰다.

"송장? 좋아, 참 고맙군그래."

"병원에 가야겠어요."

"병원엔 안 가."

"무슨 일이 있었어요? 듣자니 화장실 바닥에 쓰러져 있었다면서요. 몸에 무슨 이상이 생긴 거예요?"

"아무것도 아니라니까. 몸에는 아무 이상도 없다고! 배가 약간 거북한 것, 그게 전부야."

"그게 무슨 말이에요? 거북하다니요?"

"복통……"

"그럼 괜히 넘어지기라도 했다는 건가요?"

"갑자기 좀 어질해서 그랬어. 그게 전부야. 벌써 다 나았으니, 제발 내 말 믿어. 그러니 다시 안으로 들어가서 저 게이 자식한테 내가 미안해하더라고 전해줘. 이따가 당신을 데려오도록 보리스를 보내줄게."

"당신 죽고 싶어요?"

"그건 또 무슨 난데없는 소리야?" 그가 시치미를 떼며 물었다.

"그렇게 죽고 싶냐고요?"

"여보. 제발 그런 실없는 말은 그만해."

"난 당신을 붙잡아줄 수 없어요." 그녀가 말했다. "이런 식으로 계속 몰고 가는 당신을 막을 방법도 없고요."

그가 매몰차게 말했다. "어서 안으로 들어가라고 하잖소. 난 그만 떠날 테니까."

그녀가 차에서 내렸다. 그녀는 한 번도 뒤돌아보지 않고 현관 쪽으로 걸어갔다.

"출발할까요?" 보리스가 독일어로 물었다.

메르세데스가 관저를 향해 질주했다. 호프만은 통증을 참느라 주먹을 불끈 쥔 채 까만 가죽 시트 위에 꼼짝도 하지 않고 앉아 있었다.

문을 연 야나가 그의 얼굴빛을 보고 소스라치게 놀라더니 얼른 보리스를 도와 호프만을 부축했다. 두 사람 사이에 끼여 그는 집 안으로 비틀거리며 들어갔다.

"대사님, 혹시 어디 편찮으세요?" 야나가 물었다.

"아뇨." 그가 대답했다.

야나가 보리스와 눈길을 주고받았다.

"2층으로 모실까요?" 야나가 물었다.

"아뇨, 주방으로 가겠소."

"대사님, 자리에 누우시는 게 좋을 것 같습니다." 보리스가 말했다. "제가 의사한테 전화를 할 테니 그동안 대사님은 좀 쉬시고요."

"주방으로 가고 싶소." 그가 떨리는 목소리로 있는 힘껏 단호하게 반복했다. "내 거기 가서 잠깐 쉬면 곧 괜찮아질 거요."

그는 식탁 앞에 아무렇게나 앉았고, 탈진한 몸으로 텅 빈 싱크대 위를 멀거니 보고만 있었다. 턱시도 밑에 받쳐 입은 와이셔츠가 등과 가슴에 착 달라붙어 있었다. 야나가 그에게 차와 따뜻한 국물, 그리고 목욕을 권했지만, 그 어떤 것으로도 가슴속의 조용한 분노를 가라앉힐 수 없을 것 같아 그는 그녀에게 자신을 혼자 있게 해달라고 부탁했다.

그는 홀에서 보리스와 야나가 신이 나 수군거리는 것이 신경에 거슬렸고, 자기를 성가시게 하지 말라고 고함을 쳤다.

현관문이 닫히는 소리가 들렸다. 보리스가 리셉션 장으로 되돌아간 것이었다. 호프만은 자신이 마리안이 지켜보는 가운데 죽기를 원하는지 답을 얻지 못했다. 오늘 저녁은 할 수 있다면 이대로 혼자, 여기 식탁에 앉아 보내고 싶었다. 그는 자리에서 일어났고, 삐걱거리는 새 에나멜 구두를 질질 끌며 주방을 나갔다.

"야나! 야나!"

야나가 계단을 뛰다시피 해서 내려왔다. 그녀의 투박한 손이 매끄러운 목재 난간 위를 미끄러져 내려오는 것이 보였다. 야나는 층계 맨 밑 디딤판에 섰고 끔찍해서 차마 쳐다볼 수 없다는 눈빛으로 그를 바라보았다.

"야나, 나한테 뭘 좀 가져다주겠소?" 그가 그녀의 대답을 기다리지 않고 말을 이었다. "저기 내 욕실 약장에 벨벳 상자가 하나 있을 거요. 빨간 벨벳 천으로 된 상잔데, 그것 좀 갖다주겠소?"

야나가 고개를 까딱하더니 다시 계단을 올라갔다. 그녀의 펑퍼짐한 엉덩이는 한 명의 아이도 출산한 일이 없었다. 자식을 나아 거두는 대신 네덜란드 외교관들의 뒷수발에 인생을 바친 셈이었다.

그는 난간이 끝나는 부분에 있는 장식품을 얹기 위해 만들어진 둥근 밑받침을 붙들고 있었다. 오늘 저녁부터 그는 본격적으로 노인 대열에 끼게 되었다. 육신은 이미 숙명적 죽음에 사로잡혔고 의식은 죽음의 문턱에서 끈질기게 대항하고 있었다. 그는 자기가 오늘 밤에 죽게 되리라는 것을 알았다. 한밤중을 지난 새벽 다섯시쯤 그는 비참한 죽음을 맞이하게 될 터였다.

에스터의 고통스러운 투병 생활 때문에 그는 수없이 많은 날들을 병원에서 보냈고, 그때 새벽 다섯시쯤이 결정적인 고비라고들 말하는 걸 주워들었다. 밤과 낮이 갈리는 경계에서 대부분의 사람들이 죽는다고들 했다. 날이 밝은 다음에야 그가 발견되리라. 주방 식탁 위에 푹 엎어진 채. 아니 어쩌면 의자에서 미끄러져 있을 수도 있었다. 그의 방광은 자포자기해서 이미 배뇨를 한 상태일지라도, 고생하고 있는 만성 변비 덕택에 다리 사이에 똥이 범벅된 꼴로 발견되는 일은 없을 것이다. 물론 그렇다고 해서 죽음에 수반되는 그 밖의 추접함이 줄어드는 것은 아니겠지만.

다가오는 종말을 환영한다고 호언하기는 어렵지만, 약간 호기심이 일었다. 심장이 멈추고 뇌에 산소 공급이 중단되면서 아울러 무너져갈 자신의 정체성에, 즉 자아에 어떤 변화가 일어날지 궁금했다. 그리고 에스터의 유언도 떠올랐다. 갑자기 에스터에 대한 기억이 머릿속에서 불꽃처럼 솟아올랐다. 에스터의 앎을 그 자신도 이제 터득하게 되리라. 자신의 덧없는 죽음에 대한 분노가 그런 기대 속에서 누그러지는 것을 느꼈다. 그는 폐 깊숙이 닿도록 숨을 들이쉬어 횡격막의 통증을 밀어낸 다음 가정부를 향해 외쳤다. "야나! 내 책상 위에 있는 책도 좀 가져와요. 겉장에 스피노자라고 쓰여 있는 거예요!"

그는 야나의 부축을 받아 주방 식탁으로 갔다. 그리고 위층에서 더 이상 인기척이 들리지 않을 때까지 기다렸다가 줄이 완벽하게 잡혀 있는 까만 바지를 발목까지 내렸고, 빨간 벨벳 상자를 열었다. 그는 장기간 지속될 고난의 길을 예측한 의사의 권고로 가정에서 부모가 할 수 있는 속성 간호 강습을 밟은 다음 에스터에게 주사를 놓아준 경험이 있었다.

상자에는 은도금한 주사기와 개봉하지 않은 모르핀 캡슐 하나가 하얀 실크 천 위에 놓여 있었다. 그는 에스터가 죽은 뒤 리마에서 샀던 그것을 지난 세월 내내 간직해왔다.

통증이 그의 목을 비틀어 질식해버릴 것만 같았다. 의사의 지시 없이 모르핀을 사용할 경우 따를 수 있는 위험을 모르지 않았지만, 그는 주삿바늘을 캡슐의 은박지 외피 속으로 찔러 넣었고 수용액을 주사기로 빨아 당겼다. 그리고 주사기의 공기를 빼냈고, 무릎

바로 윗부분에서 혈관을 찾아, 파리한 피부 속으로 예리한 바늘을 찔렀다. 그리고 그 장면을 빤히 들여다보기가 뭣해 눈을 질끈 감은 채 주사했다. 긴장한 탓에 심장이 턱에 닿을 정도로 박동했다.

그는 주사기를 상자 안에 다시 넣어놓았다. 마치 커다란 손 하나가 나타나 아픔과 열기를 그의 몸에서 싹 씻어갈 것만 같은 기분이었다. 이것이 얼마나 미친 짓인지 잘 알고 있었지만, 통증을 참기 어려웠던 데다 이십여 년 동안이나 주사기를 보관해왔으니 이제는 그렇게 해도 되지 않나 하는 생각이 들었다.

그는 고통스럽게 죽고 싶지 않았다. 비굴하고 사내답지 못한 면이 있기는 했지만, 그는 워낙 영웅주의적인 기상 같은 것에는 치를 떠는 성미였다. 통증이 정신을 아련하게 만들었다. 그는 남은 몇 시간을 스피노자에게 바치고 싶었다. 순수한 앎을 갖춘 이 철학자야말로 그를 딸에게 가는 길로 인도해줄 수 있기 때문이었다. 혹시 내가 미친 걸지도 몰라. 그는 생각했다. 하지만 그렇다 해도 그것은 내 의지로 조종할 수 없는 문제지.

모르핀이 혈관 속을 누비고 다녔고, 그가 바지를 추켜올릴 힘을 모으기까지 다소의 시간이 걸렸다. 그는 책을 집어 들었고, 무뎌진 집중력으로 제6장의 열네 번째 절을 읽었다.

"여기서는 진정한 의미의 정신적인 의심에 대해 거론하고자 한다"라고 스피노자는 서두를 꺼냈다. "그것은 정신은 의혹에 쌓여 있지 않으면서도 입으로는 뭔가를 의심한다고 흔히 말하는, 우리가 도처에서 접하는 그런 유의 의심을 의미하지 않는다."

이 장은 '의심에 대해 그리고 기억, 상상, 언어와 같은 몇몇 다른 화제'를 다루고 있었다.

의심.

"의심이란 여러 개의 명석하지 않은 관념들에서 비롯한다"고 스피노자는 주장했다. 왜냐하면 "우리 정신 속에 오로지 하나의, 그 진위 여부를 떠나 유일무이한 관념만 존재한다면, (그럴 경우에는) 의심이란 있을 수 없거니와 동시에 그에 대한 확신 역시 가능치 않기 때문"이다.

호프만은 단 한 가지 생각만 갖는다는 것을 하나의 가정으로 받아들였다. 이를테면 단지 하나의 생각만 주어진다는 가정 아래에서는 그것이 진리인지 아닌지를 알고 있기 때문에 절대로 의심이 생길 수 없다는 의미였다. 동시에 하나의 생각이 다른 생각에 방해가 될 때 의심이 야기된다는 뜻으로 해석했다.

우리에게 의심을 불러일으키는 관념은 명석하지 못할뿐더러 판명하지도 않다. 가령 누군가가 자기의 경험이나 다른 어떤 것에 바탕을 두어 감각의 착각 현상에 대해 사고하지 않았더라면, 태양이 겉으로 보이는 것보다 더 큰지 아니면 더 작은지에 대해 결코 자문하지 않았을 것이다.

증명할 필요도 없는 말이었다. 태양은 하늘에 떠 있는 한낱 작은 원반에 불과하므로, 행성과 별에 대해 그리고 원거리에서 물체를 보는 방식에 대해 알지 못한다면 태양이 무릇 인간이 만져보고 관찰해본 그 어떤 사물보다 훨씬 더 거대하고 어마어마한 공이라고 추측해볼 엄두도 내지 못했을 것이었다.

일반적으로 감각의 착각에 대한 사고에서 의심은 기원한다.

　호프만도 그것을 경험했다. 봤으면서도 뭘 봤는지 모를 때가, 들었으면서도 뭘 들었는지 모를 때가 이따금 있었다. "난 알아요"라고 말했던 딸. 그런데 그 말은 세월이 흐르면 흐를수록 보다 더 선명하게 들렸고 딸애의 얼굴은 보다 더 생생하게 보였다. 시간은 딸애를 한층 더 가깝게 만들었다. 말하자면 시간이 역행하고 있었다. 그리고 자신의 상상이 혹시 닳고 너덜너덜해진 추억들을 윤색해온 것은 아닐까 하는 걱정이 들었다.

　엉성하고 둔하게 그러나 점점 더 눈앞이 환해지는 가운데 그는 그런 생각들을 했고 자기가 두 개의 다른 주제를 혼동하고 있다는 데 생각이 미쳤다. 그의 사고가 어느새 '감각'에서 '기억'으로 비약해 있었다. 이 장의 제목을 보건대 스피노자 역시 그랬을 것이 분명했고, 따라서 꼬리를 흔들며 뒤쫓는 강아지처럼 그도 그저 철학자의 사고 전개를 그대로 따르는 것이 현명해 보였다. 호프만은 스스로가 열등한 추종자라는 것도, 자신의 독서가 순전히 개인적인 연상에서 벗어나지 못한다는 것도 알았다. 그럼에도 『논고』에서 눈을 뗄 마음이 없었다. 그는 오늘 밤 반드시 끝장을 보고 싶었다.

　기대감에 들떠 그는 앞에서 읽은 내용을 돌이켜보았다. 스피노자는 오류로부터 진리를 구분하는 방법을 지적했으며, 그리고 그 진리란 자연에 대한 지식을 의미했다. 진리는 명석한 사고에 내재된 성질일뿐더러 그런 사고의 '내적 본질'을 이룬다. 반면에 오류는 혼란과 지식의 결핍에서 비롯된다. 감각의 착각에서 의심이 생성된다는 스피노자가 든 예의 마지막 문장은 사실 다음과 같은 의미를 지니고 있다. 우리가 사물을 보는 방법은 참된 관념에 대한 지식을 통해 배양되고 연마되는 한편, 참된 관념에 대한 결핍은 의심과 착각을 낳는다.

다음 구절은 찬란하기 그지없는, 호프만이 생각하기에 스피노자가 궁극적으로 구현하고 있는 사상으로 이끌어주는 직유를 제시해주었다.

스피노자는 두 개의 직각을 합한 값과 삼각형의 내각의 합은 같다고 인식하는 것과 신에 대한 인식을 비교할 수 있다고 말했다. 호프만이 알기로는 삼각형 내각의 합은 180도이고 그것은 반론의 여지가 없고 항변 불가능한 앎이었다. 또 그 안에 자연의 논리적 성격이 구체화된, 신의 논리가 장엄하게 현시된 지식의 한 형태이기도 했다.

문장들은 책장 위에서 시간을 초월하여 변하지 않는 의미를 보여주었다. 고통에서 해방된 그리고 책장의 두께는 물론 글자의 깊이까지도 꿰뚫어볼 수 있게 된 호프만은 감격에 겨운 탄성을 연발했다. 만약 주방이 말을 할 수 있다면 독서하고 있는 이 남자의 빛나는 얼굴빛에 놀라 한마디 했을 터였다. 호프만은 책 속에서 신비한 빛을 발하는 삼각형을 천국의 천사라도 되는 양 잠자코 들여다보았다.

스피노자는 명석하고 판명한 관념을 통해 의심을 해소하는 것과 체계적인 점검을 하는 것이 중요하다고 여러 번 강조한 다음 "이제 기억과 망각에 대해서도 몇 마디 언급하겠다"고 덧붙였다. 제발 그렇게 해주십시오! 호프만은 쾌재를 외쳤다. "뭔가가 이해 가능할수록 한층 더 쉽게 기억 속에 간직된다"고 철학자는 언급했다.

완전히 이해할 수 없어도 외우는 것이 가능하다는 사실을 경험해보아 알고 있긴 했지만, 그래도 호프만은 감동과 유대감 속에서 고개를 끄덕였다. 기억은 다름 아닌 "인지한 일정 기간을 돌이켜보면서 뇌 속의 인상을 재인식하는 것"에 불과했다. 바꿔 말하면 기억 현상이란 감각기관을 거쳐 뇌에 축적된 인상들의 저장 창고를 헤매고 다니는 것이었다.

사람들이 저장 창고에 나 있는 길을 알지 못한다느니 사람들이 어떤 인상이 어떤 장소에 보관되는지를 모른다느니 하는 식으로 어휘 선택을 해놓은 것으로 미루어보아 스피노자는 기억에 대해 다분히 회의적이라고 호프만은 해석했다. 단지 간단명료한 일들만이 문제없이 축적될 수 있고 다시 찾아낼 수도 있다고 철학자는 서술했다. 그다음 구절은 상상에 대한 경고로 이어졌으며, 철학자는 분명 상상을 기억들이 마음껏 그네를 타고 모래판에서 모래를 주물럭대면서 노는 놀이터쯤으로 치부하는 듯했다. "우리의 상상력이 얼마나 풍부한지는 정작 아무런 관계가 없다." 스피노자의 상상은 '정신에 대해 수동적인 무엇'이며 동시에 '(우리가) 익히 알고 있듯이 지성의 도움으로 그로부터 자유로워질 수 있는' 것이었다.

아닌 게 아니라 상상과 기억 때문에 호프만은 자주 고뇌에 빠졌다. 그는 그것들을 짓이기고, 지워 없애고, 그래서 벗어나고 싶었다. 그는 나름의 리듬에 따라서 사지가 마비되어가고 시선이 맑아지는 것을 느끼며 계속 읽어 내려갔다. 스피노자와 공감대가 형성되었다는 데 감격해 눈물이 광대뼈를 타고 흘러내렸다.

이 장의 결론으로 이어지는 단락에서 호프만은 영혼이 환하게 밝아지는 것을 느꼈다. 평소 아무런 근거 없이 자기 영혼이 자리

잡고 있다고 생각해온 가슴속에 마치 등잔불이 켜지는 것만 같았다. 호프만은 거기에 등잔불이 있으리라고는 한 번도 생각해본 적이 없었다. 황금빛 불빛이 눈을 통해 책장으로 쏟아졌다. 신적인 광휘의 등불, 그는 그것을 이렇게 이름 지었다.

스피노자는 지성을 '일종의 정신적인 자동 장치'라고 불렀고, 그것을 바탕으로 지성의 고유한 특성과 법칙을 기술했다. 따라서 만약 뭔가를 완전히 이해한다면 우리는 자연이 우리에게 부여해준 힘을, 스피노자의 의미를 빌려 무릇 우리 정신의 심장과 같다고 호프만 나름대로 표현한 지성의 힘을 활용하게 되는 것이다. 그리고 몸속의 심장처럼 정신의 심장 역시 박동할 때에야 비로소 우리는 진정한 삶을 누리고 행복에 이르게 되는 것이다.

상상과 기억만이 잘못된 사고를 불러일으키고 의심을 증폭시키고 또 평화와 행복으로 가는 길에 함정을 파놓는 결과를 낳는 것은 아니며 일상적인 언어도 "우리가 각별한 주의를 기울이지 않으면" 오류를 만들어낼 수 있다고 했다.

이는 오로지 지성에만 존재하고 상상에는 존재하지 않는 그 모든 것들에 사람들이 가끔 예를 들어 무형적인 것, 무한한 것 등과 같은 식으로 부정적인 명칭을 붙였다는 사실에서 잘 증명된다. 뿐만 아니라 현실에서 긍정적인 수많은 것들도 역시 부정적으로 표현되고 또 반대의 현상이 일어나기도 하는데……

그래 맞아! 호프만이 속으로 맞장구를 쳤다. 마치 사고 행위가 무슨 달리기인 것처럼 그의 심장이 속력을 올리는 동안 그의 기억이 에스터에 대한 추억을 변질시키고 확대시켰으며 딸이 다른 말을 했다는 점을 배제할 수 없다는 생각에 미쳤다! 딸애가 "난 알아요"라고 말하는 것을 들었다고 그는 굳게 믿어왔다. 그러나 그의 감각은 표리부동했고 그의 기억은 불완전했고 그의 감정이 지성을 흐려놓았다면! "난 그거 잊었어요" 혹은 "난 그렇게 믿어요"라고 말했을 가능성도 없지 않았다.

에스터가 그 말을 했다고 과연 믿어도 될까? 그리고 설령 아이가 정말로 그 말을 했다 하더라도 그 말을 그토록 곱씹어가며 의미를 새겨 넣어도 될까? 그가 과연 아이가 말한 앎에 담긴 참뜻을 밝혀낼 방법을 찾아낼 수 있을까?

그런 질문들로 그는 머리가 어지러웠다. 그는 자신의 육신이 용해된 납으로 채워지는 것을 느꼈고, 힘을 모아 간신히 책을 식탁에 내려놓았다. 그는 자기 손이 느릿느릿 식탁을 향해 움직이는 것을, 책이 식탁의 대리석 판 위에 내려앉는 것을 보았다. 그는 자기 얼굴을 문질렀고 그런 고역스러운 일에 지쳐 녹초가 되었다.

그는 자정도 채 넘기지 못할 것 같아 걱정이 됐다. 만약 그렇게 되는 날에는 책의 결론도 영영 알 수 없을 것이다.

그는 시계를 보고 싶었다, 아직 몇 시간이 남았는지 시계에 쓰여 있기라도 한 듯. 그러나 온몸을 샅샅이 그리고 육중하게 죄여오는 공포에 질식해버릴 것만 같았다. 그는 팔을 올렸고 천근만근 되는 근육, 피부, 골격의 중량을 견디며 열한시라는 것을 확인했다. 그 순간 가슴이 찢어지는 것을 분명하게 느꼈다. 그런 상투적인 표현을 자주 들어왔으나 바로 지금 문자 그대로 그 상태를 느끼고 있으며, 이런 증세는 처음이었기 때문에 무척 두려웠다. 심장 속에서 통증이 수류탄처럼 폭발했고, 날카로운 파편들이 목과 어깨와 배로 튀어나갔다. 그는 생각했다. 이제 난 영영 구제받을 수 없을 거야.

　그는 의식을 잃었다.

10장
1989년 8월 7일 오후

아침에 요한 손네마가 일거리를 가져다주었고 호프만은 그중에서 농업 담당관의 보고서를 읽었다. 등에 베개 몇 개를 포개 받쳐놓고, 침대 위로 걸쳐놓을 수 있는 좁다란 조립식 간이 식탁을 책상 대신 사용했다.

높다란 병원 침대 왼쪽에 난 큰 창문을 통해 경사진 청록색 들판의 풍경이 내다보였다. 먼발치에서 보기에 인적이 전혀 닿지 않은 것 같은 그 들판은 이따금 비의 장막 뒤로 사라졌다가 대기의 구름층에서 용케 구멍을 발견하고 쏟아져 나오는 강렬한 햇살 아래 환하게 모습을 드러내곤 했다. 몇 달 만에 내리는 비였다. 문을 닫으면 복도에서 나는 소리가 희미해졌다. 그는 조용한 가운데 혼자 서류를 검토했다.

아침에 손네마가 서류철을 한 뭉치 들고 병실에 들어서자 마침 그의 병상을 지키고 있던 마리안이 심장마비를 일으킨 지 불과 사흘밖에 안 되는 환자에게 어떻게 일을 가져올 수 있느냐고 카랑카랑하게 따졌다. 호프만이 자청한 일이라고 설명해도 그녀는 좀처럼 화가 풀리지 않는 눈치였다. "손네마 씨, 아무리 그래도 이런 터무니없는 요청은 들어줄 수 없다고 거절하셨어야죠."

"그렇지만 사모님, 어떻게 제가 상관이 명령한 서류를 가져다드리지 못하겠다고 거역하겠습니까?"

"그럴 수 있고말고요!"

"여보." 호프만이 끼어들었다. "억지 부리지 말아요, 제발!"

"당신은 쉬어야 한다고요." 그녀가 말했다.

"지금 쉬고 있잖아."

"이렇게 일을 하잖아요."

"이건 일이 아니야." 그가 말했다.

"그래요? 그럼 이건 다 뭐예요?"

"이런 걸 우리 외교관끼리는 외교적인 소일거리 혹은 돈 받고 해주는 문서 놀이라고 불러."

그녀는 못마땅하다는 표정으로 일어나더니 담배를 피우러 복도로 나가버렸다.

손네마가 떠나자 그녀가 다시 들어왔다.

"여보, 좀 쉬도록 해요, 나를 봐서라도 제발."

"허 참, 그냥 좀 놔두라니까. 이 정도는 별것 아니라고!"

"의사가 그랬잖아요, 휴식을 취해야 한다고."

그녀가 그의 볼에 입을 맞추고 방을 나갔다. 그녀는 오후 늦게나 돌아올 것이었다. 그는 서류를 대충 훑어보고 나서 트레버 존스와 이탈리아 대사에게 사과 편지를 썼다(손네마를 시켜 그의 심장마비 소식을 그들에게 통보해두었다). 한시 반에 간호사가 가벼운 점심을 가져다주었다. 그러고 났는데 누군가가 병실로 들어섰다. 한여자가.

침대 발치 너머로 처음 눈에 들어온 것은 그녀가 가슴 앞에 들고 있는 노란 꽃다발이었다. 궁색스럽기 짝이 없는 전형적인 사회주의의 꽃인 국화였다. 이미 시들기 시작한 그 꽃들이 아리따운 여자의 손에 들려 있었다. 여자는 전에 어디에선가 본 듯 낯익었다.

"호프만 대사님?" 여자가 영어로 말했다.

호프만은 그 목소리를 알아들었다. 그가 미소를 머금었다.

"노바 씨?"

여자가 다가와 천진해 보이는 동작으로 그에게 꽃다발을 건넸다. 노란 모자를 쓰고 있었는데, 어부들이 쓰는 목 뒷부분이 길게 늘어진 유포로 만든 방수모였다. 우비 어깨에 빗방울이 몇 개 맺혀 있었다.

"감사합니다." 그가 말했다. 그리고 간이 식탁 위에 꽃다발을 얹고, 두 사람 사이를 가로막을 방해물을 없애기 위해 그것을 옆으로 치웠다.

"꽃병을 바로 가져다달라고 해야겠군요. 사실 답례를 해야 할 쪽은 전데……" 그가 말을 이었다. "자, 어서 앉으시죠."

여자가 우비 단추를 풀고 자리에 앉았다. 그녀의 스커트 밑단 아래로 무릎이 드러났고, 그는 여자의 곱고 미끈한 다리를 내려다보았다.

"정말 뜻밖입니다." 그가 말했다. "뭘 좀 마시겠어요? 뭐든 가져오라고 하면 되거든요."

그가 침대 옆 코드에 매달린 인터폰 스위치를 향해 손을 뻗었으나, 그녀는 고개를 설레설레 흔들며 극구 사양했다.

"아니에요. 신경 쓰지 마세요. 방금 뭘 마시고 오는 길이에요."

"정말 안 드시겠어요?"

그녀가 공손하게 미소를 머금고 다시 고개를 저었다. "정말 괜찮아요." 그녀는 모자를 벗었고, 금빛 머리채를 휘휘 흔들어 치렁치렁 흘러내리게 했다. 그러고는 모자를 무릎 위에 얹고 얌전한 여학생처럼 등을 꼿꼿하게 세운 자세로 그를 쳐다보았다. 그는 반창고와 침상 위 플라스틱 병과 그것을 연결하고 있는 대롱을 스쳐가는 그녀의 시선을 좇았다.

"안색이 좋아 보이시네요." 그녀가 말했다. "하긴 우리나라에서 제일 알아주는 병원에 와 계시니까요."

"훌륭한 진료를 받고 있습니다." 그가 여자의 눈을 가만히 들여다보며 맞장구를 쳤다. 미끈한 몸매에 여성미가 넘쳐나는 여자는 마치 에로티시즘을 위해 창조된 것처럼 일거수일투족이 관능적 연상을 불러일으켰다. 키스를 퍼붓고 싶은 충동을 끊임없이 자극하는 약간 도드라진 도톰한 입술, 슬라브 민족 특유의 튀어나온 광대뼈, 지적이며 냉소적인 회청색 눈동자. 귀는 길게 드리운 머리채에 가려 보이지 않았지만, 그는 향기로운 피부의 다른 주름들의 비밀을 누설해줄 우아한 귓바퀴를 머릿속으로 못내 그려보았다.

"아내가 내가 여기 있다고 전해주던가요?"

"아뇨, 제가 오늘 아침 대사관으로 전화를 드렸어요."

"이렇게 만나게 되어 정말 반갑습니다." 그가 말했다.

여자가 조용히 미소를 지었다. "소식 듣고 많이 놀랐어요."

"그럼 모르고 계셨나요?" 그가 물었다.

"네."

"그날 저녁에 날 술주정꾼으로 생각하셨겠지요?"

"아니에요, 그렇게는 생각지 않았어요." 그녀가 겸연쩍게 대답했다.

"그냥 그렇다고 해두세요. 나도 솔직하게 인정할 테니까요. 사실 그날 몹시 취해 있었거든요."

다시 미소가 번졌다. 잘 가꿔진, 그러나 서방에서 그렇듯이 비싼 치과 교정비를 과시하는 듯한 한 치의 틈도 없이 가지런한 그런 치열과는 다른 그녀의 치아가 눈에 띄었다. 송곳니 하나가 약간 한쪽으로 쏠려 있어 그녀의 미소에 어딘지 흡혈귀 같은 분위기가 가미되었다. 그래서 오히려 더 관능적으로 보였다.

"여기 오래 계셔야 하나요?"

"대엿새 정도는요. 왜 누워 있어야 하는지 잘 모르겠지만, 의사 지시랍니다. 완쾌된 상태라 이렇게 누워만 있자니 따분하기 짝이 없습니다."

"전에도 이런 일이 있으셨어요?"

"심장마비요? 아뇨."

"생각만 해도 끔찍해요." 그녀가 말했다.

"권할 만한 일은 못 됩니다. 난 운이 좋았죠. 내가 의식을 잃고 난 후 바로 아내가 발견했거든요. 그래서 날 이곳으로 곧장 싣고 왔답니다. 이곳이 최신식 서구 의료 시설들을 갖추고 있다는 것 같아요."

"당에서 운영하는 병원이거든요." 여자가 공모라도 하는 듯 의

미심장한 미소를 지으며 말했다. "약도 드시는 거예요?"

"항응고제라고들 부르는 것 같지요, 아마."

여자가 고개를 끄덕였다.

그는 무슨 말을 해야 할지 잠시 생각이 나지 않았고, 환상 탓에 자꾸만 고이는 침을 꿀꺽 삼켰다.

여자가 눈을 내리깔았다.

심장마비를 이겨내고 살아남은 그는 복합적인 감정에 빠져 있었다. 그는 다시 숨 쉬고 있었고, 신진대사를 계속하고 있었고, 아직도 남아 있는 게 분명한 얼마 안 되는 앞날에 대한 호기심도 없지 않았다. 그러나 동시에 다람쥐 쳇바퀴 돌듯 같은 일상이 절망적으로 반복되리라는 생각만으로도 피곤했다.

삼 일 전에 그는 세상을 하직했어야 했다. 그런데 마리안이 예상보다 일찍 집에 돌아왔다. 왠지 불안한 예감이 들었다는 그녀가 그를 구해냈던 것이다. 그다음 날 새벽 병원에서 그는 아무 말 없이 떨리는 두 손으로 그녀에게 고마움을 전했다, 덤으로 받은 삶에 대한 기대가 한없이 부풀어 오르는 것을 매시간 새롭게 절감하며. 그러나 덤으로 받은 삶의 둘째 날이 채 지나기도 전에 그는 똑같이 아무 말 없이 그녀를 원망했다. 마리안이 그러기를 원한다는 단 하나의 이유에서 그가 살아남았기 때문이었다. 기계처럼 자동으로 돌아가는 그의 육체를 의료진이 작위적으로 다시 가동시켜놓았기 때문에 그는 그것을 받아들일 수밖에 없었다. 그러나 지금 그는 자신에게 아무런 권리가 없는 공기를 호흡하고 있었다.

의사들은 정신적 부담을 덜어준다는 구실로 그에게 약물을 아낌없이 주사했다. 인위적인 수면에는 꿈이 없었고 그런 공허 속에는 삶과 죽음의 동시성에 대한 감각이 결여되어 있었다. 진짜 잠은 의식이 있는 동시에 의식이 없는 상태였다. 매일 잠시나마 일탈할 수 있는 기회가 주어질 때 우리는 모름지기 자신의 위치를 한층 더 잘 지켜낼 수 있다. 그러나 의사들이 주사한 탈출구는 일탈의 기능을 발휘하지 못했으며, 따라서 해방감도 맛볼 수 없었다. 그것은 시커먼 공동에 불과했다.

"기자시라고요?" 그가 물었다.

"네." 여자가 생각에 잠겨 있다가 고개를 끄덕였다.

"주로 어떤 분야를 다루시나요?"

"일반적인 것들이에요."

"기자로 활동한 지는 오래됐습니까?"

"육 년이요. 그전에는 대학을 다녔어요. 이탈리아어와 영어를 전공했고요."

"색다른 조합이군요."

"처음에는 영어만 했어요. 그러다가 영국의 낭만파 시인들한테 영향을 받아 점점 이탈리아에 관심을 가지게 되었어요. 그들이 하나같이 이탈리아에 빠져 있었거든요."

"이탈리아에 가본 적은 있어요?"

"아뇨."

여자가 얼굴을 붉히는 것 같았다. 여자는 의자에 앉아 상체를 이리저리 흔들다가 갑자기 천장과 벽을 두리번거렸다. 도청기를 찾는 것일까? 그저 그의 시선을 외면하기 위해서일까?

"대사님은 이탈리아에 가보셨어요?" 여자가 물었다.

"가보다마다요. 사실 자주 갔었습니다."

"거기 정말 그렇게……"

"아름답냐고요? 그럼요. 당신 같은 아름다운 아가씨가 그곳에 가면 완벽한 배경에 완벽한 무대가 될 겁니다."

그 말이 간지럽게 들렸지만 그는 공연히 여자의 아픈 데를 건드린 것 같아 그것을 무마할 말을 해주고 싶었다. 여자는 마치 하루종일 그런 칭찬에 시달려 무뎌진 사람처럼 그의 찬사를 능숙하게 받아넘겼다.

"과분하신 말씀을요." 여자가 말했다. "이탈리아의 풍경에서는 모든 게 다 아름답게 보일 것 같아요. 근데 저 부탁이 하나 있어요."

"말해보십시오."

"대사님하고 인터뷰를 했으면 해서요."

"지금 우리가 하고 있는 건 그럼 뭔데요?"

"아뇨, 저희 신문에 실을 인터뷰요. 〈루데 프라보〉 지예요."

"무엇에 대한 거죠?"

"양국 간의 교류에 대해서예요."

"먼저 본국에 승낙을 받아야 합니다." 사실은 그렇지 않았지만, 여유를 갖고 부탁을 고려해보고 싶은 경우 그는 그렇게 말하곤 했다.

"물론 그렇게 하셔야지요."

"한데 내 마음대로 할 수 있다면 당신을 꼭 한 번 더 만나고 싶군요." 엉겁결에 그런 말이 튀어나오고 말았다.

"상부에 말씀만 잘 올려주시면 그럴 수 있을 것 같은데요."

"쓰고 싶은 대로 쓸 수 있나요?"

"무슨 말씀이세요?"

"우리 인터뷰 때 내가 하고 싶은 얘길 다 해도 되나요?"

"물론 다 하셔도 되죠."

"하지만 그대로 전부 다 기사화되느냐 하는 말입니다." 그가 하고자 하는 말이 전부 실리지 않을 것은 너무도 당연한 일이었다. 그는 다만 여자가 어떻게 대답할지가 궁금했을 뿐이었다.

"전 말씀하시는 걸 모두 받아쓸 거예요. 그게 그대로 인쇄되어 나올는지는 제 소관이 아니에요. 그건 대사님 나라에서도 그럴 텐데요."

"그걸 누가 주관합니까?"

"서구에서는 그런 책임자를 '주간'이라고들 부른다면서요?"

"그리고 여기서는 '검열관'이라고 부르지 않던가요?"

"우리는 우리 나름대로 지켜야 할 본분이 따로 있어요, 호프만 대사님."

"그 말이 맞기를 바라 마지않습니다." 그가 말했다. "이왕 말이 나왔으니 하는 말인데…… 난 당신네들 체제에 별로 공감하지 않습니다."

"그거야 대사님 자유시죠." 여자가 대꾸했다.

"네, 그렇지만 그쪽에는 그런 자유가 없고요." 그가 응수했다.

여자는 아무 반응도 보이지 않았다. 그는 침을 삼킬 때마다 목젖이 옴지락거리는 여자의 아름다운 목을 쳐다보았다. 그는 부드러운 아치를 그리며 미끄러지듯 내려앉은 여자의 면도한 겨드랑이 사이의 잔주름들을 떠올렸다.

"난 내가 태어난 우리나라의 체제에 대해서도 별로 공감하지 못합니다." 그가 말을 이었다. "난 어쩌면 고루한 무정부주의자인지도 모릅니다. 내 맘에 드는 그럴듯한 제도를 아직까지 보지 못했으니까요."

"무정부주의자들과 공산주의자들은 긍정적인 의미에서 서로 공유할 만한 역사를 형성하지 못했지요." 여자가 말했다.

"그러니까 공식적으로 볼 때 우리는 서로를 하나로 묶을 만한 유대관계가 없다, 이거죠? 하지만 난 보편적인 무정부주의자들과는 다르다고 자부합니다. 난 감정적으로만 무정부주의자니까요."

"그런 무정부주의자가 있다는 말은 들어본 적이 없는데요." 여자가 놀란 표정을 지으며 말했다.

"그래요? 솔직히 말해 나도 처음입니다."

그들은 함께 웃었다.

"이곳 체제는 케케묵은 19세기의 철학에 기초하고 있어요, 노바 씨. 그렇다고 해서 서방의 제도가 더 현대적인 건 아닙니다. 이건 현대화의 문제가 아닙니다. 서방의 제도는 태곳적부터 이어져 내려왔습니다. 서방의 출발점은 인간의 기아에서, 인간의 늑대 같은 사고방식을 통제해보려는 노력에서 시작됐습니다. 반면에 여기 이념은 인간의 선에 그 바탕을 두고 있습니다. 그러나 그 결과는 가장 악랄한 늑대가 힘없고 애꿎은 무리를 조종하는 현실인 거죠."

"전 대사님과 토론을 벌이고 싶은 생각은 없어요." 여자가 차갑게 말했다.

"차라리 그 편이 현명할 것 같기도 합니다." 그가 흠칫 놀라며 말했다. 자기 입술을 여자의 허벅지에 대고 누를 수 있는 일말의 기회마저 잃어버린 것은 아닐까 하고 염려하며. "당신을 모욕할 의도는 없습니다. 단지 이곳에 대한 내 의견이 그렇다는 거죠. 이 나라에서 흔히 일어나는 일에 대한 우리 대사관 직원들의 보고서를 매일 읽고 있거든요."

"호프만 대사님께 저 같은 사람의 동의가 무슨 소용이 있겠어요?" 여자의 목소리에서 노여움이 느껴졌다.

"나는 당신의 지지를 바라는 게 아니라 당신의 견해에 관심이 있는 겁니다."

"제 생각 같은 건 없어요. 전 일종의 전달자예요."

"그렇다면 당신은 내가 난생처음 만난 자기 생각이 없는 기자님이로군요. 하지만 명심해두십시오. 난 서방의 제도도 여기 못지않게 타락했다고 생각하고 있다는 점을."

"그 말에는 좀 솔깃해지는데요." 여자가 말했다.

"그럴 줄 알았습니다."

"그럼 대사님은 타락한 제도의 공식 대변인이신 셈이네요?" 여자가 도전적으로 물었다.

"그런 셈이죠."

"그리고 그 말씀을 우리 인터뷰 때에도 말씀해주실 테고요?"

"그것은 당연히 안 되는 일이죠."

"애석하군요. 대사님네 제도의 어떤 점이 그토록 타락했다고 생각하는지 말씀해주실 수 있으세요?"

"과잉."

그 말이 가소롭게 들리리라는 걸 그 자신도 분명 잘 알고 있었다. 그러나 이 순간 그것도 자진해서 무력함의 희생자가 되어 병상에 누워 있는 마당에, 게다가 유치한 정욕 때문에 목이 칼칼해진 그는 그 외에 다른 말은 머릿속에 떠오르지 않았다.

"과잉요?"

"네."

"하지만 자본주의적인 관점에서 그건 하나의…… 성취의 대상이 아니겠어요?"

"과잉과 죄책감." 갑자기 진지해진 나머지 창백한 안색으로, 그리고 마치 이것이 죽기 전에 마지막으로 벌이게 될 논쟁이나 되는 것처럼 그는 스스로도 놀랄 정도로 확신에 차 말했다. "과잉된 향유는 번뇌에 찬 죄책감을 낳습니다. 노바 씨, 우리에게 왜 그럴 권리가 주어졌는지, 왜 우리가 선택된 자들인지 그럴 만한 합당한 이유가 없기 때문입니다. 과잉은 무엇보다 우선 의혹과 마비를 야기합니다." 그가 열띤 목소리로 말을 이었다. "무얼 택할까, 무얼 버릴까 하는 식으로 말입니다. 그리고 매일같이 우리는 거실에 놓인 바보상자를 바라보며 머나먼 나라에서 기아에 허덕이다 죽은 수많은 시체들의 영상과 흥미 위주의 오락 프로그램의 영상 가운데 하나를 골라야 합니다. 우리의 위치를 얼마나 더 유지할 수 있을까 하는 불안 속에서 그 위치에 집착하고, 지나치게 호사스러운 만찬을 소화시키고 있는 동안, 우리는 가공의 죄책감으로 생기를 잃어가는 겁니다……"

그는 문득 말을 멈추고 이제 이야기를 어느 방향으로 이끌어나갈지 생각해보았다. 그가 지금 한 말은 자기 자신에게만 적용되는 것이 아니었을까? 그가 부당하게 우리라는 인칭을 사용한 것은 아니었을까? 그러나 골똘히 생각하고 있으려니 머릿속 한쪽에서 기발한 생각이 떠올랐다.

"그렇습니다, 우리는 흉물스러운 시대를 살고 있습니다." 그가 다시 말을 이었다. "파괴와 과잉과 죄책감의 세기죠. 사흘 전 나는 거의 사경에 이르렀는데, 솔직하게 말하면 그때 주방 바닥에 죽은 채 계속 누워 있었던 게 차라리 낫지 않았을까 하는 회의를 품고 있습니다."

당황해하는 여자의 표정에 그가 흠칫 놀랐다.

"아주 퇴폐적인 생각을 하시는군요." 여자가 분개하여 말했다. "대사님이 지금 소유하고 계신 모든 걸 왜 그냥 즐기지 못하신다는 거죠?"

"모든 것에는 대가가 따르기 마련입니다." 그는 그 의미를 정확히 인식하고 있었지만 애매모호하게 말했다.

"대사님은 아무 대가도 지불하실 필요가 없잖아요!" 여자가 비난조로 말했다. "대사님에게는 특권이 주어졌어요. 그런데 그걸 향유하길 거부하고 계세요. 그 점이 바로 제 눈에는 퇴폐적으로 보여요."

"전 바로 그 대가를 지불하고 싶은 겁니다!" 여자에게 이해받고 싶은 강한 욕구에서 그가 목청을 높였다. "노바 씨는 내 심경을 이해하지 못합니다. 난 바로 그 대가를 지불하고 싶단 말입니다!"

여자는 고개를 내젓고 시선을 외면해버렸다.

"혼란을 드려 죄송합니다." 그가 말했다.

"그렇지 않아요." 여자가 눈을 내리깐 채 말했다.

"표현력이 부족한 게 안타까울 뿐입니다." 그가 계속해서 이야기해보려고 했다. "설명이 되지 않는 걸 설명하려고 안간힘을 쓰고 있는 기분입니다. 애당초 말을 꺼내지 말았어야 할 것을."

여자가 강렬한 눈빛으로 그를 쳐다보았다. "저 혹시…… 미래가 궁금하지 않으세요?" 여자가 어린 소녀 같은 어조로 물었다.

"아뇨."

"서기 2000년." 여자가 말을 이었다. "그 해를 직접 맞이해보고 싶지 않으세요?"

그도 그런 생각을 해본 적이 있지만 그것에 대해 다른 사람과 이야기를 나눠본 적은 없었다.

"아뇨, 그때가 되면 난 죽고 없을 테니까요."

"연세가 어떻게 되세요?"

"쉰아홉."

"그럼 겨우 일흔이 되시는 거잖아요."

"사흘 전 심장마비로 세상을 하직할 뻔했던 몸입니다."

"느긋하게만 생활하시면 앞으로 적어도 이십 년은 거뜬하게 넘기실 거예요." 여자가 그에게 뭘 팔러 온 사람처럼 말했다.

"난 굳이 이 세기의 마지막 해를 경험해야 할 필요를 느끼지 않습니다."

"전 대사님이 이해가 안 돼요." 여자가 말했다. "정말 이해할 수 없어요."

그는 눈을 내리깔았고, 여자를 영영 놓쳐버린 것 같다는 생각에 잠겼다. 몰이해와 부정확으로 점철된 이런 식의 대화는 설익은 청춘들이나 할 짓이었다.

"자녀분들은 있으세요?" 여자가 물었다.

"아뇨."

"다른 가족들은요?"

"아내 말고는 없습니다."

"그러니까 대사님은…… 그러니까 대사님은 호프만 가문의 마지막 후손이 되시는 셈이군요."

"우리 가문뿐만이 아닙니다. 나는 호프만 일가를 통틀어 마지막 남은 호프만입니다. 나의 대에서 호프만 가문의 명맥이 끊어져버리는 셈이죠."

"무슨 신나는 일이라도 되는 것처럼 말씀하시네요."

"그럴 생각은 없었습니다."

여자가 자리에서 일어났다. 그보다 키가 더 클 것 같았다.

"신기할 만큼 솔직한 분이세요." 여자가 머리채를 다시 방수모 속으로 집어넣으며 말했다. "인터뷰가 기대되는걸요."

"그럼 인터뷰를 추진할 계획입니까?" 그가 뜻밖이라는 듯 물었다.

"대사님이야말로 아주 참신한 인터뷰 대상이 되실 것 같은데요."

"그래요? 저어…… 난…… 난 기자님이 내게…… 퇴짜를 놓을 줄 알았는데."

"정반대예요." 여자가 대꾸하며 우비 단추를 잠갔다. 그는 여자가 자기 바지의 앞섶을 열기라도 하는 것처럼 황홀한 기분으로 그 손가락의 움직임을 관찰했다.

"전 심장마비 일으킨 사람들은 구사일생으로 목숨을 건졌다고 다행으로 여기고 감격스러워할 줄로만 알고 있었어요. 그런데 대사님은 예외세요."

"그러니까 그 말은 내가 생명의 가치를 충분히 인식하지 못하는 미개인이라는 뜻인가요?"

"네." 여자가 서슴없이 대답했다.

"그렇지 않습니다. 생명을 소중하게 여기다 못해 내가 그것을 받을 자격이 없다고 생각하고 있으니까요."

"호프만 대사님, 전 공산주의자예요. 전 미래를 바라보며 살아요. 변화해갈 세상을 믿어요."

"부럽습니다." 그가 말했다.

"외람되지만 대사님은 이 세기가 아니라, 스스로 자초하신 혼란의 희생양이세요. 세기라는 게 무슨 의미가 있나요? 그건 아무런 의미가 없는 추상에 불과해요. 대사님의 눈에 비친 금세기는 슬로바키아 동부에 사는 농부나 가나에 사는 흑인이 지금 겪고 있는 상황과는 아주 달라요. 우리는 역사의 고유한 변천 과정 속에서, 그 객관적 질서 속에서 세상에 접근해야 해요. 주관적인 집요한 관념에서 출발해서는 안 돼요."

"무슨 말인지 전혀 이해하지 못하겠습니다." 그가 넋을 잃은 채여자의 얼굴을 바라보며 말했다.

"대사님은 다른 세상 분이시니까요." 여자가 선생님 같은 말투로 말했다.

"내게는 당신이 다른 세상의 사람이고요."

여자가 손을 내밀었고, 그는 손을 두 손으로 감싸 쥐었다.

"이렇게 와주셔서 정말 고맙습니다." 그가 말했다. "그때 당신이 날…… 말하자면 내 생명을 구해주셨어요."

여자가 손을 빼냈고, 그는 자신의 손가락들을 풀어 그녀의 손을 떠나보내지 않으면 안 되었다.

"지금까지 하신 말씀대로라면, 그때 대사님을 그냥 운명에 맡겨두는 편이 나았을 걸 그랬죠?"

그는 아무 말도 하지 않고 창밖으로 시선을 돌렸다. 마치 거기에

314

서 대답을 찾을 수 있는 것처럼. 짙은 잿빛 비구름이 언덕 위를 휘감으며 들판에 안개의 장막을 쳤다. 그는 자기 자식들마저 삶의 권리를 빼앗긴 마당에 자기는 더욱더 자격이 없다는 말을 하고 싶었다. 그가 저지른 잘못이 무엇이 되었든 에스터와 미르얌은 무고했다. 그들은 누구를 조롱하지도, 기만하지도, 경멸하지도 않았다(미르얌은 어쩌면 그랬다고 할 수도 있지만 그 당시 그녀는 생명을 부지하고만 있을 뿐 사실 이미 죽은 것이나 다름없었다). 그는 자식들의 죽음이 결국은 신이 자신에게 내린 벌이 아닐까 하고 생각했다.

그러나 그런 식으로 벌을 주는 신은 악마보다 더 잔인했다. 그는 새삼 스피노자의 신을 떠올렸다. 자연의 힘을 대변해주는 신, 벌도 상도 주지 않는 신, 풍요와 발전의 신, 그러나 공허와 고통을 중단시키지 못하는 신.

호프만은 할례를 했지만, 정식으로 자격증을 받지 못한 미완성된 유대인이었다. 그는 스피노자가 모세와 아브라함의 신, 즉 인간이었고, 그렇기에 천국의 시장터에서 장사치처럼 소리를 질러대는 신에 대해서도 글을 썼는지 알지 못했다. 스피노자의 신과는 토론을 벌일 수 없지만 모세의 신에게는 직접 말을 걸 수도 있고 책임을 추궁할 수도 있었다. (물론 에스터가 병에 걸리기 전에 이미 그의 영혼 속에 자리 잡은 방탕한 무엇 때문에) 호프만이 징벌을 받았다면, 모세의 신만이 그런 처벌에 대한 책임을 지고 양심의 가책을 느낄 것이고, 그렇다면 스피노자의 추상적인 신의 관념 역시 진리가 될 수 없을 것이었다. 그러나 에스터의 고통을 비롯하여 그로 인한 미르얌의 고통이 무의미하고 납득할 수 없고 따라서 받아들일 수 없는 것인 한―그리고 그런 상태는 영원히 계속될 것이었다—모세 신의 인격체는 희미해지고 그가 의지할 만한 데라곤 아무래도 스피노자의 신밖에 없었다. 적어도 의지하려는 마음이 남아 있다면 말이다.

모세의 신은 아이들의 죽음과 같은 징벌로 그에게 오로지 분노만을 샀다. 아버지로서의 가없는 분노였다. 그런가 하면 스피노자의 신은 자연을 다름 아닌 출생, 고통 그리고 죽음으로만 되어 있는 걸로 고안했던 탓에, 그걸 미안히 여겨 용서를 빌어왔다.

이레나 노바—이 체코 기자가 화장실 부근의 복도에서 그를 발견했다고 마리안에게 전해 들었다—가 그를 운명에 맡겨두었다면 그는 그곳에서 분명 죽었을 것이다. 그는 더 이상 살고 싶지 않았다. 짐승 같은 그의 삶이, 자식이 개처럼 무참하게 절명했는데도 그의 심장은 가슴속에서 (돼지나 하이에나의 심장이나 다를 바 없이) 미련스럽게 박동을 계속하고 있다는 사실이 그로 하여금 죽음을 갈망하게 만들었다.

"네." 다시 이레나 노바에게로 몸을 돌리며 그가 마침내 대답했다. 사실 그는 이렇게 말하고 싶었다. 네 맞습니다, 날 내버려뒀어야 했습니다, 하고. 그러나 그는 그 말을 삼켜버렸고 말없이 여자를 바라보았다.

여자는 양손을 앞으로 가지런히 포개고 서 있었다. 그녀는 키가 크고 아름답고 건강미 넘치며, 멋없는 우비와 촌스러운 방수모에도 불구하고 부드럽고 여성다운 자태를 흩뜨리지 않은 채 순박한 눈으로 그를 내려다보고 있었다. 그녀는 그를 신중하게 관찰하고 있었는데, 그가 두렵기 때문에 그와 거리를 두고 싶어한다는 것을 그 눈에서 읽을 수 있었다. 동시에 그 눈은 그녀가 그에게 매료되었다는 것을 드러냈다.

막아내려고 애썼지만 막무가내로 들이닥치는 흥분이 그의 음경을 지배해버렸다. 그는 슬그머니 손을 이불 위에 얹어 배를 가렸다. 숨이 끊어지기 전까지 아직 남은 인생에 한 가지 목표가 생겼다는 생각이 그의 머릿속을 파고들었다. 그는 여자의 젖가슴에 키스를 퍼붓고 싶었다. 여자의 품에 안겨 향기로운 냄새에 파묻히고 싶었다.

11장
1989년 8월 18일 오후

호프만은 그녀를 나메스티 레푸블리키 가에 있는 레스토랑으로 점심 초대를 했다. 보통 때는 앰버서더나 유로파 같은 대형 호텔 중의 하나에서 식사 약속을 하곤 했다.

손네마에게 이끌려 한번 가보았던 이곳이 이레나 노바와 인터뷰를 하기에 가장 적당한 장소로 보였다. 음식은 여느 곳과 마찬가지로 형편없지만 실내장식이 전형적인 유겐트 양식으로, 전쟁 전 '빈 분리파'에 대한 막연한 예찬이 노란 젖빛유리로 된 샹들리에에서 흘러나왔다.

인터뷰에 나타난 그녀의 옷차림은 병문안 왔을 때와 별 차이 없었다. 헐렁하고 수수한 색상의 옷이었다. 그녀는 일제 테이프리코더를 가지고 나왔으나 그는 녹음을 원치 않았다. 자기도 모르게 과격한 발언을 한다면 나중에 부인할 속셈이었다. 예상외로 입에 착착 달라붙는 비프스테이크에 푹 삶은 감자와 미지근한 비트를 곁들인 식사를 하면서 그녀가 질문했다.

병원에 방문했을 때에 비해 그녀는 더 거리를 두었다. 그에게는 전혀 곁눈도 주지 않고, 준비해 온 상투적인 질문들이 적힌 수첩을 들고 한 손으로 열심히 메모했다. 그는 외교적 미사여구로 별 내용 없는 대답만 했다.

그는 값비싼 이탈리아제 리넨 양복을 입고 있었는데—유럽은 다시 열대성 기후로 사람들은 땀을 뻘뻘 흘리며 부대끼고 있었다— 다른 테이블에 앉은 체코인들의 눈총이 따가웠다. 그가 속한 세계 에서는 이를테면 금팔찌나 인장이 붙은 투박한 반지가 금기시되는 것처럼, 여기에서는 그가 입은 양복이 그러했다. 네덜란드 외교관 으로서 최대한 과시하면서도 품위를 잃지 않으려는 심산에 고른, 기껏해야 일 년에 한 번 입을까 말까 하는 양복이었다. 제일 낡은 양복으로 골라 입고 나올 것을 하는 후회가 막심했다.

그녀가 병문안을 다녀가고 나서 지난 며칠 동안 그는 밤낮으로 에로틱한 공상에 젖었다. 그녀의 육체와 관련된 열띤 환영이 그칠 줄 모르고 흘러넘쳐 성적 상상을 자극했다. 케냐에서의 사건 이후 그는 아무하고도 성관계를 갖지 않았다. 전에는 매춘 업소에 발을 들여놓기 무섭게 주체하기 힘든 욕구가 끓어올라 재빠르게 일을 치르곤 했다. 돈을 내면 여자가 다리를 벌린다는 생각만으로도 욕 정이 저절로 솟구쳤던 것이다. 그는 리마, 다르에스살람, 리우데자 네이루, 휴스턴, 그리고 에스터가 죽고 나서 부임했던 주재지들에 있는 외교관 전용 창녀촌의 단골 고객이었다. 그는 수음도 서슴지 않았다. 자신의 손으로 스스로를 주물럭대는 행위를 일삼는 육십 고개의 남자.

성욕은 마치 팔에 난 털이나 주근깨처럼 세월과 함께 변해갔다. 그러나 마지못해 억누를 수 있을지는 몰라도 완전히 사라지지는 않았다.

이레나 노바와 눈이 마주치는 순간 그 같은 제어 장치에 이상이 생기고 말았다. 그녀가 그를 보자마자 그는 아직껏 몰랐던 미지의 세계를 탐험하고 싶은 충동이 일었다. 그녀의 눈빛이 마냥 에로틱하게 와 닿았고, 그에게 에로틱이란 남모를 비밀이 묻혀 있다는 암시를 의미했다. 그녀의 눈을 뚫고 정신의 으슥한 지점을 비롯하여 육체의 으슥한 지점도 적나라하게 폭로하고 싶었다.

그는 수없이 그녀 생각을 했다. 한밤중 침대 속에서도, 바이엘사의 수면제가 공허한 잠을 몰고 올 때까지 외국 신문과 잡지 들을 뒤적이는 동안에도. 심장마비 덕분에 그는 침대와 새롭게 친숙한 관계를 맺게 되었다. 처음에는 몇 시간이고 침대에 누워 있는 일에 익숙하지 않아 여간 고역스럽지 않았으나, 의사들이 약효가 좋은 수면제를 처방해주었고 그는 고분고분 받아먹었다. 그는 이레나의 키를, 어디론가 간절히 떠나고 싶어하는 눈을, 그리고 애절한 육욕을 일으키는 몸매를 머릿속에 그려보았고, 이 세 가지 요소로 그의 모든 희망을 요약할 수 있었다.

그는 병원에서 퇴원하여 슬프고도 끔찍하게 반복되는 일상으로 복귀했다. 오로지 그 한 가지 목표만을, 도저히 불가능해 보이고 더없이 황당무계한 계획으로 이어지는 영웅적인 임무만을 생각하며. 인생길의 종착역이 가까이 다가오고 있기 때문에 호프만은 시간이 별로 없었다. 그런데도 이레나는 지금 그의 맞은편에 감히 접근할 수 없는 자세로 앉아 있었고, 내내 차갑고 무심하게 그를 대했다.

인터뷰는 지루하기만 했다. 그가 이탈리아제 양복을 꺼내 입고 나온 데에는 좀 젊게 보여 관심을 끌어보려는 마음도 있었다. 그러나 그녀는 그의 음성에도, 그의 눈에도, 그의 양복에도 전혀 무관심했고, 그저 사무적으로 인터뷰만 진행할 따름이었다.

(작은 잔에 담긴 터키식) 커피가 나왔을 때 그녀가 그에게 감사의 인사를 했다. 그는 그녀의 이마와 윗입술에 작은 땀방울이 맺혀 있는 것을 발견했다.

"천만에요. 기사 내용을 먼저 보여주시는 거죠?"

"약속된 대로 하겠습니다."

"이제 오후 일정은 어떻게 되시죠?"

"몇 가지 마쳐야 할 일이 있어요." 그녀가 그를 스쳐 다른 테이블에 앉아 있는 손님들에게로 시선을 돌리며 대답했다.

"내가 받은 인상으로는……" 그는 머뭇거리며 적합한 단어를 찾았다. "머릿속이 다른 생각으로 꽉 차 있는 것 같군요……"

그녀가 씁쓸하고 적대감이 서린 눈초리로 그를 힐끗 쳐다봤다. 그러고 나서 당황스러운 듯 고개를 가로저었다.

"아녜요, 괜찮아요." 그녀가 불쑥 말했다.

"괜찮다고요? 그러니까 무슨 일이 있기는 있는 거군요?"

그녀는 그의 반응에는 아랑곳없이 아직 한 모금도 마시지 않고 양손으로 받쳐 들고 있던 커피 잔만 씁쓸하게 응시하고 있었다.

"노바 씨, 혹시 내가 도울 일이 있으면 알려주세요. 내가 어쩜 보탬이 될지도 모르니까요."

그녀는 냉소를 머금더니 고개를 휙 쳐들고 경멸감을 한껏 담은 눈으로 그를 쳐다보았다. 그 눈에는 그녀가 그의 공상을 꿰뚫어보고 그를 비난하고 있다고 따끔하게 일침을 가하는 메시지가 담겨 있었다.

"호프만 대사님, 도움 같은 건 필요 없어요." 그녀가 입을 열었다. "제 앞가림 정도는 할 수 있어요."

"그래도 만약 무슨 일이 있다면……" 그가 고집을 굽히지 않았다. 그녀는 불쾌해하는 기색이 역력했다.

"잘 알겠습니다." 그녀가 쌀쌀맞게 이야기를 맺었다.

무력감이 엄습했다. 그는 절대 이 테이블의 너비보다 더 가까이 그녀에게 다가갈 수 없으리라.

그녀가 자리를 뜨고 나서도 그는 한참 동안 풀이 죽어 우두커니 앉아 있었다. 그녀는 인터뷰 원고를 작성하면 읽어볼 수 있도록 며칠 뒤에 전화를 하겠다고 했다. 대개 그런 종류의 인터뷰 기사는 간행되기 전에 보여주지 않는 것이 관례였다. 외교관들이 내용을 보고 그런 말을 한 적이 없다느니 모두 기자가 지어낸 것이라느니 하며 우길 여지가 다분하기 때문이었다. 그러나 그녀는 연락을 하겠다고 했고 그는 동의했다. 그녀를 다시 한 번 만나기 위해, 그래서 자기가 품고 있는 환상의 실현 가능성을 유지하기 위해서였다.

그는 와인 한 병을 주문했고 천천히 잔을 기울이기 시작했다. 자신의 생각을 차근히 정리해보고 싶었다.

이레나 노바와 자고 싶어하는 욕망에는 뭔가 히스테릭한 면이 도사리고 있었다. 그는 미르얌이 은연중에 영향을 미쳐 그런 철딱서니 없는 집념을 갖게 된 것은 아닐까 자문해보았다. 미르얌이 살아 있다면 올해 스물아홉이 될 텐데 이레나 노바는 딸보다 약간 웃돌아 삼십 대 초반으로 보였다. 갑자기 그는 무의식의 표상 같은 정신분석학적 방법을 적용하고 있었다. 상징적인 차원에서 그가 자신의 죽은 딸과 결합하기를 원하며 딸의 대역으로 이레나를 선택한 것이라고 해석할 수 있었다. 그는 이런 생각을 진지하게 분석해보다가 자신이 갈피를 잡지 못하고 정신착란에 빠져드는 것 같아 놀라며 고개를 내저었다. 착잡한 마음에 갈증을 느끼지 않으면서도 와인 한 병을 다 비웠다.

그가 집에 돌아왔을 때는 해가 저무려면 아직 먼, 이른 오후였다. 그는 술이 얼큰하게 취했고, 얼굴이 달아오르는 것을 느꼈고, 집에 들어서기가 무섭게 양복을 벗어젖혔다. 핏속에 그 많은 알코올이 들어가 생명을 위협할 수 있었지만 그는 전혀 개의치 않았다. 그가 자신의 안전한 은신처이자 감미로운 무풍지대인 주방에서 두 번째 술병을 따고 있는데 마리안이 점심에 먹고 남은 음식을 쟁반에 받쳐 들고 들어섰다. 그의 모습을 보고 소스라치게 놀라는 그녀를 그가 망연히 쳐다봤다. 그녀가 떨리는 손으로 쟁반을 싱크대 위에 내려놨다.

"여보……"

그녀는 그에게서 등을 돌린 채 청록의 정원을 응시하고 있었고, 그는 그녀의 목소리에 섞인 감정을 읽어낼 수 있었다. 그녀도 더웠는지 반소매 원피스를 입고 있었다. 소매 밑으로 늘어진 팔뚝의 군살이 보였다. 퐁 하는 소리와 함께 코르크가 병에서 빠졌다. 그는 와인을 크리스털 잔에 능숙하게 따랐다.

"여보……"

그는 잔을 들어 킁킁대며 향기를 맡았다. 향이 일품이었다.

"여보……"

그는 한 모금을 머금고 이 사이로 이리저리 굴리며 입속의 작은 돌기들을 두루 간질였다.

"여보, 이제는 그만둘래요." 그는 마리안이 하는 말을 들었다. 그는 그들의 아이들을 낳아준 그녀의 엉덩이에 시선을 던졌다. 지난 시절 젊은 여인이었을 때의 모습이 되살아났고, 어둠침침한 침실에서 그들이 부끄러움과 쾌락 사이를 오가며 정사를 벌이던 장면이 다시 떠올랐다. 그때는 누구의 꽁무니도 따라다닐 필요가 없었다. 그에게는 마리안과 두 딸이 있었고 삶은 그를 관대하게 포옹해주었다. 그는 행복했다.

"내가 하는 말 듣고 있어요? 이제 그만두겠다고요."

호프만이 의자를 잡아 빼내 앉았다. 마리안은 여전히 그에게 등을 돌리고 서 있었다. 차마 그를 마주 보지 못하고.

"당신은 당신대로의 인생이 있잖았던가?" 그가 꺼칠하고 쉰 목소리로 말했다. "나한테는 신경 쓸 필요 없다고."

그녀가 물었다. "정말 그렇게 죽고 싶어요?"

그는 그녀가 눈물을 참고 있다는 것을 알아차렸다. 그녀가 다시 말했다. "정말 꼭 이런 식으로 끝장을 내고 싶냐고요?"

"날씨가 덥군. 목도 마르고. 이 정도는 마셔도 괜찮아." 그가 적당히 둘러댔다.

"당신 벌써 취했어요. 당신, 들어올 때부터 취한 상태였다고요. 어디서 점심 약속 있었어요? 아, 관둬요, 알고 싶지도 않아요."

그는 물에 젖은 잔디와 우뚝 솟은 정원수들을 바라보며 고개를 내젓고 있는 그녀를 쳐다봤다.

"우리가 왜 그때 바로 이혼하지 않았을까요? 그때 그렇게 했다면 미르얌을 위해서도 좋았을지 모르는데."

"말도 안 돼." 그가 일축했다.

"미르얌이 가장 고통스러워했잖아요. 아이가 세상을 떠난 건 다 우리 잘못이에요."

"그럼 에스터는? 그 애가 암에 걸린 것도 우리 잘못이었나?"

"모르겠어요…… 하지만 어떤 절대자가 있어 벌을 주는 거라는 생각이 이따금 들어요. 에스터는 어쩌면 우리를 위해 희생당했는지도 몰라요."

그가 잔을 들어 올리며 말했다. "그 생각은 당신의 가톨릭식 사고방식에서 나온 거야."

그는 한 모금을 들이켰고 잘 익은 와인의 맛을 즐겼다.

"펠릭스, 아무튼 우리 잘못이 컸어요."

"저런, 측은해서 어쩌지?"

"제발 그렇게 비꼬지 말아요!" 그녀가 목청을 돋워 외쳤다.

그는 그녀를 손가락으로 가리켰다. 그러자 싸구려 술집에서 주정꾼들끼리 자신의 허물을 덮느라 버럭버럭 악쓰는 광경이 떠올랐다.

"마리안, 나한테 그런 식으로 말하지 마! 당신이 뭔데 그렇게 윽박지르는 거지!"

그녀는 아무 말도 하지 않았고, 싱크대 앞에 꼼짝 않고 서 있었다.

그는 씨근거리며 대리석 식탁 앞에 머리를 숙이고 앉아 반쯤 찬 잔을 마저 채웠다. 그는 경우에 어긋나고 독선적이며 원한과 복수심에 들끓는 짓을 하고 있었다. 신랄한 욕설을 한바탕 퍼부어야만,

기어코 그녀 눈물을 봐야만 응어리진 울분을 겨우 삭일 수 있을 것 같은 기분이었다.

"아니, 불쑥 들어와서는 다짜고짜 이혼하겠다고 해!" 그는 자신이 듣기에도 역겹게 호통을 쳤다. "제기랄, 난 지금 심장마비에서 회복 중인 환자의 몸이라고, 심, 장, 마, 비, 알겠어?" 이번에는 진짜 고함을 질러댔다. 식탁의 가장자리를 꽉 붙든 채 눈을 부라리며. "당신, 그런 말 해서 내가 다시 심장마비나 일으키길 바라는 거지? 당신이 바라는 게 바로 그거지? 그렇게 내 숨이 끊어졌으면 좋겠어? 내버려둬도 술로 숨통이 막혀버릴 것 같으니 이왕 마음먹고 부추겨보자, 이건가? 내가 쓰러졌으면 좋겠지, 그렇지? 내가 당장 죽기를 바라는 거야! 참 고맙구려, 이런 식으로 계속해줘! 그럼 당신 원대로 바로 죽게 될 테니까!"

"난 당신이 죽기를 바라는 게 아니라고요!" 그녀가 팩 소리를 질렀다. 그러고는 양손으로 얼굴을 감쌌다.

그는 흥분을 가라앉히려고 잔을 단숨에 쭉 들이켰으나, 알코올은 죄책감과 수치심으로 엮어진 석쇠 위에 얹혀 지글거리던 그의 영혼에 불을 지폈을 뿐이다. 자신의 죄의식에서 벗어나고 싶다면 그녀를 파괴시키지 않으면 안 되었다. 그는 그녀의 눈물을 보고 싶었다.

"이봐, 당신도 그거 알아?" 지금 상황에서 꾸며낼 수 있는 가장 달콤한 목소리로 그가 말했다. "어쩜 당신은 당신 주변에 있는 사람들이 다 죽기를 바라고 있는지도 몰라, 모두 다 말이야."

"비열한 인간!"

그녀가 몸을 휙 돌렸다. "비열한 인간." 그녀가 되풀이했다. 그녀가 두 주먹을 가슴 앞에서 불끈 쥐었다. 신체적으로도 자신을 방어해야 하는 사람처럼. 그러나 그녀의 눈자위는 붉게 충혈되지도 촉촉한 물기가 어려 있지도 않았다. 그녀가 읊조리듯 조용조용 말했다. "당신은 짐승이에요. 당신은 가증스러워요."

그녀는 이제 마지막이라는 듯이 그를 위아래로 찬찬히 훑어보더니 주방을 나갔다.

그는 얼른 새 잔을 채웠다. 이레나와의 다음 약속 때까지는 버텨내야 했다. 물론 아무런 가망도 없어 보였지만 그것이 호흡을 지속하도록 만드는 유일한 희망이었다.

비닐봉지를 머리에 뒤집어쓴다면 질식할 수 있을 것이다.

물을 가득 채운 욕탕에서 익사할 수도 있을 것이다.

오히려 그가 들이마시고 있는 공기가 그의 목숨보다 더 의미가 컸다.

그는 한때 자기 자신이었던 사내를 애도했다.

전화벨이 울리자 집 안의 누군가가 받았다. 이십 초 뒤 야나가 주방 문턱에 올라서 있었다.

"전화예요." 그녀가 쌀쌀하게 말했다.

그는 힘겹게 일어나 벽을 짚고 비틀거리며 홀로 나갔다. 그리고 끈적끈적한 손으로 묵직한 전화기를 집어 들었다.

"네?"

"전데요, 이레나 노바⋯⋯"

"아, 노바 씨!"

그는 혹시 그녀에게 만취한 꼴을 들킬까 두려워 허겁지겁 자세를 반듯하게 가다듬었다. 그러나 그것이 아무 소용 없는 일이라는 것을 바로 깨달았다.

그는 이번에는 약간 여유 있는 어조로 그녀 이름을 다시 한 번 부르며 물었다. "노바 씨…… 제가 뭐 도와드릴 일이 있는지요?"

"인터뷰 때문인데요, 다음 주에 약속을 정하면 어떨까요? 수요일, 괜찮으세요?"

수요일에 시간이 있는지 없는지 생각나지 않았지만 그는 거절할 처지가 아니었다. 그녀와의 약속을 위해서라면 만사를 제쳐놓을 작정이었다.

"그럼 물론이죠, 수요일 좋습니다. 장소는요?"

"같은 장소가 어때요?"

"좋습니다."

"일곱시쯤 괜찮으세요?"

"저녁에요?"

"물론이죠."

그녀가 그를 저녁 시간에 만나자는 것이었다. 팔팔 뛰는 청춘의 기쁨이, 사랑에 빠진 젊은이의 기대가 그의 가슴속에서 용솟음쳤다. 그가 대답했다. "기꺼이 나가겠습니다!"

그녀가 전화를 끊었다.

그가 떡갈나무로 된 난간 끄트머리의 둥근 기둥을 붙들고 고개를 쳐들었다. 마리안이 계단 맨 위에서 빨개진 눈으로 그를 내려다보고 있었다. 그녀는 그가 무슨 말을 하기를 기다리고 있었고, 그는 돌연 할 말을 잃었다 해도 그저 손짓이나 손가락 하나 까닥하는 정도의 제스처만으로도 그녀에게는 충분하다는 것을 알고 있었다.

호프만은 비틀비틀 주방으로 되돌아갔다.

12장
1989년 8월 23일 저녁

호프만은 그다음 며칠간의 고비를 가까스로 넘겼다. 밤마다 맨손으로 정복해야 할 험준한 산이 그를 기다리고 있었다. 가파른 암벽들과 깎아지른 낭떠러지들을 넘어 아침마다 새벽의 평야 지대에 다다르곤 했다. 등산길에서 돌아온 불구자처럼 그는 스스로에게 감탄했다.

그는 보리스에게 나메스티 레푸블리키 가에 있는 레스토랑으로 가자고 지시했다. 해는 언덕 너머 도시의 서쪽으로 사라져버렸고, 부드러운 저녁노을이 수백 개의 탑과 예배당 지붕 위에 드리워져 있었다.

자동차 보닛 위에서는 네덜란드 왕국의 국기가 펄럭였다. 호프만은 오늘 자신의 이름으로 헤이그 본부로 전송될 체코슬로바키아에서의 인권 문제에 대한 보고서를 검토했다. 프라하에서 그가 맡은 주요 임무는 반체제 세력에 대한 후원이며, 이것은 소수의 외무부 막후 실력자 그룹이 고안해낸 일종의 정치적 명분이었다. 그 자신을 포함하여 헤이그에 있는 누구도 사실은 이곳의 반체제 인사들에게 관심이 없었지만, 장관이 허황된 인도주의자들이거나 낙오된 공산주의자들인 그들을 무비판적으로 지지함으로써 국회에서 이른바 득점타를 낼 수 있다는 구상을 했던 것이다. 반체제 인사들이야말로 기자와 다르지 않다는 점 때문에 서방 언론은 그들에 관해서라면 어떻게든 다루려고 적극적으로 덤볐다. 그들은 정치의 가장자리에서 만사에 통달한 것처럼 허세를 부리지만 사악한 정치가 놈들로부터는 묵살을 당하고 있다는 점에서 언론과 공통점을 지니고 있었다. 개인적인 보복을 직업정신으로 위장한 딱한 신세의 기자들이 반체제 인사들과 일체감을 갖는 것은 당연한 일이었다.

네덜란드에도 물론 반체제 세력이 있었지만 그들은 단지 불만분자로 낙인찍혀 있을 뿐이었다. 동구권에서는 상황이 달랐다. (청렴의 화신인 된 사하로프같이) 몇몇의 돌연변이적인 예외가 있긴 하지만 반체제 인사들 대부분이 신앙심 깊은 영웅들로, 교회 출입을 제한받고 있는가 하면 교황의 영도 아래 유럽 건설을 추구하고 있었다. 그 대표적인 예가 폴란드였다. 사람들이 노동을 거부하여 나라 경제가 파탄에 이르렀고, 그 결과 다들 성당으로 몰려들어 하루 종일 무릎을 꿇고 앉아 성모마리아에게 좋은 세상이 오게 해달라고 빌고 있었다.

동구권에서 태어난 불만분자들을 서방에서는 반체제 인사들이라고 불렀다. 겨우 알파벳 정도나 깨우치고 뜻밖에 강제노동수용소에 억류되는 행운을 잡은 반문맹자들이 뮌헨이나 파리에서 '실험적인 반체제 작가'로 주목을 끌었다.

아펜로츠에서 내려온 지침에 따라 호프만은 해당 지역의 반체제 인사들과의 접촉을 주선해야 했으며, 네덜란드 국민들이 얼마나 헬싱키 협약의 준수를 중시하고 있는지를 당과 체코 정부에 확실히 보여주어야 했다. 네덜란드 국민들이 사실 헬싱키 협약 같은 것에는 강 건너 불구경이라는 식의 태도를 보인다는 개인적 견해와는 별개로 호프만은 유럽 대륙이 다시 민족주의적 이념의 치열한 각축장이 되는 날에는 누구한테도 이로울 게 없다고 믿었다. 그가 보기에는 독일의 영토 확장을 꾀하던 체코의 수데텐란트에 거주하는 독일계 소수민족이 엄격한 공산주의의 통제를 받는 것이 자업자득이다 싶었다.

호프만은 요한 손네마에게 반체제 인사들과의 접촉을 전담시켰다. 신교 지역인 네덜란드 북부 프라네커르에서 자란 가톨릭 신자인 요한 손네마는 탄압에 대해서라면 일가견이 있는 지식층이었고 와인 한 잔만 들어가면 실존이니 구속된 자유니 하는 식의 화제에 대해 수다가 끊일 줄 몰랐기 때문이다.

호프만이 보기에 체코슬로바키아에서는 결코 어떤 변화도 일어날 것 같지 않았다. 폴란드인들은 교황이 권좌를 차지하는 로마 가톨릭 국가를 기대한 나머지 사십 년 만에 처음 치러진 지난 6월 선거에서 당의 후보자들을 빈손으로 집에 되돌려 보냈다. 동독 사람들은 유난히 유대의식이 투철해 동족이 모두 한데 결집해서 독일 깃발 아래 행진하기를 염원했다(그들은 현재 부다페스트와 동베를린에 있는 서독 대사관뿐만 아니라 여기 프라하에까지 와서 시위를 벌이는데, 복도에 진을 치고 책상 밑과 서류들 틈에서 잠자는 등 북새통을 이루어 화장실 배관이 막힐 지경이라고 전해 들었다).

헝가리 사람들은 합스부르크 제국처럼 거대하고 웅장한 뭔가를 꿈꾸고 있었다(그곳 공산당은 호프만의 생각에 조금도 나을 것이 없어 보이는 야당과 협상 중이었다). 그럼 과연 체코 사람들이 원하는 것은 무엇인가?

체코 사람들이 자유와 민주주의를 체험한 것은 오직 1918년과 1939년 사이에 불과하며, 폴란드와 헝가리에서와 같은 국가주의적 감정도 그들에게는 낯설었다. 체코는 하셰크의 『병사 슈베이크』의 나라이자 프란츠 카프카의 나라이기도 하며, 피해망상과 열등감 사이를 오락가락하는 약간 애처로운 나라였다. 더구나 단일 민족국가도 아니라서 각각 고유 언어와 문화를 가진 독일인, 슬로바키아인, 체코인들이 진짜 독일인, 오스트리아인과 러시아인들 사이에서 늘 부대끼고 짓밟히며 살고 있었다.

이틀 전에 불법 시위가 벌어졌고 진압 경찰은 수백 명을 체포했다. 이런 나라에서는 체포를 재미로 삼는 위인들이 득실거리기 마련이었다. 1968년 러시아인들이 '인간의 얼굴을 가진 사회주의'의 상징인 둡체크를 손마디에 쇳조각을 끼워 짓찧어놓을 때, 자기네 동포를 탄압하고 고문하겠다는 체코 자원자들이 떼로 모여든 모양이었다. 유럽을 점령한 나치 독일의 부역자들이 무색할 정도로, 그보다 더한 열의와 완벽과 잔인무도함으로 점령자에게 가없는 충성을 맹약할 소지가 다분한 소인배 무리가 동구권 각지에 대기 중이었다.

세계 도처에 그런 동족상잔의 오점이 남아 있었으며, 어느 민족이나 같은 겨레끼리 핍박하는 참극이 벌어져왔다.

호프만에게는 전쟁 때 유대인을 전멸시키는 최선의 방법을 강구하는 데 독일의 본보기가 되어준 자유분방한 루마니아 사람들이 가장 두려운 대상이었다. 반유대주의를 주창한 일련의 지도자를 배출한 헝가리 역시 인상적으로 세기를 장식했다. 자기들이 사는 영토를 동독이라고 부르던 작센 사람들에 대해서는 또 어떻게 생각해야 할까? 그는 그들이 러시아로부터 자유국가로 독립한다는 혹은 서독과 동맹을 맺는다는—하나님 맙소사—생각만으로도 소름이 끼쳤다. 독일이라는 나라는 자칫 새끼손가락 하나를 내주면 손목까지 가져가버리는 나라였기 때문이다.

천만다행으로 베를린에 있는 원로 정객들은 못마땅해하면서도 모스크바에서 내린 훈령을 수행하고 있었다. 몇몇 소수가 지배하는 거대한 과두정치와 다름없는 모스크바의 공산주의는 곪을 대로 곪은 국수주의, 광신적 인종주의, 유대인 학대가 동구권 전역에 표면화되지 않도록 저지하고 있었다. 유럽 대륙의 분단은 이 세기가 낳은 오점 중에서 그래도 가장 덜 안타까운 것이었다.

이레나 노바와의 인터뷰 때 그가 이런 생각들을 언급하지 않은 것은 물론이었다. 그녀의 질문에 그는 극히 의례적인 답변으로 일관했다. 변죽만 울리며 말재주를 과시하는 것 말고는 사실상 핵심 있는 발언은 한마디도 하지 않았다.

지난 며칠 밤 그는 다시 잔인한 허기에 굴복하여 탐식에 빠졌다. 잡지와 단순한 탐정소설을 읽었고, 체념 속에서 그리고 포만 상태에서 날이 새기를 기다렸다. 피를 묽게 해주는 약 신트롬은 계속 복용하고 있었지만, 수면제는 위층 침실의 서랍 속 혼란스럽고 피곤한 추억을 불러일으키는 스피노자 옆으로 치워버렸다. 지성의 개선을 이루어보려 했던 젊은 패기가 벌써부터 회피할 수 없는 대가를 요구하는 것 같았다. 살아오며 터득한 대로라면 대가는 반드시 치뤄야 하는 법이었다. 그는 한낱 자기혐오에 빠진, 누구에게도 털어놓을 수 없는 마지막 소원을 간직한 초라한 늙은이에 불과했다.

그는 인생을 '대가'라는 용어를 통해 배웠다. 앞으로 내딛는 걸음마다 그만큼의 대가를 치러왔다. 그는 부모의 죽음이라는 대가를 지불하고 전쟁에서 살아남았고, 자식들을 잃는 대신 출세를 이루었다고 그의 사고는 대강 이렇게 나름의 균형을 유지해왔다.

화장실이나 주방에서 그는 자주 이런 생각들로 시간을 보냈으며, 자신은 왜 다른 가치관을 갖지 못하는가에 대해 반성해보곤 했다. 그러나 그에게는 선택의 여지가 없었고 편협한 천성이 굴레처럼 그를 조이곤 했다.

타고난 본성은 어쩔 수 없다고 그는 단념해버렸다. 그렇게 마음먹자 일종의 안일함에 빠지게 되었다. 지성의 개선과 도덕과 같은 것에서 해방되었기 때문이었다. 그는 더 이상 고민하지 않았다. 패기에 넘쳐 행복을 좇았던 부단한 노력이 결국 에스터를 땅에 묻는 것으로 끝나버린 뒤 그는 평온과 이해를 구하는 마음이 빠져나가도록 그냥 내버려두었다. 그것은 마치 풀려난 풍선처럼 구름 속으로 쏜살같이 달아나버렸다.

꿈을 꾸지 못하자, 지나칠 정도로 예민해져서 약간의 정신운동도 의식에 샅샅이 기록되는 증세가 나타났다. 죽음만이 그를 자신으로부터 해방시켜줄 수 있었다.

메르세데스는 체코가 1958년 엑스포를 기념하기 위해 세운 건물 앞에 있는 다리 위를 달리고 있었다. 유리와 강철로 이루어진 번듯한 그 건축물은 옷단을 댄 듯 블타바의 왼쪽 제방을 휘감고 있는 가파른 구릉을 배경으로 서 있었다. 다리는 아스팔트로 포장이 되어 있었지만, 울툭불툭한 자갈길로 된 오른쪽 제방에는 덜커덕대는 진동 소리가 끊이지 않았다. 그들은 이제 막 레볼루츠니라고 불리는 거리로 접어들었고, 거리의 끄트머리에 이레나와 만날 약속을 한 레스토랑이 있었다. 보리스가 차 문을 열고 그가 내리기를 기다리고 있었다. 그가 문도 열지 못할 만큼 기운이 다한 상태는 아니었지만, 메르세데스의 문을 여닫는 것은 단연 운전사의 임무라고 보리스가 그에게 무언중에 분명히 해두는 것이었다.

여름은 아직 물러나기 전이었고, 저녁 공기는 한풀 누그러졌지만 여전히 후덥지근했다. 호프만은 보리스에게 고맙다고 인사하고 서너 시간 후에 택시를 타고 돌아갈 테니 먼저 귀가하라고 일렀다.

레스토랑은 한산했다. 안내하러 나서는 웨이터도 없었기 때문에 내키는 자리를 골라 앉았다. 그가 학창 시절 자주 드나들었던 암스테르담의 영화관 튀스힌스키의 홀에 테이블과 의자를 가져다놓은 듯한 곳이었다. 문득 마리안과의 두 번째인가 세 번째 데이트가 새삼 기억났다. 이탈리아 영화를 보며 그가 마리안을 팔로 감쌌고, 그녀가 그에게 키스를 했다. 그는 입고 있던 낡은 바바리코트를 벗어 의자 등받이에 걸치고 자리에 앉았다. 하얀 테이블보 위에 손을 얹자 오른손 가장자리에 빵 부스러기가 느껴졌고, 그는 지난날을 회상하며 그것을 쓸어 모았다.

절묘한 감각신경의 신호에 따라 그는 자동적으로 고개를 들었다. 그리고 그녀가 레스토랑에서 화장실로 이어지는 복도를 걸어오는 모습을 보는 순간 엉겁결에 자리에서 벌떡 일어났다. 그녀를 보기만 해도 영혼의 고통이 사그라졌다. 다른 테이블에 자리를 잡았던 그녀가 무심코 시선을 돌리다가 그를 발견했다. 그는 조금만 꼼지락거려도 그녀의 모습이 희미해지고 말 것만 같은 조바심에 숨죽인 채 그녀를 지켜보고 있었다. 그는 등을 꼿꼿이 세우고 바지 옆줄에 손가락을 댄 채 차렷 자세를 하고 서 있었다. 그녀의 미소가 그녀 쪽으로 오라고 명령하기를 기다리며.

그녀가 미소를 지었다.

그는 그녀 쪽으로 걸음을 옮겼다.

그녀는 자리에서 일어나 아름다운 자태로 그가 다가오기를 기다렸다. 그녀가 손을 내밀어 정중하게 악수를 청했다.

"호프만 대사님……"

"노바 기자님……"

그는 그녀의 손등에 입술을 갖다 대는 것으로 인사를 대신했다.

"대사님은 여기가 좀 을씨년스럽다고 생각지 않으세요?" 그녀의 손을 쥔 채 그가 그녀의 눈 속으로 잠겨 들어가는 동안 그녀가 물었다.

"다른 데로 옮길까요?"

"솔직히 그랬으면 좋겠어요." 그녀가 대답했다.

"한데 난 여기 사정이 어두운 이방인이라서요." 그가 말했다.

"여기 토박이가 있잖아요." 그러면서 그녀가 기도하듯 자신의 손을 꼭 쥐고 있던 그의 손에서 손을 빼냈다.

그녀는 소속이 불분명한 식당을 하나 소개했다. 그녀는 당의 고위층들이 단골로 드나드는 곳이라고 귀엣말했다. 뜨내기손님은 아예 받지도 않으며, 음식 솜씨가 프라하에서 최고로 손꼽히는 이름

난 집이라고 이레나가 자랑을 늘어놨다. 그도 그런 소문을 들은 적이 있었다.

그들은 택시를 타고 도심을 벗어나 있는 프란카우스카 대로로 향했다. 그녀가 그에게 겨우 두 장 반밖에 안 되는 인터뷰 기사의 교정쇄를 건넸다. 가로등 불빛이 침침해 그는 글자를 잘 구분할 수 없었다.

그녀는 너무도 아름다웠다. 얼굴에는 화장을 했고, 우아한 투피스 차림이었는데, 남성 재킷 스타일의 상의 어깨 위로 숱 많은 금빛 머리채가 털목도리처럼 늘어뜨려져 있었다. 그녀가 야간 영업을 하는 식당이 몇 안 된다는 등의 말을 하고 있는 동안 그는 그녀가 과연 자기 제안을 받아들일지 생각해보았다. 그는 그녀에게 돈을 주기로 결정했고 천 달러를 걸기로 작정했다. 그녀가 그의 제안을 맞받아치며 십만 달러를 요구하더라도 받아들이고 싶은 심정이었고, 딸의 영화 데뷔 작품을 사고 남은 전 재산을 몽땅 그녀에게 바칠 각오가 되어 있었다. 이곳 암시장 시세로 봐서 천 달러라면 그녀가 섣불리 거절하지 못할 액수였다. 중요한 것은 그녀의 사랑을 사겠다는 제안을 지극히 평범한 일인 것처럼 꺼내는 순간을 식사 뒤 언제로 할지 하는 문제였다.

부랴부랴 식사나 하는 그런 서먹서먹한 자리가 되리라 예상했는데, 그녀는 상냥하고 표정이 밝았다. 말도 꽤 많이 했는데 웃음소리가 마치 그를 고문하는 것 같았다.

택시가 멈췄고, 이레나가 큰길 쪽에서는 눈에 잘 띄지 않는 으슥한 골목길로 그를 안내했다. 좁은 골목길에서는 거리의 소음이 들리지 않았고, 대낮의 열기를 내뿜고 있는 닳은 돌바닥에 맞부딪는 그들의 발걸음 소리만이 울려 퍼졌다. 갑자기 그들은 단둘이 되어 버렸다. 그녀는 그와의 동행을 두려워하지 않았다.

"닭고기나 새고기 좋아하세요?" 그녀가 물었다.

"꿩, 진주닭, 메추리…… 모두 무척 좋아합니다."

"우리 당서기의 수렵 별장을 관리하는 산림부 사람들이 사냥한 포획물을 이 집에 갖다 넘긴다는 말이 있어요."

안마당을 둘러싸고 있는 것처럼 보이는 담벼락에 난 나지막한 대문 앞에서 그들은 걸음을 멈췄다. 이레나가 대문을 두드렸다.

"예약도 받습니까?" 그가 물었다.

"전화가 없어요, 모르긴 해도 이 사람들 말은 그래요."

대문의 작은 샛문이 삐죽 열렸다. 어둠 속이라 호프만은 얼굴 윤곽만 알아볼 수 있었다. 이레나가 뭐라고 속삭였고 그 얼굴이 고개를 가로저었다. 그는 이레나의 음성에서 그곳까지 찾아온 보람이 없다는 것을 짐작했다.

그녀가 그에게로 몸을 돌렸다. "한 시간은 기다려야 자리가 날 것 같대요." 그녀가 말했다. "게다가 또 그때 가면 준비해둔 음식 거리가 죄다 떨어지지 않을까 걱정된다는군요."

"기다리고 싶으세요?" 그가 물었다.

"저, 사실은 지금 몹시 배고파요."

"그럼 우리 유로파 호텔로 갑시다." 그가 결정을 내렸다. 그녀는 어둠 속의 얼굴에게 뭐라고 일렀고 샛문이 다시 닫혔다. 그들은 다시 큰길을 향해 발길을 돌렸다.

"이게 이런 집들의 단점이에요." 그녀가 말했다. "그날그날 들어온 요리 재료에 영업이 달려 있거든요."

"다음 주에 내가 한턱내겠습니다. 그때는 좀 일찍 오기로 하죠."

"감사합니다."

그들은 다시 단둘이 되었다. 오십 미터쯤 떨어져 있는 넓게 뚫린 대로의 가물거리는 가로등이 이레나의 얼굴에 노란 불빛을 비췄다. 팔 하나만큼의 거리를 두고 걷고 있었지만 그는 그녀의 뜨거운 체온을 느낄 수 있었다.

"천 달러."

그가 곰곰이 생각해볼 새도 없이 그렇게 내뱉고 말았다.

미소를 띠며 그녀가 그를 곁눈질했다. 분명 그가 무슨 말을 한 것인지 감을 잡지 못한 눈치였다. 산이라도 오르고 있는 것처럼 그의 심장이 거세게 박동했다.

"뭐라고 하셨어요?" 그녀가 물었다.

그는 음경이 부풀어 오르는 것을 느꼈다.

"천 달러." 그가 떨리는 목소리로 반복했다.

그녀가 걸음을 멈추었다, 여전히 미소 띤 얼굴로. 그러나 그녀의 눈빛에 불안한 기색이 감도는 걸 그는 눈치챘다.

"무슨 말씀인지 잘 모르겠는데요." 이해하지 못하는 농담에 반응하듯 그녀가 말했다.

그가 발을 멈추고 큰길 쪽으로 등을 돌렸다. 가로등 불빛이 그의 어깨 위를 비치고 있으므로 그녀는 그의 얼굴을 볼 수 없었다. 그는 길 잃은 등산가처럼 막무가내로 용기를 냈다.

"천 달러요. 나와 함께 호텔로 가준다면 말이오."

"우리 지금 호텔로 가는 길 아니에요?"

"노바 씨, 호텔 방까지 말입니다."

놀란 그녀가 그의 얼굴을 살폈다. 믿기지 않는다는 듯 눈을 깜박거리며.

"저기 정말…… 전 무슨 뜻인지 이해를 못하겠는데요." 그녀가 천천히 말을 이었다.

"천 달러입니다, 노바 씨. 현금으로. 나와 같이 호텔 방으로 가준다면 그 돈을 드리겠습니다."

그녀가 아니꼽다는 듯이 콧방귀를 뀌었다. 심지어 야나도 따라잡지 못할 경멸에 찬 매서운 눈초리로 그를 노려본 다음 고개를 획 돌려버렸다.

"호프만 씨, 지금 제정신으로 그런 말을 하시는 거예요?"

그러더니 그녀는 힘껏 뛰어 달아났다.

그가 그녀를 뒤쫓았다. 한 동작 한 동작 모두 그에게 고통스러웠다. 이렇게 달려본 것이 까마득한 옛날이었지만, 그녀를 놓치고 싶지 않았다. 그녀의 머리채가 어깨에서 찰랑거리는 모습이 보였다. 아랫배 밑의 남근이 장대처럼 그의 바지 속을 가로질러 뛰는 것을 방해했다.

그는 그녀의 팔을 붙잡았다.

그녀가 멈춰 섰고, 방금 전과 다름없는 날카로운 눈초리로 그를 쏘아봤다.

그는 가쁜 숨을 몰아쉬었다. 심장이 금방이라도 터져버릴 것만 같았다.

"용서하시오." 그가 애원했다. "당신은……" 그가 침을 삼키고 다시 입술을 축였다. "당신은 나의 여신입니다. 당신을 사모합니다."

"여신을 돈 주고 사는 법도 있던가요!" 그녀가 화난 얼굴로 말했다.

"당신을 내 곁으로 다가오게 할 만한 방법이 없어서 그랬습니다." 그가 절망적인 목소리로 말했다. 어쩌다가 한순간의 실수로 모든 일이 수포로 돌아가고 말았기 때문이었다. 그럼에도 그의 음경은 더 불룩해지고만 있었다.

"이런 방식은 옳지 않아요." 그녀가 고개를 가로저으며 말했다.

"다른 방법이 없습니다." 그가 애원조로 말했다. "나는 당신의 사랑을 원하지만 당신은 내 사랑을 원치 않는다는 걸 분명히 알고 있으니까요."

그녀가 양손으로 얼굴을 감쌌다. 호프만은 여전히 턱까지 찬 숨을 헐떡이며 그녀의 손가락과 목선을 가만히 쳐다보았다.

"이천 달러." 그녀의 목소리가 손가락 사이로 새어 나왔다.

"이천오백 달러." 그가 가만가만 낮은 목소리로 말했다. "이천오백 달러를 드리겠습니다."

"삼천 달러." 그녀가 질식할 듯 말했다.

"원하는 대로." 그가 대꾸했다. "삼천 달러를 주겠소."

그녀는 아무 반응을 보이지 않았다.

그는 그녀의 표정을 살필 수 없었다. 그녀 스스로가 두 눈 가득 수치심을 드러낼 용기를 얻게 될 때까지 그는 기다렸다. 그가 손을 들어 그녀의 팔에 얹었다. 그녀가 얼굴을 두 손으로 조개처럼 감싼 채 뒤로 움찔 물러나며 그의 손에서 벗어났다.

"택시를 탑시다." 그가 말했다.

"유로파 호텔은 안 돼요." 그녀가 말했다. 여전히 얼굴을 가린 채.

"왜 안 되죠?"

"거기서는 신분증을 보자고 할 거예요."

"그럼 다른 호텔은?"

"인터내셔널 호텔에 아는 사람이 있어요."

"그럼 당신만 믿겠습니다." 그가 말했다. "내 위치까지 염려해주어 고맙습니다."

그제야 그녀가 손을 뗐고, 그는 그녀의 슬픈 눈을 볼 수 있었다.

"돈이 필요해요." 그녀가 말했다.

13장
1989년 8월 24일 이른 아침

그는 미르얌과 해변을 산책하고 있었다. 휘몰아치는 바람 소리가 그녀의 말소리마저 삼켜버렸고, 그녀의 움직이는 입술과 당혹해하는 눈빛을 볼 수 있었지만 왜 그렇게 소스라치게 놀라는지 그 이유를 헤아릴 수 없었다. 그가 에스터를 발견한 것은 그다음 순간이었다. 그녀가 드높은 파도에 휘말려 사라져가고 있었다.

그는 물속으로 뛰어들어 버글거리는 물거품을 헤치며 에스터를 향해 내달렸고, 그녀의 팔을 꼭 붙들었다. 파도가 한 번 일자 그들은 해변으로 밀려났고, 그는 축축한 모래 위로 아이를 끌고 나왔다. 뒤에서 다시 물살이 밀려와 그들의 발자국을 지워버렸다. 그는 아이의 차가운 입술에 숨을 불어 넣었다. 공포가 양팔을 지나 온몸으로 흘러넘쳤다. 그는 그녀의 허파에 생명을 불어 넣으려고 죽을 힘을 다했다. 그런데 그녀가 깔깔 웃으며 눈을 번쩍 뜨더니 그를 얼싸안았다. 다 장난이었던 것이다.

그리고 그들은 계속 걸었다. 에스터가 미르얌보다 키가 더 작았기 때문에 왜 그렇게 됐느냐고 그가 묻자 에스터가 그저 성장 장애가 있어 그럴 뿐이라고 대꾸했다. 마리안이 휴대용 깔개 위에 자리를 잡더니 큼직한 왕골 바구니에서 작은 캐비아 통조림을 꺼냈다. 한 사람 앞에 한 개씩.

그렇게 온 가족이 모여 앉아 먹었다.

태양이 그들의 옷을 말려주었다.

영상이 채 사라지기도 전에 호프만은 이미 자기가 꿈을 꾸고 있다는 것을 의식했다. 그는 아이들이 죽은 악몽을 떨치고 행복감에 젖어들었던 저 다른 세계에서 다시 현실세계로 되돌아왔다. 그가 눈을 뜨자 방 한쪽 구석의 안락의자에 앉아 있는 이레나가 보였다.

그는 눈을 다시 감은 채 잠시 누워 있었다. 그는 기적과 망각의 세계를 헤매고 다니다 왔다. 에스터를 붙들어 살려냈고 미르얌의 말을 귀담아듣기도 했다. 온 가족이 함께 식사도 했다. 그가 잠을 잔 것이었다. 이럴 수가.

그는 일어나 앉으며 이레나를 쳐다보았다.

그녀는 이미 옷을 다 입고 담배를 피우고 있었다. 담배에서 피어나는 가느다란 연기가 전기스탠드의 불빛 속을 동그랗게 떠돌았다. 방 안의 공기가 한데 뭉쳐 움직이지 않는 것만 같았다. 창문이 열려 있는데도 그는 허파 안으로 가까스로 산소를 빨아들이고 있었다.

"가려고?" 그가 마른 입술로 물었다. 그러고는 한쪽 팔꿈치로 상체를 괴었다.

담배 연기를 뿜으며 그녀가 고개를 끄덕였다.

"나, 잠을 잤어." 그가 말했다.

"깨우고 싶지 않았어요. 하지만 메모도 잘 안 써져서요. 그렇잖으면 벌써 가고 없었을 거예요."

"이십 년 만에 잠을 잤어."

"그건 또 무슨 말이에요?"

그녀가 연인처럼 상냥하고 다정스럽게 말했다. 그는 그들이 속삭이듯 이야기하고 있다는 사실을 새삼 깨달았다.

"내가 오랜만에 잠을 다시 잤다니까. 다 이레나 덕분이야."

"불면증 때문에 고생하세요?"

"응, 만성 불면증. 하지만 모처럼 잤어. 이레나 덕분에."

"정말요?"

"그래 당신 덕분에. 정말 이레나 당신 덕분에. 정말이라고, 다 당신 덕택이야."

놀라워하면서도 흐뭇한 표정으로 그녀가 미소를 지었고, 의자에서 일어섰다.

"그럼 이제 가볼게요."

"응, 그래." 그가 말했다.

"좀 조심하실 거죠? 그냥 큰 홀을 가로질러 밖으로 나가시면 돼요. 택시를 타시고요."

그녀가 몸을 숙여 핸드백을 집어 들었다.

"다음 주에 다시 볼까?" 그가 물었다.

그녀는 담뱃갑과 라이터를 핸드백에 집어넣은 다음 잠깐 그를 바라보았다. 그리고 고개를 끄덕였다.

"그럼 그때 돈을 줄게." 그가 덧붙였다.

"소액권으로……"

"그렇게 하지."

그는 그녀를 향해 한 손을 내밀었다. 그녀가 침대에서 떨어져 선 채로 그의 손을 잡았다.

"이레나, 내가 정말 잠을 잤다고. 그게 내게 무슨 의미인지 당신은 짐작도 못할 거야. 다 당신이 해낸 거야. 당신의…… 당신의 사랑이."

"너무 과장하시는 거 아니에요?"

그가 고개를 내저었다. "아냐, 아냐, 아니라고. 당신 품에서 스르르 잠이 든 거였어. 당신이 날 구제해준 셈이야."

"어딘지 종교적 냄새가 풍기는걸요."

"실제로 그래!"

그녀가 그의 손을 놓고 문 쪽으로 두 발짝을 뗐다. "참, 인터뷰 기사는요?"

"좋던걸." 그가 말했다. "그대로 인쇄해도 되겠어."

"정말요?" 그녀가 투박한 유리 재떨이에 담배를 비벼 껐다.

"응." 그가 대답했다.

"조심해요, 펠릭스."

그가 고개를 끄덕였다. 그녀는 문을 열고 사라졌다.

그는 침대 위로 벌렁 드러누웠다. 침대 시트에서 그녀의 품에서 맡은 향기가 풍겨 나왔다. 시트를 머리 위로 끌어당겨 뒤집어쓰고 그녀의 체취로 허파를 채웠다.

그렇게 작은 천막 속에 누워 있는 동안 그는 온몸 마디마디에 원기가 용솟음치는 것을 느꼈다. 왕성한 혈기가 짜릿한 전율과 함께 배 속으로 퍼져나갔다. 그는 그녀가 절정에 이르던 모습을 되새겼고, 그러자 어느덧 남근이 마치 스무 살짜리 청년처럼 다시 팽팽하게 솟아올랐다. 조락의 길을 걷는 그의 육신에 서른 살짜리 젊은 여자를 만족시킬 만큼의 정력이 아직도 충분히 남아 있었다. 남자로서의 원초적인 자부심이 온몸으로 넘쳐흘렀다. 다음 주가 되면 그는 다시 그녀의 젖가슴에 얼굴을 묻고 잠들 수 있을 것이었다. 그녀가 자신에게 파국을 가져다줄 수도 있다는 점을 잘 알고 있지만 어떠한 대가를 치르더라도 아깝지 않았다.

갑자기 그는 희망에 가득 찬 미래를 기대하게 되었다. 그는 이레나에게 돈과 선물을 잔뜩 안겨주어 그녀를 사치와 안락의 노예로 만들 작정이었다. 그리고 돈과 정력이 다 떨어지고 퇴직자로 죽음의 날을 기다리는 순간이 오기 전까지 그녀를 자기 곁에 붙들어 매어둘 작정이었다.

이레나의 몸은 싱싱하고 활기에 넘쳤다. 그는 그녀의 눈 속에서 자신을 잃어버릴 수 있었다. 그는 그녀에게 키스를 퍼붓고 애무했다. 그녀를 사모하고 숭배했다. 이레나가 그의 머리를 움켜잡으며 욕망에 사로잡힌 그의 입을 자기 치모에서 밀어낼 때 그는 그녀가 절정의 쾌감으로 몸을 부르르 떠는 것을 느낄 수 있었다. 이레나는 그를 이끌었으며, 그가 자기 몸 위에 오르게 했다. 그는 나이도 잊은 채 그녀의 얼굴에 드러나는 쾌락의 황홀경에 완전히 도취되고 말았다.

남근이 탐욕스럽게 발기하기 시작했고 뺏뺏해지는 막대기를 휘어잡고 그는 다시 한바탕 수음을 했다.

삼십 분 뒤 그는 성냥갑같이 생긴 인터내셔널 호텔을 빠져나왔다. 대리석을 깔아놓은 홀에는 운동복 차림의 두 사내 외에는 아무도 없었다. 그들은 출구 옆의 널찍한 의자에 앉아 있었고, 무던히도 담배를 피워댔는지 재떨이에 꽁초가 수북했다. 두 사내가 그를 곁눈으로도 보지 않았기 때문에 그는 태연하게 호텔 밖으로 나와 후텁지근한 밤공기를 들이마셨다. 호텔 정문 앞에 택시 두 대가 서 있었고, 그는 그중 한 대를 잡아타고 관저로 가자고 했다.

한시 사십오분이었다. 그가 잠을 이루었다. 자식들은 세상을 떠나 없고 부부 사이에 남은 마지막 한 오라기 희망마저 사그라져버린 지금, 그는 스스로도 놀랄 만큼 열렬히 다음 수요일을 기대하고 있었다. 이 나라에서 앞으로 몇 년은 더 있게 될 텐데 그동안—그의 수입이 허락하는 한—이레나와 즐길 수 있었다.

직위는 물론이고 마리안을 생각해서라도 신중하게 처신해야 했다. 이레나의 직업이 기자이니만큼 어디에선가 마주치게 되리라는 것은 그로서도 어쩔 수 없는 일이긴 하지만 아무튼 스캔들이 일어나지 않게 유의해야 했다. 호텔 출구 옆에 있던 두 사내는 의심할 여지 없이 체코 정보부 요원일 것이었다. 두 번 다시는 그런 위험천만한 일이 없게 해야 했다.

그러나 그런 두려움과 경계심이 들기 무섭게 그는 단번에 그것을 지워버렸고, 모든 것을 희생해서라도 그녀를 계속 만나리라 결심했다. 뿐만 아니라 아주 생뚱맞은 생각이긴 했지만 (이런 나라에서는 그 어떤 변수도 배제할 수 없으므로) 만에 하나 그녀가 정보부 요원이라 하더라도 그녀를 피하지 않고 변함없는 마음으로 대하리라 생각했다. 그것이 숙명이라면 그에 순응하리라. 이미 자신의 모든 것은 무가치하지 않은가.

택시가 관저 앞에서 멈춰 섰다. 아직 식사를 하지 않았기 때문에 배가 고파 입속에 괸 침이 밖으로 새어 나올 기세였다. 그녀의 품을 맛보았으니 이제는 오후 외교 행낭을 통해 도착한 훈제 송어를 맛볼 차례였다. 훈제 송어는 헤이그에 있는 델리카트슨에 특별 주문한 식료품 꾸러미 속에 끼여 있었다. 게다가 그가 요청한 온갖 광고지들과 헤이그의 집집마다 배달되는 무료 신문들까지 갖추었으니 완전무결했다.

그는 나머지 밤 시간을 견뎌낼 힘이 솟구쳤다. 이미 잠을 이루었으니까.

14장
1989년 9월 29일 아침

　저녁 일곱시쯤 비행기가 파리의 샤를 드골 공항에 착륙했다. 존 마크스는 로마로 직행하는 에어 프랑스 티켓을 갖고 있었지만 예정과 다르게 뮌헨으로 가는 연결편으로 갈아탔다.

　뮌헨에서 그는 빈까지 가는 2등석 기차표를 샀고, 자정이 훨씬 넘어 빈에 도착했다. 그는 택시 기사에게 묵을 만한 곳으로 데려다달라고 부탁했다. 기사는 그를 도심지 바로 근처의 조용한 9구에 있는 알파 호텔로 데려다주었다. 호텔은 19세기의 운치가 남아 있는 거리의 아담한 신축 건물이었다. 방은 깔끔했고 조용했다.

　그는 비행기에 같이 탔던 사람들의 얼굴을 일일이 머릿속에 새겨두었고 미행당하지 않은 것을 확신했다. 여행 도중에는 신문이나 잡지 같을 것을 읽을 겨를이 없었다. 그는 상념에 잠겨 지난 일을 돌이켜보았다.

　마리안 호프만과의 약속은 열한시였지만 일찌감치 여섯시에 깨우도록 미리 부탁해두었다. 샤워를 한 다음, 가지고 다니는 플라스틱 컵을 꺼내 파키스탄인 호텔 보이가 방으로 가져다준 커피를 마셨다. 새벽녘 전차들이 요란한 소리를 내며 호텔 옆을 스쳐 지나갔다. 그는 브룩스 브라더스 양복을 갖추어 입었다. 그가 가장 근사하게 여기는 그 양복은 평범해 보이는 클래식한 스타일이지만 안목 있는 사람이라면 옷감의 품질과 재단사의 훌륭한 솜씨를 대번에 알아볼 수 있었다. 날씨도 덥고 비도 오지 않지만 만일의 경우를 대비하여 얄팍하고 평범한 레인코트도 걸쳤다.

아침 햇살이 맑았다. 그는 몇 블록을 걸었고, 마침 저만치에서 전차가 다가오는 기회를 포착하여 '드라이클리닝'을 개시했는데, 만약의 미행자를 따돌리기 위해 반드시 거쳐야 할 위장전술이었다. 이십 미터 전방에 전차 정류장이 있었다. 그는 급히 뛰어가 전차의 발판 위로 훌쩍 올라섰다. 그리고 전차의 뒤쪽 창문 너머로 정류장 보행로에 아무도 없는 것을 확인하고 안도의 한숨을 쉬었다. 그는 전차 중간의 자동식 여닫이문 바로 곁에 있는 일 인용 의자로 가 앉았고, 슈테판 대성당에 도착할 때까지 기다렸다.

그는 지금 마리안에 대한 향수를 달래고 있을 때가 아니었다. 혹시 있을지도 모를 미행자나 감시자에게 온 신경을 집중시키고 있었다.

슈테판 광장의 성당 건너편에 위치한 카페에서 그는 카페오레를 주문했지만 커피 잔이 아무래도 꺼림칙해 건드리지도 않았다. 나무막대를 대어 차곡차곡 철해놓은 조간신문을 뒤적거리며 (신문의 잉크가 장갑 낀 손가락에 까맣게 묻어나는 것을 내려다봤고) 입구 쪽을 예의 주시했다. 거드름을 빼는 애완견을 거느리고 산책을 나온 여자들로 카페 안이 술렁거렸다. 그는 삼십 분 뒤에 카페를 나섰다.

그는 광장 아랫길을 따라 내려갔고, 먼지 하나 없이 정갈한 플랫폼에서 다뉴브 강 건너편에 있는 프라터 유원지로 가는 전철을 탔다. 목적지에 도착한 그는 몇 분 동안 공원 정문이 열릴 때까지 기다렸다.

대형 회전 관람차는 아직 작동되지 않고 있었다. 입구에 외국인 노동자로 보이는 흑인 남자들이 쓰레기를 한데 모으고 있었는데, 막대에 싸릿대를 단단히 묶어 만든 옛날식 빗자루를 들고 있었다. 그는 영화 〈제3의 사나이〉에 나오는 멜로디를 흥얼거렸다.

그는 아침 일찍부터 유원지에 몰려와 있는 부지런한 가족들 사이를 거닐었다. 그리고 다른 쪽 출구로 나가 택시를 잡아타고 남부 역으로 가자고 했다. 그는 뒷좌석에 비스듬하게 앉아 뒤따라오는 차량들의 동향을 주시했다. 레인코트 때문인지 무척 더웠다.

이십오 분 동안 그는 마치 전쟁 중인 듯 조심스럽게 경계를 하면서 역 안의 이쪽 플랫폼에서 저쪽 플랫폼으로 걸었다. 기차에 올라타 몇 칸을 걸어가다가 다시 기차에서 내렸다. 그런 다음—그사이 레인코트를 벗어 들고—남 티롤 광장으로 가는 전철을 탔다. 그곳에 도착하자마자 바로 칼스 광장으로 가는 전철로 갈아탔다. 다시 택시를 타고 서부 역으로 갔고, 마리아힐퍼 가를 따라 린저 가 방향을 향해 걷다가 왼쪽으로 꺾어 쇤브룬 궁전으로 갔다.

거기서 그는 다시 택시에 몸을 실었고, (미국인들이 성공과 부의 상징으로 여기는 메르세데스를 여기 유럽 사람들은 어쩐 일인지 택시로 지정해 사용한다는 사실에 택시를 탈 때마다 새삼 놀라워하며) 탈리아 가로 가자고 했다. 바트 가 어귀에서 내린 그는 외국인 노동자들과 어쩌다가 굴러든 동구권 이민자들이 거주하는 17구의 궁색한 빈민가 클롭스톡 가에 있는 클롭스톡 여관을 향해 걸었다.

좁은 접수실 안에 시몬 베렌슈타인이 1958년 마크스와 함께 어느 경매장에서 샀던 낡은 데스크 너머에 앉아 있었다. 베렌슈타인이 고개를 들어 존 마크스를 보더니 매일 찾아오는 손님을 대하듯 고개만 까닥하며 건성으로 인사했다.

마크스가 다가갔다. 베렌슈타인은 넓적한 손으로 구식 펜대를 움켜쥐고 소설을 쓰고 있었다. 뒤쪽의 거실에는 침구를 보관하는 육중한 궤가 하나 있었는데, 그 안에는 베렌슈타인의 소설이 수십 편이나 들어 있었다. 하지만 그 원고들은 아직 세상에 발표해서는 안 되는 것들이었다. "내가 땅에 묻힌 뒤에는 다들 읽어봐도 좋아." 그는 1950년대에 오스트리아로 망명 온 러시아계 유대인이었다. 마크스는 그의 글을 한 줄도 읽어본 적이 없었지만 자기 좋을 대로 명작일 것이라고 믿고 묻지도 않았다.

베렌슈타인은 질문을 하면서도 글 쓰는 손을 멈추지 않았다.

"존, 좀 있다가 갈 건가?"

"오늘만."

"언제 다시 와서 몇 주일쯤 쉬었다 갈 거지?"

"시몬, 그거야 내가 어찌 알겠소."

"다시 안 올 거야, 안 그래?"

"시몬, 난 정말 모른다니까."

"305호실. 벌써 와서 기다리네."

마크스가 데스크 위에 봉투를 올려놓았다. 베렌슈타인은 그것을 대수롭지 않게 보더니 별것 아니라는 듯 건드리지도 않았다. 마크스는 새장 같은 구식 승강기 쪽으로 갔다. 쇠창살로 된 그물 같은 승강기 문을 닫자 승강기가 덜컹거리며 떨기 시작했고 마침내 3층에 이르렀다.

요란한 충격과 함께 승강기가 멈췄다. 마크스는 문을 열고, 305호실로 통하는 복도를 찾았다. 어두운 색깔의 나무쪽이 깔린 마룻바닥에 구두 부딪치는 소리가 났다. 그는 305호실 앞에 서서 장갑을 낀 오른손 손마디로 노크한 다음 답을 기다리지 않고 곧바로 문을 열었다.

마리안이 창문 앞에 있는 투박한 안락의자의 팔걸이에 걸터앉아 있었다. 작은 꽃무늬가 프린트된 칠부 소매 원피스를 차려입은 모습이 더운 날씨에 썩 어울려 보였다. 그가 안으로 들어서는 순간 그녀가 뒤를 돌아보았고, 겸연쩍은 미소를 지었다. 그녀가 자리에서 일어나 원피스를 가지런하게 훑어 내렸다.

마크스는 문손잡이에서 손을 떼지 않은 채 입구에 그대로 서 있었다.

그가 처음으로 그녀와 잠자리를 같이 한 것은 1972년 다르에스살람에 있던 그의 아파트 손님방에서였고, 그녀를 마지막으로 본 것은 1977년 리우 카니발이 막 시작되던 리우데자네이루에서였다. 나이로 치면 그녀는 이제 열두 살을 더 먹은 셈이었다. 그는 그녀가 머리를 염색했다는 것을 대번에 알아차렸다. 이마에 드리운 본래의 하얀 머리카락 한 가닥이 나이에 대한 경의의 표시처럼 보였다.

그는 무슨 말을 어떻게 꺼내야 할지 망설였다. 그리고 침을 삼키며 그녀가 불안스럽게 핸드백 손잡이를 만지작거리는 모습을 바라보았다. 서먹하고 거북하기는 둘 다 마찬가지였다. 그녀가 이윽고 다가왔을 때 그는 양팔을 벌릴 수밖에 없었다. 오래도록 꿈꾸어 왔던 순간이었다. 드디어 맞은 그 순간 그는 그녀가 자신을 만지는 것이 두려웠다. 그녀의 핸드백이 떨어지는 소리가 들렸고, 그녀가 양팔로 그의 허리를 감쌌다. 밖에서 도둑고양이들이 엉켜 싸우는 소리가 들려왔다.

그의 허리를 감싼 그녀의 팔이 느슨해졌을 때 그도 그녀를 놓아주었다. 그녀가 그의—장갑 낀—두 손을 맞잡았고, 그들은 서로 마주 보고 섰다. 그녀는 그보다 키가 컸다. 그가 숨을 가쁘게 몰아쉬었다.

"메리앤, 이렇게 만나서 기뻐." 그는 그녀를 미국식으로 '메리앤'이라고 불렀고, 네덜란드어 발음은 끝내 익히지 못하고 말았다.

그녀가 정겹게 고개를 끄덕였다. 그녀는 그의 얼굴을 단숨에 훑어보았고, 주름들을 찬찬히 살펴봤고, 머리카락을 쳐다보았다. 그녀의 손가락들이 그의 장갑을 어루만졌다.

"존, 좋아 보여요."

"당신, 하나도 늙지 않았어." 그가 말했다.

그녀가 젊은 아가씨처럼 수줍게 웃었다. "아유, 과장은……"

"아냐…… 정말 멋있어." 그가 울먹이는 목소리로 말했다. 그는 눈을 깜빡거려 눈물을 애써 감췄다. 차마 그녀에게 입맞춤할 엄두는 나지 않았다.

"꼭 어제 헤어졌다 만난 것 같아요, 안 그래요?" 그녀가 말했다.

그가 고개를 끄덕였다. "어제." 그가 따라 말했다. "모든 게 아직도 너무 생생해. 불과 서너 시간밖에 지나지 않은 것처럼."

느닷없이 그녀의 두 볼에 눈물이 주르륵 흘러내렸다. 그는 그녀를 침대로 데려가 나란히 앉았다. 그녀는 소리 없이 그저 눈물만 흘렸다. 상실을 감수한 사람만이 이해할 수 있는 눈물이었다.

"이런, 이제 괜찮아요, 신경 쓰지 마세요." 그녀가 말했다.

그녀는 숨을 깊게 들이쉬었고, 핸드백에서 휴대용 티슈를 꺼냈다. 그러고는 뺨 위의 눈물을 가볍게 닦아낸 다음 커다란 눈으로 미소를 지었다.

"존, 이렇게 만나다니 얼마나 기쁜지 몰라요. 다 얘기해주세요, 어디서 살고 있고, 어떻게 지내고, 아이들은 그리고 부인은 어떤지도. 전부 다 알고 싶어요."

그는 마리안이 리우데자네이루에서 그들의 관계를 끝낸 뒤 자신이 이혼을 했고 그 이후로 쭉 혼자 지내고 있다는 이야기를 대충 들려주었다.

심각하고 신중하게 이야기를 듣고 난 그녀가 그의 팔을 꽉 붙들었다. 그녀의 손가락이 옷감 안으로 따갑게 느껴질 정도였다. 그녀는 버지니아 주 비엔나에 있는 그의 집에 대해 그리고 어떻게 소일하고 지내는지에 대해 물었다. 그리고 자기를 어떻게 찾아냈는지도 알고 싶어했다. 그는 그녀에게 사실대로 말할 수 없었기 때문에 그저 프라하에 주재하는 어떤 친구가 지나는 말로 새 네덜란드 대사 이야기를 꺼냈을 때 우연히 알게 되었다고 둘러댔다.

그녀는 그가 하는 말을 곧이들었다. 사실 그는 리우데자네이루의 그날 이후 그녀의 행방을 일주일도 놓친 적이 없었다. 그녀에 대한 보고서—과거에 활동한 여느 정보원과 마찬가지로 그녀 역시 정규적으로 점검되고 있었다—를 받고 있었기 때문이었다. 그 사실을 본인에게 알려도 좋다는 허락을 받긴 했으나, 만약 그녀가 알게 되면 사생활을 침범당했다고 생각할 것이었다. 그래서 아예 입을 다물어버렸다. 그는 그녀 남편의 안부를 물었고, 그녀는 둘째도 죽었으며 남편과의 결혼 생활은 지옥 같다고 소곤소곤 이야기했다. 마치 그녀 남편이 엿듣기라도 하는 것처럼.

방문을 두드리는 소리가 나자 그녀가 불안한 얼굴로 그를 쳐다보았다. 약속한 일이었기 때문에 누군지를 미리 알고 있던 마크스가 베렌슈타인을 안으로 불러들였다. 베렌슈타인이 쟁반에 위스키와 파파야 조각이 든 접시를 받쳐 들고 들어왔다.

"이런 엉터리 술상은 내가 생각해낸 게 아니에요." 베렌슈타인이 러시아 악센트로 말했다. "이건 순 우리 친구 존의 아이디어올시다." 그리고 창가의 작은 테이블 위에 쟁반을 내려놓았다.

그 순간 마리안이 존의 뺨에 얼른 입맞춤을 했다. 숱한 세월이 제자리걸음을 하고 있었던 것처럼. 마크스는 밀회 때마다 지금처럼 위스키와 파파야로 기념하곤 했다. 다르에스살람에서 그들이 처음 만났을 때 그의 아파트에는 그것밖에 없었다.

"다 먹지 않아도 됩니다." 베렌슈타인이 방을 나가며 말했다. "즐거운 시간 보내시고요."

마크스가 시바스 리갈을 땄고, 그녀에게 회사 안에 떠도는 몇몇 소문들을 들려주었다. 그는 손을 씻고 싶은 마음이 간절했다.

그녀가 그냥 넘어가지 않으리라는 것을 그는 알고 있었다. 아니나 다를까 한 모금을 마신 다음 그녀가 물었다. 그는 술을 마시지도 않았고, 과일도 건드리지 않았다.

"존, 나를 만나자고 한 이유가 뭐죠? 혹시 무슨 일 있어요? 아니면 그저 날 보고 싶었던 건가요?"

"물론 보고 싶었지……"

"하지만 그게 전부는 아니군요?" 그녀가 침울하게 물었다.

"응……"

"무슨 일이 생겼죠, 그렇죠?"

"그렇소."

"말해주세요."

그가 창밖으로 시선을 돌렸다. 우중충한 안마당. 수북하게 넘쳐난 쓰레기통들이 널려 있었다. 도둑고양이들이 먹이를 뒤지고 다녔다.

"당신 남편과 관계되는 일이오."

"펠릭스요?"

"응."

그녀가 긴장하며 등을 꼿꼿하게 세우고 앉았다.

"어서 말해주세요. 뭐죠?"

"그가…… 그가 체코 정보부 요원과 관계를 맺고 있소."

그녀가 멍한 눈으로 그를 빤히 쳐다보았다. 그러고는 가만히 있었다. 그의 말을 이해하는 데 시간이 필요한 것처럼. 이내 그녀가 기운 없이 고개를 떨어뜨렸다.

"그랬군요." 그녀가 가만가만 속삭였다. "벌써 무슨 정보를 넘겨주었나요?"

"아니 아직은. 수상한 점을 눈치채지 못했소?"

"아뇨. 누구죠?"

"기자."

"아, 이레나 노바." 그녀가 말했다. "그 여자에 대해 얘기해주실 래요?"

"나이는 서른셋. 대학을 나왔고. 본직은 기자지만 정보원으로 활 동하고 있어요. 노련한 여자요."

그녀가 목청을 돋우었다. "존, 그런데 내가 왜 이런 사실들을 모 두 알아야 하나요? 나한테 뭘 알아내고 싶어서 그러는 거죠?"

"당신한테 경고를 해주고 싶어서요."

"아니, 이유가 뭐죠?"

"그럴 거라고 장담은 못하지만, 상황이 걷잡을 수 없게 전개될 우려가 있어서요."

"남편한테 경고라도 해주라는 뜻인가요?"

"당신이 그러길 원한다면…… 당신한테 말해도 좋다는 상부의 허락이 있었으니까 당신 남편이 알게 되어도 괜찮을 거라고 생각 하오. 물론, 그게 당신 뜻이라면……"

"하지 않을래요."

"그래요?"

"그 사람, 그대로 두세요. 자기가 판 무덤에 빠지도록 두세요."

"메리앤, 일이 심각하게 번질 가능성이 커요."

그는 마치 배심원 앞에서 변론을 하는 사람처럼 손짓까지 동원 하며 강조했다.

그녀가 못마땅하다는 투로 불쑥 말했다. "스캔들을 일으키고 싶 어 눈이 뒤집힌 사람이에요."

"문제는 당신 남편이 극비 정보를 손에 넣을 수도 있다는 거요."

"펠릭스가요? 말도 안 돼요. 그 사람은 한낱 대사에 불과해요." 그녀가 고개를 설레설레 가로저었다. "저자들이 욕심낼 만한 정보라고는 하나도 없는 사람이에요."

"난 그렇지 않다고 확신하고 있어요."

그가 한 이야기를 모두 부인해주기를 바라는 듯 그녀가 그를 애처롭게 바라봤다. 그는 그녀의 시선을 피해 아래쪽의 고양이들을 보았다.

"존, 우리는 왜 그냥…… 만나고 싶은 마음만으로 만날 수 없을까요?"

그가 중얼거렸다. "우리가 세상일에 간섭하지 않아도, 세상이 우리 일을 간섭하려 들 거요."

그녀는 눈을 내리깔았고, 두 손을 마주 비볐다.

"다 말도 안 되는 소리예요." 그녀가 말했다. "모든 게 하나도 믿기지 않아요." 그녀가 고개를 쳐들었다. "그런데 그이가 어떤 식으로 그런 정보를 입수한다는 거죠?"

"남편한테 친구가, 어릴 적부터 친한 동창이 하나 있어요. 필립스 산하의 과학연구소 소장을 지내는 헤인 다먼이라 하는 그 친구에게 좀 문제가 있소."

"아녜요." 그녀가 경련을 일으키는 것처럼 고개를 마구 가로저었다. "존, 아니에요, 이건 정말 있을 수 없는 일이에요."

"미안하오." 그가 대꾸했다.

"세상에 이럴 수가."

마크스는 내친김에 뜸 들이지 않고 전부 이야기하기로 마음먹었고, 창 너머 쓰레기통에 시선을 고정했다. "다면 씨 같은 경우가 가장 다루기 쉬운 예일 거요. 술도 과한 데다 결혼했으면서도 동성연애를 하며 이중생활을 하고 있으니까. 그러니 협박 대상이 되기 십상이오."

"체코 사람들이 그 사실을 알고 있나요?"

"물론. 그들이 당신 남편을 다면에게 보낼 공작을 펴고 있소."

"그 사람이 그럼 체코 정보부의 다른 자들도 만났어요?"

"그렇소."

"당신네 첩보원이 거기 잠입해 있죠, 그렇죠?"

"아주 특별한 정보원이 있소, 당연히."

"그런데 나더러 뭘 하라는 거죠?"

"남편에게 위험을 예고해주라는 거요. 당신이 지금 알게 된 사실을 남편에게 그대로 알려줘도 물론 상관없어요."

"그렇게 해서 그를 제지할 수 있다고 생각하는 거예요?"

"그야 모르는 얘기지."

"아니, 그렇게는 못 해요."

그는 그녀가 그런 반응을 보이리라고 예상하고 있었다. 그는 아주 오랫동안 보지 못했지만 마리안을 다시 비밀 정보원으로 이용할 수 있을 거라고 자신의 상관 크리스 모클리에게 큰소리를 쳤다. 그녀가 한 모금을 마셨다.

"날 좀 도와줄 수 있겠소?" 그가 물었다.

"난 더 이상 회사 일은 맡지 않을 거예요." 그녀가 말했다. 그녀는 병을 들어 잔을 마저 채웠다.

"제발 내 일에 협조 좀 해줘요."

"안 되겠어요. 근데 왜죠? 존, 뭔가 더 있는 거죠? 펠릭스는 그저 허울뿐인 거죠. 말 못 할 내막이 있는 거예요, 그렇죠?"

"그래요."

"이럴 수가…… 난 십이 년 만에 옛…… 옛사랑을 다시 만나는 거라고 생각하고 나왔어요."

"미안하오." 그가 담담하게 대답했다.

"아, 하나님…… 내게 그럴 기운이 아직도 남아 있는지 의심스러워요, 존. 더 이상 예전의 내가 아니에요. 쓰던 책을 이젠 마치려고 해요. 실은 그게 내가 의지하는 유일한 낙이거든요……"

"당신이 거절한다면 우리로서는 당신 의사를 받아들여야 마땅하겠지만, 그런데…… 그렇게 되면 우리가 상당히 난감한 상황이 될 것 같아서."

"내게 압력을 가하시는군요."

"워낙 중요한 일이니까."

"누구에게요?"

"회사에."

"나한테는 상관없는 일인데도 말이죠?" 그녀가 비아냥거리는 투로 말했다.

"당신에게, 그리고 우리 모두에게 중요한 일이오."

"그럼 그 중요한 게 뭔지 한번 말해보세요."

"먼저 서명부터 해줘야 해, 메리앤."

그녀는 거만하게 제스처를 취했다. 그까짓 서류를 당장 내놓으라는 듯. 그가 웃옷 안주머니에서 서류를 꺼내 그녀 앞에 펼쳤다. 그러고는 그녀에게 펜을 건넸다.

"이 따위 서명은 아무 가치도 없어요." 그녀가 말했다. 그리고 서명했다.

"자 이젠 됐나요?" 그녀가 물었다.

그는 서류를 다시 집어넣었고, 무슨 말부터 시작해야 할지 고민했다.

"근데 장갑은 왜 끼고 다녀요?" 그녀가 물었다.

"습진." 그가 거짓말로 둘러댔다. 자기는 세상을 만지는 것이 두렵다고 감히 털어놓을 수 없었다.

그녀는 위스키를 한 모금 마셨고, 그의 곁으로 다가왔다. 그들은 나란히 서서 창 아래의 허기진 고양이들을 내려다봤다.

느닷없이 시몬 베렌슈타인이 나타나 빗자루를 흔들며 안마당을 휘젓고 다녔다. 그는 기세 좋게 러시아어로 욕을 하며 늙어 구부정해진 다리로 고양이들을 쫓아내고 있었다.

"저 사람 안 지 오래됐어요?"

"1958년에 리가에서 만났어."

"저 사람도 당신네 회사 일을 해요?"

"아니."

"나한테 시키려는 일이 대체 뭐죠? 난 도무지 이해할 수 없어요." 그녀가 곰곰이 생각에 잠겨 있다가 말했다.

"프라하에 우리한테 중요한 비밀 정보원이 있소. 카를라라고 하는데, 카를라는 FSZS 일도 하고 있소. 우리를 위해 일하고 있기도 하고. 이중첩자인 셈이지. 그 여자가 나오겠다고 하오. 우리한테로 넘어오고 싶어해요. 당신 남편이 카를라와 아는 사이요."

"펠릭스가요? 어떻게요?"

"그건 국가 기밀이오, 메리앤. 하지만 당신은 방금 서명을 마쳤으니⋯⋯"

"그 여자가 누군데요?"

"이레나 노바."

그녀가 그에게로 몸을 휙 돌렸다.

"그 여자가 이중첩자로 일하고 있소." 정보의 중요도를 의식하며 마크스가 낮은 목소리로 말했다.

"노바라고요? 그럼⋯⋯?"

"그럼?"

"그럼 그 여자가 손에 넣을 정보를⋯⋯" 그녀가 말을 채 맺지 못하고 자리에 가 앉았다. 기도하는 것처럼 상체를 앞으로 구부리고 손바닥을 마주 댄 채. 그녀가 눈을 감았다.

"난 여기에 관여하고 싶지 않아요, 존."

"당신은 우리를 도울 수 있소."

"난 할 수 없어요. 정말이지 난 못 해요⋯⋯ 그 여자가 실은 당신네 편에서 일하고 있다는 걸 펠릭스가 알고 있어요?"

"모르오. 그 여자가 체코 측 정보원인 걸로만 알고 있겠지. 당신 남편의⋯⋯" 목소리가 떨려 나왔고 그는 침을 꿀꺽 삼켰다. 아무래도 그녀의 도움을 포기해야 할지도 모른다는 생각에 겁이 더럭 났다. "당신 남편의 정보가 그 여자를 탈출하게 하는 데 도움이 될 수 있도록 해야 하오. 우리가 에인트호번에 있는 다먼에게 조작한 역정보를 흘려주고 그래서⋯⋯"

그녀가 고개를 가로저었다.

"듣고 싶지 않아요." 그녀는 애원하는 눈빛으로 그를 바라봤다.

"제발 날 이 일에 개입시키지 말아요. 난 더 이상 협조하고 싶지 않아요. 더 이상 배반하고 싶지 않아요. 속이는 것도 괴롭고, 갈팡질팡하는 것도 다 지겨워요. 다 미친 짓이라고요. 더는 이런 일을 할 수 없어요."

그녀가 자리에서 일어나 핸드백을 집었다.

"존, 당신은 날 찾지 말았어야 했어요. 그래도 우리는 함께…… 소중한 추억을, 평생 소중하게 간직할 그런 기억을 갖고 있었어요."

"난 당신 때문에 이혼까지 했소."

"아니에요. 당신 자신을 위해서죠, 나 때문이 아니에요."

"당신 때문이오, 메리앤."

"당신이란 존재를 지키기 위해 이혼한 거예요. 당신의 도덕적 가치를 위해. 그리고 그건 아름다워요. 하지만 이건 아니에요."

그녀가 문으로 다가갔다. 그러더니 갑자기 걸음을 멈췄다. "그런데 거기 랭글리에서는 이런 일들에 진절머리도 안 내나요, 정말? 당신들이 날조하는 이 세계가 대체 뭐죠?" 그러고는 큰 소리로 웃음을 터뜨렸다. "당신네들은 꼭 아무 생각 없는 병든 철부지들 같아요. 그 점에서는 존, 당신도 마찬가지고요."

그녀가 문을 여는 순간 마크스가 문손잡이를 잡았다. 그녀의 맨손을 그의 장갑 낀 손이 덮고 있었다.

"제발." 그가 말했다. "이렇게 부탁할게."

그녀는 대답하지 않았고, 웃으며 복도를 빠르게 걸어갔다.

15장
1989년 10월 28일 밤

크라이슬러 뉴요커가 커브를 돌아 선셋 대로로 들어섰다. 프레디 맨시니는 토요일 밤마다 심야 영화가 끝난 직후부터 새벽녘까지 계속되는 교통 체증에 걸려 있었다. 그는 그 사정에 대해 읽은 적이 있었지만 네 줄의 끝없는 차량 행렬을 직접 보기는 처음이었다.

샌디에이고의 중심가 역시 토요일 밤에는 수많은 차량이 물결을 이루곤 했다. 그러나 샌디에이고에서는 어딘가에 다녀오는 또는 어디론가 가려는 사람들이 운전하는 차량이었고, 그가 사십오 분이나 갇혀 있는 여기 선셋 대로와 할리우드 대로의 교통 체증은 이런 행렬을 외출 정도로 여기는 무리가 운전하는 차량으로 인한 것이었다. 차량 행렬 자체가 하나의 목적이었다. 그렇게 그들은 한 주의 절정을 장식하고 있었다.

크롬을 입힌 부분을 벨벳으로 닦았는지 광택이 번들번들한 것이 마치 전시장에서 방금 빼내온 것 같은 1950년대 구형 차들이 눈에 띄었다. 일 미터쯤은 되어 보이는 엄청 큰 바퀴로 차대를 높게 올려 세운 소형 트럭도, 또 차 꽁무니에 장착해놓은 조절 가능한 차축 용수철이 방정맞은 개구리처럼 팔짝팔짝 뛰며 시소를 타고 있는 차들도 보였다.

멋쟁이 아가씨들이 그에게 손을 흔들었고, 헤어네트를 쓰고 마초처럼 콧수염을 기른 멕시코 사내들이 마이애미 사운드 머신의 라틴 유행가를 들었으며, 커다란 선글라스를 낀 흑인들은 초대형 휴대용 라디오를 들고 이리저리 차를 몰고 다니며 대로를 랩으로 가득 채우기도 했다.

그는 사백삼십 파운드나 되는 체구로 주위로부터 적잖은 시선을 받았다. 그의 뉴요커, 문이 두 개 달린 유형의 세단 드빌에는 (이 차를 산 이유 중의 하나였던) 넓은 문과 조절할 수 있도록 된 운전대 그리고 그의 거대한 몸집을 지탱할 수 있게 맞춰 넣은 특수 주문 의자가 설치되어 있었다. 한번 소개를 받은 적이 있던 그 의자를 진짜 중량급의(바꿔 말해 최소한 삼백 파운드 이상의) 비만자들을 위한 월간지 〈이것은 식용이 아닙니다〉의 광고에서 보자마자 당장 구입했다. 그는 배기가스로 오염된 선셋 대로의 덥고 탁한 공기가 뉴요커 안으로 스며들지 못하게 창문을 꼭꼭 닫아놓고 있었다.

바비가 그를 떠난 이후 그를 방해할 만한 것은 더 이상 존재하지 않았다. 그는 밤낮으로 먹어댔다. 음식을 먹으며 잠이 들었고 음식을 먹으며 잠에서 깼다. 집에는 그 혼자만 남게 되었다. 윗입술 위에 수염이 나 있는 파나마 출신의 가정부 테레사가 그의 온갖 응석을 받아주었고 마치 세 살짜리 어린애를 어르는 듯한 말투로 그에게 말을 건넸다. 텔레비전 앞에 전략적으로 배치해둔 의자 옆에는 아예 냉장고까지 옮겨다 놓았다. 테레사가 매콤한 멕시코 요리를 준비해두었고, 슈퍼마켓의 냉동고에서 이것저것 닥치는 대로 사다 쟁여놓은 즉석 냉동식품은 물론이고 패스트푸드들로 끼니를 보충하며 텔레비전에 붙어 지냈다. 그는 자기 육신의 노예가 되어버려 헤어나지 못하고 있었다.

거울을 들여다볼 때면 분장이라도 한 것처럼 몇 킬로의 비곗살이 덕지덕지 오른 양 볼을 보며 어렴풋이 기억나는 한때 갸름했던 젊은 시절의 얼굴을 찾아보았다. 커다랗고 둥글넓적한 아래턱은 도살장으로 끌려가는 피둥피둥한 돼지처럼 분홍빛을 띠고 턱 밑에서 출렁였다. 침대에 누우면 두꺼운 지방층 위에 둥둥 떠 있는 기분이었다. 그는 애써 자신의 원래 모습을 돌이켜보곤 했다. 언제나 마른 편이었고, 바비와 결혼하기 전까지는 먹을거리에 전혀 관심을 두지 않았다. 그는 우주복을 입고 있는 지난날의 소년을, 동작을 굼뜨고 둔하게 만드는 두꺼운 보호막을 휘감고 있는 깡마르고 나이 어린 사내아이를 그려보았다. 그가 지금 입고 있는 항공복은 근육과 지방으로 만들어져 있었다.

바비는 변호사를 선임하여 이혼 수속을 밟고 있는 중이었다. 그녀는 (두 쪽으로 가르는 것이 가능한 것처럼) 살고 있는 집의 절반을, (역시 마찬가지로) 차 세 대의 절반과 그가 소유한 열두 개의 세탁소 절반을 요구했다. 게다가 그의 채울 수 없는 허기 때문에 그녀가 받은 수년 동안의 정신적이고 신체적인 피해에 대한 배상금 조로 십만 달러의 위자료를 추가로 요구했다.

프레디의 변호사 데이비드 골드먼은 바비의 청구 내용을 대단히, 아주 대단히 심각하게 받아들였다.

"배심원들이 그녀의 청구를 정당하다고 인정할 소지가 다분합니다, 프레디."

"날 버리고 나간 건 아내잖아요, 데이비드. 배심원들은 가정을 버리고 나간 유부녀들을 좋아하지 않아요. 그녀는 배신자라고요."

"프레디 당신도 법정에 출석하실 텐데……"

"그게 어떻다는 말입니까?"

"저어, 왜 아내가 도망쳤는지를 그들이 직접 확인할 수 있을 것 같아서요."

"그렇다 쳐요. 내가 살이 좀 쪘기로서니, 그게 어쨌다는 겁니까?"

"어쨌다는 거냐고요? 아니 지금 무슨 말씀을 하시는 겁니까? 그건 상당히, 아니 아주 어마어마한 문제가 될 겁니다. 그간 열심히 일해서 모은 재산의 절반이 날아갈 판입니다."

"내가 뚱뚱하기 때문에 말입니까?"

"프레디, 당신은 그냥 뚱뚱한 정도가 아니지 않습니까? 당신은 우리 미합중국에서, 말하자면 세계에서 가장 비만한 백 명 가운데에 들 겁니다. 우리 비서가 요즘 당신들이 애독하는 잡지의 편집부에 문의해봤는데 백 명의 가장 비만한 사람들 가운데 기혼자는 겨우 네 명에 지나지 않고 또 그 네 명 중 셋은 본인 못지않게 뚱뚱한 상대와 결혼해 누구랄 것 없이 부부가 모두 생활의 대부분을 끝없이 먹기만 하며 지낸다고들 합니다. 결론적으로 사랑으로 결혼 생활을 유지한 사례는 단 한 명뿐이었는데, 그 유일무이한 실례의 장본인이 다름 아닌 바로 프레디 당신이었다는 겁니다."

"대체 무슨 말이 하고 싶은 겁니까?"

"바비의 변호사도 이런 정보를 모를 리 없고, 극도로 비만한 남자와의 부부 생활은 바다 위를 걷는 것만큼 불가능하다는 걸 주장하는 데 그런 자료들을 이용할 게 뻔하다 이겁니다."

"데이비드, 그럼 이제 어떻게 해야 하죠?" 그가 풀이 죽어 물었다.

"프레디, 체중을 줄이세요. 그래서 젊은 귀공자처럼 법정 안으로 보란 듯이 나타나도록 하세요. 당신이 절대로 먹는 것에 중독된 사람이 아니라는 걸 입증해 보이라는 겁니다. 왜냐면 그게 바로 상대측의 전술이거든요. 저자들은 당신이 중독자라고, 당신이 식충이라고 트집을 잡을 겁니다."

그런 상담이 있은 뒤 그는 삼십 파운드가 더 늘었다.

프레디는 열두시 삼십분까지는 할리우드 대로에 있는 트래블라지 모텔 21호실에 닿아야 했다. 그에게 전화를 건 남자는 외국 악센트가 전혀 없는데도 자기를 '얀'이라고 소개했다. 프레디는 며칠 전 동네 도서관에 있던 체코 출신 작가들의 책에서 그런 이름을 본 적이 있었다.

그러니까 체코 이름이 분명한 얀이 전화로 샌디에이고에서 만나기를 요청했지만 프레디는 집에서 너무 가까운 것 같아 로스앤젤레스를 제시했고, 얀이 삼십 분 뒤에 다시 전화를 해 그렇게 해도 좋다고 했다. 할리우드 대로와 버몬트 가 구석에 있는 트래블라지에서 토요일 밤 열두시 삼십분으로 약속이 정해졌다. 상식적으로 너무 늦은 시간이긴 했지만 그런 예사롭지 않은 약속들은 흔히 야릇한 시각에 이루어진다는 점에서 충분히 이해할 만한 일이었다.

차는 조금씩 앞으로 나아갔고, 주위의 차 속에서 엄지손가락을 세워 보이거나 손을 흔드는 사람들에게 그는 조금 수줍어하며 응수해주었다. 창문은 여전히 닫힌 채였고 에어컨은 윙윙거리며 갈색 가죽으로 치장된 차 안을 서늘하게 조절해주었다. 그는 이십사 시간 뉴스 채널에 귀를 기울이고 있었다. 오늘 프라하에서 시위가 있었는데 당국에 의해 진압되었다는 내용이었다. 프라하라면 그에게도 낯선 곳이 아니었다.

운전석 옆자리에는 샌디에이고에서 출발하기 전에 미리 준비해둔 군것질 상자가 놓여 있었다. 플랜터 식품회사의 캐슈너트 깡통을 찾아 더듬거렸으나 손이 깡통의 밑바닥에 닿았다. 트래블라지에 도착하면 뭐든 좀 구해 먹을 수 있을 것이었다.

유럽 여행으로 그는 파탄에 이르렀다. 바비는 다른 사람과 사랑에 빠졌고, 그는 보지 말았어야 할 것을 보고 말았다. 그는 심문을 당하며 무력감을 맛보았고, 자기가 프라하를 방문하기 전보다 한층 더 쓸모없는 사람이 되어버렸다는 기분에 사로잡혔다. 그는 바비에게 심상찮은 변화가 일어났다는 것을 예감하기라도 한 듯 샌디에이고로 돌아가는 것이 왠지 두렵기만 했다. 그녀는 전화를 해 자신이 지금 마이애미에 있는 밥 존슨의 집에 와 있다고 알려주었다. 밥 존슨이라면 관광단의 한 사람으로, 머리가 희끗희끗한 홀아비이며 말수가 적고 여행사에서 예정해놓은 관광지에 대해 며칠씩 공부해두는 독서가였다. 그때 프레디는 체념한 채 수화기를 내려놓고 곧장 슈퍼마켓으로 갔다. 그는 패배감과 동시에 해방감을 느꼈다. 바비가 그를 버리고 다른 사람을 택했고, 그것은 그에게 사형선고나 마찬가지였다. 그는 한 줌의 쓰레기처럼 버림받은, 열등한 인간이었다. 그러나 동시에 음식에 쏠려 있는 그의 간절한 구애에 장애가 될 만한 사람이 이젠 아무도 없다는 사실을 그는 분명히 깨달았다.

그는 전에 비하여 더 많은 양을 먹기 시작했다. 그리고 그의 지방층 밑에서는 걷잡을 수 없는 격분이 이글이글 타올랐다. 그는 바비를 생각할 때마다 쓰디쓴 원한을 되씹을 정도가 되어버렸다. 그들의 아이들은 누구 편도 들지 않았고, 소위 '이해가 간다'든지 '우리는 엄마 아빠 둘 다 똑같이 사랑한다'는 식이었다. 아내의 변호사로부터 편지를 받는 순간 그는 그녀를 확 죽이고만 싶었다.

그런 감정을 느끼다니 정말 놀라웠다. 그는 바비의 인생을 망쳐놓을 수 있다면 어떤 결과라도 다 감수할 비장한 각오가 섰다. 그가 가슴속에 품고 있는 분노의 뿌리는 깊고 강했다. 어쩌면 그녀를 오래전부터 지금처럼 증오해왔던 것은 아니었을까? 처음부터 그녀는 그를 멸시하고 업신여겼으며 그런 여자 옆에서 자기 인생을 허비했던 것은 아니었을까?

둘째가 태어난 다음부터 그는 체중이 부쩍 늘었다. 그 무렵 그의 사업은 날로 번창했고, 세탁소의 크기에 비례하여 그의 몸도 점점 불어났다. 그리고 그의 성공을 시기라도 하는 것처럼 그즈음부터 그녀가 살을 에는 타박을 시작했다. 그들이 자리를 같이할 경우 그녀는 으레 그를 야유의 표적으로 삼곤 했기 때문에 결혼 생활이 이어지는 동안 그는 창피한 적이 너무 많았다. 프레디는 아내를 이해할 수 없었다. 바비 역시 번창하는 그의 사업 덕을 보면서도 바로 그 호사 때문에 도리어 그를 증오했다. 마치 그녀를 종속시키기 위한 악의에서 그가 그렇게 해주고 있는 것처럼.

바비는 다른 사람에게 반해버렸다. 프레디는 그녀와 단 한 번 전화 통화를 했을 뿐이었다. 그 이후에는 그들의 변호사들을 통해 대화가 오갔다.

"자기하고 이름이 같은 사람하고 어떻게 정을 통할 수 있다는 거지?" 그가 물었다.

"그이 이름은 로버트예요." 그녀가 쌀쌀맞게 대꾸했다.

"당신 이름은 로버타고?"

"다들 날 바비라고 부르는 걸 몰라요?"

"그자도 어쩜 다들 그렇게 부를 테고."

"그래서요? 밥이라고 부르더군요. 차이가 분명하잖아요, 바비하고 밥."

"내 눈에는 아무래도 비정상으로 보여." 그가 말했다.

"프레디, 난 다시는 당신한테 돌아가지 않아요."

"우린 아직도 결혼한 사이야."

"그래도 소용없어요. 난 밥 곁에 있을 거예요."

"내가 당신을 자주 밥이라고도 불렀지. 당신이 꼭 자기 자신 곁에 있겠다고 우기는 소리로만 들리는군."

"당신은 사리 분별을 못해요."

"바비, 정말 다시는 안 돌아올 거야?"

"네. 그리고 그 편이 훨씬 나아요. 당신을 위해서도요. 당신이 원하는 게 있다면 오로지 하나, 먹는 것뿐인데 내가 있으면 당신한테 방해만 될 테니까요. 나는 당신에게 귀찮은 존재고 당신은 나에게 귀찮은 존재예요."

"내가 왜 당신한테 귀찮은 존재지?"

"당신은 꾸어다놓은 보릿자루나 마찬가지니까요."

"여보, 우린 지금까지 부족한 것 없이 살아왔잖아."

"내 말 잘 들어요. 변호사가 내가 물건을 가지러 갈 날짜를 잡아 알려줄 거예요. 그러니 그날은 당신이 집에 없었으면 해요, 알겠죠?"

"오기로라도 버티고 있을 거야."

"변호사들끼리 일단 약속을 하면 당신은 집을 비워야 해요. 그렇지 않으면 당신을 체포하도록 조처할 거예요."

프레디는 극구 집에 남아 지켜보았고, 바비는 위협했던 대로 했다. 경찰들이 와서 그를 경찰차에 태워 연행했다. 이웃들이 지켜보는 가운데 그는 자신의 집에서 끌려 나왔다. 경찰들이 아무리 씨름을 해도 그를 자리에서 끌어낼 수 없었지만, 그는 결국 저항을 포기하고 그들을 따라 경찰서로 향했다. 규정에 따른 정식 체포였기 때문에 그는 수갑을 차야 했는데 팔이 너무 뚱뚱해서 두 손이 등 뒤에 모아지지 않았다. 이틀 후에 아내의 변호사가 보낸 편지가 도착했다.

그때였다. 프레디는 그녀에게는 살 권리가 없다고 단정 지었다.

그러나 돈을 받고 그녀를 죽여주겠다고 나설 만한 사람이 주위에는 한 명도 없었고 또 그 일을 직접 할 수도 없는 처지였다. 그는 전문가의 도움이 절실했다. 문제는 어디에서 그런 능수능란한 청부업자를 찾느냐 하는 것이었다. 그런 사람은 아무튼 업종별 상호 전화번호부 같은 데에는 실려 있지 않았다.

그가 포토맥의 안가에서 만났던 신사들은 자격증을 갖춘 살인자들이었다. 그러나 그곳을 떠나온 뒤로 그는 마크스나 그의 부하들로부터 더 이상 아무런 소식도 듣지 못했고, 게다가 살인을 해줄 수 있느냐고 그들에게 부탁하는 것은 정말이지 현명한 일이 아니었다. 심문이 끝난 다음 그들은 바로 그를 비행기에 태워 집으로 보내버렸고, 그는 미혹과 자격지심 속에 방치되었다. 캐럴린이 이 빌어먹을 놈의 세상 어디에서도 맛볼 수 없는 최고의 칠면조 요리를 해주었기 때문에 그는 안가에서 계속 머물러 있기를 간절히 소망했다. 그러나 그들은 그를 흔들 대로 흔들어 필요한 정보를 깡그리 빼낸 다음 발길로 걷어차버렸다.

그는 일체 입을 봉하고 있었고, 물론 바비에게도 한마디도 누설하지 않았다. 하지만 그가 그 아름다운 안가에서 마음 깊이 느꼈던 유대감은 시간이 갈수록 점점 허물어졌고, 이제는 마크스에게 희생한 나날을 되돌아보며 억울한 심정으로 입술을 깨물곤 했다. 그에게서는 전화 한 통도, 편지 한 통도, 고맙다는 인사 한마디도 없었다.

이윽고 뉴요커가 선셋 스트립의 혼잡을 벗어나 차체 위로 수많은 신호등과 네온 광고를 반사하며 미끄러져 나갔다. 그는 버몬트 가로 직진한 다음 좌회전하여 할리우드 대로의 교차로를 향해 차를 몰았다.

그곳의 거리 풍경을 통해 시간을 가늠할 수 있었다. 벌써 자정을 넘긴 것이 확실했다. 샌디에이고에 비하면 번화한 편이지만, 펑크 클럽 앞에서 진을 치고 있는 펑크족과 할리데이비슨 주위에 모여 있는 헬스 에인절스 단원들, 그리고 암굴 앞에서 서성대는 가죽점퍼 차림의 동성연애자들 같은 수천 명의 선셋 족속들로 심지어는 보도 위까지 시끌벅적했던 선셋 스트립에 비하면 덜 북적거렸다.

트래블라지 모텔 간판이 번쩍거리는 게 보였다. 버몬트 가에서 바로 통하는 진입로가 있었고, 그는 조촐한 방이 즐비하고 각각의 방문 앞에 주차하도록 된 L자형의 2층 건물 앞에 차를 세웠다. 샌디에이고에서 출발하여 쉬지 않고 곧장 달려 네 시간이 걸렸다. 운전석 밑에 특별히 작은 전자 모터를 설치해놓아 의자 축을 옆으로

4분의 1 자동 회전할 수 있기 때문에 그는 차에서 내릴 때 굳이 몸을 돌릴 필요가 없었다.

21호실은 2층 구석에 있었다. 그는 난간을 꽉 붙들고 한 계단 한 계단 자신의 몸을 위로 밀어 올렸다. 디딤판 다섯 개를 오른 뒤 멈춰 서서 숨을 몰아쉬었다. 2층에 닿기까지 족히 이 분은 걸렸다.

얼굴에 비 오듯 땀이 흘렀고, 그는 방문을 두드렸다.

갸름한 얼굴의 대머리 사내가 문을 열었다.

"맨시니 씨죠? 들어오십시오."

"그냥 프레디라고 부르셔도 됩니다."

"전 얀입니다." 사내가 말했다.

사내가 안으로 들어오라는 시늉을 했다. 방은 비좁았다. 간소한 가구가 몇 개 놓여 있었고, 뒷벽에 간이 주방이 설비되어 있었다. 싱크대 옆의 열린 문을 통해 침실이 내다보였다. 일종의 미니 스위트룸이었다. 소파 앞에 제2의 사내가 서 있었다. 얀처럼 마흔 살가량의 나무랄 데 없이 말쑥한 진청색 양복을 입은 사내였다. 늦은 시간이었지만 그들은 둘 다 독실한 모르몬교도처럼 번듯하고 기운이 넘쳐 보였다.

"프레디, 반갑습니다." 제2의 사내가 말했다. "전 페터라고 합니다."

그는 자기 이름을 독일식으로 발음했다. 굵고 거칠거칠한 목소리였다.

프레디는 소파 위로 푹 주저앉았다. 무게가 쏠리는 순간 소파의 목재 받침대가 삐거덕거리며 소리를 질렀다. 그는 들고 있던 작은 손가방에서 휴대용 티슈를 꺼냈다.

"프레디, 오는 길은 어땠습니까?" 얀이 물었다.

"괜찮았어요, 별문제 없이 왔습니다."

"뭐 마실 걸 좀 드릴까요? 요기라도 좀 하시겠습니까?" 얀이 물었다.

"좋지요. 스카치…… 그리고 햄버거, 있으세요?" 프레디는 휴대용 티슈의 비닐 포장을 만지작거렸고, 휴지 한 장을 꺼내어 얼굴과 턱 밑의 늘어진 살과 목을 다독거렸다.

얀이 페터에게 신호를 보냈다. 페터가 싱크대로 가 거기에 딸린 전화로 룸서비스를 주문했다. 보아하니 얀이 윗사람인 모양이었다.

"곧 가져올 겁니다. 프레디, 이렇게 와주셔서 반갑습니다." 얀이 말했다. 그리고 양복 주머니에서 담뱃갑을 꺼내 프레디에게 내밀었다.

"피우시겠어요?"

"아뇨, 괜찮습니다." 프레디가 대답했다.

사내들은 정중하기 이를 데 없었다. 프레디는 그들이 두렵지 않았다.

"오시는 길에 뭐 꺼림칙한 점은 없었나요?" 얀이 물었다.

프레디는 미행을 당하지 않았느냐는 질문으로 이해했다.

"아뇨, 그런 기미는 보이지 않았습니다." 사실 그 점을 전혀 신경 쓰지 않았으면서도 그는 그렇게 말했다. 극비 중의 극비 모임 같은 기분이 들었다.

"실은 보내주신 편지를 받고 놀랐습니다." 얀이 그렇게 말하며 프레디 앞에 있는 안락의자에 앉았다. "저희가 처음에는 어떻게 대처해야 할지 좀 막막했습니다. 그래서 당신에게 전화를 걸었던 겁니다."

페터가 잔에 스카치를 따랐다. 얀이 안주머니에서 편지를 꺼내 프레디에게 건넸다.

"이게 프레디 당신 편지죠, 맞죠?"

프레디가 겉봉을 살폈고, 자기 필체를 확인했다.

"네, 맞습니다."

"안에 든 편지도 좀 꺼내보시겠어요." 얀이 말했다.

"봉투도 알아보겠고, 필적도 내가 쓴 게 맞습니다."

"그래도 한번 좀 살펴봐주시기를 부탁드립니다." 얀이 강요하다시피 봉투에서 편지를 꺼내 프레디 앞에 펼쳐놓았다.

"네, 맞습니다. 내 편지예요." 지나치게 규칙을 찾는 얀에게서 동구권의 까다로운 형식주의를 거듭 실감하며 프레디가 말했다.

얀이 미소를 짓더니 편지를 집어넣었다. 페터가 프레디에게 잔을 내밀었다. 그가 한 모금을 들이켜자 얼음 조각들이 치아에 부딪쳤다.

"햄버거는 오는 중입니다." 페터가 말했다.

페터 역시 프레디가 듣기에 외국 악센트가 한 점도 없었다. 이 체코인들은 완벽한 영어 교육을 받았거나 미국에서 태어난 모양이었다.

"우리에게 도움이 될 자료를 가지고 계신다고요. 적어도 편지에 쓰신 내용을 인용하자면요." 얀이 말했다.

"네."

"무슨 자료인가요?"

"정보요."

"무슨 정보죠?"

"체코슬로바키아에 관련된 정보."

"체코슬로바키아요?" 얀이 그의 말을 따라 했다.

"네, 내가 거기서 우연히 어떤 사건에 휘말렸는데 랭글리에 있는 모 기관에서 그것에 대해 적잖게 관심을 보였거든요."

얀과 페터가 서로 시선을 교환했다. 프레디는 오는 길에 생각해내고 연습한 이 말이 그들의 목적과 딱 맞아떨어졌다고 직감했다.

"아주 희한한 일이로군요." 얀이 말했다.

"그렇고말고요." 프레디가 동의했다. 그가 남은 잔을 훌쩍 마셔버리자 얀이 페터에게 눈짓을 했다. 페터가 잔을 채우기 위해 자리에서 일어났다.

"저어, 이 일을 하시게 된 동기는…… 이상주의에서 비롯된 건가요?" 얀이 물었다.

프레디는 고개를 가로저었고, 눈을 밑으로 내리깔았다.

"아닙니다."

"그 동기에 대해 말씀해주실 수 있으십니까?"

"글쎄요." 프레디가 말했다.

"말씀하실 그 내용이 뭔지는 모르겠습니다. 하지만 당신이 왜 우리를 도우려고 하는지 우리는 그 이유를 당연히 알아야겠습니다. 저희 입장을 한번 생각해보십시오. 당신이 상대측 요원이고 우리에게 허위 정보를 흘려 혼란에 빠뜨리려는 것일 수도 있잖습니까?"

"내가 당신들의 도움이 필요해서요." 프레디가 말했다.

"도움이 필요하시다고요? 그래서 우리한테 오셨다는 건가요?"

"네."

"어떤 도움 말입니까?"

"내가 문제가 좀 있습니다. 내가 당신들에게 정보를 제공해줄 테니 당신들은 그 문제를 해결하도록 날 도와주었으면 합니다."

"흥미로운 제안이군요." 얀이 미소를 지으며 말했다.

페터가 그에게 다시 새 잔을 채워주었다. 프레디는 고마워하는 눈으로 그를 올려다보았다.

"좋습니다, 프레디, 제 말을 좀 들어보십시오······" 얀이 말을 이었다. "당신이 체코 대사관에 편지를 보내 자료를 제공하겠다고 제안해왔고, 그래서 우리가 당신에게 전화를 걸어 지금 이 자리에 오시게 되었습니다. 우리에게 넘겨주실 게 무엇입니까?"

"그에 앞서 당신들이 날 위해 뭘 해줄 수 있는지부터 알고 싶습니다."

그 말 역시 오는 도중에 몇 번이고 연습했던 것이었다. 그는 자신의 대사가 만족스러웠다.

"그거야 프레디 당신에게 달려 있습니다."

"당신이 원하는 게 뭡니까?" 페터가 상냥하게 물었다.

"만약 당신이 우리에게 중요한 정보를 가지고 있다면 우리가 그 대가로 뭔가를 보상해드려야 한다는 점에는 두말할 여지가 없겠지요." 얀이 설명했다. 그는 그때까지 만지작거리던 담배에 이윽고 불을 붙였다.

"먼저 당신 얘기를 듣고 싶습니다. 그런 다음 보상에 대해 얘기하지요." 페터가 덧붙였다.

"아니요." 프레디가 고개를 가로저었다. "난 먼저 보상에 대해 얘기하고 싶습니다. 그렇잖으면 말짱 소용없는 일이오."

두 사내가 또다시 시선을 교환했다. 이번에는 페터가 대화를 이끌어나가기 시작했다.

"프레디, 그건 순서가 뒤바뀐 감이 없지 않습니다. 먼저 가격부터 정하고 난 다음 팔 물건을 구경하는 격이잖소?" 그의 목소리는 저음의 베이스였다.

"아뇨, 이 경우는 그렇지 않아요."

페터가 이번에는 위협하듯 말했다. "프레디, 궁금한 건 사실이지만, 그렇다고 어떤 대가라도 감수하겠다는 정도는 아닙니다."

"이보세요." 프레디가 말했다. "당신들은 여기까지 왔습니다. 그러니까 당신들이 웬만큼 사전 조사를 했고 뭔가 낌새를 챘다는 뜻입니다. 안 그랬으면 당신들이 이 자리에 왔을 리 없겠죠. 내 말이 맞죠? 아마 당신들은 내가 포토맥에 있는 안가에 한동안 있었다는 것을 다 알고 있을 거라고요."

"포토맥에 뭐가 있다고요?" 얀이 물었다.

"안가요."

"거기에 정말 안가가 있단 말인가요?" 얀이 유도했다.

"그럼요." 프레디가 말했다. 그는 왼손으로 손짓을 하며 자기 말을 강조했고, 그러면서도 너무 많은 공짜 정보를 주지 않으려고 경계를 늦추지 않았다.

"오케이." 페터가 말했다. "프레디, 당신이 원하는 대로 합시다. 먼저 보상에 대한 이야기부터 해봅시다."

"먼저 약속해주시오. 서면으로요. 우리가 합의한 내용을 일종의 계약서로 작성하자는 말입니다."

"오케이." 페터가 말을 받았다. "우린 동의하겠습니다, 얀?"

"난 더 이상 고집부리지 않겠어." 얀이 말했다. 그리고 항복의 표시로 양손을 들었다.

세 사람이 함께 웃었다. 프레디는 벌써 승리를 거둔 듯한 기분이 들었다. 새 휴지로 이마에 맺힌 땀방울을 훔쳐냈다.

문에서 노크 소리가 났다.

프레디가 흠칫 놀라 뒤를 돌아보았다. 그러나 그의 대화 상대들은 문에서 나는 예기치 않은 노크 소리에 조금도 동요하지 않았다. 페터가 느긋하게 자리에서 일어섰다.

"룸서비스가 온 모양이로군." 그가 말했다.

페터가 문을 열었다. 아닌 게 아니라 한 패스트푸드 체인의 종이 상자를 든, 야구 모자를 쓴 흑인 한 명이 서 있었다.

"한 잔 더 하겠소?" 얀이 권했다.

프레디가 고개를 끄덕였다. 그는 페터가 배달부에게 돈을 지불하고 문을 다시 닫는 것을 확인했다.

"프레디, 여기 밤참 대령했습니다."

"밤참의 시작." 프레디가 정정해주었다. 페터가 껄껄 웃으며 다시 식탁 의자에 앉았다.

"난 원래 허리에 좀 문제가 있어놔서요, 딱딱한 의자 아니면 못 앉아요."

"누구나 문제 하나쯤은 있는 법이죠." 프레디가 말했다.

그는 햄버거를 한입 가득 베어 물었다. 소스는 너무 많고, 빵은 입에 달라붙고, 고기는 굳어 있어 구멍 난 신발창을 연상시키는 것이 입만 댔는데도 삼류 햄버거라는 것을 알 수 있었다.

얀이 안락의자와 소파 사이에 놓인 낮은 탁자 위에 잔을 올려놓왔다.

"좋아요. 본론으로 들어갑시다." 얀이 의자 등받이에 기대며 말했다. "원하는 게 뭡니까, 프레디?"

"제거." 입에 음식이 가득했지만 그는 입속이 가득 찼어도 남이 알아들을 수 있도록 말하는 데 익숙해 있었다.

"뭐라고요?" 얀이 되물으며 얼른 자세를 고쳐 앉았다. 페터는 의자의 끄트머리로 나와 앉았다.

"제거." 프레디가 반복했다.

"제거라니요?" 페터가 물었다. "뭘 제거한다는 거죠?"

"원래 그렇게 말하는 게 아니던가요?"

"그러니까 살인을 가리키는 건가요?" 얀이 물었다.

"그거하고는 좀 다르지요." 프레디가 말했다. "살인이라고 할 경우에는 범죄를 의미하지요. 내가 말하는 건 정정당당한 행위거든요."

얀이 어처구니없다는 표정으로 그를 쳐다보았다. 그리고 다시 의자 등받이에 천천히 몸을 기댔다. 프레디가 다시 한입을 베어 물었다. 소스가 넘쳐 턱 위로 흘러내렸고, 그는 휴지로 쓱 문질러 닦아냈다.

"누구죠?" 페터가 물었다.

"내 마누라요." 프레디가 대답했다. 입속 가득 음식이 들어 있었으나 충분히 알아들을 수 있었다.

"당신 아내를요?" 얀이 벌떡 일어나 휘둥그레진 눈으로 그를 빤히 보았다.

"당신 아내군요. 알겠습니다." 페터가 반복하는 소리가 조용하게 울렸다.

프레디가 고개를 끄덕거렸다. 꼭 하고 싶었던 말을 다 말했다. 그는 그동안 궁리에 궁리를 거듭한 끝에 이 일을 생각해냈다. 그 말을 하기 위해 그는 샌디에이고에서 여기까지 왔고, 부득이한 경우에는 워싱턴에 있는 그네들 대사관으로라도 찾아갈 생각이었다. 왜냐하면 육신 속에서 신성한 증오의 불이 훨훨 타오르고 있어 희생물을 바치기로 작심했기 때문이다. 체코 사람들이 바비만 죽여준다면 그는 자기가 알고 있는 것을 모조리 그들에게 들려줄 생각이었고, 따져보면 아는 것이 그리 많진 않지만 어쨌든 살인 청부 비용만큼은 되고도 남았다(그리고 그는 그들이 살인 청부업자들에 대한 자료를 수집해두었으리라고 확신했다).

"우리가 살인을 해야만 당신이 알고 있는 걸 다 말해주겠다는 거로군요." 얀이 프레디의 생각을 한마디로 요약했다.

프레디가 고개를 끄덕였다.

"그런 거사를 감행하기 전에 손에 들어올 정보가 뭔지 우리가 미리 알고 싶다면 이상하게 들릴까요?"

그 질문에서 그는 자신의 제안을 그들이 진지하게 저울질하고 있다는 기색을 느꼈다. "아뇨." 프레디가 대꾸했다.

페터가 느닷없이 말처럼 힝힝거리는 소리를 내기 시작했고, 프레디는 황당해하는 표정으로 그를 쳐다봤다.

사내는 어깨를 들먹거리며 웃음을 터뜨렸고, 고개를 숙인 채 한 손으로 얼굴을 가렸다. 그러면서 그가 "미안합니다" 하고 내뱉었는데, 그 말을 프레디는 알아들었다.

프레디가 시선을 돌려 얀에게 도움을 청했지만 그도 웃음을 참다가 얼른 새 담배에 불을 붙여 혼란을 수습해보려는 눈치였다.

페터가 가렸던 손을 거두었을 때 그의 얼굴은 어느덧 진지한 표정으로 다시 돌아와 있었다. "미안합니다." 그가 공무원처럼 사무적인 어조로 말을 이었다. "이야기를 듣다 나도 모르게 긴장이 풀려버려서 그만…… 미안합니다. 우리는 사실 당신이 돈이나 차, 아니면 부동산이나 여자들 같은 걸 요구할 거라 예상했거든요. 그런데 전혀 상상도 못할 것을 요구하시네요. 이거야말로 정말 특이한 요구군요. 맨시니 씨……"

"프레디라고 부르세요, 그냥 프레디라고……"

"그러죠, 프레디…… 이런 요청은 난생처음 받아봅니다."

"그렇지만 그게 바로 내가 원하는 대가요." 프레디가 말했다.

그들의 풋내기 같은 반응에 그는 다소 모욕을 느꼈지만 자기 제안을 고수하기로 결심을 굳혔다. 손가락으로 상자 속에 남은 샐러드와 토마토 조각들을 싹싹 쓸어 모은 다음 입안으로 밀어 넣었다.

얀이 일어나더니 자기가 앉았던 안락의자 위에 있는 거울을 가리켰다.

"프레디, 이 거울 보이죠?"

프레디가 힐끗 쳐다보고는 고개를 끄덕였다.

"프레디, 이건 반투명거울입니다."

얀이 한 손을 주머니에 넣더니 신분증을 꺼내 보여주었다.

"옆방에 비디오카메라 장치가 되어 있습니다. 우리가 나눈 대화를 다 녹화했죠. 우리는 마크스 팀장님 밑에서 일하고 있습니다."

프레디가 페터를 바라봤다. 프레디를 속인 것이 민망한 듯 자책하는 표정이 역력한 그가 고개를 끄덕였다.

"우리가 당신 편지를 중간에서 가로챘습니다. 그런 일이 우리가 맡은 업무거든요."

프레디는 그가 무슨 말을 하는지 좀처럼 갈피를 잡을 수 없었다. 그는 거울과 얀의 손에 들린 신분증을 번갈아 쳐다봤고, 해명을 요구하느라 페터의 얼굴을 살폈고, 기름 자국이 햄버거가 담겨 있었다는 것을 상기시키는 그러나 이제는 텅 비어버린 종이 상자를 빤히 바라보았다. 그러다가 번뜩 어떤 상황인지 알아챘다. 그렇다, 체코인들이 은근슬쩍 그의 속내를 떠보려는 수작인 것이다. 그가 싱긋 웃었다.

"당신네들 속을 환히 꿰뚫고 있습니다." 그가 상냥하게 말을 꺼냈다.

"그래요?" 얀이 물었다.

"뭔가 꿍꿍이가 있는 게 분명한데, 쉽게는 안 넘어갑니다." 프레디가 여유 있게 웃으며 말했다.

"꿍꿍이라니요?" 페터의 아나운서 같은 목소리가 울렸다.

"지금 꾸미고 있는 일 말이오……" 프레디가 손짓을 했다. "먼저 거기 앉기나 하세요." 그가 얀에게 말했다. "그러고 나서 얘기를 다시 계속하도록 합시다."

"마크스 팀장님과 직접 말씀을 나눠보시겠습니까?" 얀이 물었다.

"좋죠!" 프레디가 말을 받았다. 절로 흥이 나 그들의 장난에 맞장구를 쳤다.

페터가 자리에서 일어나 주방 뒤의 침실로 사라졌다.

얀이 다시 자리에 앉았다. "프레디, 그런데 왜 그렇게 웃고 계세요?" 그가 물었다.

"정말 웃기잖아요." 그가 대답했다.

"뭐가 웃기다는 거죠?"

"이게 소위 조작이라는 것 아닌가요? 저건 너무나 평범한 거울인 데다 당신들은 체코 사람이 분명하고요."

"만약 그렇다면…… 우리가 왜 이런 연극을 벌이고 있다고 생각하시죠?"

"보나 마나 날 시험해보려는 거겠죠."

"무슨 시험을?"

"내가 심문의 맨 첫 관문을 어떻게 무사히 통과하는지를 두고 보자 이런 거겠죠, 뭐. 영화에 흔히 나오는 그런 얘기들 아니겠습니까!"

페터가 되돌아와 그에게 무선전화기를 건넸다.

"마크스 팀장님께서도 우리 대화를 다 들어 알고 계십니다." 그가 말했다. "지금 유럽에 계시는데, 당신과 통화하시고 싶답니다."

프레디는 페터의 말이 한마디도 곧이들리지 않았지만 그래도 시치미를 떼고 능청스럽게 전화기를 받아 들었다.

"이거 오랜만입니다, 존!" 그가 들뜬 목소리로 마크스의 이름을 불렀다.

"안녕하십니까, 프레디." 프레디는 존 마크스의 인사말을 정확하게 알아들었다.

연결 상태도 좋지 않고 마크스의 목소리도 좀 멀리 들리긴 했지만, 흉내 낸 목소리치곤 나무랄 데 없이 그럴싸하고 훌륭했다. 감쪽같이 꾸미느라 그들이 정말 최선을 다했구나 싶어 탄성이 절로 나올 정도였다.

"프레디, 어떻게 지내세요?"

"잘 지냅니다, 우리 존도 안녕하시고요?" 프레디가 두 사내를 향해 익살스러운 표정을 지었지만 그들은 무뚝뚝하게 그를 빤히 쳐다보고만 있었다.

"물론이죠. 그런데 실은 당신 일로 좀 걱정이 돼서요."

"존, 전혀 걱정할 필요 없습니다."

"그럴 필요가 있어 보이는데요. 그 편지 건은 여간 심각한 문제가 아니거든요. 프레디 당신은 국가의 기밀을 누설하지 않을 법적 의무를 지고 있습니다. 서명까지 하셨다는 것, 아직도 기억하시겠죠?"

"그야, 기억하고 있긴 하지만……"

순간 혹시나 하는 섬뜩한 두려움이 온몸으로 퍼져나갔다. 전화 속의 사내는 존 마크스의 목소리뿐만 아니라 잘난 체하는 말투까지 기막히게 똑같았다. 하지만 자기가 보낸 편지를 다른 사람이 가로채는 일 따위는 절대 있을 수 없었다.

"프레디, 위반 시에는 무거운 형벌이 따릅니다. 만약 우리가 이걸 문제 삼는 날에는 종신형을 받아 평생 철창신세를 질 겁니다. 프레디 당신이 그런 딱한 처지에 놓이길 바라지는 않으실 텐데요."

"그걸 바랄 사람이 어디 있어요?"

"왜 그 편지를 쓰신 겁니까?"

"나를 거들떠보지도 않는 당신들이 야속해서 그랬소."

"프레디, 당신은 예전처럼 살고 싶어하지 않으셨던가요?"

"아내가 도망쳤는데도?"

"당신 아내의 행동은 우리가 어떻게 할 수 있는 성질의 것이 아닙니다."

"여하튼, 가짜 존, 잔말 말고 들어요. 당신들은 내 아내를 맡아 처리하고, 또 나는 그래야만 내가 알고 있는 걸 당신네들한테 털어놓을 겁니다."

잠시 아무런 반응도 없었고, 어수선한 소음만 수화기에서 소용돌이를 쳤다.

"저, 잠깐 얀을 바꿔주시겠습니까?" 존이 맥 풀린 목소리로 말했다.

프레디가 전화기를 위로 번쩍 들었다. "팀장님 전화입니다!" 그가 말했다.

얀이 전화기를 받아 들었고, 고개를 끄덕이며 열심히 들으면서도 프레디에게서 날카로운 시선을 떼지 않았다.

프레디는 우월감과 승리감에 들떠 우쭐했다. 저자들의 꿍꿍이에 호락호락 놀아날 자기가 아니었고, 지난 몇 주일 내내 골머리 빠지게 짜낸 계획을 끝까지 관철시키는 배짱을 보여주었다. 저자들은 그가 모든 진술을 번복하고 자신의 잘못을 시인하며 그리고 꽁무니를 빼고 줄행랑을 치리라 예상하고 있었던 것이 뻔했다. 그러나 그는 한 걸음도 물러나지 않았을 뿐만 아니라 옳다고 믿으면 꿋꿋이 밀고 나가는 주관이 뚜렷한 사나이처럼 자신의 의지를 굽히려 들지 않았다. 그는 그런 듬직한 자신에게 보답을 하고 싶었고, 슬슬 솟구치는 식욕을 채워주어야 할 때가 되었다는 생각에 페터 쪽으로 고개를 돌렸다.

그자가 느닷없이 권총을 뽑아 드는 모습이 눈에 들어왔지만 그는 이제 더 이상 두려울 것이 없었다.

"뭐든 요기할 만한 것, 주문할 수 있을까요?"

페터를 대신해 얀이 대꾸했다. "그럼 맨시니 씨가 머리를 식힐 만한 곳으로 모셔다드리도록 하지요." 그가 전화기 버튼을 누르며 끊었다.

"나야 상관없습니다." 프레디가 말했다. "그럼 그리로 가서 뭐라도 마시든지 그럽시다. 어쨌든 축배를 들기는 들어야 할 테니까요."

"어쩌면 그것도 괜찮겠지요." 얀이 말했다.

페터가 자리에서 일어나 방문을 열었다. 밖에는 한 사내가 그들에게 등을 돌린 채로 대기 중이었고, 그자가 입은 웃옷의 등판에는 대문짝만하게 형광 글씨로 FBI라고 적혀 있었다. 그자가 몸을 돌려 방 안에 들어설 때 프레디는 햄버거를 배달해준 바로 그 흑인이라는 것을 금방 알아챘다. 이번에는 그자도 경계 태세였는데, 무슨 민완 경찰처럼 폭동 진압용 산탄총 베레타를 양손으로 받쳐 들고 있었다.

"같이 나가실까요?" 얀이 물었다.

"어디로 갑니까?" 프레디가 되물었다.

마치 그를 지켜내지 않으면 안 되는 것처럼 그들이 왜 난데없이 전부 무장을 하는지 그는 도무지 이해할 수 없었다.

"근데 왜 무기는 꺼내 들고들 그러세요?"

"당신을 모셔다드려야 하니까요." 얀이 말했다.

"괜찮아요, 차를 가지고 왔으니 난 혼자 내 차로 갈 겁니다."

그는 자리에서 일어나기 위해 소파의 한쪽 팔걸이에 힘을 주며 쿠션의 구렁으로부터 빠져나오려고 몸부림을 쳤지만 좀처럼 움직일 수 없었다. 얀이 페터에게 눈짓을 했고 두 사내가 양쪽에서 프

레디의 겨드랑이를 부축해 움푹 파인 소파의 계곡에서 그를 끌어
냈다.

"고맙습니다." 프레디가 가쁜 숨을 몰아쉬며 말했다. 그는 자기
손가방을 집어 들었다.

"프레디, 자, 이제 우리와 함께 가실까요?" 얀이 재촉했다.

"물론."

"우리가 어디로 가는지 대강 짐작은 하고 계시겠죠?"

"목도 축이고 요기도 할 겸 어디로 가려는 게 아니에요?"

"아닙니다. 지금 의사한테 가려는 겁니다. 가서 건강진단을 받으
실 겁니다. 그리고 진정제를 맞은 다음 내일 만나 다시 얘기를 계
속하도록 합시다. 좋죠?"

"근데 왜요?" 프레디가 물었다.

얀이 무슨 말을 하는지 그는 통 이해할 수 없었다. 그는 공포에
질린 눈으로 자기를 문 쪽으로 끌고 가는 세 사내를 번갈아 보았다.

"당신은 지금 휴식이 필요해요." 페터가 말했다.

"대체 왜 이래요?"

프레디의 목소리가 갑자기 열 살배기 소년처럼 높고 앳되게 울
렸다. 그는 깊은 밤 속으로 발을 내디뎠다. 바깥 공기가 포근한 여
인처럼 그를 감싸주었다.

"당신은 지금 머리가 좀 혼란스러운 상태입니다, 프레디."

그들이 그를 층계 쪽으로 밀었다. 그는 아무런 저항도 하지 못
하고 밀려났다.

프레디 스스로가 자신 앞에 굴복해버렸고, 나머지는 만유인력
이 다 알아서 처리해주었다. 계단의 무쇠 난간에 살덩이들이 찢겨

나갔다. 그는 프라하에서 넘어졌던 때를 떠올렸고, 아마도 일 초밖에 걸리지 않은 순식간의 추락이었지만 머릿속으로 기도를 드리기에는 넉넉한 시간이었다. 나는 그 긴 통로 끝의 불빛으로 돌아가고 싶습니다, 나를 어루만져주고 사랑해줄 그 불빛으로, 나를 위로해주고 구제해줄 그 불빛으로……

16장
1989년 11월 24일 아침

　이레나는 프리드리히 가의 국경 초소를 통과하려고 늘어선 사람들 속에 서 있었다.

　간밤에 비가 내렸고, 마침내 가을이 길고 긴 여름을 내몰아버렸다. 그녀는 최근 들어 아무런 제재 없이 쿠르퓌르스텐담으로 오갈 수 있게 된 동독 사람들 틈에 끼어 있었다. 그녀의 어린 딸이 다소곳이 그녀 곁에 서 있었다. 꼬막손에는 벙어리 털장갑을 끼고 머리에는 알록달록한 모자를 쓰고 그리고 한 손에는 앙증맞은 작은 가방을 든 아이의 모습은 마치 어딘가로 며칠 묵으러 떠나는 사람 같았다.

　인민 경찰들이 국경 좌우에 줄지어 서 있었다. 초소에도 전망대에도 사방에 경찰들이 깔려 있었지만, 그들이 되돌려 보내는 사람은 한 명도 없었다. 이레나는 신경을 곤두세우고 경찰들의 움직임을 유심히 관찰하고 있었는데, 다행히 여권 검열이 그리 까다롭지 않다는 것을 눈치챘다. 경찰 가운데 한 사람은 아예 혁대에 매단 나무 판을 배 앞에 대고 있다가 그 위에 여권을 펼치고는 자유를 찾아 나가도 좋다는 도장을 팡팡 찍어대기도 했다. 출국 수속은 형식적인 절차에 불과했지만, 그녀의 심장은 두방망이질을 쳤다.

그녀는 체코 정부의 여권을 소지하지 않은 데다 이곳의 인민 경찰이 동독이 아닌 타국 사람들도 그냥 통과시켜주는지 몰라 무척 불안했다. 그녀의 차례가 점점 가까워졌다. 콘크리트 장벽과 가시철망 뒤에서는 사람들이 환호성을 지르며 달려들어 서로를 부둥켜안았다. 개방된 국경선을 사이에 두고 이쪽과 저쪽에서 서로에게 목도리와 손수건을 흔들어 신호를 보내기도 했지만 어제의 눈물은 이제 사라지고 없었다.

"엄마." 베라가 불렀다. "저기에 우리를 기다리고 있는 사람도 있어?"

"응, 누가 나와 우리를 기다려."

그녀는 어떤 요원이 그들을 위해 이곳 국경까지 나왔을지 궁금해하며 미국인 지역에서 기다리고 있는 사람들을 바라보았다. 그곳에는 두 개의 촬영 팀이 서베를린 땅에 첫발을 내딛는 여행자들의 모습을 카메라에 담고 있었다. 적어도 아직까지는 저쪽 사람들이 약속을 저버리는 일은 없었다.

줄이 점점 더 줄어들었다.

그녀는 아이의 털장갑 낀 손을 꼭 쥐고 인민 경찰 앞에 섰다. 경찰이 그녀의 녹색 여권을 들여다봤다. 상부의 사격 명령에서 해제된 그는 미소를 머금은 서글서글한 얼굴로 그녀 앞에 섰던 수십 명에게 도장을 찍어주었다(이자가 과연 자기네 도시의 이쪽에서 저쪽으로 산보라도 한번 해보고 싶다는 주민에게 마구 총질을 해대어 사살했을까? 그녀는 좀처럼 믿기지 않았다). 그런데 이번에는 그가 눈을 크게 뜨고 여권을 살폈다. 그의 얼굴에서 이런 예외에 대한 상부의 지침이 전혀 없었다는 것을 분명하게 읽을 수 있었다. 그는 규정이나 명령이 간절하다 못해 주인이 없으면 어쩔 줄 몰라 쩔쩔매는 개와 조금도 다르지 않았다.

"어떻게 동독으로 오시게 되었습니까?" 그가 물었다.

"국경을 넘어왔습니다." 그녀가 최대한 침착하게 대답했다.

그가 베라에게로 휙 시선을 던지며 물었다. "어떻게요?"

"그냥 두 발로 걸어서요." 그녀가 대꾸했다. 이번에는 목소리가 떨리고 있었다.

남자가 고개를 한 번 끄덕였다. 일주일 전이라면 그런 대답은 마땅히 분노를 샀을 테고 그는 가차 없이 그녀를 체포해버렸을 것이었다.

"여권도 없으시군요." 그가 말했다. "게다가 공식적으론 여기까지 오신 것 자체도 불법입니다."

"하지만 여기 이렇게 와 있는걸요."

"공식적으론 안 되는 일이죠."

"눈을 똑똑히 뜨고 보시면 제가 이렇게 공식적으로 와 있는 게 보이실 겁니다."

분노를 참느라 이를 악문 그가 누가 들을까 두렵다는 듯이 그녀에게 속삭였다. "어서 이 자릴 떠나. 되돌아가. 당장 꺼지란 말이야."

대화의 내용은 이해하지 못하지만 심상찮은 분위기를 눈치채고 불안스러워하며 자신을 올려다보는 베라의 시선을 느끼며 이레나는 딸의 손을 더 힘주어 쥐었다. 딸에게 그 어떤 일도 일어나선 안 되었다.

촬영 팀이 가까이 다가왔다. 인민 경찰과 이레나가 카메라의 두꺼운 렌즈를 쳐다보았다. 커다란 텔레비전 카메라가 담은 그들의 영상이 지구 각지로 전파될 것이었다. 마이크를 매단 낚싯대 같은 것이 그들의 머리 위를 오락가락했다. 공포에 질려 숨이 그만 끊어져버릴 듯하면서도 그녀는 인민 경찰의 눈을 뚫어져라 보고 있었다. 경찰모의 챙 아래 그의 눈에서 그녀는 자기와 똑같은 공포를 읽었다. 유리로 된 세계의 눈이 그들을 클로즈업하고 있는 동안 경찰이 당황과 불안이 엇갈리는 눈빛을 숨기며 억지웃음을 지었다. 그가 팡 하고 도장을 찍었다.

그녀는 베라의 손을 잡고 콘크리트 장벽 사이를 걸었고, 물웅덩이를 피해 가며 허망할 정도로 쉽게 서방의 영역 안으로 성큼 들어섰다. 이레나는 아이를 질질 끌다시피 하며 걸음을 재촉했고, 베라는 깜찍한 빨간 장화로 반달음질을 쳤다. 그녀는 똑같은 먹구름 밑에서 똑같은 공기를 폐부 깊숙이 들이마셨다.

그들은 하마터면 웬 남자와, 그들의 앞으로 와 우뚝 서는 한 젊은이와 부딪칠 뻔했다.

"노바 씨?"

이레나는 걸음을 멈추고 미심쩍은 눈초리로 그를 훑어보았다. 이목구비가 번듯하고, 옷차림은 말쑥하며, 치아는 가지런하고 새하얗게 반짝였다.

"저는 매클로플린이라고 합니다. 미국 정부를 대신해 노바 씨를

영접하기 위해 파견되었습니다. 이 애가 베라지요? 그럼 함께 가실
까요?"

17장
1989년 12월 2일 아침

스피노자는 『논고』 제7장에 이렇게 적고 있었다.

이제 나의 궁극적인 목표는 명석하고 판명한 관념을 갖는 것이며, 이는 곧 육신의 우발적 행동에서가 아니라 순수한 정신에서 생성된다.

퓌흐트에 있는 여름 별장의 텅 빈 거실에서 호프만은 면도도 하지 않고 일주일째 줄곧 걸친 양복 차림으로 낡고 부서진 정원용 테이블을 마주하고 앉아 있었다. 손만 내밀면 집을 수 있는 거리에 프랑크푸르트 소시지 통이 놓여 있었다. 그는 다시 스피노자에 주의를 집중했다.

1963년 스웨덴식 조립주택을 전문으로 하는 건축 회사가 지은 이 튼튼한 통나무집을 호프만은 1971년에 구입했다. 넓은 거실은 주방과 연결되어 있고, 침실이 세 개, 그리고 헌 가구와 그동안 세월이 지나며 불어난 온갖 잡동사니들을 보관해두는 창고가 하나 딸려 있었다. 세간은 미르얌이 모두 팔아 치워 하나도 남아 있지 않았다.

지금 있는 가구는 호프만이 덴 보스에 있는 캐시 앤 캐리 매장에서 어지간한 것들로 직접 골라 장만한 것이었다. 별장은 '강철 인간'이라 불리는 목가적인 호수 바로 남쪽에 있었다. 호수가 자리한 숲 속 한쪽에는 빌라들이 들어섰고, 호수 북쪽에는 예전에 유대인 강제수용소였다가 1950년대 이후로는 망명 온 남부 말루쿠제도 사람들의 난민 수용소로 사용된 건물이 비명 소리가 아직도 울려나오는 막사들과 함께 고스란히 보존되어 있었다. 호프만의 별장은 덤불과 수목에 파묻혀 있어, 나뭇잎이 다 떨어져 앙상하기만 한 가을에도 국도에서는 통나무 벽이 전혀 보이지 않았다. 백 미터 길이의 모랫길이 마당과 국도를 이어주었고, 그의 별장에서 가장 가까운 이웃은 이 킬로미터쯤 떨어져 있는, 요즘은 다행히도 텅텅 비어 있는 야영장이었다.

별장으로 오는 길에 그는 남쪽으로 걸어서 두 시간 거리에 있는 복스텔에 들러 미리 장을 봐 왔으며, 최소한 일주일분의 양식은 비축되어 있었다. 이 순간 그는 입속으로 무엇이 들어가든 별로 개의치 않았다. 우선 공복을 채우고 생명을 유지하는 것이 급선무였다. 지금은 프랑크푸르트 소시지 한 통을 먹어 치우는 중이었다. 통의 좁은 목 부분으로 더러운 손가락 두 개를 쑤셔 넣어 작은 소시지 하나를 꺼내서는 물기를 탈탈 털어낸 다음 입에 넣어 깨물었다. 프랑크푸르트의 팽팽한 소시지 껍질을 깨물 때마다 와드득하고 부러지는 소리가 났고, 그제야 왜 그것을 '툭툭 소시지'라고 부르는지 이해할 수 있었다.

전기는 들어왔지만 수돗물은 끊겨 있었다. 메인 밸브도 열어보고 배수관도 점검해보았지만 아무 이상이 없는 것으로 보아 외부 상수도관에 무슨 문제가 있는 모양이었다.

테이블 밑에는 전기난로가 놓여 있었고, 휴대용 텔레비전에서는 저녁에 프라하에서 혁명이 일어났다는 소식을 보도했다. 그의 등 뒤에 있는 수수한 소파 옆에는 필름 통이 든 상자가 놓여 있었다. 복스털에서 장을 보고 난 다음 그는 덴 보스 시내에 있는 은행으로 직행해 금고에 보관해두었던 필름 통을 꺼내 왔다. 위험이 따르는 일이긴 했지만 아무도(체코 사람들은 물론 미국 사람들도) 그의 행방을 추적해내지 못하리라 믿었다.

그는 몸을 씻을 수 없었다. 스피노자는 청결한 몸을 중시했던 한편 지성을 개선하는 데에는 일차적으로 청결한 정신을 갖는 일이 선행되어야 한다고 했다. 그래서 그는 혼란에 빠지지 않기 위해 정신을 『논고』의 백십 번째 단락에 집중했다.

호프만은 이레나의 배신에 대한 잡념을 떨쳐버렸고, 지친 몸을 추스르며 다시 정신을 집중했다.

그는 머릿속으로 다음과 같이 요약해보았다. 스피노자는 행복을 추구했다. 그러나 그가 인도하는 길은 천국이라든지 열반이 아니라 지성으로 이어졌다. 호프만이 지난 몇 달 동안 틈틈이 읽은 것은 지성을 정화해주는 방법을 익히는 데 필요한 지침이었다.

맑게 정화된 지성을 통해서만 자연을 연구할 수 있었다. 그렇게 해서 자연이라는 현상의 본질적인 원리를 깨닫게 되면 신의 숨결을 느낄 수 있었다. 왜냐하면 존재하는 모든 사물이 일정한 법칙에 따르는 인과의 사슬에 의해 뒤얽혀 있기 때문이었다. 그리고 바로 그 뒤얽힘 속에서 스피노자는 신의 손길을 인식했다.

호프만은 손길과 숨결 같은 표현으로 스피노자의 신을 상징하는 것이 옳은 일인지를 확신할 수 없었다. 스피노자에게는 자연 자체가 신의 손이고, 지성 자체가 신의 정신이었다. 그러나 그는 스피노자의 사상을 이해하기 위해 그런 식의 도구가 필요했다.

호프만은 스피노자의 방법을 개발시키는 과정을 지각, 참된 관념과 허구 등의 자기 나름의 초보자적인 사유를 통해 정리해보았다. 그러나 그것은 물론 가소롭기 짝이 없는 극단적인 단순화였다. 그와 반대로, 스피노자는 직접 학문에 종사하며 학자로서 최상의 효용 가치를 도모하는 방법을 제시하려고 노력한 해박한 전문가였다. 그런 것이 다 (〈NRC〉의 별지에 실린 기사가 흥미를 자아낼 수 있는 만큼) 흥미롭다는 사실은 호프만도 부인할 수 없었지만, 스피노자로부터 그가 찾아내고 싶은 것은 특히 평범한 문외한이 어떻게 기도하는 방법을 다시 배울 수 있는가 하는 것이었다. 문외한이란 이를테면 자기 차나 텔레비전을 직접 고치지 못하는 사람, $E = mc^2$라는 공식을 어디에서인가 들어본 사람, 괴델의 수학책을, 에셔의 도안책을, 바흐의 음악책을 사기는 했지만 세 페이지 이상은 읽지 못한 사람, 블랙홀에 관련된 복잡다단한 천문학 이론에 통달한 것처럼 행세하는 사람, 라디오의 전파와 주파수에 대해서는 신기해하면서도 술좌석에서 광자(光子)에 대한 화제를 일삼는 사람, 조국을 팔아먹은 사람 등의 보통 사람들을 의미했다.

신문을 읽으며 가까스로 견디어낸 지루할 정도로 긴 밤에 이어 맞은 그날 꼭두새벽, 다시 말해 창백한 태양이 밤의 구름 사이를 뚫고 모습을 드러냈을 즈음 그는 스피노자의 학문적인 방법이 예배 의식의 하나가 아닌가 하고 순간적으로 깨달았다. 언젠가 유대인 예배당에 들렀다가 궤에서 토라 두루마리를 꺼내고 열 명의 남자들이 기도문을 구송하는 광경을 보고 그는 그들과 한 무리가 되어 구송하고 낯선 글자들을 따라 읽고 싶은 충동을 느꼈다. 그때 그는 멀찌감치 물러앉아 있었다.

만약 스피노자가 학문 연마를 예배 의식의 새로운 형태로 간주했다면 여전히 기도를 한다는 것이 가능한 일일까? $E=mc^2$의 신에게 용서를 바랄 수 있을까? 호프만의 생각으로는, 예컨대 아인슈타인의 공식에서 신적인 자연의 형태를 발견할 때 스피노자의 사상을 올바르게 파악했다고 할 수 있었다. 그러나 기도를 바라는 자신의 소원에 대해 스피노자는 어떤 해결책도 제시하지 못했다.

그런 상념에 잠겨 있던 그날 아침, 그는 밖으로 나가 까매진 이파리들 위에 오줌을 갈겼다. 오줌이 차가운 흙에 닿아 부글부글 거품을 냈다. 그는 양손으로 성기를 잡은 채 고개로 뒤로 한껏 젖혀 하늘을 보았다. 밤새도록 지붕을 세차게 때리던 비를 내린 구름이 동쪽으로 몰려가고 있었다. 태양이 구름을 뚫고 모습을 내비쳤고, 곧 햇살이 공중으로 부서져 따뜻한 기운이 그의 머리를 어루만졌다.

호프만은 그곳에 그렇게 하염없이 서 있고 싶었다. 태양을 똑바로 쳐다보며 수많은 질문을 던졌을 스피노자처럼. 저 광선은 어떻게 생성되고, 빛은 어떻게 해서 물의 소립자 위로 전파되며, 그렇다면 빛의 본질이란 도대체 무엇일까?

그런 질문들은 기계론적 사고에서 비롯된 단순한 감탄조의 호기심이 아니었다. 오히려 종교적인 사랑이 흘러넘쳤으며, 그는 시간과 공간을 뛰어넘어 스피노자는 물론이고 태양신 숭배자들과도 교감을 나누었다(그도 스피노자와 태양신 숭배자들을 함께 언급하는 것은 사실 물과 불을 연관시키는 것만큼이나 불합리하다고 여겼지만 그곳에 쌓여 썩어가는 낙엽들이 자아내는 정취가 그를 황홀경에 들게 하고 광대한 비유의 세계로 이끌었다).

그는 기도를 드리고 싶었다.

지혜로운 표정을 만면에 머금고 에스터가 죽었을 때에도 그는 기도하고 싶었다. 팔에 주삿바늘을 꽂은 채 미르얌이 죽었을 때에도 그는 기도하고 싶었다. 볼일을 마친 그는 일 미터 앞으로 걸어가 낙엽 위에 무릎을 꿇었다. 그는 자신의 무릎을 내려다보았고 이런 인간적 좌절과 만용(도피 중인 그에게는 더 이상 사죄받을 길이 없다는 의미에서의 좌절과 신에게 다가갈 수 있다고 믿는다는 의미에서의 만용)의 표출 앞에 호흡마저 멈추는 듯 숙연해졌다. 그는 하늘에 계신 신에게 통찰력과 지성을 구했고, 아울러 『논고』를 속속들이 이해할 수 있도록 도와주기를 기원했다.

예배 의식, 어쩌면 이것이 결정적 단서가 될지도 몰랐다. 의식에는 전례서, 소정의 양식 그리고 약간의 촛불과 제물이 필요했다.

그는 안으로 들어가 전기난로 앞에 앉아 몸을 데웠다. 두 쪽의 마른 빵 사이에 통조림 정어리 몇 마리를 끼워 대충 아침을 때웠다. 가꾸지 않아 황폐해진 정원을 거닐며. 몸은 씻지 않은 채였고 여기에 도착한 이후 내내 같은 옷만 걸치고 있었기 때문에 자기에게서 늙은 사내의 썩은 냄새가 심하게 풍기리라는 것을 그도 잘 알고 있었다. 그러나 그것을 역겹게 받아들일 사람이라곤 한 사람도 곁에 없었다.

그는 지난 삼 일 동안 그 전에 읽은 부분을 전부 한 번 더 읽었고, 이제 그가 아직 읽지 않은 부분으로, 새로운 장으로 들어섰다. 앞으로 세 개의 장이 더 남아 있었다.

제7장은 '정의의 조건'에 관한 내용이었다. 스피노자는 처음부터 자연을 가능한 한 정확하게 기술하고 싶어했는데, 다시 말해 현상을 철저하게 분석하고 분해한 끝에 궁극적으로 본질에까지 닿도록 했다. 혹은 본질에 대한 기술인 정의라는 것이 필수적이었다고도 할 수 있었다. 그는 '창조된' 존재와 '창조되지 않은' 존재로 구별하여 정의했다. 전자는 관찰할 수 있는 현실을, 후자는 무한하고 영원한 자연을, 혹은 신 자체를 의미했다.

신의 정의는 반드시 네 가지 조건에 부응해야 했다.

1. 모든 원인을 배제하여, 즉 자신을 설명하는 데 그 자체 이외의 어떤 외부적 대상도 필요치 않다.

2. 정의가 주어지면 그 대상이 과연 실제로도 존재하는가 하는 물음에 대한 어떤 의심도 다 일축해버린다.

3. 정의는 형용사로 바뀔 수 있는 어떤 실사(實辭)도 포함해서는 안 된다.

4. 대상이 지닌 모든 고유성들은 그것의 정의에서 도출되어야 한다.

호프만은 신의 정의에 대해 잔뜩 기대했지만 스피노자는 여기에서 그만 중단해버렸다. 호프만은 네 개의 조건에 정신을 집중해 또 다시 읽고 깊이 새겨보았다.

첫 번째 항목은 신의 기원에 대해 말하고 있었다. 신이란 곧 그 자신의 시작이었다. 신은 고안된 것도 아니고 다른 힘의 개입으로 야기된 결과도 아니었다. 그렇다, 신이 곧 전부였다.

그는 두 번째 항목의 의미를 이해해보려고 노력했으나 헛수고였다. 정의가 아직 주어지지 않았기 때문에 그 정의가 정말 모든 의심을 불식시키는지의 여부를 판단할 방법이 없었다. 그는 글로 쓰여 있는 그런 정의를 원하고 있었다. 그는 뭐든 쉽게 곧이듣는 순박한 면이 있는가 하면 의심도 지나치게 많은 편이었다. 만약 자기 눈으로 정의를 확인하게만 된다면 그것을 그대로 믿어버리리라 자신과 약속했다.

그는 스스로를 파멸로 몰아넣었고, 참회할 방법을 모색하고 있는 중이었다. 그는 창 너머 브라반트 숲의 스산한 잿빛 나뭇가지들을 바라보았다. 자신이 아우토반에서 얼마나 무작정 차를 몰았으며, 눈을 감은 채 차체가 완전히 찌그러져버리는 충돌의 순간에 대비해 긴장하고 있었는지를 되새겼다. 그렇게 삼십 초가 흘렀는데도 여전히 오펠 코르사 안에 앉아 있었기 때문에 그는 다시 눈을 떴고 죽음의 순간이 며칠 후 아니면 몇 주일 후가 되겠지 하면서 나중으로 막연하게 미뤄버렸다. 무엇 때문에 이레나가 그렇게 행동했으며, 무엇 때문에 또 자기 자신은 그렇게 했는지를 그는 따져보고 싶었다. 너무나 많은 의문들이 남아 있었다.

그는 그 의문들에 대한 해답을 찾지 않으면 안 되었다.

그때까지 그는 제물이 되어 속죄를 구하고 자신을 정화시키지 않으면 안 되었다. 그러나 어디에서부터 시작해야 할지 알지 못했다.

스피노자의 세 번째 항목은 자명하게 이해할 수 있었다. 신의 정의에는 '지고한', '현명한', '전능한'과 같은 형용사는 적합하지 않았다. 스피노자의 방식대로 신에 접근할 경우 그런 수식어들은 실속 없는 표현에 지나지 않았다.

네 번째 항목은 스피노자가 생각하는 신의 개념의 핵심을 짚어주었다. 신의 정의는 존재하는 만물의 시초로 거슬러 올라가며, 그 자체가 곧 세상의 현시, 기원과 본질이었다. 어쩌면 정의라는 것이, 즉 만물의 의미를 밝히고 규정하는 일이 신 자체일지도 몰랐다. 바로 그런 이유에서 정의를 제시하는 것이 스피노자에게는 불가능했던 것 같았다.

호프만이 올바르게 이해했다면 스피노자는 철저하고 열렬한 연구를 통해 자연을 본질적인 원리까지 속속들이 묘사해낼 수 있다는 것을 제시했다. 나아가 그런 연구를 통해, 비록 신에 대한 포괄적인 정의를 내리지 못한다 해도 신도 더불어 발견할 수 있다는 것이었다. 호프만은 많은 것을 알지는 못하지만 삶의 의의에 대한 아인슈타인의 발언은 기억하고 있었다. "신은 주사위놀이를 하지 않는다." 우연이란 없다는 그 말과 유사한 생각을 스피노자는 벌써 몇백 년 앞서 주장했던 것이다. "놀이를 잘 관찰하라, 그 속에서 규칙을 알아내라, 그것이 결국 신에게 이르는 길이다"라고.

호프만은 돈으로 이레나를 곁에 둘 수 있을 거라 믿었다. 그녀 마음을 열 만한 다른 수단과 방법이 없었기 때문에 그는 그녀를 매수라도 하고 싶었다.

네 번째로 만났을 때, 그녀는 인터내셔널 호텔 10층의 녹슨 매트리스가 깔린 넓은 침대에서 그의 타오르는 욕정을 받아들이고 난 다음 타월로 몸을 휘감고 전기스탠드 옆의 안락의자에 앉아 담배에 불을 붙였다.

"펠릭스." 그녀가 말했다. "할 말이 있어요."

그녀가 이야기를 시작했고 내내 그에게 시선을 떼지 않았다. 그녀는 체코 정보부로부터 정보를 입수해 오라는 강요를 받았다고 했다.

그는 그녀의 말을 믿고 싶었다. 그녀의 입을 통해 나오는 말은 무엇이든 믿을 각오가 되어 있었기에 그녀가 자신에게 무슨 말을 해도 상관없었다. 그녀의 품에 안기고 싶은 갈증을 해소하기 위해서라면 선택의 여지가 없었다.

그녀는 그에게 잠을 선사해주었다.

"저자들은 누굴 한번 망치려고 들면 수단을 가리지 않아요." 그녀가 말했다. 그녀는 굳은 얼굴로 담배를 빨아들였다. "가족이 해고당하도록 배후 조종을 하기도 하고, 공연한 트집을 잡아 압력을 넣기도 하고, 그런 식으로 서서히 목을 조이죠."

"그들이 당신한테는 어떤 식으로 위협했지?" 그가 물었다.

그녀는 그녀의 남동생이 심하게 구타당했고, 그녀의 어머니는 살던 집에서 쫓겨났다고 대답했다. 그녀가 잇따라 줄담배를 태웠다.

"그때 이탈리아 대사관에서 이레나가 날 도와준 건 우연이었소?"

"그야 물론이죠." 그녀가 짜증스럽게 대꾸했다. "그런 거야 저자들이 조종할 수 있는 종류의 일이 아니잖아요?"

그렇지. 그는 속으로 생각했다. 내 심장까지 저들이 마음대로 가지고 놀 수 있는 것은 아닐 테니까.

그는 자신이 어지럽게 뒤얽힌 음모의 거미줄에 걸려들었다는 점을 분명하게 느꼈지만 그녀의 몸에 대한 갈증을 채울 수 있다면 그 무엇에도 겁을 먹거나 뒤로 빠질 생각이 없었다. 이틀 뒤 다섯 번째 만나는 자리에서 그녀가 그의 친구 헤인 다면 이야기를 꺼냈다. 그는 충격을 받았다. 체코 측에서 뒷조사를 했고, 그의 사적인 비밀이 기록된 서류를 갖고 있다는 것을 알아차렸다.

헤인을 배신할 수는 없었다. 둘의 인연은 해방 직후부터 이어져 왔다. 헤인은 그때 그를 구해 자기 집으로 데려가 보살펴준 은인이자 친구였다. 그는 1944년 겨울밤을 헤인의 방 안 까만 나무로 된 십자가 아래에서 보냈다. 기다림에 지칠 대로 지친 상태에서 그리고 부모가 자기를 영영 잊어버렸다는 질식할 듯한 공포에 맞서 싸우며.

호프만은 이레나의 제안을 거절했다. 그러나 그녀는 설득할 구실을 미리 준비해두고 있었다. 그녀는 헤인이 큰 빚을 지고 있고, 동성애 상대가 있다는 것(헤인이 어렸을 때부터 누나처럼 자상하게 돌봐주었기에 호프만은 별로 놀라지 않았다), 그의 아내 트뤼디와 그들의 다섯 자녀는 남자친구에 대해서도 재정난에 대해서도 전혀 알지 못하며, 헤인이 제공해줄 수 있는 정보는 위험하지도 군사기밀도 아니라고 주장했다. 호프만이 헤인을 설득해 서류 몇 장을 복사해 올 수 있다면 결과적으로 헤인에게 도움이 될 것이라고 했다. 장당 십 센트가 드는 마흔 장의 복사지를 스위스 은행 구좌에 입금될 이십오만 길더와 맞바꾸자는 것이었다.

"당신에게도 답례를 하겠대요." 그녀가 말했다. "하지만 내가 당신은 그런 일로 돈을 받으면 모욕을 당했다고 생각할 거라고 말했어요."

"얼마나 주겠다는데?" 그가 물었다.

"만 길더요."

"저런, 모욕 같은 건 조금도 느끼지 못하겠는데." 그가 받아쳤고, 그들은 함께 한바탕 웃기까지 했다.

그다음에 만날 때는 인터내셔널 호텔이 한국 단체 관광객으로 붐볐기 때문에 시내의 어느 작은 호텔로 정했다. 이레나는 헤인에 대해 단 한마디도 하지 않았다. 그들은 사랑을 나눴고, 그녀는 샤워를 한 다음 바쁘게 사라졌다. 그녀는 채근하지 않았고 그의 거절로 빚어질 결과마저 담담하게 감수하려는 듯 보였다. 그가 딱 부러지게 거절한 것은 아니었다. 그렇다고 결단을 내린 것도 아니었다.

공교롭게도 기회를 만들어준 사람은 마리안이었다. 그녀가 마침 네덜란드에 다녀올 일이 생겼는데 간 김에 트뤼디 다먼과 만날 약속을 정한 것이다.

호프만도 나름대로 네덜란드에 갈 일거리를 적절히 만들어냈고, 예전에 그랬던 것처럼 다먼 부부와 함께 식사를 하자고 제안했다.

그 소식을 전하자 이레나는 그의 목을 끌어안고 그를 집어삼킬 듯이 침대로 이끌었다. 이틀 후 그는 인터내셔널 호텔에서 체코 정보부 관리와 만났다.

그는 마리안과 함께 비행기를 타고 스히폴로 향했다. 스헤베닝언에 있는 벨 아이르 호텔에 도착한 그들은 방을 따로 썼고, 10월 21일 토요일 저녁에 에인트호번의 '푸른 연꽃' 레스토랑에서 헤인과 트뤼디 내외를 만나 함께 식사를 했다. 여자들끼리 화장실에 간 틈을 이용해 호프만은 헤인과 따로 약속을 잡았다. 다음 날 오후

두시 덴 보스의 센트럴 호텔에서 만나기로.

    전기난로가 있었지만 그는 으스스한 한기를 느꼈다. 집 안은 썰렁하기만 했다. 그는 프라하를 서둘러 빠져나왔다. 오는 도중 독일에서 내의 한 벌, 와이셔츠 몇 장 그리고 두툼한 스웨터를 하나 샀다. 그때 산 스웨터를 지금 넥타이까지 맨 와이셔츠 위에 껴입었다. 퍼렇게 이끼가 앉은 샤워실 거울에 피곤하고 면도하지 않은 자신의 초췌한 몰골이 비쳤다. 와이셔츠 칼라에 시커멓게 때가 올라 있었다.

    밖으로 나가 집 주위를 빙빙 돌았다. 허파 속으로 숲의 신선한 대기를 크게 심호흡했고, 혹시 주변에 망원경이나 총은 없는지 사방을 두리번거렸다. 그들이 그를 외진 이곳에서 감쪽같이 해치워버릴 수도 있었다. '그들'은 네덜란드인일 수도, 체코인일 수도, 미국인일 수도 있었다. 그는 모든 이가 없애버리려고 눈독을 들이는 표적이었다.

    지난 일요일 그는 프라하에서 베를린으로 가는 새벽 기차를 탔다. 그 전날 긴급회의차 헤이그로 급히 돌아오라는 장관 서명의 암호 전문을 받았다. 그는 암호 전문이 사방에서 시위가 터지고 둡체크가 지난 금요일 발코니에 모습을 드러내는 등 같은 주에 잇따라 일어난 사태들과 관련된 것일지도 모른다는 생각에서 자세한 사정을 알아보기 위해 본부로 전화했는데, 전혀 알지 못하는 판 더르 포르트라는 사람에게 연결되었다. 판 더르 포르트는 장관이 그의 귀국을 고대하고 있다면서 그날 세시 삼십분 비행기를 타라고 지시했다. 이미 좌석은 예약되어 있었다.

그가 판 더르 포르트라는 사람에게 소속을 묻자 '장관 특별 고문'이라는 대답이 돌아왔다. '지금까지 들어본 적이 없는' 직책이었다.

빔 스헤퍼르스와 통화하며 호프만은 좋지 않은 일이 닥치리라 예감했다.

"뭐, 장관 특별 고문? 그게 뭐야?" 빔이 되물었다.

"판 더르 포르트라는 자는?" 호프만이 연이어 물었다.

"그런 이름은 처음 듣는데. 대체 무슨 일인데 그래?"

"아냐, 아마 손네마 그 친구가 실없는 장난을 한 모양이야." 호프만이 얼버무렸다.

이레나가 주었던 번호로 전화해보았지만 아무도 받지 않았다. 토요일 오후 한나절을 붙박여 십 분마다 전화를 걸었다. 결국 그는 해가 질 무렵 택시를 타고 콘크리트 아파트 단지가 밀집해 있는 황량한 도시 외곽으로 향했다. 이레나는 삼십여 채의 가구가 바람받이 복도에 길게 늘어서 있는 그곳 7층의 파란 페인트칠이 군데군데 벗겨져 나간 문 뒤에서 살고 있었다. 아무도 아파트 문을 열어주지 않았다.

그가 의혹과 불안으로 파리해진 얼굴로 다시 집으로 돌아오자 마리안이 기다리고 있었다. 보통 때 같으면 당연히 2층 자기 방에서 작업하고 있을 그녀가 웬일인지 아래층에 내려와 있었다.

"헤이그에서 전화가 왔어요. 당신이 출발했는지 확인한다고요."

"전화한 게 누구였어?"

그녀가 메모지를 들여다보았다. "판 더르 포르트. 이 사람 누구예요?"

"어쩌다 줄을 잘 타고 출세한 관료 놈 가운데 하나." 그가 대꾸했다.

그는 술병을 넣어두는 찬장으로 향했고, 술병을 꺼내 마개를 따고 잔에 위스키를 따랐다.

"당신도?"

그녀가 고개를 끄덕였다.

그들이 둘 다 응접실에 있는 경우는 아주 드물었다. 마리안은 소파 한쪽 구석에 앉았다. 주위에는 책과 종이 들이 방어벽처럼 쌓여 있었고, 낮은 탁자에는 차가 식지 않게 두툼한 보온 캡을 덮어둔 티 포트와 찻잔이 하나 놓여 있었다. 마룻바닥에는 손을 뻗으면 닿을 만한 곳에 전화기가 놓여 있었다. 그녀가 안경다리에 은줄이 매달려 목에 걸게 되어 있는 안경을 벗은 다음 무릎 위에 있던 두꺼운 책을 덮었다.

"얼음 안 넣지?" 그가 확인했다.

"네."

그가 그녀에게 술잔을 건넸다. 그리고 자기 잔을 게걸스럽게 들이켠 다음 단번에 거의 바닥이 나버린 술잔을 들여다보았다.

그녀가 물었다. "여보, 무슨 일 있어요?"

그는 나머지를 들이켰고, 다시 잔을 채우려고 찬장으로 갔다.

"여보, 몸에 안 좋아요."

"나도 알아." 그가 말을 받았다.

"아니까 일부러 더 그러는 거죠?"

"그럴지도."

"무슨 일이 생겼어요? 내게도 좀 알려줘요. 판 더르 포르트라는 사람이 누군데 그래요?"

"공무원이라니까." 그가 퉁명스럽게 대꾸했다.

그는 술잔을 들고 그녀 맞은편에 앉았다. 마리안이 건성으로 종이쪽을 들여다보았다.

"그리고 다른 사람한테도 전화가 왔어요. 노바 씨 알죠?" 그녀가 전했다.

그는 눈썹도 까딱하지 않은 채 술잔만 잇따라 기울였다.

"응, 그 기자." 그는 별것 아니라는 투로 덧붙였다. "근데 뭐래?"

"독일에서 전화한대요. 약속을 못 지키게 되었다고 전해달라면서. 그 여자하고 무슨 약속이 있었어요? 그때 그 인터뷰는 벌써 다 나왔잖아요?"

"응, 다른 신문에 실으려고." 그가 거짓말을 둘러댔다. "근데 독일 어느 쪽이래? 동독 아니면 서독?"

"그런 게 지금 같은 때에 무슨 상관이 있어요?"

그가 어깨를 으쓱하며 자기 관심사가 아니라는 시늉을 했다.

"하이델베르크에 있다고 그랬던 것 같아요."

하이델베르크라면 미군 총사령부가 주둔해 있는 곳이었다. 그렇다면 그녀가 전향했다는 뜻이었다. 그녀는 베를린행 기차를 타고 가 무너진 장벽을 넘는 사람들의 물결에 휩쓸려 서방으로 간 것이었다. 머릿속에 비밀을 숨긴 채 몰래 달아나버린 것이었다. 그리고 정치적 망명자로 보호를 받는 대가로 미국인들에게 첩자들의 이름을 넘겨주었다. 물론 그의 이름도 포함되어 있었다. 그의 이름을 말했을 게 확실했다. 그녀를 매수하려고 한 그의 어수룩한 짓을 그렇게라도 복수했을 것이었다. 헤이그에서 긴급회의를 한다며 소환한 것도 그를 네덜란드 영토 내에서 체포하기 위한 조처가 분명했다. 판 더르 포르트는 네덜란드 정보부 요원이었다. 이레나가 미국인들에게 그의 이름을 알려주었고 미국인들은 그것을 다시 네덜란드 정보부에게 넘겨준 것이었다.

그는 잔을 들어 남김없이 들이켰다. 과민한 반응을 보여서는 안 되었다. 아직은 아무 일도 일어나지 않았다.

"왜 그렇게 얼굴이 어두워요? 무슨 일인지 말해봐요!"

"아무것도 아니라니까." 그가 거칠게 내뱉었다. "내가 아무 일도 없다고 하면 그냥 그렇게 믿으라고."

"당신 말을 믿지 못하겠어요."

"그 여자가 혹시 뭐 다른 말은 하지 않았어?"

그녀가 안경을 집어 들고 안경알 너머로 메모지를 들여다보았다.

"약속 지키지 못한 걸 용서해달라고요. 뭔가 깊은 사연이 있는 말처럼 들려요, 안 그래요?"

그때 전화벨이 울렸고, 그의 심장은 흥분으로 거칠게 고동쳤다. 마리안이 몸을 구부려 송수화기를 들었다.

"여보세요?"

그녀가 전화기에 귀를 기울이며 고개를 끄덕였다. "네, 잠깐만요." 그녀가 송화기 부분을 손으로 덮고 속삭였다. "또 그 판 더르 포르트라는 사람이에요."

그는 두 손으로 의자 팔걸이를 짚으며 안락의자에서 일어났고, 마룻바닥에 놓인 전화기를 든 다음 그녀에게서 송수화기를 건네받았다.

"호프만입니다." 그가 말했다. 그러고는 그녀로부터 몇 발짝 떨어졌다.

"판 더르 포르트입니다." 저편에서 목소리가 들려왔다. "보아하니 비행기를 타지 못하셨군요."

"네, 맞습니다." 호프만이 말했다. "할 일이 태산같이 쌓여 있어서 그만 비행기를 놓쳤습니다."

"암호 전문은 장관님께서 손수 서명하신 겁니다." 판 더르 포르트가 말했다. "대사님은 최고 지휘관의 명령을 거부하셨습니다. 이건 불복종 행위입니다, 호프만 씨. 이건 징계감이라 할 수 있지요."

"그런데 판 더르 포르트 씨가 맡은 직무가 정확히 어떻게 됩니까?"

"자, 잘 들으십시오, 내일 아침 아홉시 삼십분 말레브 편을 꼭 타셔야 합니다. 만약 그 비행기로도 오지 않을 경우에는, 파면 조치를 각오하셔야 할 겁니다."

"판 더르 포르트 씨, 대체 당신 뭐 하는 사람이오?"

"호프만 씨, 저는 나라를 위해 일하는 사람입니다. 어서 헤이그로 오십시오. 우리는 미개인들이 아닙니다. 우리도 충분히 이해하고 있습니다. 지난 일은 다 덮어둘 용의도 있고요. 하지만 일단은 오셔야 합니다. 전화로 처리할 일이 아닙니다."

"그렇다면…… 내일 봅시다." 호프만이 얼버무렸다. 그러고는 얼른 전화를 끊어버렸다. 저네들은 그가 전향이라도 할까봐 두려워하고 있었다. 그러나 어느 편으로?

어제 둡체크가 십여만 군중 앞에서 연설을 했다. 밀로시 야케시는 물러났고, 반체제 인사들이 정권을 잡았다. 베를린에서는 독일 놈들이 철의 장벽 위에 올라앉아 술판을 벌이고 한 손에 맥주 캔을 들고 영원한 독일 제국을 외치고 있었다. 심지어 불가리아에서도 사람들이 거리로 쏟아져 나와 가두시위를 벌였다. 그는 이렇게 돌아가는 세상이 두렵고 무서웠다. 그는 군중이, 이구동성으로 외치는 구호가 겁났다. 그는 지금 동구권을 뒤흔들고 있는 몽상이 환멸로 전락하리라는 것을 알고 있었다. 오늘 부시와 사이비 공산주의자인 고르바초프가 몰타에서 정상회담을 가졌다. 백악관과 다우닝가의 실무자들은 동구권을 손아귀에 쥐고 있던 이 옛 공산주의자들이 실은 자기들에게는 더 이상 바랄 것이 없는 최적의 동맹자라는 사실을 깨닫지 못하고 있었다.

그는 응접실 탁자 위에 전화기를 내려놓고 다시 자리에 앉았다.

"내일 헤이그로 들어가야 해." 그가 눈을 내리깔며 말했다.

그는 한 모금을 들이켰다. 마리안의 긴장된 눈초리가 느껴졌다.

"뭔가 문제가 있는 거죠? 당신은 털어놓으려고 하지 않지만 무슨 일이 있다는 걸 느낄 수 있다고요. 우리 아직 죽지 않고 이렇게 살아 있잖아요. 여보, 원하기만 한다면 우리에겐 아직도 미래가 남아 있어요."

"말했잖아, 아무 일도 아니라고. 내 나중에 다 이야기해줄게⋯⋯"

"아무 일도 아니라면 나중에 얘기할 필요도 없잖아요? 안 그래요."

"또 혼자 똑똑한 체 이것저것 들춰볼 참인가?"

"제발 그 철갑 좀 벗어 던져요. 한 번이라도 솔직하게 털어놔보라고요⋯⋯"

"날 좀 괴롭히지 마!"

그는 의자에서 몸을 일으켰고, 응접실을 나가려다 문턱에서 걸음을 멈췄다.

"마리안……"

그녀가 눈초리를 치켜세웠다. 눈빛이 날카롭고 팽팽했다.

"우리 오늘 저녁에 어디 가서 외식이나 할까?"

뜻밖의 제안에 그녀가 놀라 고개를 끄덕였다. 경직된 입가로 엷은 미소가 번졌다.

"네, 좋아요." 그녀가 말했다.

그들은 블타바 강 근처 엑스포 레스토랑에서 식사를 했다. 화장을 곱게 하고 세련된 원피스를 걸친 그녀가 호기심 어린 눈으로 그의 눈을 바라보았다. 높고 폭넓은 유리창 너머 그들의 발 아래로 시가지 전체가 펼쳐져 있었다. 어두컴컴한 골목들, 지붕들, 첨탑과 교회 들로 엉켜 있는 미로들. 시내 중심가의 커다란 광장에는 오십만 명쯤 되는 시위대가 모여 있었다. 하지만 그들이 앉아 있는 곳에서는 그런 광경이 전혀 보이지 않았다. 그들은 아무런 대화도 나누지 않았지만 그는 놀랍게도 마음이 편안했으며 흡족하기까지 했다.

그녀는 집으로 돌아와 자기 방으로 올라가기 전 그의 뺨에 입을 맞추었다. 그는 서재와 주방에서 아침이 되기를 기다리며 밤을 꼬박 새웠다. 먹고 마시고, 토요일 아침 외교 행낭으로 네덜란드에서 온 신문을 읽었다. 여섯시경 그는 집을 나섰다. 대문을 살그머니 끌어당겨 닫았다. 처음부터 옷가지는 챙겨가지 않을 작정이었다. 스피노자와 신분에 관련되는 증빙 서류들은 미리 서류 가방에 챙겨놓았다. 그는 택시를 잡을 때까지 한참을 걸었다. 그리고 베를린행 기차표를 사 기차에 몸을 실었다. 외교관 신분증만 보이면 어느 검문소든 문을 활짝 열어주었다.

베를린 동물원 역에서 하노버로 가는 기차로 갈아탔고, 대형 렌터카 회사들은 경찰 컴퓨터와 연결이 되어 있으리라 생각했기 때문에 일부러 영세 업소를 찾아가 오펠 한 대를 빌렸다.

그는 먼저 남쪽으로 차를 몰았고, 프랑크푸르트에서부터 라인 강을 따라 달렸다. 스트라스부르에서 프랑스 국경을 넘었고, 낭시, 메스, 룩셈부르크를 돌아 마스트리히트에 닿았다. 다시 네덜란드 왕국으로 돌아온 셈이었다. 지금 그를 찾느라 혈안이 되어 있을 그의 고용주가 사는 땅으로 귀국한 것이었다. 그런 식으로 나흘 동안 여행을 했으며, 밤에는 신분증을 제시할 필요가 없는 시골 마을의 작은 여관에서 날이 새기를 기다렸다. 남미로 도주할 계획이었으나, 그에 앞서 생각을 잘 정리해보는 것이, 여기 수목들 사이에서 어수선하기 짝이 없는 머리를 좀 식히는 것이 현명해 보였다. 또 그렇게 하기 위해서는 스피노자가 필요했다.

숲 속은 고요했다. 브라반트 지역에서 겨울을 보내는 새들이 서로를 불러대는 소리와 나뭇가지들의 헤아리기 어려운 바스락거림이 귀를 간질였다. 무엇이 이 모든 것을 관장하고 있을까, 하고 스피노자는 질문했다. 자연을 지배하고 있는 법칙이란 무엇인가, 그 법칙을 발견하라, 그러면 신을 발견할 것이다. 스피노자가 그에게 그렇게 가르쳐주었다.

아마도 그 점이, 신의 베일을 벗겨내는 데 크든 작든 기여하는 것이 학자에게 주어지는 보람이 아닐까 하는 생각이 들었다. 호프만은 평생을 심부름꾼 노릇만 하며 허송세월했다. 그가 학문과 가장 가깝게 관련된 일이라면 헤인 다먼과의 친분이었다. 헤인은 공학도였고 드러나지 않은 동성애자였다. 헤인은 그에게는 형제나 다름없었다.

그는 집 안으로 들어가 컵에 생수를 따랐다. 거기에 네스퀵의 코코아 분말을 약간 넣어 냉코코아를 만들었다. 오는 길에 혜인에게 여러 번 전화를 했다. 트뤼디가 받아서는 남편이 갑자기 여행을 떠났다고 말했다. 그녀의 목소리에 걱정스러워하는 기색이라곤 없었다.

그는 컵을 들고 다시 밖으로 나갔다. 이 지역은 그가 어린 시절을 보냈던 곳이었다. 며칠 전 시장을 보러 갔던 마을에서 어린 시절의 그는 겁에 질린 눈으로 돼지들 틈바귀에 끼여 머리 위에서 날아다니는 전폭기들에 귀를 기울이고 있었다. 지금만큼이나 지저분한 행색으로, 해방과 깨끗한 이부자리의 포근함을 갈망하며 부모님을 손꼽아 기다리고 있었다. 하지만 부모님은 무덤마저 남기지 않았다. 캐나다 군인이 와 코를 틀어막고 농장을 점령했을 때 그의 손에는 릴케의 『엘레지』가 들려 있었다. 부모가 아우슈비츠에 강제수용되어 있는 동안 그는 시를 탐독하고 있었다.

세상의 모든 종류의 진부한 원상 복귀란 그 이전의 그리고 하물며 그 이후의 재산마저 몽땅 상실당하고만 상속결격자와 같다.

훗날 그는 부모님이 헤켈란 거리에 살 때 데리고 있었던 가정부의 언니네 집에 숨어 있었다는 것을 알게 되었다. 그들은 누군가의 밀고로 베를리쿰에 있는 그 농가의 마루 밑에서 독일군에게 발각되었다.

호프만은 퓌호트와 론 오프 잔트 두 지방을 갈라놓는 흙길을 바라보며 자기에게는 애국심이 없다고 결론 내렸다. 그에게는 처음부터 사랑해야 할 조국 같은 것이 없었기 때문이다. 이 나라 사람들이 그의 부모를 배신했고 그는 그런 이 나라 사람들에게 앙갚음을 한 셈이었다. 네덜란드 정부에 대해서는 별다른 회한을 느끼지 않았다. 그는 직업적인 아웃사이더, 평생 어디에도 소속되지 않는 피난민이었다는 사실을 이제야 비로소 절절하게 깨달았다. 마리안을 생각하면 다소 미안했지만, 그러나 그게 전부였다.

그는 덴 보스의 센트럴 호텔에서 헤인과 만났다.

그들은 아래층 카페에서 지방 유지들 사이에 자리를 잡았고, 일요 시장이 늘어지게 열리고 있는 광장을 내다봤다. 그 전날 저녁 그들은 부부 동반으로 식사를 했다.

"얼굴이 좋아 보이는데." 헤인이 말했다. "어제 만났을 때에도 척 눈에 띄더라고."

"그런데 넌 추레한 것이 어째 영 형편없어 보여." 호프만이 대꾸했다.

그들은 간단히 목을 축였고, 한 시간 뒤 데 페털라어르에서 식사를 했다. 호프만이 에인트호번으로 돌아가는 막차에 태워주었을 때 헤인은 만취 상태였다. 헤인은 동성애 상대가 있으며 주식 때문에 빚을 졌다는 것을 술술 불었다. 그동안 가지고 있던 재산은 다 탕진했고 대출받은 집값조차 제대로 갚을 능력이 안 된다고도 했다. 호프만이 그를 돕겠다고 언질을 주었다.

이틀 뒤에 그는 헤인에게 전화를 했고, 헤인이 스헤베닝언의 벨아이르 호텔로 왔다.

"헤인, 널 도와줄 방법이 하나 있긴 한데……"

"그런데 뭐?"

바의 한쪽 구석에 자리 잡은 그들은 넓은 가죽 소파 속에 푹 파묻혀 아직 환한 대낮인데도 위스키 잔을 기울였다.

"이봐, 나도 실은 그동안 모아둔 재산을 다 날려버렸어."

"어쩌다가?"

"그 얘긴 나중에 해줄게. 먼저 네 문제부터."

"펠릭스, 자네는 내가 얼마나 고맙게 생각하는지 모를 거야. 네가 나한테 한 푼도 보태줄 형편이 아니어도 내 속에 있는 말을 털어놓는 것만으로도 소중하거든. 나 정말, 이 은혜는 절대 잊지 않을게."

호프만이, 아니 사기꾼이 입발림 소리를 했다. "헤인, 너하고 나는 피를 나눈 친형제나 마찬가지야."

그러고 나서 그는 프라하에 아는 사람이 하나 있는데 거금을 내놓고 정보를 모으고 있다고 말했다. 그리고 네덜란드 방위산업체의 위탁을 받고 헤인의 과학연구소에서 개발 중인 레이더의 암호를 댔다.

"아니 펠릭스, 그건 산업스파이 아냐?" 헤인이 질겁하며 속삭였다. 그에게 수갑을 채우려고 경찰이 금방이라도 달려들 것처럼 잔뜩 켕기는 눈으로 좌우를 살펴보며.

"나도 그 점을 생각해봤지. 하지만 내 말을 좀 들어봐. 까놓고 말해 저자들 실력으론 절대 기계에 적용시킬 가망이 없는 그런 정보들 아냐." 호프만이 그 분야에 대해 훤히 아는 사람처럼 자신만만하게 말을 이었다. "저자들한테는 너무 복잡하고 난해할 테니 기껏

정보를 손에 넣는다고 해도 아무 쓸모가 없을 거야."

헤인이 달아오른 얼굴로 펠릭스의 제안에 뒤따르게 될 여파를 열심히 저울질해보며 고개를 끄덕였다. 그러더니 호프만의 상대주의적 관점에도 일리가 있다고 판단했는지 동구권에서는 제작할 수 없는 기계의 부품 이름들을 늘어놓았다. "그런데 저자들이 그 부품들 역시 훔쳐낼 가능성도 있어." 그가 덧붙였다.

"그거야 우리 책임이 아니지." 펠릭스가 받아넘겼다.

"원 세상에, 펠릭스. 네가 나한테 이런 제안을 하다니, 이럴 수가!" 헤인이 속삭였다. "이건 정말 정도가 지나친데!"

"난 국가에 봉사하는 공무원이잖아. 넌 내가 시키는 대로만 하면 돼."

"그러다가 발각이라도 되는 날엔?"

"발각 안 돼."

"이봐, 펠릭스, 난 완전히 신세를 망쳤어. 오랜만에 모처럼 맘먹고 성당에 찾아가 고해성사를 했지. 그런데 커튼 뒤의 신부라는 작자가 돈을 어떻게 해서 융통하도록 도와줄 생각은 고사하고 괜한 주기도문만 외우라고 하더군."

"헤인, 돈을 변통할 더 간단한 방법은 없어. 이건 발각되지 않아. 절대 아무도 알지 못할 거야. 너와 나 우리 둘 외에는. 설계도를 복사하도록 해, 그거야 거기 책임자인 너한테는 조금도 문제될 게 없잖아. 그래서 그걸 나한테 넘겨주기만 하면 돼. 그럼 베른에 있는 은행에 네 앞으로 돈이 들어가 있을 거야."

"다른 방법은 없을까?"

"있을지도 모르지. 그렇지만 내가 머리를 짜낼 수 있는 방법이라곤 이것밖에 없어."

혜인이 다시 켕기는 눈초리로 바 안을 두리번거린 다음 호프만에게 몸을 기울였다. 흥분으로 눈이 붉어져 있었다. "펠릭스, 이건 분명 반역이야. 이건 간첩 행위라고. 그리고 넌 공범자가 되는 거고."

"그렇게라도 너한테 도움만 된다면 난 상관없어. 하지만 이 일은 절대 알려지지 않을 거야. 이 건은 언제까지나 그리고 영원히 비밀로 남아 있게 될 거야. 넌 이 기회에 궁지에서 헤어나게 될 거고. 이것 외에는 다른 길이 없어. 넌 다시 숨통이 트여 얼마간 저금을 하게 될 거고, 밀린 대출금도 다 정리할 수 있고, 네 친구한테 서운치 않게 선물이라도 안겨주면서 떠나보낼 수도 있을 거야. 그럼 넌 다시 정상적인 생활로 돌아갈 수 있잖아. 널 도와줄 만한 사람은 아무도 없어. 네가 자기 앞가림도 못하면 회사도 결국은 널 버리고 말 거야. 너 자신을 위해 살아. 그냥 내가 하라는 대로 해……"

닳고 닳은 배우처럼 그는 혜인에게 반역의 정당성을 역설했다. 이윽고 혜인이 승낙했다.

그는 다시 집 안으로 들어가 속에 설탕 절임이 든 파이과자 통을 집었고, (과자가 벌써 퍼석하게 말라버렸음을 느끼면서) 『논고』를 펼쳐 들었다. 제8장 '질서에 대해'.

모든 지각을 배열하고 연결하기 위해서는 이성이 허락하는 한도 내에서 가급적이면 신속하게 우리는 만물의 원인일 뿐만 아니라 그 객관적 본질이 모든 관념의 원인이 되는 존재자라는 게 존재하는지를, 동시에 그것이 어떤 본성을 취하고 있는지를 반드시 연구해야 한다.

이 구절을 호프만은 자기 말로 옮겼다. 신이 존재하는가? 그리고 만약 신이 존재한다면 신은 어떻게 만물의 원인이 될 수 있는가?

스피노자는 자연현상 속에 스스로 드러나는 어떤 조정하는 힘이 있다는 생각에서 출발했다. 그것은 '언제나 모든 관념을 물리적 사물, 다시 말해 현실적인 존재물로부터 유추해내기' 위해 불가피한 착상이었다. 호프만이 보기에 스피노자에게는 자연과학이 신의 학문이었고, 또 그 역도 성립했다. 즉 신학이 곧 자연과학이었다.

그렇다면 규명되어야 할 연구 대상이란 실제로 무엇인가? 스피노자에 의하면 궁극적으로 '사물 자체에 내재된 본질'을 밝혀줄 '일련의 고정된 영원한 사물'이었다. 삼라만상을 관할하는 보편적 자연법칙인 뉴턴의 $F=ma$와 아인슈타인의 $E=mc^2$는 존재하는 모든 것의 자양분이 되는 신적인 실체의 윤곽을 설명해주고 있었다.

그렇지만 어디에서부터, 어느 지식으로부터 시작해야 한단 말인가? "무릇 모든 것을 동시에 파악한다는 것은 인간 지성의 힘을 능가하는 무엇이다"라고 스피노자가 언급했기 때문이었다. 나에게도 희망이 있을까, 신적인 관념을 발견할 수 있는 지식을 습득할 수 있을까. 호프만은 스스로에게 질문을 던져보았다.

이 장의 마지막 두 번째 단락에서 스피노자가 그에게 도움의 손길을 뻗은 것 같았다. 참된 사고를 가지고 있다면 그로부터 다른 참된 사고를 유추해내리라는 것이었다. 그 말은 적어도 하나의 참된 사고가 필요하다는 의미였다. 그것을 통해 모든 회의를 불식시킬 수 있는 단 하나의 사고가.

호프만은 참된 사고라고 내세울 만한 것을 아직까지 하나도 발견하지 못했다. 그는 그동안 구입한 모든 물건 '그 자체에 내재된 본질'을 한 번도 인식해보지 못한 눈먼 소비자였다. 그는 자연과학에 대해 아는 것이 전혀 없었고, 자연에 대해서도 그랬다. 그는 음식물을 섭취하고, 소화시키고, 노폐물을 배출하는 신진대사에만 급급해왔다. 그는 주어진 환경이 빚어낸 그리고 생래적 충동이 낳은 희생자였다.

그는 입안에 남은 팍팍한 파이를 헹궈내려고 네스퀵을 훌쩍 마셔버린 다음 자리에서 일어났고, 창자가 뒤틀리는 것 같은 복통을 느끼며 별장을 나왔다. 숲을 향해 몇 미터쯤 걸어가 앙상한 나뭇가지들을 옆으로 밀어젖혔다. 바지 단추를 푼 다음 바지를 벗어 옆에 놓아두었다. 그는 온기를 내뿜는 팬티를 벗었다. 땅에서 올라온 냉기가 엉덩이를 덮쳤고, 그는 온몸을 부들부들 떨었다. 복통이 신장 쪽으로 급작스레 옮겨가자 그는 쭈그린 채 신음을 토했다.

두 개의 작고 땡글땡글한 똥 덩어리가 몸에서 떨어져 나왔다. 제대로 변을 본 지도 열흘이 훨씬 지났다. 프라하를 떠난 이후로 한 번도 배출을 하지 않았기 때문에 이것은 그의 몸에서 떨어져 나온 첫 번째 찌꺼기인 셈이었다. 그동안 공장에서 대량생산한 빵과 통조림 고기와 통조림 야채만 먹었다. 프라하에서보다 변비 증세가 점점 심해졌다. 육체를 정화해야 한다는 이유에서라면 싱싱한 과일만 먹는 것이 현명할 것 같았다.

화장지 두루마리를 그만 잊었기에 그는 낙엽을 한 줌 집어 뒤를 닦아냈다. 다시 일어나려고 하는데 근육이 풀려 완전히 무력한 상태가 되었다. 나뭇가지로 손을 뻗어 그것을 휘청하게 끌어당겨 양손으로 붙들고 몸을 일으켜 세웠다. 그러고는 다시 바지 속으로 발을 꿰어 넣었다.

베를린에서 그는 보란 듯이 외교관 여권을 내보이고 장벽에 뚫린 관문들 가운데 하나를 통과하여 서쪽으로 넘어왔다. 장벽이 무너진 것은 종말의 시작을 의미했다. 유럽 대륙에서 평화가 계속 유지되기는 불가능했다. 공포를 통해서만 평화를 알아온 대륙이었다.

그는 장벽의 이쪽저쪽 할 것 없이 양 진영의 독일인들을 유심히 관찰했다. 술에 취한 그들의 얼굴에서는 세계 제일의 우수 종족을 외치던 나치 시절의 후광이 번득였다. 그들이 폴란드와 체코슬로바키아와 러시아에게 빼앗긴 영토를 요구하고 나설 뿐만 아니라 다시 대독일 제국을 부르짖을 날이 머지않아 보였다. 호프만이 한 행동은 조국에 대한 적개심에서 비롯된 것도, 자기 신분의 현상 유지를 위한 것도 아니었다. 이레나를 품고 싶다는 오직 한 가지 목적 아래 그녀를 도왔다는 사실을 그 스스로도 인정했다. 그는 자기 욕망의 노예였지만 그런 노예 짓이 외교관으로서의 종노릇보다 더 그의 마음을 끌었다. 그렇다고 해서 그가 수치심을 느끼지 않는다는 것은 아니었다. 하지만 어쨌든, 만약 그가 그녀를 놓칠 것인가 아니면 기밀을 훔쳐내어 그녀와의 관계를 지속할 것인가 하는 기로에 다시 서게 된다면 어느 쪽을 선택할지는 너무도 뻔했다. 그에게는 실로 선택의 여지가 없었다.

하지만 그런 상념들 자체가 역시 일종의 자기 동정과 참회가 아니던가? 그는 어리석게 저지른 행동과 스스로를 용서할 능력의 벽 사이에 갇혀 있는 죄인이 아니던가? 그를 반역으로 이끈 것은 이기

주의, 그 이상도 이하도 아니었다. 그는 직업도 가정도 수입도 모두 잃게 되었고, 한 가지 아직 남은 것이 있다면 추억뿐이었다.

그는 창고에 있던 장롱들 가운데 하나를 열었다. 자기에게도 과거가 있다는 것을 눈으로 직접 확인해야겠다는 듯 그는 거기에서 앨범을 꺼냈다. 그것을 가지고 소파로 돌아왔다. 미르얌이 에스터와 엄마 아빠의 모습에는 가능한 한 손상이 가지 않도록 하려고 신경을 많이 쓴 듯했다. 그의 얼굴 한 부분이 없어졌거나 혹은 팔이 떨어져 나간 모습이 드문드문 눈에 띄었다. 유아 시절의 미르얌이 그의 무릎에 앉아 있는 사진에는 그녀의 몸통만 남아 있었는데, 그의 심장 부위도 잘려 나가고 없었다. 그녀의 생기발랄한 모습을 담은 모든 필름을 미르얌은 모조리 불태워 없애버렸다. 그녀가 나오지 않는 필름은 거의 없었다. 그녀가 포르노 배우로 출연한 한 시간 반짜리 필름을 그는 아직도 간직하고 있었다. 남미로 떠날 때 그 상자를 가지고 갈 작정이었다. 판 더르 포르트나 미국 사람들이 미르얌의 필름을 찾아낼지도 모른다는 생각이 들자 수치심이 온몸을 덮쳤다.

그는 수치심에 익숙해 있었다. 전쟁에서 살아남았다는 것 때문에 수치심을 느꼈고, 에스터가 죽을 때에는 무력감 때문에 수치심을 느꼈으며, 마리안과 눈이 마주칠 때마다 수치심을 느꼈다. 벽난로 옆에 놓인 신문을 집어 들고 날짜를 확인했다. 1984년 8월 11일. 미르얌이 보던 신문. 그는 그것으로 벽난로에 불을 지폈다. 축축한 장작들이 탁탁거리며, 또 부지직 소리를 내며 타들어갔다. 그는 그 앞에 앉아 불을 쬐었다. 이 집에서 미르얌은 자신의 성기를 촬영하게 했다. 촬영 팀이 이곳을 돌아다녔고, 섬광등을 바닥에 설치했으며, 그런 다음 미르얌은 다리를 벌렸을 것이었다. 그는 결국 그런 일을 막아내지 못했다.

그는 지난 몇 달을 되밟아보았고 운명론적인 논리가 눈앞에 펼쳐졌다. 모든 것을 곰곰이 따져볼수록 자신이 한 행위는 어쩔 수 없는 것이었다는 확신이 들었다. 조금 더 늦게 일이 터지도록 미룰 수는 있었을지 몰라도 피할 수는 없었다. 지난 일요일 저녁 하노버 역에서 빔 스헤퍼르스에게 전화를 할 때에도 그는 같은 말을 했다.

"빔? 나 펠릭스야."

"펠릭스, 맙소사! 어디야 지금?"

"그건 말해줄 수 없네, 빔."

"도대체 어떻게 된 거야? 오늘 오후에 정보부 사람들이 날 찾아왔어. 자넬 찾더라고! 알고 있나?"

"판 더르 포르트였지?"

"맞아! 도대체 무슨 일인가?"

"저자들이 신문에다 떠벌린다고 하던가?"

"신문? 왜? 자네가 무슨 짓을 했는데 그래?"

"몇 가지 정보를 체코에 넘겨줬거든."

"아니 뭐라고? 그건 또 왜?"

"왜냐고? 그냥. 사랑 때문에."

"여자관계로?"

"응, 여자관계로."

"아, 이 친구야, 저자들이 오후에 왔을 때 나도 대강 그런 일일거라고 짐작은 했네. 그런데 왜 그런 거야?"

"어쩔 수 없었어. 근데 무슨 다른 소리는 못 들었나? 언제부터 비상이 걸렸대?"

"마리안이 그런 모양이던데."

"몇 시에?"

"오늘 이른 새벽에. 자네가 없어졌다고."

"그렇게 빨리? 그럼 내가 나가는 걸 마리안이 다 봤다는 얘긴가?"

"그걸 내가 어떻게 알겠어. 펠릭스, 부탁하네…… 자수하게. 혹시 지금 도청당하고 있을지도 몰라. 여하튼 어서 돌아와 자수하게. 저자들이 이 건을 적당히 은폐할 걸세. 이 문제를 떠들어 이득 볼 사람은 아무도 없잖나. 게다가 체코 정보부는 이미 해체되었어. 그러니 어서 이리로 오게."

"안 돼, 정리해야 할 게 있어."

"펠릭스, 뭘 하겠다는 말인가?"

"생각도 하고, 스피노자도 읽고. 마리안한테 전화 좀 해줘. 진심으로…… 그녀에게까지 누를 끼치고 싶은 마음은 조금도 없었다고…… 전해주게."

"이 친구야, 제발 몸조심하라고."

이레나는 어련히 알아서 자기 앞가림을 해나갈 것이다. 보나 마나 벌써 미국에 가 있을 것이다. 그가 읽은 첩보소설에서는 그렇게 업무를 마치고 돌아와 그동안의 활동을 보고하는 것을 '디브리핑' 이라고 했다. 최후의 순간까지 결사적으로 싸울 그녀였다. 몇몇 알량한 정보를 팔아 특권을 쟁취할 것이고, (필요하다면 그녀를 심문하는 팀의 정보부장을 침대로 유혹해서라도) 미국인들을 만족시키고 나면 몇 달 뒤에는 돈과 집과 그리고 새 신원을 보장받게 될 것이다.

그는 물론이고 어느 누구도 체코슬로바키아에까지 자유화 돌풍이 밀어닥치리라고는 예상하지 못했다. 베를린 장벽의 붕괴가 동구권에 살고 있는 모든 민족에게 하나의 공격 신호가 되었다는 것을 그는 뒤늦게 깨달았다. 그는 독일 신문과 텔레비전 프로그램을 보았다. 동독 사람들이 대거 쇼핑을 하러 나섰다. 동독의 명물인 소형 승용차 트라반트를 끌고 가 어디에든 주차해놓고 상점들의 진열장을 구경하고 다녔다. 자유란 다름 아닌 소비를 위한 자유였다. (결국 줄 서는 일에는 이골이 나버린 자들인데) 그들이 책방으로 몰려가 줄을 서 있기라도 하던가? 웬걸, 그는 한심스러웠다. 그들은 고작해야 서방의 백화점 앞에서 줄을 서 기다리고 있었던 것이다! 그리고 동독 사람들만 그런 것이 아니었다. 체코 사람들 역시 아메리칸 익스프레스 골드 카드로 계산하는 그날이 오기를 학수고대하고 있었다. 만약 그가 그때 소비 사상에 대한 비판적인 글을 썼다면 세계적인 명성을 얻었을 터였다. 그들은 그와 조금도 다를 바가 없었다. 그는 또 그들보다 나을 것이 없었다.

자신이 타인과 전혀 다르지 않다는 자각에 그는 괴로웠다.

스피노자의 신은 출구를 가르쳐주지 않았다. 스피노자의 신에게는 용서와 구원을 구하는 기도를 올릴 수도 없었다. 이마에서 피가 나도록 벽에 머리를 부딪쳐도 그의 애절한 기도에 귀 기울여줄 존재는 전혀 없었다. 그가 진정으로 의례를 원한다면 거울 앞에서 올리는 수밖에 다른 방법이 없었다.

장작에서 불꽃이 타올랐고, 그의 얼굴과 손도 뜨거운 열기에 달아울랐다. 몸에 꼭 끼는 외투처럼 그를 동여매고 있는 비애는 싸구려 눈물보다 더 값어치 없게 느껴졌다. 그는 마음을 가다듬고 다시 테이블을 마주하고 앉았다. 가족 생각과 눈앞의 자신의 문제를 떨쳐버리고 그는 마지막 장 '지성의 힘과 그 고유성'을 읽었다.

자연법칙을 인식하기 위해 지성은 먼저 이해력으로 무장되지 않으면 안 된다. 그러나 지성이란 정확히 무엇인가? 우리의 지성은 먼저 지성의 정의를 내려야 한다. 그런데 지성의 본성, 즉 지성의 정의는 우리가 지성의 본성을 먼저 알아야만 주어질 수 있다. 바꿔 말해 어떤 돌파구도 허락되지 않는 불가능한 과제였다. 그래서 스피노자는 지성이 지녀야 할 여덟 개 속성을 목록으로 나열해놓았다.

1. 그는 이렇게 시작했다. "참된 지식은 의심을 허용하지 않는다." (삼각형 내각의 합은 직각 두 개의 합과 같은 것처럼) 뭔가를 확실히 알고 있다면 의심은 사라지고, 확신과 지식은 한 개의 동의어가 된다.

2. (이를테면 '양'이나 '연장'과 같은) 지성을 통해 절대적으로 이해되는 개념이 있는가 하면, (다르면서도 절대적인 특징을 지닌 개념을 통해 기술되어야 하는 '운동'과 같은) 다른 개념의 보조를 필요로 하는 개념이 있다.

3. 절대적이 아닌 개념은 절대적인 개념으로부터 형성되기도 한다. 절대적이 아닌 '운동'이라는 개념은 '공간'과 '무한'과 같은 절대적인 개념들에 의존한다.

스피노자는 여기서 기하학에서 나오는 무한히 지속될 수 있는 선의 운동을 실례로 들었다. 호프만은 이상의 속성으로부터 두 개의 결론을 이끌어냈다. 개념 사이에 위계관계가 성립하며, 가장 위에는 절대적인 개념이 자리한다. 그리고 그 밑에는 무한과 같은 지성 속에 내재된 관념이 있다. 이는 자연이 우리의 지성을 통해 그 같은 관념에 대해 고려하도록 만들어주기 때문에 이해 가능하다. 따라서 궁극적인 목적은 바로 절대적인 개념들에 있다.

4. "지성은 부정적인 관념보다는 긍정적인 관념을 형성한다."

호프만은 이것을 곧 정의에 부정적인 요소를 내포해서는 안 된다는 것으로 해석했다. 자연은, 즉 삼라만상은 긍정으로 형성되어 있으므로 응당 또 있는 그대로 기술되어야 하기 때문이다.

5. "지성은 사물을 지속의 형식 아래에서보다 영원의 상 아래에서 지각하며, 사물을 지각하기 위하여 그들의 숫자나 지속을 고려하지 않는다."

다시 말해 우리의 지성은 무엇보다도 먼저 영원성에, 자연을 특징짓는 시간을 초월한 법칙에 초점을 맞춰야 한다고 호프만은 이해했다.

6. 호프만은 이 항목을 오랫동안 붙들고 있었다. 자리에서 일어나 벽난로 앞을 왔다 갔다 하며 한마디 한마디를 곱씹어가며 이해해보려고 했다. "우리가 지니고 있는 명석하고 판명한 관념들은 전적으로 우리의 힘을 통해서만 결정된 것처럼 보이는 자연의 필연성에서만 유래하는 것처럼 보인다."

이 긴 문장에 두 번씩이나 나오는 '것처럼 보인다'라는 말이 호프만의 눈길을 끌었다. 『논고』에서 보기 힘든 유별난 표현이었다. 스피노자가 이 대목에서만큼은 백 퍼센트 확신이 서지 않았던 모양이었다.

호프만은 문장에 나오는 명석한 관념이라는 말을 자연을 설명하는 법칙으로 바꾸어보았다. 그 법칙들은 오로지 "자연의 필연성에서 유래하는" 것처럼 보였다. 다시 말해 우리는 언젠가 그런 자연법칙들을 발견하지 않을 수 없는데, 우리의 본성이 그러하기 때문에 우리가 그렇게 하도록 이미 예정되어 있는 것이었다. 그러나 문장은 거기에서 끝나지 않았다. 자연의 필연성이란 "전적으로 우리의 힘을 통해서만 결정된 것처럼 보이는" 것이라고 했다. 여간 헷갈리는 대목이 아니었다.

호프만은 의자에 앉아 시들어가는 불꽃을 바라보고 있었다. 그러다가 문득, 인간의 의지에 관한 말이라는 것을 깨달았다. 만약 원하기만 한다면 우리는 모든 것을 인식할 수 있게 된다는 뜻이었다. 그는 책을 다시 들고 읽어 내려갔다.

7. 이 항목에서 스피노자는 과학자들의 개인적인 자유를 강조했다. 타원의 표면을 다양한 방법으로 잴 수 있으며 그 차이는 상상력에, 즉 개개인의 직관에 달려 있다고 서술했다.

8. "관념이 대상의 완전성을 드러내면 드러낼수록 관념 자체도 점점 더 완벽해진다. 예배당을 고안해낸 건축가를 우리가 한낱 멋진 성당을 설계한 자로서만 경탄하지는 않기 때문이다."

호프만은 그 목록이 과연 지성의 고유성을 표현한 것인지 의아했다. 그가 읽은 내용은 지성을 통한 가능성의 목록에 지나지 않았다. 요컨대 지성을 가지고 우리가 행할 수 있는 실례들, 그리고 마지막 항목에서 두드러지게 나타나듯 우리가 부여해야 할 지성의 가치들을 나열하고 있을 따름이었다. 예를 들어 '경탄'은 그가 보기에는 지성의 특성이라 하기 힘들었다.

책의 마지막 두 단락에 열중해 있던 호프만의 눈길이 책장 아래쪽에 역자가 덧붙여놓은 세 개의 단어에 가 닿았다. "나머지 부분은 누락되었음." 그는 창백한 얼굴로 그 구절을 어이없이 바라보았다.

그때 차 소리가 들려왔고, 그는 놀라 숨을 죽였다. 서둘러 책을 내려놓고 밖을 내다보았다. 모랫길 위로 메르세데스의 코가 뽐내는 듯한 모습을 드러냈고, 차는 여기저기 팬 길 위를 덜커덩거리며 빗물을 튀기며 다가왔다. 실린더가 내뿜는 부르릉거리는 소리가 숲 속의 적막을 휘저었다.

그는 나이가 들었다는 것도 잊고 위기에 처한 짐승처럼 날쌔고도 정확한 동작으로 후다닥 몸을 일으켰다. 도망치지 않으면 안 되었다.

그러나 필름 통이 든 상자가 눈에 들어온 순간 발을 뗄 수 없다. 미르얌의 추잡한 영화가 무방비하고 벌거벗은 채로 텅 빈 마루 위에 방치되어 있었다. 영화를 은행 금고에서 꺼내 온 것이 치명적 실수였다. 미르얌의 수모를 저기 저 독일 놈들 손에 고스란히 맡기고 어떻게 내 한 몸만 빠져나갈 수 있겠는가?

호프만은 상자 뚜껑 위에 책을 얹은 다음 꽤 묵직한 상자를 꽉 쥐었다. 긴장감이 그의 다리를 마비시켰다. 찰기 없는 모래흙처럼 힘없이 후들거리면서도 납덩어리처럼 무겁기만 한 다리를 질질 끌고 밖으로 향했다. 물에 빠져 지푸라기라도 움켜쥐는 것처럼 상자를 꽉 부둥켜안은 채였다. 팔꿈치로 뒷문을 밀었을 때 책이 상자 뚜껑에서 미끄러져 땅으로 떨어졌다. 그래도 그는 계속 걸음을 옮

겨 낙엽 위를 불안하게 밟았다. 몸무게에 눌려 무릎이 그만 접혀버
릴 듯 후들거렸다.

휘청거리는 나뭇가지들이 이마에 채찍질을 했고 그는 이제 최후
의 진실로부터 버림받았음을 뼈저리게 느꼈다. 숨을 헐떡이며 뼈
만 앙상한 수목들과 흐린 하늘 아래를 걸었다. 정체불명의 차가 나
타난 바람에 도망을 치고 있는 것이었다. 농가를 빠져나와 숲 속
의 안전지대를 찾아 대피하고 있는 중이었다. 두려움에 찬 돼지들
의 꽥꽥거리는 소리가 그의 뒤통수를 두드려댔고 팔다리가 축축
늘어지는 것이 당장이라도 쓰러질 것 같았지만 도무지 멈춰 설 수
없었다. 상자 속에 자신의 인생이 담겨 있기 때문에 도망치고 있었
고, 그것을 부모님에게 가져다주고 싶었다. 이 나무둥치 저쪽 어
디에 하얀 식탁보를 깐 탁자에 앉아 기다리고 있을 아버지와 어머
니에게 이 선물을 가져다주고 싶었다. 그들에게 바로 이 상자에서
$E=mc^2$ 공식을 발견할 수 있을 것이라고 전하며 그 공식에 하늘과
땅의 주인이신 하나님의 정신이 번뜩이고 있다고 말해줄 생각이었
다. 그는 도망쳐 부모를 찾아야 했는데, 왜냐하면 그의 몸에 찌든
오염을 박박 문질러 닦아줄 사람은 그의 아버지와 어머니밖에 없
었기 때문이다. 그는 수목들이 그저 잠자코 내려다보고 있다는 것
을 느꼈고, 그것을 더 이상 견디지 못하고 왈칵 치밀어 오르는 분
노로 치를 떨었다. 그의 부모가 어디에 있는지, 그들의 티끌이 어
디에서 떠돌아다니는지, 그들의 재가 어디에 뿌려져 있는지를 그
에게 들려줄 수 있잖겠는가. 또 그의 아이들, 자기 새끼들을 잊어
서는 안 되었다. 수목들을 스치고 지나가는 바람에게 살풍경한 나
무줄기들이 들어찬 이 숲 속에서 그가 어느 방향으로 뛰어가야 하

는지를, 그리고 그가 도중에 잃어버린 사람들을 어디로 가야 만날 수 있는지를 좀 가르쳐달라고 부탁하고 싶었다.

그는 무엇에 걸려 뒤뚱거렸고 그와 동시에 두꺼운 마분지 상자가 품에서 빠져나가는 것을 느끼며 낙엽과 나뭇가지와 야생버섯들 위로 눕듯이 엎어져버렸다. 상자가 뜯어져 속에 든 필름 통들이 땅바닥 위로 굴러나갔다. 거친 숨이 턱까지 차올랐고 상체를 들어 뜯긴 상자를 보자 가슴을 저미는 슬픔이 용솟음쳤다. 그는 필름 통을 향해 기었고, 그것을 다시 망가진 보금자리로 몰아넣었다.

바로 단 하나의 참된 관념이, 의심을 허용하지 않는 단 하나의 사고가 아쉬울 따름이었다.

그의 턱에서는 침이 흘러내렸고, 그가 머리 위를 더듬자 손가락에 피가 묻어났다. 의심과 무기력과 공포에 짓눌린 채로 나뭇가지 뒤쪽으로 온 신경을 곤두세웠으며 메르세데스에서 내리는 운전자를 경계하며 살펴보았다. 제복을 입지 않은 같은 또래의 작달막한 남자였다. 그자가 운전석 뒷문을 열자 여자의 모습이 나타났다. 호프만은 한눈에 마리안을 알아봤다. 그녀는 깃을 세운 베이지색 레인코트로 몸을 감싸고 있었고, 구름이 무겁게 드리워 잔뜩 흐린데도 선글라스를 끼고 있었다. 그녀가 어깨를 움츠리고 집 안을 향해 걸음을 재촉했다.

호프만은 꼼짝도 할 수 없었다. 숨을 헐떡이며 필름 통을 움켜쥔 채 머릿속에 수없이 많은 질문이 스쳐가는 동안 그는 차를 뚫어져라 바라보고 있었다. 운전자가 헐벗은 덤불 뒤에 있는 그를 발견해냈다. 두 사람은 꼼짝도 않고 서로의 눈을 가만히 바라보았다, 백 미터 비무장지대를 사이에 두고. 바람이 불어 나무 꼭대기를 건들자 새들이 푸드덕 날아올랐다. 집 뒷문에 나타난 마리안이 문지방을 딛고 그가 떨어뜨린 책을 내려다봤다. 두 손으로 선글라스를 벗어 든 다음 그녀는 그를 찾아 두리번거리며 숲 속으로 걸어 들어왔다.

그녀가 그에게로 왔고, 관용의 손을 내밀었다. 그녀가 손가락을 활짝 펴고 그의 어깨를 쓰다듬었다. 그는 마치 잠을 자야 하는 사람처럼 필름 통이 흩어진 차고 젖은 낙엽 사이로 드러누우며 굳게 믿었다. 추호도 의심치 않았다. 그녀가 그에게 위안을 주리라는 것을.

18장
1989년 12월 31일 저녁

빔 스헤퍼르스는 잘 아는 정신과 전문의를 찾아 호프만을 진단하도록 주선했다. 여론의 관심을 끄는 일은 피하고 싶어하는 외무부의 생리를 잘 알고 한 조처였다. 진단 결과, 미리 약속한 대로 호프만은 한정책임능력자로 판명되었다. 마리안은 도덕 의식이 희박한 변호인을 한 명 구했고, 스헤퍼르스와 협조하여 정신과 전문의의 보고서를 바탕으로 한 적당한 타협안을 내도록 맡겼다. 호프만은 건강상의 이유로 사직서를 제출하여 명예퇴직이 승인되었다. 협상한 대로 그는 퇴직 연금을 거절했고, 〈NRC〉의 인물 동정 난에 프라하 주재 대사가 조기 퇴임하게 되었다는 짤막한 소식만 실렸다.

프라하에 주재 중인 대사 F. A. 호프만 석사는 오는 1월 1일자로 퇴임한다. 외무부는 호프만 대사(59)가 건강상의 이유로 퇴임한다고 밝혔다. 호프만 대사는 (수단) 하르툼에서 장기간

대리대사를 지냈으며 지난 4월 체코슬로바키아 대사로 부임했다. 호프만 대사는 1959년부터 외무부에서 근무했다.

사건 자체에 대해서는 한마디도 보도되지 않았다.

마리안이 미래 설계를 해놓았다. 지중해 연안이나 토스카나 지역에 자그만 집을 한 채 마련해 그곳에서 함께 여생을 즐기자는 것이었다. 심심하지 않게 산책도 하고 박물관도 구경하며, 길을 건널 때는 서로 손을 꼭 잡고, 그러다가 늙으면 어쩔 수 없이 옷 입는 것도 서로 거들어주며 살아가자는 것이었다.

그는 다시 스피노자에 편안하게 빠져들었다. 며칠 전에 산 새 책이었다. 그가 창가에 앉아 무릎 위에 책을 펼쳐놓고 있다가 고개를 들어 하늘을 쳐다보았다. 조급하게 쏘아 올린 폭죽이 도시 위로 은빛 눈을 흩뿌리지 못하고 습기 찬 대기 때문에 시들하게 피어오르다가 불꽃을 꺼뜨렸다. 그들은 스헤베닝언의 벨 아이르 호텔 맨 꼭대기 층에 있는 마리안의 방에 앉아 있었다. 그녀는 창가의 다른 의자에 앉아 책을 읽으며 간간이 메모를 하곤 했다. 그녀가 결코 연구를 끝내지 못하리라는 것을 그는 알고 있었다.

바람이 비를 몰고 와 유리창에 부딪쳤다. 구석에 있는 텔레비전에서는 터무니없이 흥겨워하는 코미디가 방영되고 있었지만, 소리가 나지 않도록 그가 볼륨을 조정해놓았다.

그는 얼마 전 스피노자의 전기(傳記)와 지금 들고 있는 책, 스피노자의 주요 저서로 알려진 『윤리학』을 샀다. 그 안에는 탈무드에서 볼 법한 문장들이 들어 있었다. "존재하는 모든 것은 신 안에 있으며, 신이 없이는 아무것도 존재할 수도 상상할 수도 없다"라든지

"사유는 신의 부속물이거나 또는 신이란 곧 사유하는 무엇이다" 같은 들어봤음 직한 문장들이었다. 이제 호프만은 믿음 없이도 기도를 할 수 있었다.

방문을 두드리는 소리가 나자 그가 문을 열었다. 네덜란드어를 못하는 호텔 보이가 얼음 통에 담긴 샴페인을 가져왔다. 그는 마리안이 창가의 작은 탁자에서 책을 치워 카펫 위로 옮겨놓기를 기다렸다가, 호텔 보이에게 넘겨받은 쟁반을 거기에 내려놓았다.

"20세기가 언제 끝나는 거지?" 그가 물었다. "2000년인가, 2001년인가? 당신 생각은 어때?"

그녀가 안경을 벗고 그를 바라보았다. 그리고 이내 대답을 하며 뜬금없는 질문이라는 표정을 감추지 않았다.

"백 년을 셀 때 보통 일 년부터 백 년까지 세잖아요." 그녀가 말했다. "그러니까 내 생각에는 지금 이 세기도 2000년도가 지나간 뒤에야 끝나는 거라고 봐야겠지요."

"다시 말해 2001년이 새로운 시작이라는 거지?" 그가 물었다.

그는 자리에 앉았고, 다시 『윤리학』을 무릎에 얹었다.

"그런데도 다들 2000년도를 마치 새 시작인 것처럼 생각하고 있거든." 그가 말을 이었다.

"따지고 보면 잘못된 거네요. 당신 말이 맞아요, 나도 그렇게 생각했어요."

그가 엄숙하게 선언했다. "2000년도를 몸소 체험하는 게 내 희망이라오."

그녀의 눈이 애정과 배려로 반짝였다.

"여보, 나도요." 그녀가 말했다. "나도 당신과 함께하겠어요."

그는 책을 펼쳐 들고 읽어 내려갔다. 그녀 역시 다시 자기 일에 골몰했다.

잠시 후 그가 눈을 치켜뜨며 말했다. "근데 내 말은, 그래야만 20세기가 끝난다는 이유에서 2000년도를 굳이 체험해보고 싶다고 했던 거요, 무슨 말인지 이해하겠소?"

그녀가 안경을 아래로 끌어 내렸다. "그래요? 그게 무슨 뜻이에요?"

"이 세기는 사라져버려야만 하거든. 이 세기가 죽어 없어지는 것을 내 눈으로 기어코 지켜보고 싶다 이거요. 그게 조금이라도 그 업보를 치르게 만드는 유일한 방법이거든. 우리가 이 세기를 끝까지 버텨냈으니 우리 손으로 그걸 영원히 묻어버려야지."

그녀가 영문을 모르면서도 고개를 끄덕였다. 그리고 코 위로 다시 안경을 밀어 올린 다음 헤이그 시내의 촉촉한 지붕 위로 시선을 던졌다. 분노가 치솟아 그의 턱 위로 넘실거렸다. 그는 허기를 느꼈다. 그는 고개를 숙여 기도하기 시작했다.

우리가 자신이나 사랑하는 이에게 기쁨을 안겨다준다고 가늠하는 그 모든 것을 우리 자신이나 사랑하는 이가 긍정하도록 노력하겠나이다. 그리고 반대로 우리 자신이나 사랑하는 이에게 슬픔을 가져다준다고 가늠하는 그 모든 것을 불식하도록 노력하겠나이다.

옮긴이 **지명숙**
한국외대 네덜란드어과를 졸업하고 네덜란드 레이던 대학에서 19세기 네덜란드 문학 연구로 drs. 학위를 받았다. 현재 네덜란드 레이던 대학 한국학과 교수로 재직 중이다. 옮긴 책으로 『바스티유 광장』 『몬스터, 제발 나를 먹지 마세요!』 『필립과 다른 사람들』 『막스 하벌라르』 『천국의 발견』 『늑대단』 등이 있으며, 저서로 『보물섬은 어디에—네덜란드 공문서를 통해 본 한국과의 만남』 등이 있다.

문학동네 세계문학
호프만의 허기

초판인쇄 2012년 1월 2일 | 초판발행 2012년 1월 9일

지은이 레온 드 빈터 | 옮긴이 지명숙 | 펴낸이 강병선
책임편집 오영나 | 편집 윤정민 오경아 | 독자 모니터 엄정현
디자인 이경란 이원경 | 저작권 김미정 한문숙 박혜연
마케팅 정민호 김도윤 박보람 정진아 | 온라인마케팅 이상혁 한민아 장선아
제작 안정숙 서동관 김애진 | 제작처 (주)상지사P&B

펴낸곳 (주)문학동네
출판등록 1993년 10월 22일 제406-2003-000045호
주소 413-756 경기도 파주시 문발동 파주출판도시 513-8
전자우편 editor@munhak.com | 대표전화 031) 955-8888 | 팩스 031) 955-8855
문의전화 031) 955-3576(마케팅) 031) 955-8861(편집)
문학동네카페 http://cafe.naver.com/mhdn

ISBN 978-89-546-1712-3 03890

www.munhak.com